篦子道

刀文 著

国际文化出版公司
·北京·

图书在版编目（CIP）数据

篦子道 / 刀文著 . —北京：国际文化出版公司，2017.3
ISBN 978-7-5125-0919-1
Ⅰ. ①篦… Ⅱ. ①刀… Ⅲ. ①长篇小说—中国—当代 Ⅳ. ① I247.5
中国版本图书馆 CIP 数据核字（2016）第 325421 号

篦子道

作　　者	刀　文
责任编辑	陈　静
统筹监制	别　飞　张　奇
装帧设计	李方磊
出版发行	国际文化出版公司
经　　销	全国新华书店
印　　刷	阳谷毕升印务有限公司
开　　本	710 毫米 × 1000 毫米　16 开 21.5 印张　300 千字
版　　次	2017 年 3 月第 1 版 2020 年 1 月第 2 次印刷
书　　号	ISBN 978-7-5125-0919-1
定　　价	69.00 元

国际文化出版公司
北京朝阳区东土城路乙 9 号　　　　邮编：100013
总编室：（010）64271551　　　　　传真：（010）64271578
销售热线：（010）64271187
传真：（010）64271187-800
E-mail: icpc@95777.sina.net
http://www.sinoread.com

目 录

第 1 章 001	游青城相母患怪病 遇贵客妇人论篦梳
第 2 章 006	生嫉妒马员外施毒计 恋红绡刘家兴败祖业
第 3 章 011	救书生慈母结善缘 为生计翠香探工匠
第 4 章 016	感世间篦子村话冷暖 筹学资陋室内夜烤梳
第 5 章 020	盼富贵顽童请名师 受讥笑穷孩闹学堂
第 6 章 025	忍羞辱慈母讲故事 拜先生苏莺煮香茶
第 7 章 031	倾油灯老刘家招祸灾 困娇娥王翠香陷牢笼
第 8 章 038	百家饭孤儿誓报恩 拜恩师福瑞论交道
第 9 章 046	偶遇福瑞暗生情意 论道崔家喜忧参半
第 10 章 052	福瑞论道崔女心动 少年赢金马家奉银
第 11 章 058	张平卖房翠香梳头 少年仁厚怀德险恶
第 12 章 063	赢百金刘家遭陷害 撞丧事翠香赔金钗
第 13 章 068	过鬼门乞丐会老友 荐爱徒福瑞拜名师
第 14 章 073	拜名师福瑞感恩情 明真相少年生恨意

001

第15章 077	话世情翠香送篦子 雕篦梁贤徒赠恩师
第16章 083	恐福瑞马家欲娶女 动真情蛱蝶吟情诗
第17章 088	下彩礼姐妹话孝道 议福瑞母女揭心扉
第18章 093	染风寒翠香主家事 退银子崔家定篦子
第19章 098	制篦子少爷巧变身 论招婿崔家欲纳贤
第20章 103	烹香茶夫人动春心 晓奸情恶少敲钱财
第21章 108	振家业福瑞遭奚落 怀心思崔家惹争执
第22章 113	起争端老爷道隐情 了心事福瑞轻钱财
第23章 119	遇恶霸福瑞遭毒打 叹无奈马家抓把柄
第24章 124	下江南马爷探真相 逼成婚崔家陷困境
第25章 130	强退婚蛱蝶惹父恼 遭陷害福瑞获牢灾
第26章 135	求恩师先贤书真情 上公堂福瑞遭杖臀
第27章 141	除恶霸义士惹官司 遇曹野福瑞讲论语
第28章 146	患癔症蛱蝶需医心 施针灸先生救鸿德
第29章 151	徇私情马爷出狠招 寻快活县令写罪词
第30章 156	剪青丝错嫁救情郎 脱罪名还愿撞婚娶

/ 目录

第31章	晓风情痴女恋福瑞
161	感师恩福瑞知世情

第32章	探行情福瑞赴江南
166	感主恩工匠舍独子

第33章	遇劫匪侠士救性命
171	上山寨儒生叹世道

第34章	遇旧识壮士解心结
176	感恩情福瑞欲学艺

第35章	拜贤君福瑞做学徒
181	诉旧事方家传技艺

第36章	寻生父怀州遇邦彦
186	感恩师他乡得音信

第37章	揭身世中书隐真相
190	谢美意福瑞起疑心

第38章	救歌姬曹野陷牢笼
194	受凌辱恋蝶诉苦衷

第39章	遭暴打恶少施酷刑
199	救兄弟福瑞登李府

第40章	救曹野福瑞拒富贵
203	论篦子儒生轻名利

第41章	送书信曹野出牢笼
207	出妙计王黼遭陷害

第42章	遭贬官宰相隐田园
211	辞太傅福瑞遇易锐

第43章	归故里工匠堪忧愁
215	拜名师福瑞欲摆摊

第44章	寻出路刘家重开张
219	闹分歧翠香拿主意

第45章	夜纺纱翠香忧心重
224	弃家业福瑞欲做工

第46章	求技艺后生忍屈辱
229	洗骂名马家雇伙计

003

第47章 233	怀善意少年赢赞叹 拒刁难福瑞讲故事
第48章 238	贫斗嘴母子话桃花 输象牙恶少闯祸端
第49章 243	解祸根福瑞献妙计 话苦衷张平诉心扉
第50章 248	制篦子马家谋结亲 委重任掌事探真相
第51章 254	还孽债掌事献良策 真情意刘家欲开铺
第52章 260	生嫉恨夫人藏心思 轻敌手福瑞葬爱情
第53章 268	错配鸳鸯痴女魂魄灭 认祖归宗怨夫心结开
第54章 276	写休书鸳鸯终成眷属 游青城邦彦沽名钓誉
第55章 285	施奸计马爷心怀鬼胎 盼儿孙马家纳妾生事
第56章 294	红梅苦命祸起萧墙 蔡福偷情香火有继
第57章 302	重金诱私下暗买卖 贪钱财账房中奸计
第58章 311	续香火主仆怀心思 设圈套泰山害女婿
第59章 316	受诬陷婿丈上公堂 叹无情桃花诉身世
第60章 326	淡名利奸臣当宋道 媚新主邦彦返青城

第1章

游青城相母患怪病
遇贵客妇人论篦梳

依河而荣、凭河而兴的青城繁荣富庶，地处水陆交通要冲，是隋朝以来历代主要南北交接通道之一，漕运、盐铁、税收以及商会多个官方、民间管理机构罗列有序，四女祠、佛光寺、六和宝光圣塔、山西会馆、清真寺、关帝庙等建筑鳞次栉比，水旱码头久享盛誉。

时值初春，接连几日的连绵春雨将整个县城洗涤得格外干净，蛰伏在家的人们，按耐不住心里的欣喜，三三两两结伴踏青出游。河堤岸边垂柳如烟，枝条宛若少女的发丝在风中摇曳、舞动。烟柳成行，绿草成茵，野花铺地而乱絮纷飞。远处河面上，一轮绯红的圆日正悬在天际边，缓缓下沉，映红了半边河面，水波荡漾着点点霞光，揉碎了落日的余晖。南来北往的商船划过水面，清风伴着桨影在水上摇曳，荡起了无数的微波。白色的船帆被霞光映得绯红，与泛着红光的水面混为一色。码头人影涌动，有装船卸货的工人，发签子记数的工头，还有捧腹交谈的商贾们。

"无限残红著地飞，溪头烟树翠相围。杨花独得东风意，相逐晴空去不归。"一位身形消瘦、眉间藏着淡淡忧思的儒士，静静立于河堤之上，正对着那轮落日捻须而吟，眼眸里装满了陶醉之色。

游人们哪里知道眼前这位衣着普通的儒士便是因"上仁宗皇帝言事书"而位登显赫的王安石王大人。

这几日，王安石得闲陪同家母来青城踏春游玩，也算是略尽孝心。哪知天公不作美，刚到青城，偏遇连绵春雨。而家母也不知为何，头痒难耐，整日里精神萎靡、心烦气燥。因此，王安石连连拜访了青城数十名郎中，但号脉、问诊也查不出个所以然，无人能解除老母的病痛。这下可愁坏了王大人，游玩欣喜之情荡然无存。今日天公放晴，原想陪家母赏玩美景，可家母面容憔悴，毫无兴致去观赏运河风帆、百舸争流、晚霞银红的美色。

"唉！"王安石甩了甩宽大的衣袖，长长叹息了一声，燃起的陶醉之情随着晚霞的散去而消失，心头升起一片疑云。

"老爷，老爷！"身后传来了急迫的呼唤声，王安石回首一看，是自家书童。

"老爷，太夫人的病好了！"

"好了？"王安石心头乌云渐散，却有些不信。但见那书童满脸憨笑、欣喜之情溢于言表。于是，不由急切地问："怎么好的？"

书童憨笑着，扯了袖口抹着脸上的汗水道："自从前日老爷在青城内广贴告示，求良方以除太夫人的病痛，并置百金答谢……"

王安石不耐烦地摆了摆手，略微烦躁："这些我已知道，你挑最要紧的说。"

"是这样的老爷，今日您出门后不久，一位夫人来拜访。她用篦子为太夫人篦发、梳洗之后，太夫人便觉得神清气爽，头也不痒了……"

王安石连声问："是吗？那开的什么药？来人走了没有？"

"没有开药方，那位夫人也没有要酬金，留下了一把木头篦子只说自己是城里'刘记篦梳'店铺的。"

"篦子……"王安石有些疑惑，一把木篦子便能解除名医所不能诊治的病症？不由得对这小小的篦子产生几分好奇。

"刘记篦梳"店铺在离运河不远最热闹的西街。"天下第一篦"几个耀眼大字高悬门楣之上,商客游人远远便能眺见。店内并非如其他篦子店般零乱不堪。正堂供奉着孔子画像,一尊铜制香炉正燃着檀香,室内桌几明净,淡香缭绕。一位短打扮伙计见有客人来,连忙迎上前来,先施一礼:"先生,您是买篦子吗?"

王安石回礼道:"打扰,不知店主可在?"

伙计满脸堆笑道:"不知贵客要见我家哪位主人?"

"是你家店主夫人!"书童嘴快,惹来王安石怒视,自知失礼,吐舌讪笑地站在店外。

伙计宛然:"贵客来得正巧,我家店主夫人正在里间休息,不知贵客所为何事,我也好通报。"

王安石说明来意,伙计自往里间去。不一会儿,一股幽香袭来。王安石起身,单见绣着富贵花纹的丝帘被一只纤纤玉手挑起,一位标致的小妇人款款而来。只见那妇人虽无惊世骇俗之貌,却自有一番风流神韵。生就一双柳叶细眉、秋水眼眸,并未着过多脂粉,却露着浑然天成的红晕,高髻之上只是斜插了一对木制小篦子,上着青色对襟刺绣短衣,下系湖水蓝的长罗裙。王安石不由暗自赞叹,如今奢侈之风盛行,虽然仁宗下旨禁止,可京城之外的妇人仍旧是"玉蝉金雀三层插,翠髻高丛绿鬓虚"。

那妇人略略弯腰行礼,吩咐下人奉上茶来,双方落座。

王安石道出疑惑,妇人微微一笑:"其实这并不难知。前几日青城连绵阴雨,室内潮湿易生小虫,而女子好以香油涂发,清洗不够干净,王老夫人又喜爱猫,那小畜生身上自然会藏有虱子,所以才会染上头虱。奴家用篦子给老夫人反复篦上几次,也就干净了。"

"篦子乃寻常之物,家母就有几把,不知为何无此功效?"

妇人扯了薄纱帕子捂着嘴淡笑道:"如今卖的篦子大多早失了原本的功用,不过是争艳斗富的物件,只怕世人早忘记篦子原本是除虱的。"

王安石扶额叹息:"是啊!当今世人,自以为物产丰富、国富民强,就忘记应居安思危,如今奢侈之风盛行,在朝内大臣尚且屡禁不止,又何况平民百姓。"

妇人嫣然笑道："也不尽然，就说这小小的篦子，有人爱金钿珠花，也有人爱朴实无华。想我大宋朝不是只有贪图享乐的百姓……一旦头虱犯了，自然会记起篦子的功用。"

"只怕为时已晚！"王安石叹息，见妇人不语，猛觉有些莽撞，忙说："失态了，请夫人不要介意。不知夫人为何还卖这般不合时宜的篦子，如何能赚得银两？"

"贵客有所不知，我家在离此不远处的篦子匠村，村里的工匠大多世代靠做木篦子为生。不是小妇人自夸，我家的篦子做工独特，选料上乘，是祖上传下的制法，不仅有除头虱的功用，还可以提神镇痛，对梦魇症也有所帮助。"

妇人见王安石不太相信，从头上拔下一把小篦子，只见那篦子为木质，通身油亮，齿齿紧密而坚实，齿端圆润并不锋利，篦背之上刻有"姬"字，伴以几朵小花，格外的雅致。

"世上多卖金、银、角梳，可不知那金银之物韧性不够，容易弯曲，即便剪出齿，也只能做整理之用。头虱的虫卵大多紧密、成串地结在发根，用金银之篦断不能驱除。而角梳，因做工用料稀有，价值不菲，实在难为百姓所有，所以这篦子还是以木质为最好。我家的篦子并不选竹，而是选了上乘的香木，浸入配有药材的香油之中，由最好的工匠制成后放在香笼之上，拿上等的香料慢慢薰烤，所以我家的篦子带有中药之气，可以驱虫、安神。"

王安石把玩手中的篦子，爱不释手，不由暗叹，如此一把小小的篦子却要经过这么多烦琐工序，真是小物见真章。

"所以无论世间所行何等花俏之风，我家篦子仍旧是不愁卖的。"

"夫人真是一能人，只是不知，为何店中不见男主人？"

妇人有些哀怨，眼角微微下坠，却仍笑言："只因小妇人公公去得早，而小妇人相公是家中独子，身体羸弱，无法做此营生，所以小妇人只能在外抛头露面。"

王安石点点头，看着手中的篦子说："这篦子果真做得好，待我入朝，定将此物推荐给皇帝陛下，将你家篦子定为贡品。"

妇人闻言，有些惊慌，忙起身道万福，问："不知贵客是何人？小妇人刚才胡言造次，还望包涵。"

立在店外的书童嘴快："我家老爷乃当朝宰相王大人。"

第2章
生嫉妒马员外施毒计
恋红绡刘家兴败祖业

刘家篦子将要被王安石保举作为贡品的消息，在青城内不胫而走，刘家上上下下自然欢欣鼓舞。可青城县内马言庄的大户马怀德却如万蚁蚀心般寝食难安、坐卧不宁。

马家是大有来头的富户人家。相传，在东汉光武帝刘秀战败逃到青城时，人困马乏，有幸被一老太太救下，才保全了性命。后来，刘秀成了东汉皇帝，为报答老太太的救命之恩，便将青城"马言庄"的土地封与她，并恩赐世代子孙享荣华富贵、沿袭爵位。那位老太太便是马家的高祖。可马怀德虽继承了祖上的财产，却未继承祖上的美德与宽广的胸襟。

由于拥有靠近篦子匠村的地理优势，贩卖篦子同样也是马家的主要生意。只是马怀德向来见风使舵、投世人所好，店中大多是"篦凤金雕翼，钗鱼玉镂鳞"之类镶珠嵌宝的奢靡之物。这小小刘家所卖的不值钱的木篦子，如今竟然博得王安石喜好，超越了他马家，这可是令马怀德暗自不服，心痒不已。想他马家在青城呼风唤雨、财大气粗，若他跺下脚，只怕连自己的老泰山县官老爷也要怕三分。怎能想到，如今竟然让一个小小的刘家拔了头筹不说，就这往宫里送贡品一项殊荣，不知要带来多少银两进账。如若有朝一

第2章 / 生嫉妒马员外施毒计
恋红绡刘家兴败祖业

日被皇帝招入朝中分官加爵，岂不是一人得道，鸡犬升天！思及此事，马怀德对刘家的恨又添了几分，烦躁如潮，在自家院里踱着步，眉头紧锁。

树欲静而风不止。马怀德的心情岂不也是如此。春日阳光透过树叶的空隙，在地面上投下斑驳树影，黄莺在树梢上声声脆啼着，阵阵春风里夹带着淡淡的花草香气。远处几棵杏树亭亭玉立，朵朵洁白的花儿像春睡未醒般微露泪痕，微风起时，舞散在地上的万白，铺就一片缤纷香雪。环绕杏花树的迎春花，轻苞含露，红艳欲烧，开得正艳。锦绣花团朵朵挂在枝头，压得花枝无力。一潭春水环绕着花树，水底的红色鲤鱼嬉戏着，花枝的倒影在微波荡漾的水面颤动着，真是"一陂春水绕花身，花影妖娆各占春。纵被春风吹作雪，绝胜南陌碾成尘"。

可这样的美景马怀德哪有心情观赏。那张苦脸上挂了八字眉，横着细线眼，立了一尊蒜头鼻，半张着嘴，五短身材却偏要稍驼着背。他摸着八字胡须，对满院春色毫不怜惜，不知在想着什么。

一旁的管家蔡福见状，暗自冷笑：老爷想算计人时，不都是这副龌龊模样？

马怀德停住脚步，看了看立于一边的管家，招招手，两人咬着耳朵，低语了一番。只见马怀德眉开目笑，一双紧眯细眼绽放出冷冽的寒光。

青城境内的"揽月楼"，以菜色精美而著称，非富贵高官人家不予招待，素来有店大欺客的恶名，可前来捧场的客人却络绎不绝。这日，马怀德正坐在"揽月楼"二楼的桃花雅间里等人，还没来得及仔细打量这粉红色帐幔上散漫着如星星般的朵朵桃花的雅间的布置，耳边便传来一阵急促的脚步声，只见一位儒生打扮的年轻人挑了珠帘，走进来。

但见那儒生头上扎了块巾子，身穿交领长衫，手中一把折扇上坠着碧绿的鸳鸯玉，长长的红色流苏随着扇子左右摇摆，真是一副儒雅的打扮。此人便是刘家篦子店的主人刘家兴。

马怀德按捺住心中的冷笑，热络地与刘家兴拉着家常。两人相互吹捧，推杯换盏几巡后，竟也称兄道弟。不知是别有用心，还是嗜好相同，两人结

007

识不到一个月便做了换帖兄弟。马怀德整日带着刘家兴四处闲逛，吃喝玩乐。两人都有殷实的家底，自然也无不妥之处。何况，刘家兴本就身体羸弱而无法照料生意，又做不得学问，只要不出什么大乱子，刘家也没过问他的行踪。

这日，马怀德悄悄将刘家兴带入花街柳巷之中。刘家兴虽说并无本事，却也是自小习读孔孟之书，胸中有几分丘壑，这烟花俗粉之处，似乎有悖平日家风熏陶。马怀德见他止步不前，伸手拉他胳膊："贤弟如何不去？为兄会害你吗？你有所不知，前年为兄去京都赶考，便见那花楼都修建在考生云集之地。你知为何吗？大多文人学子，谁没有几个红颜知己！走吧，贤弟，为兄今天带你去见识见识。"就这样生拉硬拽地将刘家兴扯进花楼。

两人刚坐定，便有小童端了茶水上来，摆了些水果蜜饯等小食。不一会儿，老鸨隔着水晶珠帘在外笑道："马公子，怎么好些日子没有来了？想死妈妈了。"

马怀德正吃着茶，见了来人连忙放了青瓷茶碗，讪笑着："老妈妈，可曾记挂我啊！我这不是让兄弟陪我一起来给老妈妈赔罪了嘛。"

那老鸨穿红戴绿，涂着大红胭脂，一脸菊花纹，瞅了马怀德一眼，媚笑着，又自顾自打量起刘家兴，叹着："哟，这是谁家的公子，如此俊俏！我家姑娘只怕都要被比下去了。"

刘家兴哪里经过这般场面，顿时红了脸，鼻尖上渗出汗来。老鸨是何等人物，知这后生是嫩手，也不再与他打趣，径直叫小童请两位姑娘出来。只见其中一名绯衣女子，生得面容娇好、肌肤胜雪，绯红对襟中露了一块白若凝脂的胸脯，引人遐想，杨柳细腰盈盈一握，体态婀娜，举止风流，眉眼传情。刘家兴一时愣住，着迷地看着，在风情万种的媚笑里一步一步迈进了温柔乡，如痴如醉。

自此，刘家兴整日与这名叫红绡的女子私混，每次归家必定会与家母娇妻言语龌龊地争执一番，而红绡却是莺莺软语好生劝慰，不久刘家兴索性连家也不回。红绡本就是风尘女子，早想摆脱卖笑生涯，幸得如意入幕之宾，家境富裕，而又多情，实在是自己后半生的好依靠。于是红绡拿出看家本领，

第2章 / 生嫉妒马员外施毒计
恋红绡刘家兴败祖业

迷得刘家兴寸步不离。

马怀德好不欢喜,暗地给红绡赎身,又置下一处宅院,让两人在此居住生活。刘家兴彻彻底底落入马怀德精心编制的温柔陷阱里,整日游手好闲,吃喝嫖赌,输了银两只需挂账,由马怀德先行垫付,月底结清。刘家兴好不快活地过着如此糜烂的逍遥日子。

只是这般快活却苦了刘家夫人王翠香,整日疲于应付上门讨债的人,哪有精力顾得上店铺的生意。加之马怀德暗地买通箅子匠村一些非刘家的工匠,每每出货都不如以往,一来二去,不到一年,刘家箅子店的生意一落千丈。谁料到,此时的刘家兴在外豪赌,输红了眼,硬是将赖以立足的祖屋典押了出去,一把输了个精光。店铺掌事见状,生了异心,卷了店里现银逃之夭夭。每日前来店铺索要货款之人堵了店门,哪有生意可做。一时间刘家被追债的传言闹得满城风雨,刘家似乎顷刻之间便会倒塌。

可怜王翠香怀有身孕,不得不强打起精神苦苦支撑着破败不堪的刘家。王翠香遣散了家丁女佣,典当了房屋,变卖了乡下的良田与自己的陪嫁首饰,才勉强还了赌债。后来她在城郊寻了一处房屋,拉扯一家老小暂时住下。刘家老夫人知无力回天,只怨自小宠爱娇儿,每日啼哭不已,不久病入膏肓。只因担心儿媳心生怨恨弃家离去,留下浪荡儿子无处安身,老夫人临死前将自己最后一点私房首饰送给浪荡子。自此曾经名震青城的刘家箅子店彻底败了。曾高悬店铺门楣之上的"天下第一箅"金字招牌也已换做马家店铺的。众多生意也被马家抢去。可马怀德万万没有想到,处心积虑吞并刘家店铺,背了骂名,却随着王安石大人的罢相,一场黄粱美梦终是成空,幸好收了刘家铺子,不然竹篮打水一场空。

王翠香生性倔强,年少之时便有"女君子"的美名,怎奈错嫁刘家兴,无可奈何。红绡本有意上岸,见刘家败了,竟拿出私房钱,挑唆刘家兴抛弃结发妻与她远走他乡。王翠香一人守着空屋破窑,一时苦不堪言,但只能忍着泪,因为肚中的孩子是她的希望,也是她苟活于世的唯一借口。左邻右舍大多听闻王翠香的遭遇,钦佩她的坚韧,唾弃刘家兴的不齿。以往做刘家

009

少奶奶时,王翠香是位乐善好施的人,大伙们念着她的好,不时帮她做点家事,分担愁苦。就这样靠周围穷苦邻居接济,王翠香帮人梳头、替人补衣勉强度日,好不容易挨到生下孩儿。

那是一个寒冬腊月雪花纷飞的傍晚。青城境内下了一场罕见的大雪。有人预言,不是天降灾星,就是天降福瑞,必有大富大贵之人降临青城。刚刚生下孩子的王翠香听完邻家大婶的话,有些意外,只是淡淡一笑。她看着襁褓中尚未睁眼的婴孩,强挣扎地坐起来,伸手抱着婴孩:"我不求大富大贵,只盼他将来能成有用之人,倘若做不了有用之人,也希望他能做个无害的闲人,不要害人害己,我也算心安了。"说罢,她的眼眶中噙满泪水。

"唉,翠娘别哭了,你看你有了儿子,也算是有了一生的依靠。千错万错都不是孩子的错,你千万要爱惜身子,儿子还要靠你抚养啊!"邻家大婶好生劝慰,"你看他生得多好,眼线长,额头宽,将来必定会有出息的。"

王翠香这才止住泪,"婶娘,这孩子既然一出生便注定了命运,不如叫他福瑞,婶娘你觉得行吗?"

"真好,到底是读书人家的,福瑞……真希望他能一生福相伴,瑞祥如意啊。"

雪花大朵大朵地在漆黑的夜幕中飘落,一盏橘灯给寒冷的夜平添几分暖意。刘福瑞安安静静地躺在母亲怀里吃奶。他还小,还没有睁开双眼,还不知道这人世间将有一番大事业要他去闯、去拼。

第3章
救书生慈母结善缘
为生计翠香探工匠

岁月伴随着运河缓缓流走,没有因为人的痛苦而驻足。王翠香靠给富足人家缝补衣裳、做些零活勉强度日。马家依然过着富足的日子。可是近来,不知为何,马怀德的老母生了一种怪病,浑身奇痒,皮肤却无异常,抓挠起来,痒得更是厉害,折磨得老人家寝食难安,脾气狂躁不安,动辄谩骂下人。一时间,马家上上下下小心伺候着,马怀德急得如热锅上的蚂蚁。青城郎中请了个遍,但个个摇摇头,抱拳告辞。

无奈之下,把银子当命根子的马怀德不得不听管家的主意,在青城大街小巷张贴告示,仿效当年王安石大人的做法,将百两黄金置于高堂案桌上,谁若入室医病成功,走时便可收入囊中。这一消息随着南来北往的商客传遍青城方圆几百里。乡间郎中一一来试,个个满怀信心而来,却垂头丧气而去,百两黄金扰得郎中心里痒痒,却束手无策。后来,不知从哪里冒出一位白面书生医好了马母。马怀德见白面书生口音生疏,便自食其言,起了歹意,不愿将百两黄金拱手相让,反而将白面书生硬生生地赶出马家宅院。

原来,白面书生慕青城"弦歌之都"美名,不远千里来拜师求学。谁能想到,如今青城早已没了德高望重、学识渊博的儒学泰斗。过了些许日子,盘缠花了个尽光，便在闹市卖字画度日。他略懂医术，思乡心切，眼馋黄金，便一试身手。马母患的是一种南方常见的皮肤瘙痒症。书生一看，心里乐开花，开了药方。果然药到病除，马母恢复了往日神采。书生被赶出后，不死心，又上门讨要，却被马家的家丁打了出来。书生咽不下这口恶气，便将马家告上官府。

县令苏清澈将如花似玉的女儿苏莺嫁给马怀德，自然包庇贤婿，徇私舞弊，稀里糊涂判了案，不了了之。告官不成，书生反而惹来马怀德的嫉恨。马家奴才常常侮辱欺负他，让他连在街市摆摊卖画也不能安宁，三天两头来捣乱，不是掀翻案桌，就是撕碎悬挂的字画。摊设不成，书生便流落街头。马怀德一边吩咐家丁奴才四处散布谣言，说那书生是个江湖郎中，私下里却威胁书生尽快离开青城，否则让他生不如死。此事在青城闹得满城风雨，人人皆知。

一天夜里，电闪雷鸣，风雨交加。书生饥寒交迫，身心疲惫，晕倒在街边的泥地里，恰好被路过的王翠香撞见。生性善良的王翠香见那人实在可怜，便背了回去。书生只是饿晕头，加上受风寒，才不省人事的。王翠香熬些姜汤，灌下去，书生便醒过来。

王翠香自然明白马家不会轻易放过书生，便劝他早些回家。那书生一五一十说了自己的境况，声泪俱下。王翠香哪能受得了堂堂七尺男儿哭诉，她那颗柔软的心早已融化，虽然日子过得紧巴，但也能挤兑出一些银子，将牙缝里省下来的银子给了书生，让他连夜离开青城。书生倒也是个有情有义的汉子，跟跟跄跄地跪地拜谢："我方贵仁今生绝不会忘记嫂子的搭救之恩，来日定会十倍于今日银两送还。"

王翠香微笑说："兄弟，这话我可受不起呀！谁还能不遇上点难处？你快快起来吧。"

方贵仁便乘南下的船只回老家去了。临走前，他偷偷写个欠条并塞在了刘福瑞的被褥里。

时光飞逝，日月如梭。方贵仁离开青城已七载。刘福瑞已由一个在母亲

第3章 教书生慈母结善缘
为生计翠香探工匠

怀里吃奶的小婴孩,长成调皮淘气的小男孩。王翠香每日除操劳家务生计,还教授福瑞识字,背《三字经》。小小的刘福瑞天资聪慧,很快跟着母亲读完《三字经》。可王翠香却不肯再教,寻思着将刘福瑞送入学堂,只可惜手中无闲钱,实在无法承担昂贵的学费。刘福瑞虽说年仅七岁,却少年老成、心思敏捷。自知家中穷苦,全靠母亲一人支撑,没有钱供自己念书,他便每日趁母亲去大户人家替人梳头缝补衣服时,溜到县内著名的"弦歌书院"偷学。

这日,王翠香刚从一户富人家出来,便见自家小儿站在大石上,扒着红色墙头,踮着脚,听院内的琅琅读书声,如痴如醉。见此景,她不由心酸难耐,清泪迷眼。

刘福瑞回头见母亲难过流泪,跳下大石,拉着母亲粗糙的手:"娘,你哭什么?"

王翠香抹了眼泪蹲下,拍打刘福瑞身的灰尘:"福瑞,想念书吗?"

刘福瑞挠挠头,想了想,狡黠地笑着:"娘,我不想念书,我就是来这里玩,听见里面好像唱戏的,一时贪玩就扒着墙头。"

王翠香微笑说:"福瑞,娘送你进学堂好吗?"

"嗯……娘,我们家有钱吗?"刘福瑞一双清澈的大眼里泛着期盼的光。

王翠香不知是说给刘福瑞听,还是说与自己:"放心,我们家福瑞一定要念书,一定会进学堂的。"

刘福瑞毕竟年幼,满怀欣喜地看着王翠香,欢跳道:"娘,真的吗?娘,我真的可以上学吗?太好了!"

王翠香长长叹息一声,看欢喜的刘福瑞,满是安慰:如此好学的孩子,好好教导,长大定能成才。只是每月的学费,她该如何承担?王翠香站起身,捋了捋额上散下的发丝,手不由自主地摸到发间的篦子,心里犹如明灯一闪。真是天无绝人之路!拿定主意,她领着福瑞往篦子匠村走去。

篦子匠村内的大多数住户曾经为刘家篦子店的工匠,深知这位刘夫人现在的处境,远远见她领着孩童进村口,都聚集在自家门口,有惬意者,有哀叹者。一时议论纷纭,喋喋不休。村内有一年长者姓李名方,已有七旬,人

013

称"篦子李"。他生就一双巧手、一对火目，所做篦子篦齿紧密，齿尖圆润，篦背雕工以精细著称，而对于木料选择更是堪称一绝。可惜世风喜奢侈，木制篦子随着刘家的败落也逐渐失去光彩。马怀德兼并刘家铺子后，不珍惜刘家所创制的木篦子，反而只收购金银角类篦子，而"篦子李"的篦子也因不合时宜被拒之门外。

"篦子李"不顾年高体衰，杵着拐杖直奔村口。他远远就看见当年刘家的当家夫人布衣荆钗，左手挎着给人梳头的竹篮，右手携着一男孩儿。"篦子李"念起往日在青城境内最繁华的街市旁那一片商铺，当年那貌美如花、举止高贵的刘家当家夫人，如今这般田地，不禁淌下浊泪。

"少奶奶……少奶奶……""篦子李"哽咽地呼喊着，想要行礼，却被王翠香一把扶起。

"李老伯快别这样，我早已不是刘家的少奶奶了，即便是当年，我也不敢担如此大礼啊！"王翠香声有悲切之音，犹如一口气堵在嗓子眼，哽咽着不能再言语。

"篦子李"被旁人扶起来，颤巍巍抖动花白胡子，混浊的眼瞅着那小男孩，伸出枯枝般的手抚摸着男孩的头顶："这是小少爷吧，长得跟少爷当年一个模样……"

王翠香忍不住，暗自垂泪。众人见了好生劝慰，将王翠香母子二人带往"篦子李"的住处。

"篦子李"的住所只是两间草屋，冷冷清清，断壁残垣，一片潦倒之相。王翠香倒有几分诧异，以"篦子李"的手艺，当年又是刘家主要货源之一，给的工钱都是头一份，而且刘家还将刘家兴的奶娘嫁给他，那是个勤俭持家的能手，即是几年内不做此营生，也不该惨淡到这般地步。

"李老伯……奶娘呢？"王翠香顺手搬来一把掉漆皮木凳，带福瑞坐下来。其余的人，都随"篦子李"站在一旁。

"哎……"篦子李抹抹眼泪，"那年老伴听闻少爷跟一个婊子跑了，气闷难当。你也知她本是少爷的奶娘，从少爷刚出世便伺候少爷，谁知少爷竟然如此荒唐，她多有自责，一口痰堵住了，没有缓过来，就去了……

"打她去了后，我手也笨，眼也花，越来越不中用了，哎……"

"可是您的手艺……"

"别提了……"一旁的老工匠愤愤地说，"青城境内现在只有马家商铺来此收购篦子，而马老爷喜好那些金器贵重之物，我们这帮做木器的根本瞧不上……"

"就是，就是，您说他瞧不上也就罢了，可是却不准其他店铺来收购木篦子，我们这些人只能靠那些平日里去乡间贩卖货物的贩货郎挣点钱。哎……"

"马家老爷太欺负人，自己不喜好还不准其他人卖。现在他在青城卖篦子算独一家……"

王翠香幽幽地叹口气，原来刘家兴衰不仅仅是她一人承担后果，还有眼前的这群人。

第 4 章
感世间篦子村话冷暖
筹学资陋室内夜烤梳

"好了，好了！别吵吵了！去打碗水来给少奶奶喝，还有小少爷……""篦子李"摆着手，看着瞪大眼到处打量的刘福瑞。

"小少爷看着可真机灵啊，以后一定会有出息的。"旁人纷纷附和，一人出去寻两只破碗，盛凉水送了进来。

王翠香接过碗，看着那缺口的蓝瓷碗，潸然泪下，泪珠一滴滴落到碗中……

"少奶奶……""篦子李"颤巍巍地从怀里摸索一番，掏出一个红绸包，递给王翠香。

王翠香一愣，明白里面是什么后羞红了脸："李老伯，您这是为何？"

"篦子李"笑着说："少奶奶，我十五岁那年流落到篦子匠村，饿晕在刘家工匠门口，幸亏太老爷收留我，让我跟随工匠学手艺，这才有了活路。我也从那时开始为刘家做活。这么多年，刘家太老爷、老爷对我恩重如山。如今刘家败了，少奶奶又一人抚养小少爷，日子过得必定十分艰难。当年我们老哥几个听闻少奶奶生下小少爷，不知有多高兴，想在少爷满月那天当喜钱给您送去，但是又怕您见了我们几个不自在。听说您靠替人梳头、做女红为生，我们就更不敢登门了，只是盼望着哪天寻个机会将这喜钱送到您手上。今天您来了，我们这心愿也算了了……"

王翠香眼泪飞溅，将红绸包推了回去："这钱我不能要……真的不能要……"

旁人却不停劝解，让王翠香千万要收下这番心意。

刘福瑞看两人推推搡搡一时化解不开，说道："爷爷，老子曾说'授人以鱼，不如授之以渔'……"

众人怔怔地望着刘福瑞。王翠香问："福瑞，这句话你从哪里学的？知道是什么意思吗？"

刘福瑞点点头，如深潭般纯净的眼眸里泛着欣喜："前天'弦歌书院'的先生与一个老和尚辨文。那老和尚说，这句话的意思是给人钱财以度一时之需，不如教人本领，受益一辈子。"

"篦子李"连连点头。王翠香叹口气，将红绸包放在桌上："李老伯，我此次前来也正是为了这句话。我本打算前来看各位工匠是否有木篦子，能不能先赊我几把，我按以往的老法子做，在世面上也好卖个好价钱，我儿今年七岁也该上学了……"

"可……唉……"众人一阵叹息。

"如今世面上多是嵌宝石的物件，这木篦子谁要？以往刘家店铺还在的时候，即便用最好的沉香木做，也不愁没人要，但如今……唉……"

王翠香说："的确如此，这几年我在青城给大户人家的小姐、夫人梳头，也见了她们的篦子，金钿翠玉，好不奢侈贵重。可好用的还是我手中的这把木篦子。"

"是啊，那些物件哪能比得上我们的。"

"就是就是！但是就怕城里卖不了，而且也用不起以往的香料、木材。"

王翠香微微一笑："其实不然，以往刘家所选都是上等物件，也不过是为了迎合世间的奢靡之风，其实刘家还有一种香料，只是所用之料卑贱，卖不出高价，所以被老爷弃用了。"

/篦子道/

"篦子李"连连抚掌,双眼如炬,仿佛年轻起来问道:"真的吗?"

王翠香说:"咱们是手艺人,还得靠手艺吃饭。老刘家的篦子要重整旗鼓,虽不能与马家相抗衡,起码能换得一口饭吃。"

很快篦子工匠忙碌起来,第一批木篦子做成。烤篦子并非易事,王翠香时刻盯着。这也是能否赢得客人青睐的关键。几把被油浸过的篦子被搁在大香笼隔子上,锈迹斑斑的炭盆内炭火熊熊。王翠香拿了一个香盒子,蹙着眉,火光红艳烤得王翠香双颊绯红,鼻尖隐隐冒出细汗来。她见盆内火过旺,便放下香盒,拿一盆炉灰,细细轻轻铺在火炭上。

刘福瑞抹着额头上的汗,问:"娘,为什么烤篦子要关门窗、不透风?为什么要用炉灰盖住火炭?这么小的火怎么烤得干?"

王翠香道:"福瑞这可是我们刘家的秘方啊!关门窗是怕风把炉灰吹到浸了油的篦子上,不干净。火大了,香球就会烤焦,会有糊味,而且木篦子吸收香气的时间太短,香沉不进木中。篦子是用香油浸过的,火大了,万一引燃油星子,那就不好了……"

刘福瑞似懂非懂地点点头。屋子内一阵暗香浮动,娘俩一人守着炭盆,一人借着烛光看书。刘福瑞突然想起什么,问:"娘,那个李老伯是什么人呢?我们家的亲戚吗?"

王翠香微微一怔,拿着火夹,轻轻拨弄着炭盆中香球,沉思片刻说:"福瑞,你要记住,李老伯是你爷爷,篦子匠村的工匠都是你的家人。无论以后你遇到什么困难,都不要忘记了。"

"嗯!娘,我记住了。"福瑞见王翠香额头沁出汗珠,起身出屋,拿了块毛巾吸了冷水,双手捧上,"娘,擦擦汗吧!"

王翠香见那张稚嫩小脸不由失笑,"福瑞啊,你还小……这个世界上做有钱人简单,但是想做一个有良心的人,好难……"

刘福瑞看了看香笼上的篦子,急忙唤道:"娘,娘,篦子烤糊了,冒烟了!"

王翠香忙去翻篦子,哪知被烫了手,只好收了手,连连吹着。刘福瑞帮翻篦子。只见慈母怕儿烫了手，孝子担心母亲伤了身，两人手忙脚乱地收拾着，乱作一团。

几日后，刘家重振旗鼓的消息被好事之人传到马怀德的耳里。他仔细问了刘家重新贩卖的篦子是何样式之后，哈哈大笑。

"卖给农夫用的木篦子，就算她卖一万柄，这辈子也翻不了身。"

"可是……"一旁的管家蔡福不无担忧地说着，"老爷忘记了？当年刘家就是凭一柄木篦子受到王安石王大人的垂青，被选为贡品的啊……"

马怀德一摆手，止住了管家的话头，笑道："当年不同今日，王安石离朝多年，何况他老母刚去世，又在服丧期间，一时也难以有何作为。就连那一向器重王安石、三番五次颁旨禁止奢靡的仁宗皇帝也驾崩了。如今的大宋，国富民强，那些达官贵人喜爱的多是黄白之物。京都曾传言一位年轻的后生，为得一个小婊子的青睐，出二十万贯打了一把犀牛角的篦梳，你说一柄木篦子能翻出什么浪来？"

"可是……老爷，刘家毕竟是制作篦子的行手。刘家篦子的这块金字招牌在青城还是有一定的名气。"

马怀德觉得有几分道理，在书房内踱着步子止住了："你派几个得力的人手去日夜打探，刘家一有动静马上回报。记住，一定要弄清楚他们每天的收入，篦子都卖给了什么样的人。"

"是，小的这就去办。"蔡福刚抬脚，却被马怀德叫住，"老爷，还有事吩咐？"

"为聪慧请先生的事情办得怎么样了？"马怀德满脸焦急之色。马怀德本想将儿子马聪慧送入"弦歌书院"让最好先生教授他学问，怎奈自己这个心肝宝贝，只去一日便被先生打回来。看儿子被打肿的手掌，马怀德真是有苦难言。

第5章
盼富贵顽童请名师
受讥笑穷孩闹学堂

众所周知，青城自从"孔门十哲"之一的子游任青城令以来，便崇尚儒家。何况宋朝历代皇帝都是崇文抑武，文人是得罪不起的，即便是先生打他马怀德的宝贝儿子，也只能忍着。

这几日以来，马怀德一直琢磨给儿子请位有名的先生。想他马怀德空有家产万贯，却只有这么一个儿子。虽说尚在壮年，只怕以后另娶妾室得不到正妻欢心。谁都知道他马怀德的正妻乃青城县令的女儿。在这马家，她可是说一不二的主，马聪慧又是她亲生儿子，如何能忍得他人再添子分家产？马怀德摸摸头顶，家家都有一本难念的经，只是他这本可是"狮子经"。

蔡福忙回话："老爷放心，夫人一直在过问此事。说选来的夫子一定要她满意了才行。夫人在京都的一位亲戚给夫人推荐了一位名士，近几日便到，老爷还是放宽了心，整个家里的大小事宜，夫人一向打理得妥当。"

马怀德冷笑两声，看向窗外。窗外依然是春天。葱绿的芳草铺展开来，几株桃树立在假山怪石边，开得绚烂无比。风舞时，卷起的花瓣飘飘洒洒，粉红花瓣落得到处都是。"桃花嫣然出篱笑，似开未开最有情。"马怀德沉吟着，随之又是长长的叹息。

第5章 / 盼富贵顽童请名师
受讥笑穷孩闹学堂

蔡福只能退在一边，垂手低头，用眼角偷偷看园中那几株桃树，琢磨着，如若夫人知道老爷吟了这样的诗，会不会命人将那几株桃树给砍了？

谁不知马夫人最忌恨"桃花"，连下人名字中带"桃"字的也一并改了，不然不能入马家做工。可老爷却偏偏在园中种下这几株桃树，真不知老爷怎么想的。马怀德没再言语，主仆二人看着那几株桃树，各自思索着。

不过半旬，青城境内家家户户都知，城里最有钱、最有权势的马家马老爷请了京都有名的先生傅儒风给成不了气候的儿子做老师。一时间街头巷尾众说纷纭，无不是感叹马家有钱，可怜那有名望的先生为马家做事。虽说可以赚到大笔银两，只怕也要搭上自己的名声。更何况马聪慧是出了名的调皮捣蛋，连"弦歌书院"的老先生都被他气得忘记仁爱，不得不动粗。真不知这位异乡人能待几天。

马怀德并不理会那些无聊传言，正欢喜地上下打量着傅儒风，果然是一高人。光那些头衔就令马怀德笑眯了眼。这傅儒风是京都里最有名的老师，曾被皇帝选为书房陪读，后因家中老父病逝，便回家服丧。待丧满回朝，一朝天子一朝臣，庙堂之上早已无他立足之地，这才不得不流落在民间"传道授业解惑"，与人为师。这桩桩件件，都令马怀德满意。这位傅老师，先不论能力如何，马怀德是一定要请的。哪怕他只是一个沽名钓誉的江湖骗子，马怀德还是要请的，只因这样一位名气在外的人物，即便当神供在家里，他马家也是面子十足。

马夫人也是满心欢喜，让管家给傅老师张罗住处，哪知傅儒风说不住马家内馆。马怀德有些不解，自己请的老师不住马家，那要住在何处？

傅儒风笑道："我虽是受人之托前来贵府做先生，可我也曾是朝廷的命官，有过封号之人，哪能如同那些寄人篱下的教书先生？我自寻一处住所便是。"

"这……那傅老师的润笔费要多少呢？"

傅儒风谦和地笑着说："待我明日去那'弦歌书院'，一观贵公子的天资，再做定论。"说罢拂袖而去。

马夫人掩口而笑，扯了扯马怀德的衣袍："这位老师，果然是一高人，与那些蠢才不同。"

马怀德倒有些忧虑："这人的底细，夫人尽知？只恐会狮子大开口。"

马夫人怒视道："怎么，你还信不过我？我办的事哪一件不是妥妥当当的？狮子大开口，就算他有蛇吞大象的心思，你也要把他给我留下来。傅老师在京都里不知有多少人家要请，他只是不想待在伤心之地，又碍着我家舅父的面子，不得不来，不然你以为他为何来你这土财主的家里？"

马怀德自讨了没趣，只能摸着鼻子，"夫人啊，我没说不请，您办的事，件件都正合我意。夫人别生气，你看气得粉都掉下来了……"说罢伸出手去，抬了马夫人的下巴，仔细看着……

马夫人娇嗔地一把拍掉他的手："我办的都合你意，那我再告诉你一件事吧，院子里的那几株桃树，昨个晚上被我叫人连根拔了，劈了当柴烧……"

"什么？"马怀德顿时赤红了脸，青筋浮出，"你说什么？"

"怎么？没听明白？桃树被我连根拔了……你干什么做出这副嘴脸来？我办得不对吗？"马夫人连连冷笑，一双白嫩嫩染着桃红色指甲的指头，轻轻划着马怀德的脸。

马怀德强忍怒气，扯出笑脸来："哪有，夫人办得都对，只是院里要拔树，应该先请位风水先生来看看，算一算，万一冒犯了哪位神仙，那可糟糕了啊。"

"哼！"马夫人收了指甲，掏出帕子来抹着脸："只怕不是冒犯神仙啊，就怕是犯了你马老爷的忌讳……几株桃树好拔，只是种在人心的桃花难除啊……"

"好好的，你怎么又提此事？老夫老妻的，说什么年少往事！"

"老？是啊，我是老了，想我苏莺当年也是青城数一数二的美人儿，如今一切都没了……所以不得不忍气吞声任你拿那些青楼里的小婊子来羞辱我，马怀德我告诉你，若不是因为聪慧……"

"行了……我的好夫人，不就是请那位夫子吗？我一定会请的……拔了桃树也没什么大不了的，夫人想种什么，明日叫管家去买就是了……我的好夫人，别生气，你看你生气的样子还是这么美……"马怀德觍着脸好声劝慰着，逗得马夫人娇笑不已。

第5章 / 盼富贵顽童请名师
受讥笑穷孩闹学堂

这一年，青城的繁荣达到了有史以来的顶端。大街两侧商馆店铺林立，南来北往的商客络绎不绝。茶馆客栈的店小二忙得不亦乐乎。担夫、小贩、船家、农夫身着短褥，头戴巾帕，脚蹬草鞋，在街市上游走。各种叫卖声奏响着一首嘈杂曲。披肩子、戴帽子的卖香人，穿长衫、束牛角带、不戴帽子的当铺管事，穿白色短衫、系青花手巾、卖干果的小孩，夹杂在熙熙攘攘的人流中，好一番热闹的盛世景象。

河岸垂柳如烟，随着微风飞舞，柳条宛如少女的发丝温柔无比，轻轻驱走了炎热；翠柳成荫，遮住了烈日的炙烤。大概是这个八面透风、翠柳成荫的地方是歇脚乘凉者最佳选择的缘故吧，行色匆匆的巨商大贾、贩夫走卒无一不在此驻足，甚至有的靠着"弦歌书院"的外墙歇脚。

弦歌书院内，刘福瑞正摇头晃脑、拿腔捏调地模仿着老师的样子，背诵昨日学过的《论语》。

"子曰，克己复礼为仁。一日克己复礼，天下仁焉。为仁由己，而由人乎哉……"

身着对领长衫的老师，一手拿着戒尺，一手捋着花白胡须，微微点头，眉梢上翘，眉目间透着满意的神色。

坐在一旁的马聪慧却不以为然，小脑袋左转右晃，眼里充满着不屑，好像在说："背文章又不能换糖葫芦吃，更不能换风筝玩。"屋外树枝上叽叽喳喳叫个不停的喜鹊早就把他的魂勾走了。远处传来糖葫芦的叫卖声和咚咚响的拨浪鼓声，更惹得他有些不安分起来，他恨不得马上跑到街市上，哪里还有心思听人背诵圣贤书。

在众学子啧啧赞叹的声音里，刘福瑞稚嫩但不失嘹亮的声音也打住了。老师的眯眯眼顿时亮了许多，也大了几倍。他有些赏识地赞道："福瑞，看来你必是下了一番苦功。不然，如此饶舌冗长的文章，恐怕很难一字不差地背诵出来。你们要向他学习呀！"

"先生，我没怎么用功。昨儿跟着您念完数遍，便烂熟于心了。"刘福瑞眨着眼争辩道。

先生略有怒色："'君子耻其言而过其行。'难道你忘了吗？君子认为那种言过其实的做法是可耻的。"

刘福瑞刚进私塾几日，见先生怒目威言地告诫，便低头不语。况且他娘王翠香再三叮咛不可顶撞先生，要尊重师长。

迟迟没有听到先生的下课令，马聪慧早已按耐不住。他正惦记着外面树枝上的鸟雀和香甜的糖葫芦呢！

"老师，怎么还不放学，跟这等野种有什么好多语的！"马聪慧笑骂着，引来学堂之上一片哄笑。

马聪慧的陪读马强更是火上浇油地喊道："野种是什么意思啊！"

"野种就是生下来没有爹！"马聪慧得意地笑着，早已忘了几日前才被老师打过的事。

此时，老师气得满脸通红，花白的胡须抖动着，却发不出声音来。

"我不是！"刘福瑞大喊着，冲到马聪慧面前站定，"我不是……我有爹，我的爹叫刘家兴。"

"野种，滚远一点，你还当你是刘家大少爷呢！你刘家大院早就被我爹改造成养马场了。你还是赶紧回去看紧你那在街边卖箅子的娘吧！免得她跟野男人跑了，你就连娘都没了！"

刘福瑞闻言，赤红了脸。平日里虽然有伙伴常常取笑他没有爹，可娘总说爹是个有德行的人，为了赎回刘家大院，背井离乡，乘舟南下经商。父亲在他的心里是一个伟岸高大的形象，一个模糊的幻影。此刻，闻此恶语，他怎能容忍他人诽谤伟岸高大的父亲呢？

刘福瑞不由得红了眼，猛地扑倒马聪慧，骑在身上挥舞拳头，一泄愤慨。

马聪慧慌乱中没有防备，只有招架之力，痛得嗷嗷乱叫。一帮平时得到马聪慧好处的小伙伴，在马强的带领下，如潮水般涌向刘福瑞。刘福瑞势单力薄，被一群小家伙围殴。学堂上一片混乱，老师此时也不气了，摇着铃大声说："今天所有的学生都不许走！"

窗外一位穿着白衫的儒士见状，冷笑不已，一路狂歌，大笑着甩着宽袖而去。

第6章

忍羞辱慈母讲故事
拜先生苏莺煮香茶

王翠香看着衣衫不整、狼狈不堪的刘福瑞，顿时气由心生，抓起桌案上的鸡毛掸子，朝刘福瑞单薄的身上打去。

刘福瑞知道自己错了，却没有哭出来，硬是憋着，让泪珠在眼眶里打转。他那小嘴巴紧紧地闭着，强忍疼痛。

王翠香的泪珠先滚落下来，滴在刘福瑞的小脑袋上。她扔掉了鸡毛掸子，猛地抱起儿子失声痛哭起来。

此时，刘福瑞再也无法控制，泪如泉涌。悲凉的痛哭声萦绕在青城天空，是对马怀德家罪行的讨伐，也是对痛苦压抑的尽情宣泄。

娘俩胡乱吃过晚饭后，王翠香细细问了事情的经过，听完刘福瑞的哭诉，王翠香不由得叹息。平日里，她总说刘家兴的好，就是怕刘福瑞自卑，觉得自己是一个被父亲抛弃的孩子，可谁能料，人言可畏！一个孩童都出言如此不堪，那成人的世界里，又会有多少闲言碎语。即便不是孩子的错，可最终受到伤害的却还是孩子，以教化民众为豪的"弦歌书院"也不过如此，这世上还有什么地方是真正的宽容之所？王翠香叹了口气，拿帕子擦了擦刘福瑞的脸："别哭了，都哭成小花猫了。"

刘福瑞破涕为笑,看了看王翠香,拍手笑道:"娘是大花猫,我是小花猫……"

王翠香伸出食指点了点刘福瑞的脑门心:"你啊,快去洗把脸,娘给你讲故事听。"

母子二人坐在烘烤篦子的香笼旁,空气中弥漫着淡淡的香气,只听王翠香缓缓地说:"韩信原为一百姓,在街市之上受人侮辱,钻胯而逃。可此后,韩信却发奋图强,成为一代名将……福瑞你明白这个故事的意思吗?"

刘福瑞歪着小脑袋想了想,点点头说:"我知道了,意思是要学会忍耐。"

王翠香点点头:"记住,退一步海阔天空,忍一时风平浪静。不要因一时之气,争一时长短。"

"孩儿知道了,我将来要做一个有良心的君子,不与人争一时长短……"

王翠香淡笑着,将刘福瑞揽进怀里,抚着他柔软的黑发:"福瑞,你可是娘的希望,娘一生就指望你能做一个好人,娘一生的希望就在你身上了……"

伏在王翠香温暖的胸口上,刘福瑞似乎回到了婴儿时代,躲在娘的怀里吃奶、睡觉。这儿是他觉得最安全、最温暖的地方,所有的委屈和苦难,都在这儿消失得无影无踪。不知不觉中,刘瑞福沉沉睡去。

王翠香却是哀叹不已,呆呆地望着香笼之上一排排的木篦子,心中隐隐觉得不安。

这几个月来,"篦子李"等几位老工匠所做的篦子卖得并不理想,城里根本无法售出,即便有想买的,也都是穷困人家,一把篦子除去人工、成本,根本赚不了多少。眼下连做篦子的工钱都还没有着落。

买香油、香料的钱也是靠变卖传家的首饰换来的。那可是她最后的家当了,原本想留在最艰难的光景拿出来救命,只怕这次要赔进去了。只不过,前几日常常去乡下贩货的货郎拿了几十把去,不知卖得如何?这也许是他们的一条活路。乡下人多朴实,不喜金银之物,也不知这木篦子是否符合他们的需求?这篦子如今已不仅仅是王翠香一家的希望,也是篦子匠村里那些老工匠的希望。一家的兴衰,不过是几个人的疾苦,可没想到自家不振,反倒

第6章 / 忍羞辱慈母讲故事
拜先生苏莺煮香茶

牵连了如此多的人家。想起"篦子李"那几间破屋，面黄肌瘦的老工匠们那期盼的眼神，以及那几位继承了自家手艺而无活可干的后生们，王翠香不由得心里生出几分感伤，整个身心犹如一块巨石般沉浸在黑色无边的寂静夜色里。正想着，一阵急促有力的敲门声打破了夜的沉寂，拉回了王翠香的思绪。王翠香整理好衣衫去开门。

那是篦子村里一位张姓老工匠的后生，叫张平。他跑得气喘吁吁，满头是汗，见了王翠香连忙笑道："少奶奶，'篦子李'让我跟您带话，说去乡下的货郎回了，这次要一千把木篦子呢，定金都付了。还说等他联系好了其他地方的货郎，会要更多的篦子呢……"说着，张平从怀里掏出一张便笺和沉甸甸的钱袋来。

王翠香有些难以置信，成功是否来得太简单了？接了便笺和钱袋，看见那便笺上写着合约、定金数目，王翠香顿时将便笺捂在胸口，长长呼出一口气，见那张平正裂开了嘴，朝她傻呵呵地乐，连忙从钱袋了拿出一些来，递了过去："你回去把这钱给李老伯送去，这是结上次的账和这一次的工钱。这次的货物，叫李老伯千万要按时交上来。"

"嗯！"张平将钱收好，笑着说，"现在我们有活路了，以后我们都要指望少奶奶了。"

王翠香叹了口气："我不是少奶奶，你也与我年纪相仿，叫我大嫂吧……去吧，路上小心。"

张平张着嘴半天不出声，憨厚地笑着说："我……还是叫您少奶奶顺口……"

看着张平的背影消失在夜色中，王翠香倚住门框，心想也许老天爷真的开眼了。不知什么时候，刘福瑞站立在一边，揉了揉惺忪的睡眼问："娘，我们家赚钱了吗？"

"快了。"

"那可以把李爷爷接来一块住吗？他一个人住那里好孤单的……"

"等娘赚了钱就盖好大的院子，把篦子匠村的老爷爷、老奶奶都接来一

027

起住，好吗？"

"嗯，娘，我们一起住……"

马家的书房里，无处不显示着"富贵"二字。汉白玉的镇纸，篆刻金砚台，上好的宣纸和墨，墙上挂着历代大师的名作，却不知道为何，毫无书香之气，只闻铜锈之恶臭。

马怀德狐疑地看着傅儒风，笑道："先生为何不想收我家小儿？难道嫌我出的银两太少？"

傅儒风不语，径直捧了茶碗，细细品着茶，见马怀德已经拉长脸才笑道："马老爷是这青城首屈一指的富贵人家，哪怕在京都也算得上是大户，我怎么会有钱而不赚呢？只因为贵公子过于娇纵，而我对徒弟要求甚高，只怕日后会多有得罪，令马老爷不满，但如若睁一眼闭一眼，又恐污了我的名声，所以只能抱歉了。"

马怀德连忙堆满了笑，肉包子般肥嘟嘟的脸庞如同绽放的花朵，说："先生，此言差矣，严师出高徒，我家小儿若是不听话，只管打，我绝不会说您半个'不'字。这不，我那小儿，前几日还在'弦歌书院'被那里的老夫子打了，我不是一样没有吭气吗！我虽然是一个商人，但尊师重道还是懂的。"

傅儒风大笑着放下茶碗，弹了弹弄皱的长衫，气定神闲地说："马老爷，其实贵公子天资聪颖，乃可造之材，只是集三千宠爱于一身，有些刁蛮任性，不知收敛。如若稍加调教，日后必定会成大器……"

马怀德听罢，一双眼眯成了细线，欣喜之色溢于言表，连忙站起身来，对傅儒风弯腰行了个礼："这还要请傅老师多多管教，多多费心！"

傅儒风收了笑容，重新捧起那碗茶，看着碗中茶汤上漂浮的茶叶，眉尾微微一挑："素来茶不分贵贱，只是喝茶之人分贵贱。主人家奉茶自然会看出客人的身份，马老爷今日的茶嘛……"说罢他放了碗盖，伸出小指来，挑出那泡在水中的茶梗。

那茶梗飞弹了出去，正中马怀德的脑门。马怀德讪笑着，抹去了飞溅在

第 6 章 / 忍羞辱慈母讲故事
拜先生苏莺煮香茶

脸上的茶梗与水迹，笑道："先生来我家，怎能怠慢呢？先生是我马家最尊贵的客人，我可是叫下人奉上最好的春茶，莫不是下人分不清，泡错了吧！"

说着他虎起了脸，直起身，朝门外喊去："来人！谁奉的茶，不是说要给傅老师奉上最好的春茶吗？去找夫人来，叫夫人将她的女儿春奉上，给老师品尝一下。"

傅儒风微微一笑，放下茶碗。两人在书房里攀谈时，便听见耳畔传来一阵如百灵鸟般清脆的笑声。

"我当是出了什么事呢！原来是傅老师嫌弃我们家的茶啊！先生这般风雅之士，如何能喝得下人煮的茶呢！"

傅儒风抬眼一看，马夫人正站在门口，身后跟着两位丫鬟，捧着香炉、茶具。只见马夫人今日穿了一身艳红对襟长衫，滚着金丝边，大朵的牡丹花儿衬着翠绿的叶，盛放在红色的丝绸之上，一根白色缎带懒散地拖在地上。头上插着一对染成五色的犀角大梳，两边又斜插了一对金篦，一只蜻蜓口含珠花，半坠在发髻边，上挑的凤眼正滴溜溜地打量着他。傅儒风连忙起身行了礼。

马夫人掩口笑道："先生不必多礼，小妇人今日来为先生奉茶。"说罢两个丫鬟上前将茶具一一放下。

马怀德颇有几分得意地说："寻常人家，都是将煮茶室与客室分开，其实不然。烹好茶，如若要经下人之手，那茶也少了几分滋味。我家夫人年幼之时，曾随一位得道的高人研习茶艺，那可是不常拿出来的好手艺，今日先生前来，马某也正好跟着一起沾光！"

傅儒风听罢连连道谢，两人坐在一旁，细细观赏着马夫人烹茶。

马夫人一双纤纤玉手将大片的茶叶拿起，放在生好的香炉之上细细烤着，一时间茶叶的香气慢慢浮动，充盈了整个屋子。待茶叶中的水汽去了大半，马夫人将那叶儿切碎，先烫了烹茶的结条金丝壶，再将茶叶放入，拿冒着热气的水壶浇着，却不留茶汤，待二次注水后，加入玫瑰花，放在小炉上慢慢煮着。茶的气息在室内扩散开来，傅儒风不禁吟道："春风解恼诗人鼻，非叶非花自是香。"

碧绿的茶汤盛在金色小盏中奉了上来，傅儒风并不拿盏，反倒是仔细打量了马夫人的娇羞之色，直到发觉忘了形，才伸手取了那茶盏。金杯玉盏，那茶汤恣意盛放在碗盏之中，显得艳丽无比。尤甚马夫人那一双醉眼儿。

马怀德并未注意，只是美滋滋地品着茶，心里盘算，等下要怎么与这位傅儒风杀价。

那马夫人本就不是个安分的人。平日里自恃甚高，瞧不起马怀德一身铜臭，若不是父亲威逼，她怎会将一个小小的商人放在眼里？久而久之，马怀德对她也死了真心。别说她整日里操持马家、掌了权，但是寂寞芳心谁能懂呢？马怀德整日里除了生意，便是与一帮狐朋狗友出去寻花问柳，冷落娇妻。她如今虽有令人羡慕的风光地位，却是用自己几年的春华换来的。今日见了文雅的傅儒风，马夫人那几年前便死掉的心如春天里的小虫儿开始复苏，蠢蠢欲动。三人满怀心事地喝着茶，管家急冲冲地跑了进来，打破了这一屋子的春气。

"老爷……"管家见有外人，立即垂了手，低头立在一边，将满腹的话生生咽了下去。

"什么事，天塌下来有我呢，慌里慌张的，不成体统……"马怀德训斥着，欠身对傅儒风说道："先生慢慢品茶，我还有事……"

马夫人正好想支走他，连忙接话道："正经事要紧，我来照顾先生吧。"

出得门来，马怀德低声喝道："什么要紧的事？"

"刘家那边有大买卖了，贩货的货郎定了一千把木篦子……"管家小声说着，满目惊慌。

马怀德阴笑连连："真想不到这刘家的本事不小啊，一个木篦子也能让他们翻身。我倒有几分佩服了！"

"如果他们做成功了，只怕以后……"

马怀德又是冷笑连连："成功……休想……你俯耳过来……"说罢两人咬着耳根。一时院内阴风阵阵，乌云遮住了如同燃烧起来的日头。

第 7 章
倾油灯老刘家招祸灾
困娇娥王翠香陷牢笼

这几日,刘家那几间瓦房里可是热闹非凡。

王翠香怕延误了交货日期,失信于人,整理了一间空房出来,用作烤篦子,又请了邻居家的大婶、姑娘们都来帮忙。

一排排漂亮的木篦子整齐地摆在香笼之上,一双双巧手翻飞,一滴滴香汗滑落。

姑娘们欢声笑语,优美的歌声一支支飘出窗棂,在夜色中飘荡得很远很远。

前来送篦子的张平远远听见了,一时也愣住了,兴冲冲地跑了过去,敲开门。

王翠香见是他,不由得宛然一笑,隔壁嘴快的大婶见了也取笑道:"我说张家的小哥啊,你怎么又来了,一天跑三次,不累吗?要不你干脆在这里住下,也好照顾,省的你家大嫂惦记啊。"

"婶娘……"王翠香羞红了脸。她虽也曾是大户人家的小姐,却明白这些粗言粗语并非是作践人,只不过是打趣,也并不会拿娇生气。

"就是就是!你看啊,这样敲来敲去,时间长了,怕是会把门敲坏的。"

那可怎么办啊？"

"那就让这张家小哥守门呗！"

一群姑娘媳妇逗着乐，张平闹了个大红脸，不知所措，呆站在那里。

"这个……这个是……李老伯让我送来的……"说完，张平将一包箟子递了过去，拔腿就跑。

身后的笑声更大了。张平火烧屁股般奔跑着离开了刘家院子，正恰遇到下学堂回来的刘福瑞。

"叔！你跑什么？不吃完晚饭再走吗？"

"不……不……少爷……"

"我娘说你是叔，不准你叫我少爷！叔……"刘福瑞笑眯眯地说："叔，你说想要学认字，我今天教你好不？"

张平有些为难，挠着头，蹲下身来："福瑞，今天叔不敢去你家，你家女人好多……"

"哦！孔子说'唯女子与小人难养也'。那叔我们去河边耍耍好吗？"刘福瑞拉着张平的手问道。

张平点了点头，担心地问："你放学了不回家，那你娘不会担心吗？要不回去说一声？"

"我也怕那些女人啊！"刘福瑞苦着脸说，"她们老是拧我的脸……你看我都长胖了好多……"

"长胖？"张平不解地仔细打量着刘福瑞。

"是啊！"刘福瑞点了点头，"你看，我都被她们拧肿了，是不是长胖了呢？"

两人对视而言："唯女子与小人难养也……"

张平抱起刘福瑞，将他扛在肩膀上，迎着落日渐行渐远。

这边王翠香等人正将新箟子浸入香油里。

王翠香叮嘱大家小心火星子，不要引燃了这香油。以往在刘家，香油与烤箟子的香笼是分院放置的，只是今时不同往日，小小的三间破瓦房，已经

第 7 章 / 倾油灯老刘家招祸灾
困娇娥王翠香陷牢笼

是她全部的家当了。

轻抹了额头上的细汗，她长长呼出一口气，满足地看着那堆筐子。那是她和福瑞的未来，是生的希望，是筐子匠村的众多老少的希望。

有些疲惫的她，靠在院子里的柳树下静静地睡了。

众人见了，纷纷忍笑，放轻了说话声，只怕扰了她的浅眠。

张平正带着刘福瑞在运河边玩耍，忽见人群骚动起来，乘凉的人们纷纷向一边涌去，那正是刘家所住的地方。

张平急忙带着刘福瑞往回赶。

一路上听说有户人家失火了，院子里放的香油缸不知怎么燃了……

刘福瑞越听心越急，却不知他们说的可是自己家，跟着张平屁股后面往家里跑。

还未进街道，他便见自家的院子里浓烟滚滚。

浓浓的烟雾如同一条黑色的巨龙，盘旋在刘家的小院内。

橘红色的火苗吱吱作响，吞噬了刘家整个院子，邻里纷纷拿着盛水的器具，站在院外向里泼水。

众人哪里知道那香油遇水而走，一时间，水载着油，油燃着火，铺天盖地地烧了过去。

张平急忙奔上前去，逢人便问："里面还有人吗？伤了人吗？"

邻里大婶满脸的烟灰，正惊慌失措，见了张平顿时哭了出来："快……快进去……你家嫂子还在里面……"

张平没多言语，一咬牙，拎了桶冷水浇湿了自己，猛地冲进了火海。

"娘……"刘福瑞顿时冲了过去，"娘……娘……放开我，我娘在里面。"他挣扎着，那里面是他唯一的亲人啊。

几个婶子死死拽着刘福瑞的小身子不松手，好言相劝道："福瑞，你娘会出来的，你叔叔会将她救出来的。"

正哭闹着，只见火场中蹿出一个人影来。那是张平抱着已经昏厥的王翠香出来了。

张平刚出院门，身后一声巨响，刘家唯一的财产——三间破瓦房倒塌了。

一场大火烧毁了王翠香多年的心血，也烧掉了篾子匠村众多老工匠的期盼与血汗。

王翠香站在残垣断壁之上，环视着四周，她辛辛苦苦建立起来的这个赖以为生的家，说没就没了。那一瓦一砖凝结着她的辛苦和汗水，全部化作灰烬。所有的希望都随着这把火一起破灭了。她呆呆地站在那里，欲哭无泪。

"福瑞娘，想哭……就哭出来吧……"邻家大婶见她那副失魂落魄的模样，不禁也抹着泪。想当年那个浪荡子刘家兴抛妻弃子之时，都不见王翠香这般模样。

张平满脸痛楚地立在一旁，却不知该如何劝解。

刘福瑞走上去，拉着王翠香的手："娘，古人云'天将降大任与斯人也，必先苦其心志，劳其筋骨，饿其体肤'。娘，我们不怕，娘不是说，不看一时成败吗？"

王翠香抹着眼泪看了看年幼的刘福瑞，蹲下身子说："福瑞说得对，你看娘都忘记自己说的话了。"

"嗯，所以先生说要日省三身啊！娘，不要哭了……"

王翠香哪里忍得住泪，一把抱住刘福瑞的小身子，号啕大哭起来。她并非哀叹自己命运不济，而是如此懂事的孩子，为何偏要小小年纪承受如此多的苦难，不知日后，他还要承受多少？

几人正在那里哭着，却见一群衙役进来。

那衙役问道："谁是王翠香？"

"我是！不知您找我……"

"锁了！"领头的衙役一挥手，一条粗铁链子便将她锁了起来。

张平见状连忙阻拦道："你们为什么抓我家少奶奶……凭什么？"

衙役冷笑着说："凭什么？有人告她骗人钱财，拿了定金却不交货！"

"我们没有骗啊，是突然着了大火才无法交货的……"邻家大婶焦急地

第 7 章 / 倾油灯老刘家招祸灾
困娇娥王翠香陷牢笼

解释道。

"我不管你们什么原因,反正如今对方已经把你们告到了县衙,你们去那里说吧。"说完,他一挥手,几个衙役押着王翠香就要走。

刘福瑞见状连忙拦在前面:"不行,你们不能这样抓我娘。我娘是好人,我娘不是骗子。"

"滚开,小兔崽子别挡道。"领头的衙役一把将刘福瑞推到一边。张平见了连忙冲上去,扶起刘福瑞,从怀里摸出几串钱来。

"官爷,官爷,我家少奶奶以前到底是个体面人,请官爷好生照料,这点钱孝敬官爷们喝点茶。"

那领头的衙役见了,嘿嘿一笑,掂掂文钱,点了点头,一挥手说道:"兄弟们,轻着点,这可是以往青城'天下第一篾'的少奶奶,听见没,体面人,对人家客气点!"说罢几人大笑着。

王翠香牙关紧咬,却仍旧一言不发,只是留恋地看了看刘福瑞,说道:"福瑞你记住,一定要好好读书,好好做人,别落下了功课啊。"

"娘,娘,你别走,你不是坏人……你不是骗子……他们抓错了人……"刘福瑞哭喊着,小脸蛋上泪痕交错。

"走吧,走吧……"领头的衙役押着王翠香离去了。

刘福瑞紧追着人群,他知道那是他唯一的亲人,如果失去了娘,他该去往何处……

张平一把抱起了刘福瑞说道:"福瑞,去叔叔家好吗?"

刘福瑞抽泣着点了点头:"叔,我娘不是坏人,我娘不是骗子,他们抓错人了……"

张平点着头咬着牙说:"狗官,定是收了人的好处……福瑞你要记住,你娘是天底下最好的娘、最善良的人。不管人家怎么说,你都要记得叔叔今天说的话,你娘是最好的女人。"

"我知道。"

"即便所有人都说你娘是骗子,你也要记住你娘这几年为你做的事、吃的苦……你娘是最好的女人！"

"嗯！"

两人正说着，邻家大婶与几个往日来帮忙的女人家拎着包袱赶了过来，拉着刘福瑞又是一阵痛哭。

邻家大婶对张平说："他叔，我家孩子多，也收留不了这孩子，听说你要收留小福瑞，这点衣物、用品，你收下吧……"其他几个女人家也是抹着泪递上了衣物，张平推辞道："这哪行，我家嫂子说过，还没有给你们结工钱。现在哪能再收你们的东西。"

"唉！都是命不好啊！怎么就着了火呢？"大婶抹着泪哭，硬是把包袱塞进张平的手里，"你个男人家的，哪会做针线，又没有娶媳妇。谁能给小福瑞缝补、做衣裳？以后若是有难处，只管来找我们。"

"是啊，别的不说，做两件衣裳还是可以的。"

张平见状跪下来说道："谢谢各位婶婶、嫂嫂。如若我家嫂子能过这一难，必定会结清所欠的工钱；如若嫂子不能躲过此劫，我张平也必定会还清的……"

"别这样，快起来，快起来啊！"女人们连忙搀扶起张平。

刘福瑞也跟着跪下说："我娘欠的钱，我一定会还的……"

篾子匠村内愁云紧绕。"篾子李"坐在破草席上，周围几个上了年纪的老工匠不停地叹息着。刘福瑞与张平坐在角落里各怀心事地听着"篾子李"安排他们的命运。

"篾子李"终于不再沉默，说道："这火，很奇怪……少奶奶一直是个谨慎的人，怎么会燃起火来呢？"

"是啊，只怕是有人故意放火，但是谁能说清楚……"

"篾子李"叹着气说道："目前最重要的是把少奶奶救出来。只要少奶奶在，我们这些老兄弟还是有活路的。"

几个老人对望着，担忧地说："问题是人家要是别有用心……只怕很难救少奶奶出来！"

第7章 倾油灯老刘家招祸灾
困娇娥王翠香陷牢笼

"是啊！刚失火，就告了官，哪有这么巧的事？一定是算计好了的！"

"就是就是……"

"难道就不救少奶奶了？"张平腾地一下站了起来，嚷嚷道，"少奶奶一个女人家，待在那个地方，那是少奶奶能待的地方吗？"

"住嘴！这里有你说话的份儿吗？墙角待着去！"张平的爹顿时气得满脸通红。

第 8 章
百家饭孤儿誓报恩
拜恩师福瑞论交道

张平张了张嘴,硬是将想说的话咽了回去,埋头蹲在墙角里,嘟囔道:"少奶奶怎么办,难道就让她待在那里?做人不能这样啊……"

"去去去……带少爷出去耍去……"

"笸子李"咳嗽了两声:"好了!别说了。我说平子,你收留福瑞小少爷不合适,你又没个媳妇,将来要是你家媳妇不喜欢,怎么带的了?我看福瑞小少爷还是跟着我吧!大伙一起照料,也比一个人强,唉……穷苦人家凑合过吧。"

张平扇动着嘴皮,半晌憋出一句:"娶媳妇?我家穷得只剩下两床铺盖卷了,谁能嫁到我家来?"

"你个臭小子,不要以为我不知道你的心思。你也知道自个儿家里穷,别做梦!癞蛤蟆想吃天鹅肉,少奶奶是你想的?你想想都污了少奶奶的名节!"张平的爹气得起身就想打。

"笸子李"摆着手说:"行了,别乱扯,现在先想想怎么把少奶奶救出来。刘家笸子这杆大旗一定要少奶奶才扛得起来啊!"

第8章 百家饭孤儿誓报恩 拜恩师福瑞论交道

"就是,只有老李叔是个明白人。"几个人随声附和着。

刘福瑞突然跪在地上说:"'男儿膝下有黄金',但是今天福瑞给各位大伯、大爷磕头了。请爷爷、伯伯、叔叔们一定要把我娘救出来,我替我娘谢谢各位爷爷、伯伯、叔叔了。"说完刘福瑞咚咚磕起头来。"篦子李"连忙站起身来,一把拉起了刘福瑞,老泪纵横,仰天长叹:"老爷啊,您在地下有知,也该瞑目了!您家的孙少爷将来一定会重振老刘家的啊!"一时间,闻者无不抹泪。

青城大牢阴暗的牢房里,虽是白天,却燃着火把,空气中弥漫着恶臭与火把燃烧时释放的松香气味,浓烈刺鼻。

王翠香靠牢房里唯一一扇窗户透过的阳光,来分辨日夜交替。五天了,日头落下去了五次,不知福瑞怎么样,可曾吃饱,还在念书吗?

一阵锁链的叮咚声,沉重的牢门吱呀着被推开了,"篦子李"与刘福瑞相互搀扶着走了进来。"篦子李"边走边对牢里的衙役道谢:"有劳官爷了,多谢官爷!"

衙役讪笑着,手里掂着几贯铜钱,叮当的金属碰撞声在寂静的牢房里显得格外刺耳。

刘福瑞稚嫩的童音响起:"谢谢官爷!娘……娘……"

"福瑞……"王翠香听到后,连忙从草堆里站了起来,扑向牢门的木栅栏,从空隙里伸出手来,"福瑞,福瑞……娘在这里,娘在这里。"

"娘……"刘福瑞哭喊着,松开"篦子李"的手,抱着食盒扑到王翠香的牢房前。

王翠香泪流满面,背过身去,整理了乱发,用衣袖擦了脸,才转过身来,笑道:"福瑞,你怎么来了?"

"娘……"

"少奶奶……""篦子李"也颤颤巍巍地走了过来。

"老伯,您……老伯这牢房里湿气大,您不该来……"王翠香忍住了泪。

"少奶奶……您受苦了……"

"别这么说，李老伯，我有事求您……"说罢，王翠香跪了下来。

"篾子李"连忙隔着牢门扶着说："少奶奶使不得啊，少奶奶您昐咐……哪怕要了我这把老骨头也行啊！"

"老伯，我家福瑞自小就无父，他太可怜了。福瑞是个好孩子，是老刘家唯一的血脉，也是我唯一的希望。老伯若真念着老刘家对您的好，老伯赏他口剩饭，只要能把他拉扯大，我死也瞑目了。老爷泉下有知，也会念着您的好！"

"少奶奶别这么说，只要篾子匠村的老工匠有一口饭吃，绝对不会饿着小少爷的。"

王翠香点了点头，慢慢地站了起来："福瑞，你给李爷爷跪下，从今以后他就是你的亲爷爷，明白吗？"

刘福瑞忙跪着对"篾子李"磕头说："爷爷，以后我就是您的亲孙子。"

"小少爷……你这不是折我的寿吗？小少爷快起来！"说着，"篾子李"扶起了刘福瑞，对王翠香说："少奶奶，您放心，我们几个正在凑钱把您救出去。刘家不能没有您。"

王翠香冷笑着说："老伯别费钱了，留着吧！既然他们把我弄进来，绝对不会这么轻易放我出去的。老伯，您要真想救我，能帮我把欠的工钱先结了吗？我家废墟下还有一点钱，那是当初我刚进门时，太夫人送的一件首饰，您帮我当了。大伙都是穷苦人，我不能让他们干了活，没有钱拿。老刘家不做这事，刘家的名声不能败在我手中。"

"少奶奶……您到现在还惦记着我们……"

"老刘家几百年不倒，就是靠着'仁义'二字。我不能让人戳我们老刘家的脊梁骨，说我们不仁义，老伯您明白吗？钱留着给大伙们发工钱，不要白送了他们。他们可是比猛兽还要可怕，这点钱满足不了他们的。"

正说着，衙役走了过来，推搡着说："好了好了，时间到了，走……走走……"

第8章 / 百家饭孤儿誓报恩
拜恩师福瑞论交道

刘福瑞跟着"篦子李"回到篦子匠村。张平早早地等在村口，见二人回来，连忙迎了上去，搀着"篦子李"关切地问："李伯看到少奶奶了吗？她好吗？怎么说？"

"唉！少奶奶叫我们不要救她，别浪费钱，唉！"

张平有些不解，想了一会儿，咬着牙，哼声道："这帮狗官……"

"篦子李"看了看一边的刘福瑞："平子，以后福瑞就靠咱们大家伙了，有口吃的就赏口……少奶奶说的，少奶奶现在只想把小少爷养大，平子你要真觉得少奶奶好，一定要帮少奶奶把福瑞带好，抚养成人。"

张平点着头："放心，老伯，我娘说了，福瑞是我们大家伙的少爷，也是我们大伙的孩子和希望，只要老刘家的这根独苗还在，刘家一定会有振兴的一天，那时候我们的好日子也就来了。"

刘福瑞顿时哭了起来："叔叔，爷爷……今日我立下誓言，等我成人以后，一定会报答爷爷、叔叔的养育之恩，一定会的，我会振兴刘家……做个好人……"

"唉……""篦子李"抚摸着刘福瑞的小脑袋叹着气，"会有那天的……只是我怕是看不到了……福瑞你记住，你娘是希望你做个好人，你一定要记住今天的话，千万别学你爹，别让其他人戳你们刘家的脊梁骨。"虽然不太明白关于爹的事，刘福瑞还是点了头说："爷爷放心，我答应过娘，要做个君子，要做好人！"

"篦子李"让张平将埋在刘家废墟之下的首饰取出，换了银两发放给工匠们。大伙感谢再三，无不念着王翠香的好，纷纷表示一定会帮少奶奶带大刘福瑞，保住刘家这最后一根血脉。

傍晚时分，一家大婶给"篦子李"与刘福瑞送来了晚饭，虽然只是一碗糊汤，刘福瑞与"篦子李"还是感谢再三。大婶抹着泪，想说什么，却一句也说不出来，转身离去。

刘福瑞喝完了汤，抹了抹嘴问起爹的事。"篦子李"叹了口气，细细诉说了那段往事。

刘福瑞听罢，哭得满脸是泪，说道："爷爷，为什么？为什么爹爹不能做一个好人？为什么害了你们？"

"那不是你爹爹的错！是马家老爷太狠毒！他贪图刘家的名声与钱财，所以才想法子去骗你爹。福瑞你要明白，这个世界上做坏人要比做好人容易。但再不容易，你也要做个好人……虽然很难，但是福瑞你不是一个人，还有我们这些人都在看着你，还有地下的老太爷、老爷在看着你……"

"爷爷……"刘福瑞哭倒在"篦子李"的怀里，哽咽道："爷爷……我一定要做个好人……一定会的……"

"唉！我知道，爷爷都知道……你将来会是刘家最有出息的一位少爷，会比老太爷更有出息……"

岁月无情地流逝着。即使有太多的人哀叹岁月的无情、生活的艰难，但是时光如同青城外大运河平静的河水一般，波澜不惊地缓缓流淌着。

如今，王翠香已出狱，做些针线活，帮富户人家的少奶奶、富太太梳头和洗衣维持生计。娘俩也搬到篦子匠村住了下来。虽然生活清贫，但篦子匠村的男男女女、老老少少如同一家人似的，和睦共处，也其乐融融。如今，刘福瑞已长成了懵懂少年。

机缘巧合，三年前也不知从哪里漂泊到青城一位年过半百的老乞丐，饥一顿、饱一顿的，白日里便躺在那运河岸边的古柳树荫下歇息。刘福瑞看着可怜，便每日从家里偷偷拿些吃食送予那老乞丐。谁知，老乞丐却是个落难的读书人，满腹经纶，看着刘福瑞小小年纪尚且如此这般宅心仁厚，便收他做了学生，每日在那古柳下授课。

这日，烈烈艳阳高照，运河畔垂柳烟烟。青城依然热闹非凡，商铺林立，挑夫、商贩来回穿梭，叫卖声不断。

一头戴巾子、身穿粗布交领长衫、足蹬麻鞋的少年走在街上，眉宇间紧锁着淡淡的书香气，粗布也难以掩饰那股子淡淡的儒雅，举手投足间流露出欺欺君子的仪态，令人见而忘俗。这英俊少年便是那吃百家饭，在篦子匠村

第8章 / 百家饭孤儿誓报恩
拜恩师福瑞论交道

长大，王翠香含辛茹苦抚养的刘福瑞。

"生得好俊俏的少年啊！"路人忍不住发出了感叹。

刘福瑞的白皙的脸庞羞得犹如晚霞般红透了，回眸微微一笑，立刻加快了步子，朝运河岸边的那棵古柳而去。

古柳参天，树荫下坐满了纳凉、闲聊的商贩和挑夫。不远处，叫卖声不断，枝头叫个不停的蝉哭诉着夏日的炎热难熬，凭白添了几分烦躁。

刘福瑞远远望去，眼里满是失望，随即焦急起来。他是来寻恩师吃饭的，可不见恩师的踪影。自从家里遭火灾后，刘福瑞便没有钱在弦歌书院念书了，幸好遇见了恩师，才没有荒废学业。虽说是恩师，恐怕整个青城也只有刘福瑞这么称呼他。

刘福瑞去打听，可那些纳凉的街坊邻居、商贩光顾着闲聊，根本没有在意那邋遢的老头子什么时候不见了。卖干果的小二嬉笑道："就你把那叫花子当回事，不知他又上哪家混酒吃去了呢！"

刘福瑞懒得理睬他，旋即朝恩师常去的李家酒肆疾步而去。奇怪的是，街市上的人们如潮水般涌向城西。那李家酒保远远地看见刘福瑞，便立刻迎了上去，笑嘻嘻道："想必是寻你那叫花子老师吧？"刘福瑞点了点头。那小二又说："今儿上午，那叫花子被马家老爷用八抬大轿抬走了。临走前，他嘱咐我见着你，让你快去弦歌台榭。"

刘福瑞一下子慌了神，正要细细盘问，那酒保却转身忙活去了。顿时，无数个问号在他的脑海中盘旋。他有种不祥之兆，以老师的博学多识，开坛讲学必会门庭若市，弟子不下千万。那样的话，不光一日三餐不用愁，也不会连个遮风挡雨的居所都没有，岂不乐哉！可每每当他提及这些事时，老师却笑而不答，莫名其妙道："对牛弹琴，对石讲授，岂不是辱没了祖宗的学问？"对于老师的身世，他只字不提，虽在心里无数次问过，但明白老师不言明自有道理。这些年来，他从老师那里学到的知识、明白的道理，远远超过那几年在私塾学到的东西。私塾先生教条死板，毫无生机新意。现在能一边帮母亲做些家务，一边跟着这个奇怪的老师谈道，乐

043

哉，美哉！

再加上方贵仁果然没食言，时隔多年，送来十几两白银，贴补了风雨飘摇的刘家。至此，刘家也能勉强维持生计，刘福瑞就专心潜学，领悟精髓要义。

此刻，刘福瑞胡思乱想着融进人流，不由自主地加快了步子。他一路上眉头紧锁，与路人不曾闲谈。过往行人在他身后指手画脚，小声议论道："这就是那叫花子的学生！"

刘福瑞心里七上八下的，根本对那些言语充耳不闻。这几年由于总是在河岸柳树下跟着那叫花子老师学习，惹得人们常议论纷纷，不经意间，他竟然成为家喻户晓的人物，自然褒贬不一，有人觉得他是安贫乐学，实属难得；也有人说他是师从叫花，自毁前程。

弦歌台榭高九尺，方圆数百平。这里曾是孔子弟子子游讲学的圣地。那个时候，数以千计的学生席地而坐，子游盘腿坐在台榭上，手持戒尺讲学，浑厚明亮的嗓音回荡在青城上空，教化民众，使得弦歌台榭美名远扬。时过境迁，那壮观景象已成云烟。弦歌台榭往日的热闹场面已被滚滚历史尘封。在以法家韩非子思潮治国的朝代，这里曾一度被列为禁地，不允许宣讲教义、传授儒学。然而子游祠堂尚在，屹立在台榭中央。泥塑的子游双目注视着旷阔的圆台，向世人展现着儒家思想的闪光之处和万年不衰的真理。

如今，偶尔也会有从曲阜之乡来的游客，打着孔子后人的旗号，在这里讲学，然而规模、声势、人数远远比不上子游那个时候了。平日里，青城也会有几个鸿儒在这儿辩道讲学，可围观者寥寥无几。

此刻，弦歌台榭张灯结彩、彩旗飘飘，子游祠堂门楣两边挂着偌大的一副对联，子游画像也是装裱一新。镶着金边的红色大旗随风舞动，向前来凑热闹的人们致意。锦旗下呈"八"字排开两排台案，台案后坐着盛装打扮的青城名流。右边上位坐着头顶貂蝉冠，身裹青衣青裳，里穿白色罗中单，外系罗料大带，绯色罗料裹膝，身挂玉钏，脚穿白绫袜黑皮靴的县官苏清澈；

次之是头戴巾帽，身穿青绿蜀锦，腰挂玉佩，足蹬黑靴子的崔家老爷崔鸿德；接着是身穿曲领窄袖、下裾加横襕，腰间束着革带，脚蹬黑色革履的马怀德，神色飞扬；左侧上位坐着弦歌书院先生孔儒仁，今儿，他头戴巾子，身穿交领长袍，脚蹬黑靴，看上去精神抖擞；紧挨着的是那马家重金聘的先生傅儒风，只见他头戴皂纱转角簇花巾，身穿紫绣团肩袍，腰系玲珑嵌宝玉绦环，足蹬金线墨绿皂朝靴，将那京城的富贵和华丽演绎得淋漓尽致；挨着他的便是那头发花白、衣衫褴褛的刘福瑞的恩师。一眼望去，他分外扎眼，与那隆重的场面很不协调，如同盛装舞会里冒出来个乞丐。

第 9 章
偶遇福瑞暗生情意
论道崔家喜忧参半

人群将那弦歌台榭围了个水泄不通、密不透风。肩挑担货、手提竹篮的男女老少们，方圆几里地的乡野农夫们的脸上洋溢着无比的欣喜，有说有笑地集聚在这儿，热闹得很。想必，一年一度的侍女祠庙会也不会有这般景象。

殊不知，大伙儿根本不知道这是马怀德与他那岳丈苏清澈县令精心策划的一场"走秀"。马怀德之所以愿意出资举办青城儒生论道大赛，明面上看是为了光复儒学，重振青城"崇尚儒学"的美誉；背地里却打着他让儿子露露脸，出出风头，杀杀刘福瑞与那乞丐锐气的如意算盘。马怀德动了念头，便与岳父商议，两人一拍即合。

马怀德忙得不亦乐乎，吩咐管家蔡福带着家丁们走街串巷，张榜告示青城百姓，私下里却安排下人放话出去，要让那乞丐的几根硬骨头彻底被他马家踩个粉碎。

人呀，就是喜欢看热闹，更喜欢看那些透着几分神秘色彩的热闹。马家放出来的风，自然引来无数百姓。他们也想一睹乞丐徒弟的风采，更想知道马家今儿要唱哪一出。可是这一切，刘福瑞是全然不知的。

第 9 章 / 偶遇福瑞暗生情意
论道崔家喜忧参半

刘福瑞透过人缝，看到恩师斜倚在案桌，双目紧闭，神色坦然，好像那台榭跟他平日里歇息的古柳树荫下的那块福地没有什么两样。刘福瑞满心焦虑，实在是弄不明白，一向不屑哗众取宠的老师，今儿怎么突然来凑这个热闹？于是，他硬着头皮，愣往里挤，一时忘记礼仪。

"哎呀！"一声尖叫，清脆刺耳。

刘福瑞慌忙抬头，见是位翩翩少年，面如凝脂、明目皓齿，生得不输潘安几分，正用那双纯真清澈的俊目凝视着他。可刚才那声清脆的"哎呀"，分明只有妙龄女子的肺腑才能发出，怎奈面前是位俊俏少年？刘福瑞一时犯起糊涂，未等回过神，闪出一位书童，挺着胸脯挡在那少年身前，怒目圆睁道："你这人不长眼呀，撞着我家小姐……"随即欲言又止，瞅了眼刘福瑞，改口说，"你这人怎么能如此呀？要站前面你就来早点呀！若是踩坏了我家公子的脚，担当得起吗？"

刘福瑞顿时明白过来，那少年不知是谁家缺教养的女儿，偷偷地跑了出来凑热闹。"唯女子与小人难养也。近之则不孙，远之则怨。"唯独女子和小人是难以相处的。亲近他，就无礼；疏远一点，就怨恨。再看装扮成书童的姑娘，生得倒是白皙端正，有几分颜色，可是从那伶牙俐齿的样子，能感觉到她不是个好惹的。自知错在先，免得节外生枝，刘福瑞忙作揖致歉。

"我家少爷出身高贵，岂是你这等下贱货踩的！若是脏了我家少爷的身子，看我不扒了你这副臭皮囊！"书童一副得理不饶人的架势，倒是那姑娘拽了拽书童的衣角，示意不要太放肆。那女子虽然是长衫裹身，一袭书生装扮，但掩饰不住天生丽质的美貌。

懵懂的刘福瑞，第一次这么近距离与美若天仙、冰清玉洁的女子面对面，心竟然咚咚跳个不停，脸色绯红发热，好似一团火要着了。平日里，他巧舌如簧，眼下却嘴笨语拙，一时尴尬至极。他无奈低下头，不敢与那深若黑潭的美目相视，好像那里充满着什么魔法，一不留神会把他整个身心吸进去。刘福瑞双手抱拳，一个劲儿地说"对不起！对不起！"至于那书童的恶语相骂，早已充耳不闻。

此刻，马怀德已站在台榭中央，扬了扬肥厚的手，随即，躁动的人群也安静了。

　　刘福瑞转身望向台榭，后脊梁骨却热得直冒汗，总觉得被火辣辣的目光盯着。

　　那姑娘拽了拽噘着小嘴的丫鬟，也转身望向了台榭。在转身那一刻，她瞅了瞅刘福瑞，顿时满眼羞涩，脸庞也红了起来，怕有人发现，连忙抬起衣袖遮住了。一段风波在少男少女的羞涩中安静了下来。

　　马怀德干咳了两声，清了清嗓子道："乡亲们，今儿我们在先圣之地论道，意在选拔优秀青年，振兴青城儒文化，大兴儒风。请弦歌书院的孔先生出题。在场的每个人都可登台破题，若有不同见解的，亦可登台相辩，不论时辰。胜负自然由学识渊博的孔先生定夺。赢者将获白银百两……"话音刚落，密密麻麻的人群如炸开了锅般吵闹起来，片刻的安静荡然无存。

　　马怀德扭头朝孔儒仁深深鞠了一躬，笑着道："请先生赐题吧！"

　　面色红润的孔儒仁起身，迈着八字步走到中央，抱拳向大伙儿致意，高亢激昂道："今天我们就借游子先圣的宝地来辩一辩'交道'二字。人不能孤立地生存，必然要和周围的人发生各种各样的联系，人与人之间应该怎样交往呢？这就是题目。我们就从交道的基础原则、目的、选择和方式方法来解题吧。"如雷般的声音，震得在场的每一个人惊叹不已。如此雄厚嗓音，就连中气十足的青年人，怕是也无法比拟的。说完，孔儒仁回到座位上坐下来，那双炯炯有神的睿眼，望着台榭下那群头戴圣贤帽的儒生。

　　马聪慧早已按耐不住争抢风头的心，跃跃欲试，题目早些时日已被傅儒风解了，他便将那些说辞烂熟于心。胸有成竹、十拿九稳的马聪慧心想，绝不能让马家的银子被外人白白拿走。然而，老奸巨猾的马怀德狠狠地瞅了他一眼，冷冰冰地浇灭了他急于逞能的熊熊烈焰。

　　刘福瑞的老师、沦为乞丐的那位老翁，依然枕着胳膊若无其事地呼呼大睡，身处闹市而悠然自得，全然不顾热闹景象。时长时短的呼噜声，夹杂在七嘴八舌的议论声里，分外刺耳。坐在台上的几位德高望重的儒生，心里生出许多厌恶来，鄙视那老翁：这衣冠不整的老乞丐怎么能与他们同坐？岂不是辱没了先圣。

马怀德自然一万个不愿意将那眼中钉的乞丐作为座上宾。无奈孔儒仁交代，既然学生论道，为师必然要坐在台上，不然恐怕赢了也会遭人诟病。若是那乞丐不来，他也不来。没了弦歌书院的孔儒仁，马怀德的黄粱美梦终也不能成真。这个辩道大赛，自然也就失去了意义。

起初，马怀德为难地说，恐怕老翁不愿前往。没想到，孔儒仁挥毫泼墨，唰唰两笔，写下"鬼才有请"的帖子交予马怀德，并叮嘱不用多语，只将请帖递给老翁即可。

马怀德半信半疑，带着一帮人去。果然如孔儒仁所言。那性格怪异的老乞丐看完请帖，二话没说，放下酒杯，笑呵呵地起身钻进了轿子。临走时，掀开帘子冲着店小二交代了几句。

马怀德丈二和尚——摸不着头脑，也不知这个老乞丐与孔先生的葫芦里卖的啥药，但从眼下看，他们或多或少有些瓜葛。然而，孔儒仁是孔子传人，德高望重，就连自个儿的岳丈也得敬他三分，实在是得罪不起，也只能受着。

此刻，已有两位年轻儒生登台论交道。一人坚持己见，道："孔夫子曰，'道不同，不相为谋'，志趣、观点和主张不同，就不能在一起商量事情。看来交道的基础就是有共同的爱好和看法。"反驳者则道："孔夫子曰，'可与言而不与之言，失人；不可与言而与之言，失言。知者不失人，亦不失言'。可以跟他说却不跟他说，就会失去朋友；不可以跟他说却跟他说，就会说错话。聪明人能做到不失去朋友，也不说错话。由此可见，交道的基础在于慎言。"

此时，马怀德冲着摩拳擦掌的儿子使了个眼色。马聪慧心领神会，顿时来了精神，趾高气昂地冲上台榭，高声辩道："两位此言差矣，交道即交往之道。'主忠信'才是交道之基石。没有真诚、忠诚，交道便如无根稻草。"

那两人辩解："非也，忠诚乃为臣之本、为官之道，何能称其为交道之本呢？"

马聪慧面容舒展，略带微笑，巧舌如簧："非也，为官之道乃'苟正其身矣，于从政乎何有？不能正其身，如正人何？'也就是说，自己思想纯正、作风正派、性格正直、处事公正，从政就易如反掌，反之寸步难行。由此推出，为官之道的基础在于自身正派，也就是'公生明，廉生威'。"围观的人们欢呼声一浪高过一浪。细细看来，那带头叫好的不是别人，正是马聪慧的陪读马强。

马怀德确是煞费苦心！老乞丐像是被争辩声、欢呼声惊醒，睁开紧闭的双眼，伸了伸懒腰，打了个哈欠，用蒙眬的睡眼扫了一遍密密麻麻的人群，看到那个熟悉身影后，又坐下来，呼呼睡去。

围观的人欢呼声越来越大，声势一浪高过一浪。苏县令是读过书的人，弄不明白自个儿的贤婿花重金聘来的夫子怎会如此解题，更搞不明白他为何非要听那夫子满口胡言，将个满身恶臭的叫花子弄到台上来，真是大煞风景。然而，碍于女儿百般恳求，自家夫人唠唠叨叨，也就睁一只眼，闭一只眼，且看能玩出个什么花样。

那弦歌书院的先生满眼失望，倒是马怀德得意洋洋、满脸欣喜。拿人家手短，吃人家嘴软。其他几位儒生私下拿了马怀德不少好处，顺水推舟，何乐不为？自然频频点头。

那崔家老爷自不在话下。平日里，他与马怀德不光是生意上有往来，而且私交甚密。况且，崔家那个貌美如花的大小姐，早已许配给台上能言善辩的马聪慧。看准女婿威风凛凛、口若悬河，崔家老爷心里便乐开了花。突然，他笑容凝结，只因看见自个儿的大闺女崔蛱蝶眉头紧锁，一脸怒色，扭头向随从吩咐了几句。那随从转身走下台榭，径直朝刘福瑞那边去。

那随从看上去约莫四十岁有余，留着两撮八撇胡须，方脸小眼，总是笑呵呵的。青城人都知道这个奴才不简单，是崔家总管家，人称"鬼机灵"，姓田名奎，谋事、识人八九不离十，心里有个活账本，总能讨得崔家老爷欢心，赢得上上下下满意。今日，崔蛱蝶女扮男装，竟然偷跑出来，惹得崔鸿德心火乱冒。一向讲究礼数，遵从三从四德，足不出户的崔家大小姐，做出

第 9 章 / 偶遇福瑞暗生情意
论道崔家喜忧参半

如此有悖常理的举止实属罕见。

刘福瑞听着竟情不自禁地笑了出来。儒学中讲的'交道'怎奈以"忠诚"为本？真是无稽之谈。

刚才那个伶牙俐齿的书童见田奎过来，使劲拽着崔蛱蝶的衣角。崔蛱蝶沉迷论辩却无动于衷。

田奎低声道："大小姐，老爷让您快点回去。一个女孩家不能抛头露面，让人知道会笑话的。"

书童咬着嘴唇，怯怯地望了望田奎。刘福瑞对台上的争辩毫无兴趣，反倒觉得这几人好玩。只见田奎不由分说，拽着崔蛱蝶挤出人群。书童低头紧跟其后，一言不发，脸色如霜。三人走远，刘福瑞的后脊梁骨也不发热了，心头却生出淡淡的失落。转眼间，唯有马聪慧独坐中央，刚才那几位儒生败下阵了。不知哪个好事者冲着老乞丐喊道："老叫花子，你也别光顾着睡呀，也让你那高徒上来露个脸吧？没准儿，能赢得百两白银，够你后半生衣食无忧了。"

一呼百应。"是呀，我们大老远来，不就是想一睹乞丐徒弟的风采吗？""不然谁来凑着热闹呀！""快点呀！那可别让大伙失望呀！"那老翁稳坐钓鱼台，沉睡不醒。

马聪慧嘴角上扬，微微一笑，恶语相讥："恐怕他的徒弟已被吓得屁滚尿流，哪敢登台论道？"

马怀德得意地捋着胡须，虽对宝贝儿子的恶语不满，但心里倒是痛快几分。此刻，孔儒仁来到老翁面前，俯身低语几句。老乞丐跳下台榭，钻入人群，朝刘福瑞走去。

第10章
福瑞论道崔女心动
少年赢金马家奉银

刘福瑞一头雾水，自从"篦子李"去世，这个在常人看来疯疯癫癫的恩师成了心智开启者，是他感知人世的良师益友。"篦子李"的嘱托，他从来没敢忘记，不敢有半点懈怠。娘的教诲也时常挂在心头：光复刘家木制篦子家业，让篦子匠人都过上好日子。

如今，马家篦子铺开满大街小巷，霸占多半生意。马家迎合世人的奢靡之风，尽卖些镶金嵌银的贵重篦子，即便是摆着几把木制篦子，也是选用上等檀香木材，镶嵌着珍珠、玛瑙、钻石。他不明白，便要探个究竟，寻个良法。

老乞丐博学多识，让他明白人世间的事情并非那么简单，所有的事情都有前因后果。人世间的苦难是躲不过去的。沉浸儒学，他懂得了仁爱、谦让，不与人争名。此刻，不知为何，老师没有只言片语，只是拽着他径直朝台榭走去。

刘福瑞满腹不解，悄声问道："师傅，'巧言令色，鲜矣仁'，巧舌如簧，乔作笑容，务饰于外，人难得其真，不都是虚伪的表现吗？这跟儒学倡导的'直''诚'的道德要求相违背，不可信赖。难道你让学生远离'仁'吗？要我登台巧言相辩吗？"

第10章／福瑞论道崔女心动 少年赢金马家奉银

老乞丐笑呵呵道:"此言差矣!学道悟道为何?"

刘福瑞立刻回应:"教人和善、和睦。辨真去伪,存真理而去歪论。否则,歪理邪说必然误人子弟。"

老乞丐仍是满脸的笑容,"是呀!岂能容忍歪说称霸台榭?"

说话间,师徒二人登上了台榭。刘福瑞明白恩师用意,自然要辩解一番,神色不温不火。马聪慧不屑一顾,"不知刘家少爷有何指教?"

刘福瑞和颜悦色道:"子曰,'德不孤,必有邻',有德则得友,不会被孤立。人在交往中,恩怨矛盾在所难免,处理不好可导致恶性循环。以德报德,以直抱怨,不得以怨报怨,方能和谐相处。由此可见,'交道'根本在于有无德,而并非忠诚。"

马聪慧立即反驳道:"那子曰,'主忠信。无友不如己者。过,则勿惮改'何解?"

"'主忠信'就是说做人要以忠诚、守信为主,此旨在说做人的道理,属'德'的一部分,但不是全部。若以此为交道基石,那岂不是以偏概全、以点概面吗?"话音未落,欢呼声四起。

刘福瑞面色泰然,又道:"'无友不如己者。过,则勿惮改'说的是不要和道德水平不如自己的人交朋友,有了过错,就不怕改正。此乃告诫我们结交朋友要有选择,讲的是交道的选择,并非基础。"

深闺小姐也欣然登高远眺,一睹刘福瑞的风采。不愧是崇尚儒风的青城,人们对儒学的热衷由此可见。

崔蛱蝶虽生为女儿身,却自幼酷爱读书诵诗,尤喜儒风。今儿听说台榭论道,才一袭少年郎装扮,斗胆出了崔家大院,没想到竟被爹发现。无奈,只好灰溜溜回家。然而,她不愿错过这么好的机会,于是登上家中后花园阁楼,远远望着台榭。那衣着寒酸的少年竟如此博学多识,后悔当初忘问姓名。

崔蛱蝶轻声唤丫鬟杜鹃,可迟迟不见来。倒是妹妹崔恋蝶耳尖,听后移步阁楼,笑道:"姐姐,你可不知,杜鹃私自带着你出去,爹大怒。田管家已经将她关在了柴房,让她思过呢,并叮嘱下人,不准任何人给她送吃送喝。

如若不知悔改的话，要将那可怜的杜鹃活活饿死。"

崔蛱蝶一时心急，忙辩解道："都是我不好，非要杜鹃带着出去凑热闹。理应我受罚才是呀，怎能让她受过呢？不行，我要去跟爹爹理论理论。"

"别费力气啦，田管家吩咐家奴把守着你，说是只要爹不回来，你呀，就好好地在这个阁楼里待着吧，休想离开半步。我来看你，还是费尽口舌才上来的。"崔恋蝶嘟着嘴，一脸的为难之色。

崔蛱蝶斜倚在阁楼的护栏上，远远地望那台榭，心思活泛起来。崔鸿德膝下无子，却对两个女儿十分疼爱，尤其溺爱崔恋蝶，至今青城人也不知崔家公子是女儿身。崔蛱蝶若是男儿身，必能成为名满天下的儒生，可偏偏不是。崔恋蝶却有着超出常人的画画天赋，精通山水人物，笔法娴熟，用墨自如，喜欢四处游玩、赏花观景。崔鸿德执拗不过，便从小以男孩装束抚养。现在，崔恋蝶仍是不着裙装，一副少年装扮。

崔恋蝶瞅着发呆的崔蛱蝶，道："哪家男儿竟然让你看得这般痴迷？是不是你那如意郎君呀？"

"唉，我若是你就好啦，可以在弦歌台榭细细品味那些儒生论道了。"

崔恋蝶咯咯笑道："巾帼不让须眉，谁让你柔弱不争？我喜欢四处游走，自然不能受女儿身约束。古有花木兰替父从军，今有崔恋蝶掌管家业。"

崔蛱蝶打趣道："姐姐知道你厉害，你是女中豪杰，是我们崔家的希望，是父母的依托。"忽然，话锋一转，"你经常在外面野，认识那衣着朴实的男儿吗？"

崔恋蝶哈哈笑道："这你都不知，真是深闺怨女呀！他就是那古柳荫下拜叫花子为师的刘福瑞。跟他对论的，便是你未来的如意郎君马聪慧呀。"

崔蛱蝶那双柳叶弯眉皱了起来，深叹一口气，神色凝重。那如桃花般鲜艳的脸庞，顷刻沾满了一层寒霜，冷冰冰的。崔恋蝶顿觉无趣，迈着阔步自个儿下楼。崔鸿德娇惯小女儿也是情非得已，不说别人，单就那亲家都不把他放在眼里。这青城有头有脸的人，怎么能香火无继？再说了，将来要招人入赘，若女儿性情柔软，岂不是让崔家偌大家业落入旁人之手？

第 *10* 章 / 福瑞论道崔女心动
少年赢金马家奉银

此刻,弦歌台榭上,刚刚还春风得意的马聪慧八字眉紧皱,俨然没了起初口若悬河的神采,一时语塞,扭头望向傅儒风,眼神里有些许祈求,但更多的是憎恨。但见京城名师一脸无奈和惊诧,不敢与爱徒眼神碰撞。马怀德心焦气丧,崔老爷却一脸欣喜。望着刘福瑞,他心里有种说不出来的亲近感,比看着狂傲不羁的准女婿心里舒服许多。年轻人懂得礼让,而不咄咄逼人,实在是难得。论才情,刘福瑞绝对在马聪慧之上;论相貌,刘福瑞不输马聪慧一分;论品德,刘福瑞远远超越马聪慧。二人差得只是出身和家世。

崔鸿德心里琢磨着,要能将福瑞入赘崔家,实属崔家之幸。自从大女儿许配马聪慧,他就一直在苦寻崔家接班人。今天来凑热闹,一来不能驳了亲家面子,二来也是有意看看有没有入赘他家的合适人选。没想到,当年收养不成的孩儿,如今若能入赘为婿,也不失为美事。回到台榭的田奎俯身在他耳边嘀咕了几句,扰了崔老爷的黄粱美梦。

刘福瑞引经据典、说理透彻、论证严密,使得马聪慧一时难以自圆其说、面红耳赤。无休止的争论变得毫无意义,就连看热闹的百姓也哄笑起来。马怀德的脸憋得跟猪肝似的,瞅了一眼傅儒风,那双三角眼里射出来的冷光,恨不能将傅儒风穿透。可傅儒风是夫人请来的,得罪不起,更是惹不得,有多少不满只能受着。看来,这回又是鸡飞蛋打了,心疼百两白银!马聪慧满目凶光,竟在众目睽睽下挽起衣袖,意欲动粗。孔儒仁倒也了解马少爷是什么货色,今儿来就是要看看京城名师能不能将这个顽石教化过来。以眼下来看,显然名师不过是个徒有虚名的浪荡货罢了。他实在看不下去,便起身宣布:"论道结束。"

刘福瑞深鞠一躬,转身向苏县令、崔老爷、马老爷、孔先生一一行礼。礼毕,搀扶老乞丐就走。马聪慧傻站着,满眼不解,怒火如遇到油的火焰瞬间燃起来。孔儒仁哀叹一声,甩了甩宽大衣袖,正要走,却被马聪慧一把拽住长衫下摆。

孔儒仁甩袖打开那只手,恼怒道:"你这是想做什么?"

马聪慧狡辩道:"既然结束,谁是赢家,那百两白银归谁?您老给个明白话。"

此时，马怀德就怕谁提那百两白银，看老乞丐与刘福瑞只字未提，甩甩袖子走了，心里暗喜，没想到自个儿不争气的儿子却提了出来，一时焦急，连忙对孔儒仁说："您老别跟犬子一般见识。胜负亦显而易见，就不劳您开尊口啦！"

大伙儿嘿嘿笑了笑，三三两两也都散去。苏清澈迈着官步，走到马聪慧面前，神色沮丧，语气中透着无奈和失望，"唉，孔老不明说，那是给我们留了些面子。你这不成器的东西不知感恩，反而纠缠，快点将你那狗爪拿开。"

马聪慧一向惧怕这个一脸冰霜的外公，立刻将手缩回，耷拉着脑袋，垂头丧气地站在一旁。其他几位摇摇头，一言不发，也都离席散去。崔鸿德过来拍了拍马聪慧的肩膀，语重心长道："贤婿切勿动怒，论道辩理以学识定乾坤。你若能虚心潜学，定能傲视群雄。术业有专攻，潜心研学才是根本，耍横斗狠那是泼皮无赖之举。"

马怀德见再没有人提白银的事，心里安稳了些许，一一道谢。马聪慧满眼嫉恨，恨不能将那师徒二人生吞活剥。或许是马聪慧一语惊醒梦中人，或许是他那邪恶的眼神勾住了老乞丐。老乞丐扭头回来将孔儒仁堵了个正着，笑呵呵道："孔先生留步。将那百两白银拿来。"说着，伸出一双手来，摊在孔儒仁眼前。

刘福瑞自知马家虽家财万贯，但出了名的吝啬和霸道。可那百两白银对他而言真是雪中送炭。笸子匠村的张叔走街串巷，四处叫卖那木制的笸子，一天也卖不出一两把，赚回来的几个铜钱，难以维持那个风雨飘摇的家。村里的匠人们，个个垂头丧气，自从"笸子李"离开，村里就好像没了主心骨，各自为战。那些帮马家做奢侈笸子的工匠，日子倒过得去。可怜那些"笸子李"的传人，虽有上好的做木笸子手艺，却难以糊口，妻儿的衣食难以满足。这不，张叔的爹愣没熬过这个夏天，刚刚过世。真发愁在哪里弄钱来置办一副棺木，安葬老人家。要是赢得银两，也就解了张叔的燃眉之急。

第 10 章／福瑞论道崔女心动
少年赢金马家奉银

  孔儒仁一时语塞，支支吾吾说不出一句话来，指了指马怀德。马怀德那颗悬着的心，终于彻彻底底摔在地上，摔了个稀巴烂，恨不得抽自己几个嘴巴，再抽儿子几个，最后狠狠地抽那傅儒风几个。可眼下，这百两白银看来只好拱手相送。不然，银子丢了事小，脸面丢了事大，可不能辱没祖宗的好名声。遏制住内心的狂躁不安，马怀德挤出一些笑容，道："白银早已备好，马强，将那银子拿来。"

  马强捧着银子毕恭毕敬地递给马怀德，道："老爷，银子！"

  马怀德甩了甩衣袖，转身道："给他们吧！"

  马聪慧见马家白花花的银子被人拿走，心如刀割，血一滴一滴流，狠不能将老乞丐碎尸万段。老乞丐将银子倒进怀里，转身就走。马聪慧欲追老乞丐，却被马怀德一把拽住，骂道："你个畜生，这光天化日之下，你也不看看什么地方，胆敢撒野，给我滚回家！马强，送少爷回家。"

  傅儒风见马家父子赔了夫人又折兵，自然怒火如那炎炎夏日般炙热，偷偷溜走了。

第 11 章
张平卖房翠香梳头
少年仁厚怀德险恶

篦子匠村上空笼罩着淡淡的哀忧。穷人家办丧事，不能像有钱人家那样报丧、吊唁、盛殓等等，但也不能用张草席一裹就埋了呀。张平的爹终于没能熬过这个夏天。

王翠香瞅了瞅蹲在墙角满脸愁云的张平，心里一时也有些难过，不知该说些什么。这些跟着老刘家的篦子匠人，如今日子过得十分惨淡。"篦子李"百年后，大伙儿你一分、我一厘，凑了些细碎银子，办了后事。可眼下，大伙儿的光景恓惶得很，怕是细碎银子也凑不出来。

张平寻思着将这几间瓦房换些银子，渡过这个难关，可一时也拿不定主意。这几间房屋虽破烂不堪，可终究是"篦子李"留下来的，是留给少奶奶和少爷遮风挡雨的，他怎能忍心变卖？一个屋外，一个屋里，愁云密布，默不作声。院子里，古槐的枝头上落满了麻雀，叽叽喳喳吵得好不热闹，全然不顾穷人家的苦闷。

王翠香多少能猜到张平的心思，于是放下手里针线活，从箱底翻出地契，拿出来递给张平，"他叔，这是李伯留下来的地契，你拿去寻个大户人家换些银子回来吧！这天气跟着了火似的，让张叔早些入土为安才好呀！"

第11章 / 张平卖房翠香梳头
少年仁厚怀德险恶

张平一声不吭，王翠香好声劝道："他张叔，先将这地契押出去，换些银子来。等过了这个节骨眼，再赎回来就是了。"

张平抬头望着王翠香，嘴唇微动，却没能说出话来，长长地舒了一口气，又蹲了下去，将头埋在胸前，像是做了什么亏心事似的。

王翠香明白，这宅院就是张平的命根子。张家父子流落篦子匠村，是"篦子李"向她求情收留他们，传授技艺。这样，张家父子才有活路。可眼下，靠卖篦子远远不够！张平知恩图报、有情有义，自然不愿看她娘俩流落街头，连个遮风挡雨的地方也没了。王翠香咬咬嘴唇，下了狠心似的说："你若是不去，我去。"说着，朝外走去。

张平猛地起身，一把拽住王翠香的后衣襟，"少奶奶，您歇着吧！这种事还是我去好些。"张平木讷的眼神多了些色彩，却又黯淡下去；拿着地契朝县城去。

张平出门不久，马家奴才来喊翠香去给他家夫人梳头，说是马夫人最近夜晚常常恶梦连连、虚汗淋淋。

王翠香拾掇好家什，特意将祖上传下来的那把具有安神镇痛功效的檀香木篦子插在了发髻。

这马家宅院占了马家庄半个村子。俗话说，侯府深似海，马家不输侯府半分，就连县衙也比它不过。不然，苏县令怎能将心尖肉嫁给胸无半点墨汁的马怀德？

后花园的池塘里，几尾红鲤鱼游来游去。绿生生的荷叶铺满了池塘，一朵朵娇艳欲滴的荷花，散发着淡淡的清香。几对鸳鸯在水中嬉戏，时而游到桥廊下，时而钻到荷叶下，一派生机勃勃的景象。只可惜，这么令人陶醉的景色，马家却无人欣赏，只留傅儒风在这池塘的亭子上品茶吟诗。他品的是马夫人亲自煮的香茶，吟的是寄予男女爱恋的情诗。

解题不准，害得东家输了银子、丢了面子，傅儒风自知理亏，不敢造次，径直去寻朋友了。

此刻亭子屹立在池塘中央，有些孤寂，也有些淡漠。

王翠香在丫鬟的带领下，绕过走廊，穿过亭子，径直到了马夫人的卧房。

马夫人笑吟吟道："哎哟，今儿怎把刘夫人请了过来呀？"

王翠香淡淡一笑，"夫人，如今已没了什么刘夫人，今儿来给您梳头解病的只是个孩儿母亲、普通女子而已。"

马夫人嗤嗤笑了笑，摆了摆手，"罢了，罢了！听下人们说，你能驱除梦魇，还有劳你费心呀！近来总是做梦，常常惊醒后，久久不能入睡。"

王翠香从发髻拔下那把油光闪闪的木头篦子，说："马夫人，其实也没什么。只是你们有钱人家，用的都是那些贵重的金银物件，看似好看，用起来可不见得有什么好处。我这把篦子就能帮您驱除梦魇，只因它齿紧尖圆，在篦头发的时候，能按摩头部的一些穴位；而且我这把篦子是祖上传下来的，功效自然厉害。"

马夫人懒得理睬那些，只要能让她安安稳稳睡个好觉，比什么都强，有些不耐烦，"那就弄弄看了。"

王翠香开始帮马夫人按摩头部，梳理发髻。丫鬟们都站在一旁，小心地伺候着。

在马家堂屋，马怀德阴沉着脸，躺在太师椅上，慢悠悠地喝着去火清凉的菊花凉茶。下人们自然知道老爷和少爷在外面吃了哑巴亏，心里乐滋滋的，脸上却不敢有半点喜色，站在一旁大气不敢喘、小气不敢出，小心翼翼地扇着蒲扇。

马聪慧将茶杯狠狠地往桌子上一砸，茶水左右摇晃，洒在了案桌上。一旁续茶的丫鬟不由自主地两腿发抖，颤巍巍又将茶水添满。

马怀德训斥道："你已十五有余，怎么一点儿沉不住气？我们马家在这青城也算是数一数二的大户人家，怎能在大庭广众言而无信、出尔反尔？回家还要什么威风！"

马聪慧怨气十足，"哼！都是你们给我请的好先生。不然，这十拿九稳的事情，怎么会弄得鸡飞蛋打？"

马怀德对那个夫子也是一百个不愿意、一千个不情愿，可谁知惹不起的

第11章 张平卖房翠香梳头
少年仁厚怀德险恶

夫人中了邪似的，轻信那夫子的花言巧语，非要留他。桃花的事给夫人留了把柄，马怀德自然说起话来矮了几分，也为了图个耳根清静，就随她意。可这白花花的银子没了，要想出个万全之策弥补回来才是。

马怀德不见夫人踪影，问身边的丫鬟："夫人在忙些什么？"

丫鬟立刻回话说："夫人近来睡不好，正让王翠香梳头。"

马怀德忙问："王翠香不就是那刘福瑞的娘吗？"丫鬟频频点头。

马怀德脸上划过一丝阴险的笑容，也不知心里又冒出来什么样的念头。马聪慧能从那笑容中读出来，自个儿的爹有了挽回银子的锦囊妙计，便笑呵呵道："爹，您是不是有什么高招呀？"

马怀德摆了摆手，马聪慧立刻将耳朵凑了上去。马怀德压低声音交代着什么。马聪慧一会儿神情凝重，一会儿笑意连连。庭院里充斥的炎炎热气，被裹着马家父子的阴风吹散开来。几位丫鬟禁不住打冷战。

阵阵轻风抚过运河边如少女发丝般柔顺的垂柳。垂柳轻轻曼舞，枝头触碰着运河鳞光闪闪的水面，掀起一个个微波。夕阳映红半边天，倒映在运河上，如同燃烧的火焰，煞是好看。那美景却隐藏着黑暗。

刘福瑞扶着老乞丐回到家里，不见王翠香和张平。老乞丐倒是脾气古怪，将银子一文不少给了福瑞，扭头便走。

刘福瑞急忙说："天快要黑了，我看老师今晚就与我那张叔一同在西房歇息吧。虽然家里没有那古柳福地凉快，但也多少能抵挡些潮气。况且，这白银也有先生的辛劳，我怎能独自拥有？"

老乞丐笑呵呵道："钱财乃身外之物，生不带来，死不带去。老夫一个人吃饱，全家不饿；赤条条无牵无挂，拿了也是换酒喝，那岂不是浪费？如今你家里正缺钱用，你就拿去用吧！"

刘福瑞多少有些不安，咬咬嘴唇，艰难地说："一日为师，终生为父。您受学生一拜！"说着，便跪下，磕了三个头，又说："从今以后，学生便伺候您老人家，等您百年之后，为您老人家披麻戴孝，尽做儿子的本分。这银子您老收着，学生留稍许够安葬张爷爷就行。"说着，将银子又递给老

/ 篦子道 /

乞丐。

老乞丐推辞道:"这银子对老夫而言毫无用处。但若是你娘能将它用来重整旗鼓,那这些篦子匠的苦日子也就熬到头啦!"

刘福瑞点点头,不再推辞。王翠香一直琢磨着将木制篦子的营生做起来,可碍于拿不出本钱只好作罢。这个念头从没离开过她的心扉。不然,王翠香不会常念叨篦子,嘱托儿子千万不能忘了"篦子李"传下来的手艺。这时,张平满脸丧气地走进院子。本想用地契换些银子,可没想到无人愿要,好不容易有人感兴趣,还趁火打劫,跟白送人差不多。这不,不是办法的办法都行不通,能不沮丧吗?

刘福瑞迎上去,"叔,你不用发愁了。安葬张爷爷的银子有着落了。"张平听罢,木讷的眼神顿时鲜活起来,那满脸愁云顷刻间荡然无存。他双手颤巍巍地抚摸着泛着银光的白银,竟然眼眶湿润,哽咽着说:"这……这……不是,做梦吧!"

刘福瑞道:"张叔,您赶紧拿着银子去置办一副上好的棺材吧,我们明儿便张罗办张爷爷的后事。"

"哎,哎,福儿长大了,福儿有出息了。可这银子你是从哪里弄来的呢?"

老乞丐呵呵笑道:"那是福瑞用他的才干赢回来的,你放心用吧!"

张平这才笑出来,拿着几两银子出门了。天色愈来愈暗。烈烈夏日躲起来,一轮明月高悬于天际,犹如银盘,照亮冷清的院落。张平仍不见王翠香的身影。张平躺在炕上,竖着耳朵听外面的动静。老乞丐早已鼾声如雷。刘福瑞那颗心也悬着,不知今日母亲去谁家做事,为何这么晚还没回来?张平实在躺着难受,便出去打听,才知王翠香被马夫人请去。回来与福瑞商量,决意去马家探个究竟。

第12章
赢百金刘家遭陷害
撞丧事翠香赔金钗

张平刚要出门，与王翠香碰了个正面。刘福瑞接过母亲的篮子，焦急地说："娘，今儿怎么这么晚才回来？害得张叔和我睡都不敢睡。"

张平望了望天空的明月，笑道："看来老天爷也是长眼的，知道你娘回来得晚，让那嫦娥将月盘擦洗得明亮明亮的。"

王翠香扑哧一声笑了出来，道："他张叔，平日里不说话倒也罢了，可这一说话就惹人笑呀！好了，好了，时候不早了，你们赶紧歇息吧！"

张平点了点头，傻笑着回屋。刘福瑞拽着王翠香进堂屋，将银子拿出来说："娘，你看，我们刘家有本钱了。我们箅子匠村的叔叔们有好日子过了。"

王翠香惊讶得一时说不出话来，脸色由喜悦变成担忧。刘福瑞猜到娘的心思，便将发生在弦歌台榭的事从头到尾说了个明明白白、清清楚楚。这下，王翠香安稳许多，喜色又爬上脸庞，接过银子，收了起来，却又担心地问："这马家能就这么算了？"

刘福瑞也有些担忧，可老翁说你一百个放心，谅他马怀德也不敢在大庭广众之下食言。马怀德是什么样的人，老翁不甚了解，可他们母子心里明镜似的。福瑞也是一时着急，起了贪财之心。娘俩闲话许久，方才各自歇息。

夜空明月高悬，阵阵夜风微抚千家万户，街道寂静。淡淡的银光包裹着整个青城。偶尔，远处传来几声犬吠，就连打更的更夫，也蹲在路边打起盹来。可马老爷的卧房依然亮着灯，窗户上印着马老爷的身影，时而拉长；时而缩短，好像焦急地等待着什么。

马夫人倒是没了耐心，催促说："哎呀，我家的马大老爷啊，您这又是唱的哪一出呀？白日里，忙得连个人影也见不着，也不知是真忙生意上的事了，还是又去那些脏地方赏什么野花去了？这晚上也不消停……"

马怀德那张苦瓜脸拉得更长，这夫人出了名的嘴刁，马怀德耳根都磨出老茧来，这么一唠叨，心里更烦，不耐烦地说："哎呀，夫人，您就早些歇息吧。要是长了黑眼袋，那可就损失大了呀！"

马夫人顿时来了劲头，说："怎么，是不是看那梳头的寡妇比我好看呀，还是哪家的什么桃花呀、梅花呀将你那魂儿勾走了呀？"

马怀德一时也不知说些什么，深叹了口气，道："好了，好了，家里的桃花不是被你连根都拔了吗？今儿，那刘家拿走了我们家百两白银，我心里够烦的了，你就别再添乱了，行吗？我求求你啦，好好歇息吧！"

"我就说，什么事能让马老爷睡不着觉啊？原来是折腾来折腾去把自个儿的银子折腾进去了呀！你呀，花点心思好好管教管教你那宝贝儿子吧！等有一天你那宝贝儿子成了个败家子，看你那些钱还能守得住吗？"

"行了行了，我以后好好管教聪儿就是了。"

"咚咚，咚咚……"

马夫人不耐烦地说："这么晚了，谁呀？"

马怀德三步并作两步地开门，闪了出去。

只见蔡福与马怀德在门外嘀嘀咕咕着什么。马夫人苏莺转了个身，躺在床上，琢磨着这主仆二人又不知黑灯瞎火地鼓捣些什么。或许是王翠香梳头的功效，马夫人那双眼帘开始打架，上眼皮时不时地碰下眼皮，竟然迷迷糊糊地睡了过去。

马怀德细细听了蔡福的话，那苦瓜脸顿时如三月盛开的桃花一般鲜艳，一线眼眯成了一条缝，拍了拍蔡福的肩膀道："好了，明儿我们便去讨要那百两白银，谅她有一百个胆，也不敢抵赖。"

当沉睡一夜的太阳早早撕开笼罩在青城的黑幕，将金灿灿的阳光洒下来时，箆子匠村的人们已早早忙活起来。大伙儿虽日子过得清贫，却如同一家人似的。张平将置买的草席、木材早早拉了回来。"箆子李"那几间茅草瓦房的院子里人来人往。几个汉子在院中老槐树下搭起灵棚，将那入殓了的灵柩安放在这里，摆上案桌，燃起香火。

张平披麻戴孝，泣不成声，众人也一一悼念。王翠香将连夜缝制的几顶白色孝帽，分给几个曾跟随张平的爹学习制作箆子技艺的后生。那几个年轻后生在灵柩前磕头烧纸。刘福瑞自然戴着孝帽，紧紧地挨着张平，眼里噙满泪水，全然没了台榭上神采奕奕少年郎的模样。哭丧，哭出活着的人对逝世的人无限怀念，也哭出活着的人对逝世的人没过过一天好日子的愧疚。沉浸失去亲人痛苦中的人们，丝毫没察觉有群不速之客到来。

蔡福带着一帮家奴来势汹汹，全然不顾亡者灵魂的安宁，吵吵闹闹。王翠香不知这帮人为了什么，一时愣住了神。蔡福直奔她来，说："我家夫人今儿早上起来，发现丢了一对犀牛望月的金钗。昨儿，你给我家夫人梳头，是不是顺手牵羊，顺走了呀？"

张平可不乐意，这岂不是污了少奶奶的声誉？抢先一步，挡在王翠香身前，"你这红口白牙一秃噜，就说我家少奶奶拿了你家夫人的东西，可有什么凭证呀？"

"凭证？马家里里外外、丫鬟仆人寻了个遍，也没有找到。难道是金钗自己长腿跑了不成？"蔡福一脸横肉，直叫人恶心不已。

张平牙齿咬得直响。这马家欺人太甚，在这节骨眼捣乱，难道不想让逝者安息？王翠香怕张平动粗，扰了这白事，迎上来说："这事不关他们，我随你们进屋里去搜便是。"

蔡福道："看来这妇人倒是识相。好，我们随你去找一找，若是找到了，损坏了，你可要赔偿呀！"

王翠香冲着张平说:"你们呀,守灵祭奠!"

张平明白这是马家输银子怀恨在心,故意来找茬;眼下只好委屈少奶奶,不然葬礼怕没法进行,于是,挥挥手,说:"大伙儿,各忙各的吧!明日便是吉日,也不用守七了,明日便让家父入土为安吧。"大伙儿各自又忙各自的去了,倒是刘福瑞瞅了一眼母亲,见她目光里透着威严,便不敢惹事,乖乖跟着张平走了。

果然,蔡福在王翠香的竹篮里找到半截犀牛望月金钗。拿着残缺的金钗,蔡福阴阳怪气地问:"这回看你还有什么好说的?人赃并获,送官府!"

王翠香回想帮马夫人梳头的情景,唯有马少爷鬼鬼祟祟进来过。细细想来,不曾见过如此精致贵重的金钗,怎会无端在她的梳妆盒里?一时哑口无言。片刻,马怀德父子急匆匆赶来。

倒是马怀德一改往日姿态,叹了口气道:"唉,我那刘兄弟这一去,多年来也毫无音信。这孤儿寡母的,日子也实在是艰难。可再艰难也不能干这些作奸犯科的勾当呀!不管外人怎么看,我毕竟与你那结发丈夫刘家兴是换了帖的兄弟,你生活上有什么难处说一声,我能袖手旁观吗?再说了,我夫人那脾气你也是知道的。这对犀牛望月金钗是她的心爱之物,就连我平日里也不能多看几眼。那是因为,这对金钗不是一般的金钗,它是我家夫人的舅父在京城用百两白银给她买的呀!"

马聪慧神色诡异。张平、刘福瑞围了过来,左邻右舍也放下手里的活儿,静观其变。王翠香自知这满嘴仁义道德的伪君子在故意刁难她,可眼下明摆着,这事事、桩桩、件件,是有人做好的套儿。不幸的是,自个儿被蒙在鼓里,偏偏钻进这个套。看马怀德故意将"百两白银"咬得很重,便明白几分。就说嘛,马家向来不是吃亏的主,怎能让福瑞拿走百两白银?!

王翠香淡然一笑道:"马老爷的意思,就是赔上百两白银便行?"

马怀德皮笑肉不笑地说:"弟妹倒是个明白人。免得多费口舌。只是不知弟妹愿意照价赔偿吗?"

左邻右舍不好说些什么,毕竟残缺的金钗从梳妆盒里找了出来。王翠香

第 12 章 / 赢百金刘家遭陷害 撞丧事翠香赔金钗

犯难，张平已花去一些，哪能凑够？走到张平身边，小声问："他张叔，昨儿让你将地契换些银子，可找到买家了吗？"

"少奶奶呀，昨儿那些人趁火打劫，跟抢差不了多少呀，我就没将那地契换出去。这才用福瑞拿回来的银子，置办今儿用的这些东西呀。"张平心里开始打起了鼓，明摆着是马家设的圈套，难道少奶奶真的要照价赔偿？

王翠香伸出手来说："他张叔，那你把那地契给我吧！还了马家的银子，才能换来我的清白。"

张平将手伸进怀里拿出地契，支支吾吾，有些不情愿，可眼下没别的办法，地契比起少奶奶的清白算得了什么？他咬咬牙，狠狠心，憎恶地瞅了一眼幸灾乐祸的马怀德，将地契递给王翠香。

王翠香进屋拿出剩下的银子，连同地契递塞到马怀德怀里。可她心在滴血，随后猛地跑进屋，扑在被褥上呜呜大哭起来。

马怀德收好银子和地契，眉梢微微上扬，干咳几声，道："我看，你们这家里正办白事。这乡里乡亲的，抬头不见低头见，我呀，也不是那种不讲情面的人。这样吧，宽限你们些时日，等老张过了百日，再来收房子。"说完，转身离开。

张平恨得牙根直痒痒，恨不得将马怀德那张虚伪的皮扒下来，做成灯笼点了天灯，让老天爷看看这张人皮包裹着多么丑陋的灵魂。

马聪慧嗤嗤笑着，昂着头、挺着胸来到刘福瑞身前，说："你呀，以后就跟着那老乞丐做小乞丐吧！"

第13章
过鬼门乞丐会老友
荐爱徒福瑞拜名师

蔡福拽着马少爷，紧走几步，跟了上去。一帮人顷刻间就没了踪影。一场丧事被搅和了。然而，无论风雨飘摇还是风和日丽，日子总得过。那场火、那次牢狱之灾，都不曾击垮王翠香那颗坚韧的心。这次丢了地契，没了住所，自然也不能让王翠香倒下。只因福瑞越来越出息，越来越能扛事。篾子匠村的人们在村西头又张罗搭建几间茅草屋。刚过完七日，王翠香便与福瑞在这茅草屋安顿下来。

刘福瑞眼睁睁看着这一切发生，却无计可施。丢宅院，全因自个儿贪图银子，心里堵得慌。说母亲偷了什么金钗，不过是个说辞罢了。于是，他自顾自去寻乞丐，将事情说个明白。老乞丐捋着胡子，也没了往日神采，多了忧虑之色。

马怀德心里乐开了花。没想到一进一出，不但没赔，还赚了。一时也摸不准，老乞丐与弦歌书院的老夫子到底有什么交情，惹得他难以安然入睡。若是老乞丐与孔夫子交情深厚，刘福瑞将事说予老乞丐，自然会猜到自己做的那些见不得人的事，若是孔夫子深究起来，倒也是件棘手的事。马怀德躺在睡椅上，微闭一线眼，眉头紧锁。在一旁扇蒲扇的蔡福，练就一双火眼金睛，一眼便看透主子心思，试探地说："老爷，您是不是担心孔夫子与老乞

第13章 过鬼门乞丐会老友 荐爱徒福瑞拜名师

丐过问此事？"

这个聪明得让马怀德害怕的管家，一句波澜不惊的话，让他顿感后脊梁骨嗖嗖冒凉风。这家伙比自个儿肚里的蛔虫还了解他的心思。不过，看那一脸坏笑，莫非有什么好主意，便倒吸一口凉气，问："怎么，你有什么好法子？"

蔡福笑道："老爷，老乞丐嗜酒如命。若是送几罐子陈年佳酿，想必让他离开青城不是难事。若是不肯，再吓唬吓唬，恩威并用！老乞丐是个明白人，知道得罪马家在这青城没立足之地，自然识趣离开。孔夫子得罪不起，也惹不起，只因您老泰山撑腰，若是私下让夫人在您老泰山耳边说些话，想必孔夫子也只好睁只眼闭只眼了。"

马怀德脸上的淡淡愁云慢慢散开，欢欢喜喜地朝马夫人的卧房走去。留下讨赏的蔡福傻愣片刻，幡然醒悟，见主人已走，便将桌上泡好的上等春茶端起来，一仰脖子，喝了个精光。

老乞丐这几日也没清净日子。马家少爷时不时送来上等好酒，勾起他肚中的酒虫，尽情享用后便忘乎所以。刘福瑞不知如何是好，见醉醺醺、满嘴胡言乱语、疯疯癫癫的老翁，甚是心焦。

这一日，刘福瑞见老翁躺在古柳下，醉得不省人事，面色苍白，嘴唇发紫。去摸他的手，透骨的凉气顺着手传到全身，惊得福瑞慌了神，拔腿跑回了筢子匠村喊来张平。

张平背着老翁去寻郎中。郎中把脉观相，撬开嘴唇观察舌尖，摇了摇头说："怕是无药可救了！"这个晴天霹雳，惊得刘福瑞不知所措，他呆若木鸡，愣愣地望着老翁。倒是张平经历事多，没慌神，问："大夫，这患的是什么病？"那郎中一双剑眉紧锁，眉宇间透着疑惑，语气沉重地说："恕在下医术浅薄，实在看不出是何病。不妨去找四女祠的智通主持！"

张平与刘福瑞又将老翁送到四女祠。智通大师果然厉害，竟然治好了。可老翁一句感谢的话也没有，身体好利索，便拔腿走人，弄得张平和刘福瑞十分尴尬，一个劲儿地向智通大师赔不是。智通大师却压根儿没生气，嘱咐他们快些回去。自从老翁大病初愈后，再也没有往日的欣喜，脸色也没了往日的红润。他见这个地方待不下去了,可惦念福瑞,思来想去,便想将福瑞送往孔儒仁那里去。

孔儒仁虽在弦歌书院教书,却住在桃花坞。桃花坞位于城西桃花林中。每逢桃花盛开,景色犹如人间仙境,香气怡人,灿烂夺目的桃花映红半边天,堪称青城一大奇特景观。要不是孔儒仁捷足先登,恐怕这片桃花盛开的地方早被马怀德占了。说来也怪,自打老翁病好后,马家再不送酒。仔细一想,不足为奇,只因老翁已答应马家这个月底离开青城。既然目的达到,又何必浪费酒钱。

这一日,阳光明媚,夏风惬意。老翁拽着刘福瑞来到桃花林深处那间高悬"桃花坞"牌匾的屋舍前。老翁拾级而上,轻叩朱漆大门上的狮头银门环,道:"孔老哥,老弟冒昧拜访。"

刘福瑞自知弦歌书院的先生早年离世后,孔儒仁在弦歌书院教授的都是家产万贯的富贵公子,他哪能有这般好福气拜在他门下学习?可今儿这个在他心里早已如父的人,拽着他来到孔儒仁住所,也不知做什么。这回他也明白了,为什么老师愿意去台榭,原来是因为与这孔先生是旧相识,想必交情不一般。

传说孔儒仁精通四书五经,上知天文,下晓地理,能占卜天象测风雨,观面相测字知祸福。考取功名后,为官清廉公正,只因得罪奸臣,遭人诬陷被贬官。后来索性辞了官,隐居青城。苏县令见他才学出众,便让他在弦歌书院做起先生。他生来独喜桃花,整日以种植桃树、欣赏桃花为乐;以开馆教学、开坛讲经为营生。桃花成林,独居其中。他教授的学生不下千万,如今在汴梁为高官的也不在少数。现在这处桃花坞,便是功成名就的学生出资翻修、扩建的。方圆几十里,前来登门求学的儒生络绎不绝。然而,在弦歌书院教授学生要的月钱,一般人家只能望而却步。

正当刘福瑞浮想联翩时,书童开门,笑吟吟地道:"先生正在沐浴,请来客随我来。"但见那书童头裹巾帕,身穿青衣,腰系革带,脚蹬麻鞋,明眸皓齿,飘飘然不染尘埃,绿鬓朱颜,全然无半点俗态。二人跟随书童,来到书房。书房里,香焚宝鼎,花插金瓶,飘着淡淡的幽香,正墙悬挂着孔圣人画像,没有奢华的铜臭味,满是书香气息。书童端来两杯清茶,笑道:"请慢用。"

第13章 / 过鬼门乞丐会老友 荐爱徒福瑞拜名师

刘福瑞见书童出了门，便问："老师，您带我来这里做什么？"

老翁道："福瑞，这些日子我生病以来，足见你是个宅心仁厚的君子，理应有更好的造化。以你的才智，需要名师指点，若能拜在孔先生门下，日后定能有番惊天动地的作为。若再跟着我，恐怕耽搁了你的前程。师出无名，实属无益。况且，此地也并非我久留之地。"

刘福瑞恍然大悟，老师要推荐他到孔儒仁的门下研习学问。可昂贵的学费，足以浇灭他心头冒出的一点点小火苗。自从搬到笸子匠村西头茅草屋生活以来，娘俩的日子越发过得艰难。张平做的精致笸子堆积在屋子里，每日卖不出几把。刘福瑞虽能做出上乘笸子，只因那营生不是个好营生，就在街上靠写字卖画补贴家用。这样一来，娘俩与那张平才勉勉强强糊口度日。于是，刘福瑞难为情地说："老师，我们回吧。我家里已经穷得什么都没有了，哪里付得起孔先生那昂贵的学费？"

老翁淡然一笑，劝道："这个你自然放心。我推荐的学生，他断然不会收一分钱，反而会更为看重。他也是个有情有义、坦荡荡的君子，是位爱才惜才的好先生。那弦歌书院的昂贵学费，只是为了将那富贵人家的银子拿来，贴补桃花坞这些穷苦人家的天资聪慧的少年呀。"

说话间，孔儒仁走了进来，只见他一袭青衣，头顶锦纶，脚蹬白棉袜黑布鞋，俨然隐居儒士。那日在台榭刘福瑞没敢细看，今日一看，相貌不俗，眼如丹凤，眉似卧蚕，睛如点漆，唇方口正，鬓须轻盈，天庭饱满，气宇轩昂，让人见而忘俗。

孔儒仁爽朗的笑声浑厚嘹亮，绕梁而不绝于耳。"李兄，你不在那柳树下晒太阳，今儿怎么跑我这里来了？"笑声戛然而止，他随后径直来到老翁身旁坐下。此刻，刘福瑞才知老师姓"李"，默记于心。

老翁哈哈笑道："看你这两年没能教出个有出息的徒弟，心里发慌呀！眼看着你身子骨一天不如一天硬朗，要是哪天两眼一闭，把浑身的学问带进了棺材，那岂不可惜？"

孔儒仁捋了捋胡须，笑道："唉，只因世事浮躁，人们急功近利，哪能安心潜学，忍得住清贫，熬得住寂寞呀！"

老翁笑了笑，指着刘福瑞道："这少年的才学，想必您那日也看了个清楚。今日，我便是将这个可造之材送到你的府上，你可要善待他呀，拿上等的好酒来感谢我呀！"

孔儒仁眼睛一亮，能让李兄称为可造之材的，恐怕天下无二。那日也是无奈，将题目早早告诉马家，没想到京城名夫子一顿乱解，坏了马家的好事。可他也听说，这福瑞与篦子匠人寸步不离，也是个心灵手巧的好工匠，能做出上乘的木篦来。想想这些物件是女孩家喜欢的东西，心里却有了些不舒坦。他倒要先看看这少年到底有何能耐，竟然能劳当年号称"鬼才"的李兄鼎力推荐，话锋一转，道："福瑞，何以近'仁'？"

刘福瑞望了望老师，从那赞赏的脸上得到了勇气，正言道："子曰，'刚、毅、木、讷，近仁'。其中'刚'是坚强而不动摇，'毅'指果敢而不犹豫，'木'是质朴实在，'讷'指话少、言语谨慎。刚者必毅，刚毅者必木讷，质朴无华，敬事慎言，不会'巧言令色'，务饰于外；刚、毅、木、讷，外朴内实，厚重无欺，有此四德，必能力行，因此近仁。"

孔儒仁点了点头，心想这少年胸中果然有几分才情，又接着问："那在你看来，做人的根本何在？"

刘福瑞瞅了瞅老师，见无阻止之意，便鼓足勇气继续道："子曰，'人之生也直，罔之生也幸而免'。是说人活着，要凭借正直人品，那些不正直的人虽然也能活着，只不过是侥幸躲过灾祸。正直就是正派、真诚、坦率、耿直、直心眼，与虚伪、奸诈、油滑对立。因此做人的根本在于正直。善不妄来，灾不空发。圣人贤哲无不重视积善修身，鄙视虚伪奸诈。荀子也曾说过，'积善成德，神明自得'。这些都说明做人的根本在于正直。"

孔儒仁开口大笑，道："李兄啊，多谢呀，这个学生我收下啦。听其言，观其貌，实属可造之材，略加指点，将来必能有一番作为。看来我桃花坞后继有人啦！"

老翁爽朗大笑起来。这时书童来报："先生，马员外携公子马聪慧前来拜见。"

第 *14* 章

拜名师福瑞感恩情
明真相少年生恨意

老翁本要走，又将屁股搁回椅子上，脸上的喜色顿时消失。当然，古铜色脸庞将微妙变化隐藏得很深，自然没有被刘福瑞察觉，可没有逃脱孔儒仁的睿眼。

孔儒仁感叹道："唉，财大气粗的马家，狂妄自大，今儿又来扰我雅兴。那马聪慧性烈浮躁，根本不是个读书的料，怎么能拜在桃花坞学习呢？那岂不是坏了桃花坞的名声？"

老翁倒是替马聪慧说起情，道："那也不见得。我看是那沽名钓誉的傅儒风带坏了马聪慧。俗话说，近朱者赤，近墨者黑。若能在你这里耳濡目染，没准儿能成大器。再说了，人生来性情相差没有多少，只是后天的教诲不同罢了。只有不会教的老师，可没有教不好的学生呀！"

马聪慧以前总是带着一帮孩童追打老师，而且总是骂他臭叫花子，可他从来没责怪，反而笑呵呵的，眼下又能不计前嫌，据理论事，足见老师的宽厚仁慈。刘福瑞顿时佩服不已。

孔儒仁摆手道："你呀，惜才如命的毛病还是没改。朽木不可雕也！若像你说的那样，岂不是两年前我看走眼啦。"说完，扭头朝着书童吩咐道：

"告诉马家父子，我已经歇息了。"

书童哎了一声，转身出去。老翁嬉笑道："惜财如命的孔儒仁，今儿怎把个送上门来的财神爷赶走了？"

孔儒仁笑道："这个财神爷呀，我早已轰过很多次了，也不差这一回。不然，那傅儒风恐怕只能喝西北风了呀！"

看两人谈笑风生，刘福瑞挂念老翁，拜师喜悦一时荡然无存，时不时瞅一下老师，希望从他脸上看出点门道来，而那张脸依然春风得意，没一丝一毫异常。倒是孔儒仁帮他了却了心思。

"那你作何打算？"孔儒仁轻声问了一句。

刘福瑞顿时竖起耳朵细听。老翁脸色稍沉，旋即挂满笑容，道："这青城古柳自然好，但比起那京城的繁华差远了。近些日子，我有些想念那京城的学生了，去京城享几天清福去。要不然，我怎么舍得把这么个好材料送你这里来？"

这时，熟悉而陌生的声音飘窗而进，一身僧袍的智通大师推门而入，"你们谈得如此兴起，也不邀贫僧！特别是李兄，救了你性命，不感谢一声便跑了，实在有违常理呀。"

孔儒仁满脸欢喜，起身相迎，吩咐书童奉上好茶，将智通大师引到上座，各自分主宾坐了下来。老翁嘟嘟着脸，说："你不好好待在你那四女祠里念经，跑到这里来做什么？"

智通大师眼睛一睁，眉头上翘，满脸疑惑，"你这老家伙真是名不虚传，怎么这么多年来，这臭脾气、怪毛病一点都没有改，反而日渐见长呀！"

孔儒仁有些糊涂，忙问："老鬼患了什么疾病，还劳烦你医治？"

老翁死死盯着智通大师，干咳两声，眼神里含着威胁，好像在说"你若是说了，我跟你玩命"。那智通大师望了望孔儒仁，看了看老翁，一时不知该如何说，又低头喝起茶水。

孔儒仁看两人眉来眼去，便猜到几分，其中原委不愿让学生知晓，于是，话锋一转："智通，你日理万机，怎么能有闲暇来我桃花坞？"

第 14 章／拜名师福瑞感恩情
明真相少年生恨意

智通大师放下茶碗，道："今日受那崔老爷之请，来给他那大闺女选一个良辰吉日。这不，忙完了，便想来看看你们。这就来了。"说完，瞅了眼刘福瑞，问："这少年有些面熟，好像在哪里见过？"

孔儒仁笑道："他是我刚刚收下的学生，是篦子匠村老刘家的后生，大名刘福瑞。"

智通淡笑道："哎呀，想起来，这少年就是那日送'鬼才'去我那里的。那日我见这少年情真意切，便有几分赏识。今日，在崔家府上，那崔老爷也是满嘴的赞誉之词。在那台榭击败马家少爷，赢了百两白银！谁人不夸，哪个不赞呀？这倒也不奇怪，能让李兄细心教诲的学生，哪能愚钝不开？"

刘福瑞满脸羞涩，心里却掀起几多惊喜，但在这些长辈大儒面前不敢显露，只能强忍内心泛起的阵阵欣喜。孔儒仁吩咐下人准备丰盛宴席，一来三兄弟叙旧，二来庆贺自己新收乖徒。气氛热闹非凡，自不在话下。

席间，智通大师见刘福瑞出去，旧话重提："老兄弟，你可知道你那日要是晚半个时辰，恐怕神仙也救不了呀！"

孔儒仁放下酒杯，忙追问："到底出了什么事情呀？"

老翁瞅瞅外面，长舒一口气，说："唉，自从那日福瑞赢了那马聪慧后，那马怀德每日便送来好酒，求我收马聪慧为徒。我呀，忍不住酒香，也就没多想，只管喝酒就是了。那日，只多贪了几杯而已。谁知喝着喝着就不省人事了。"

智通捋了捋胡须，语气里透着无奈，"你呀，有所不知。那日，老夫本想告诉你的，可转了个身，你人影不见了。这不担心你遭人暗算，才来这儿的。刚才见你那神色，便猜到你顾忌福瑞，可眼下也没有了外人，我就实话告诉你吧，你那日可不是什么醉酒，而是中了毒。"

老翁断然没了起初的神气和不屑，刚才是不愿说这些醉酒的丑事，怕惹福瑞笑话，可现在看来事情并非那么简单，这马家太狠毒，竟然想要他的老命。他摇摇头，说："算了，旧事不提也罢！"

孔儒仁刚才的欣喜也退了下去，神情越发凝重，语气也沉重起来，"我就说嘛，这马家岂能将那白花花的银子拱手相让？肯定要伺机报复。这不，明摆着嘛，想必你离开青城也是马家的意思吧？"

老翁这才透露，原来马家威逼利诱，让他尽快离开青城，不然将贻害刘家。只因一时看张平急用钱，才带刘福瑞登台论道，赢来银子。谁能料到，反而给刘家带来灾难。马怀德私下放出话来，若是他不走，又要将王翠香娘俩的茅草屋一把火烧了。无计可施，只好拜别老友，舍弃爱徒，应了下来。

门外的刘福瑞将这些听了个清楚，一步跨进来，扑通跪在老翁膝下，说："这马家的人也太欺负人了吧？您一个人孤苦伶仃在外漂泊，而我一日未曾尽孝道，让我如何心安啊？"

孔儒仁无奈地摇摇头。智通也是无话可说。马家财大气粗，又倚仗老泰山是县太爷，在青城是出名的霸王。若是得罪他们，就会像刘家一样，只能过清贫寒酸的日子。三位老人见福瑞泪流满面，淡淡忧伤慢慢散去，扶起福瑞，劝他不要太难过伤心。

天色渐渐暗下来。智通起身告别，一不小心一把精致折扇掉在地上。一旁倒茶的书童立刻捡起来送还智通。智通顺势打开折扇，一幅牡丹争艳图栩栩如生，一朵朵鲜艳欲滴的牡丹花如真的一般，令人赏心悦目，夏日的热气也淡了几分。

老翁盯着那折扇，问："这把扇子倒是没什么稀罕的，那扇面上的几朵牡丹倒是惹人稀罕。"

孔儒仁赞口不绝。智通笑道："实不相瞒，这是我托崔家老爷从杭州捎回来的。如今，在这物件儿上题些字、作些画，倒是增添了几分雅趣，也就将平常物件变得不寻常了。如若你们喜欢，明儿再托那崔老爷捎几把回来。"

孔孺仁淡笑道："君子不夺人所爱。你收好就是。"

老翁附和着，几个人将智通送出桃花坞。老翁倒是要在桃花坞住上一宿，讨要好酒，喝个痛快。

第15章
话世情翠香送篦子
雕篦梁贤徒赠恩师

  刘福瑞担心母亲和张叔，拜别先生，匆匆赶回篦子匠村。他要把这个天大喜讯告诉娘，告诉张叔，告诉篦子匠村的爷爷奶奶、叔叔婶婶们。然而，马家的勾当却不愿说出来。说出来，只不过增添忧愁罢了。一路上，刘福瑞又琢磨送老师礼物，可家贫如洗，哪能有什么值钱的物件？思来想去，也没个主意，倒是那把折扇在脑海里时不时地闪现着。这么多年来，刘福瑞遇到事，总能从母亲那里得到答案，这次也不例外，寻思着回家向娘讨教。

  一轮银月挂在天边，将青城照得如同白昼。刘福瑞远远见西房窗户仍透出淡淡的烛光。娘还在昏暗的油灯下缝补衣衫。经马家一折腾，家里的日子过得更加紧巴。刘福瑞正是长身体的时候，可不能亏了身体。王翠香不得不熬夜干活。

  刘福瑞轻推门进来，坐在炕边，轻声道："娘，古柳下的老师要去京城，他将我推荐给孔先生。孔先生收我为学生，而且不用银子。"

  王翠香那婆婆昏眼里闪过几分惊喜。若福瑞说的是真话，她也死而无憾，对得起刘家列祖列宗了，便立刻停下手里的活儿，问道："你有什么能耐，人家愿意将你收为学生？好多有钱人家的公子头顶着白花花的现银在那桃花坞排队，也不见得被孔儒仁收为学生。"

刘福瑞细细将孔先生在弦歌书院以教富家子弟赚来的银子用在桃花坞教授那些穷苦人家孩子的事，从头到尾讲个清清楚楚。

王翠香听了个明明白白，叹道："人真是不可貌相，就像那篦子似的，看着相仿，同是上好的檀香木所制，功效却相差甚远。那些用文火烘烤、药烟熏染的篦子，便能去痛治痒；而那些不经这些工序的篦子，也只能用来净发罢了。就如同你那老伯，衣衫褴褛、蓬头垢面，心却如同黄金一般，远远不是那些达官贵人所能比的。想想这些年来，日子过得紧紧张张，也没有银子供你念书，而你却整日里与那老伯混在一起。起初，娘呀，心如刀割，怕荒废了你的前程。没想到，反而因祸得福。儿呀，老伯的大恩大德你可不能忘呀，一定要知恩图报。"

刘福瑞在王翠香脸上看到了久违的笑容，劝慰道："娘，你放心吧！孩儿知道受人滴水之恩当涌泉相报的道理。况且，老师待我情同父子，传授知识，我怎么敢怠慢！我要用一生来报答。可是，娘，老师明日就要离开青城了，也不知道什么时候才能见面，我寻思着送一份礼物，可思来想去，我们家也没有什么拿得出手的。"

王翠香双眉紧皱，思索片刻，从箱子翻出一个包裹，慢慢拆开，一层一层包裹得很严实。刘福瑞不知是什么，静静地看着。

王翠香从包裹里拿出一把精致的篦子，递给刘福瑞，道："福瑞懂事了，娘打心眼里高兴。我们呀，理应送老伯些贵重物件，可咱们家里吃了这顿愁下顿，哪里来那些金银器物。这把篦子也值几两银子，是咱们刘家祖传下来的，也算是我们的一点心意，你拿去送给他吧。回京城，路途遥远，况且老伯年事已高，将篦子带在身上，一来能梳梳头发、篦篦虮子，二来也能缓解疲劳。"

王翠香说着，眼里却含满了泪水。这把篦子是她嫁到刘家时，老公公亲自交到她手上的。老公公千叮咛、万嘱咐，这篦子是老刘家买卖开张的第一

第15章 话世情翠香送篦子
雕篦梁贤徒赠恩师

把篦子，也是老刘家招揽工匠做出来的第一把篦子。

刘福瑞接过篦子，细细端详起来。这把篦子光泽宛如皎月，齿密而均，横梁镶嵌金线，雕有花虫诗词，做工考究，堪称精品，远远比这些年做的木篦子要好。横梁上雕刻的花虫，题写的词句，与智通大师拿的折扇有异曲同工之妙，添了几分雅趣，多了几分精美，想老师见了也会喜欢。可母亲有些不舍，眼眶噙满泪水。刘福瑞忙问："娘，这些年来，我们也没有做出过如此雅致的篦子，这篦子是哪里来的？我看娘也有些不舍。"

王翠香抹了把泪水，道："福儿，不瞒你说，这把篦子是老刘家做的第一把篦子。那时候，刘家祖上多是些文人雅士，做起篦子来自然也多了些雅趣。只因后来善画精雕的工匠越来越少，这刘家篦子也就没了往日的雅趣。再加上，如今这世人也不注重那些，只看重物件好不好用。若让他们多花些银子买花里胡哨的东西，他们是一百个不情愿的。这样一来，我们这雕花刻字的篦子，自然就少之又少，也就没人愿意做了。"

刘福瑞点点头，又问："娘，那这篦子的木材有什么特别之处吗？雕刻画法谁还会？"

"这个嘛，娘倒是不太清楚。不过，你张叔跟着李老伯多年，想必会知道这些。"

刘福瑞将锃亮的篦子交给娘，转身出屋。

夜深人静，偶尔传来几声狗吠。张平跑了一天，早早地歇息了。西侧茅草房均匀的鼾声时不时飘向窗外。"咚咚"，急促的敲门声将张平从睡梦中惊醒，他问："谁呀？是不是福瑞呀？"

刘福瑞忙应："张叔，是福瑞，福瑞有事相求。"

张平披上衣服开了门，将福瑞迎进来，说："福瑞呀，这么晚了，有什么事呀？"

"张叔，您会不会在那篦子梁上雕刻花虫、诗词呀？"刘福瑞满眼期待。

张平一向疼爱福瑞，自然他问什么，就说什么，"这个嘛，我倒是跟着李老伯学过，也会雕刻技艺。不过，时日久了，恐怕手有些生疏了。前几年，

/篦子道/

也帮那些乡邻好友在送相好的篦子上刻过名号。这大半夜的不睡觉，你跑过来就是问这个？"

刘福瑞说："张叔，您就教教我吧，教我做一把刻有诗词的精致篦子吧！"

隐藏在杂草堆里的蛐蛐叫个不停，宣泄着夏天的闷热。张平一时也没了睡意，便一口应下来。两个人挑了上等的檀香木，在院子里忙活起来。选材、下料、做母胎，一道道工序，精雕细琢；一件件零碎，精打细磨，将木梁子打磨得油光锃亮，篦齿密而均匀，齿尖钝得恰到好处，大小适中。篦子雏形做好后，只待雕画刻字。

张平拿起篦子对着月光瞅了瞅，满是欣喜，刘福瑞的篦子做得不输他几分。在篦梁上做活儿，那真是见功底。没有一年半载的功夫，恐怕梁儿方寸地方，很难精准雕上花儿、虫儿；刻字更是不易，力道大，可能把个好端端的梁儿弄折；用力不到位，刻上去的字、画没几天便被磨个精光。另外，木头生有纹路，若是顺纹路，自然破坏了原来的构思，刻字就会乱了笔画；若不顺纹路，也是见功夫的。初学者拿着刻刀，在小小、长长的篦梁上会不知从何下刀。因此，在这方寸之地雕龙刻画，耗时费力。

张平拿出来珍藏多年的雕刻用的家什，将木梁夹在刻架上固定死，却迟迟没下刀。

刘福瑞挑了挑灯芯。昏黄的火苗顺着灯芯呼呼往上蹿，屋子里亮堂许多。见张平还没动刀，刘福瑞焦急地问："张叔，是不是光线太暗了呀？"

张平将刻刀放在袋子里，瞅着福瑞，"刻些什么？"

刘福瑞一拍脑袋，笑道："张叔，明儿老师要走了，我想把这篦子做好了送给他。老师喜欢牡丹，我看就雕刻一两朵鲜红的牡丹花。日后，老师也有个念想。"

张平满脸忧虑，挠了挠头，说："福瑞，叔用刀刻行，可没画上去，叔就不知道怎么刻了。况且，那牡丹叔也没见过几回呀！"

刘福瑞这下犯愁了。屋外蛐蛐仍是不知疲倦地叫着。天空那轮明月，照

第15章／话世情翠香送篦子
雕篦梁贤徒赠恩师

耀着泛着白光的运河。王翠香过来，见他们瞅着那把木篦子发呆，忙问："怎么了？这么晚了，你们还在做篦子。早些歇息吧！福瑞，你明日不是要送老师吗？"

刘福瑞噘着嘴，嘟嘟囔囔地说："娘，您的那把篦子，老师不见得会喜欢；况且，那把篦子也万万不能送人。今日，我见老师望着智通大师画着牡丹花的折扇出神，就想将那牡丹花刻在篦子上送给他。可现在张叔不知道怎么刻上去。"

王翠香淡笑道："是不是因那木头上没了样子，才无处下刀？"

张平如捣蒜般点着头，说："以前，偶尔也帮他们刻些字画，但多是他们拿着样子，再将那样子临摹上去，我再慢慢雕刻的。"

王翠香望了望张平，又是浅浅一笑，道："他张叔，你难道忘了，咱们福瑞也能作画。让他凭着记忆将那几朵牡丹画上去，你再雕刻上色不就行了吗？"

"就是就是……你看我这榆木脑袋瓜，怎么忘了这茬，明明手里捧着个金饭碗，还去要饭吃。"

刘福瑞也有些为难，毕竟这么点地方，怎么画？眼下也没好法子，只好硬着头皮画。功夫不负有心人。福瑞终将折扇上那几朵牡丹花临摹到了篦子梁上。这下，张平雕刻起来。福瑞在一旁，一会儿添灯油，一会儿帮张叔擦额头的汗珠。天色蒙蒙亮时，张平伸了个懒腰，将趴在一旁睡着的刘福瑞叫醒，把篦子递给他。

刘福瑞端详了半天，见几朵牡丹花雕刻得入木三分，绝不输那画几分，心里欢喜得很，连说几声感谢，便将篦子揣进怀里出门了。

老乞丐怕刘福瑞送，便早早出了桃花坞。两人到运河边时，远远地见刘福瑞气喘吁吁跑了过来。老乞丐停下脚步，笑了笑。孔儒仁甩了甩宽大的衣袖，停了下来。

老乞丐依然粗布遮体，衣衫褴褛，一身乞丐装扮。昨夜嘱托孔儒仁要照顾好刘福瑞，想必马家也会找上门来。可孔儒仁在京城做官的学生也不少，就连县令苏清澈也要怕他几分，谅马怀德也不敢去桃花坞撒野。这才消除了

081

老乞丐的担忧。

刘福瑞擦着额头的汗珠，喘着粗气，说："老师，您怎么这么早就走了，福瑞差点赶不上送您了。"

老乞丐笑呵呵道："福瑞，你可要改口了，叫我叫花子倒舒坦些，别一口一个老师的叫了，叫得我浑身不自在。我就怕人喊我老师。以后，跟着孔先生好好学吧，叫他老师才对呀！"

刘福瑞一时糊涂，"那福瑞该喊您什么？"

老乞丐笑道："算啦，随便你叫什么吧！反正要走了。"

刘福瑞一脸迷惑变成灿烂笑容，拿出篦子递给老乞丐，说："老师，这个您拿着吧。当您想起福瑞时，就拿出来看看。那上面有福瑞亲自刻上去的字。您头皮发痒的时候，就用来它来理理发丝，也能缓解头痛。"

孔儒仁一向将女儿家所用物件不看在眼里，然而这把篦子却将他的眼光吸引过去。只见篦子通体透亮、齿密均匀，木梁上几朵牡丹鲜艳欲滴，一旁几行小篆，更是给这普通物件增添了几分儒雅色彩，看上去倒是个文人雅士喜欢把玩的东西。若是送给喜爱的女子，既不失文人风雅，又能派上用场，岂不是两全其美！

老乞丐一惊，智通手上的折扇已勾得他心里痒痒，尤其是那几朵争艳的牡丹。如今，方寸地方上精雕细刻的花儿不输折扇上的，再看几行字，足见福瑞心诚意切，便接过篦子揣在怀里，美滋滋道："哈哈，这倒是个稀罕的物件，我收着了！"

孔儒仁从刘福瑞的黑眼圈便能猜到他在这件礼物上花费了很大力气，愈加喜欢眼前这个知恩图报的少年。送君千里，终有一别。老乞丐抱拳施礼，道："好啦，我个叫花子自在惯了，你们就别送了。"

第16章
恐福瑞马家欲娶女
动真情蛱蝶吟情诗

晨阳东升，映红半边天。清静的街道开始热闹起来。那小路上，时不时有过往的商客、挑夫。刘福瑞全然心无旁骛，长跪不起，念叨着"三年无改于父之道：可谓孝矣"。在他心里，张平如慈父，老乞丐又如慈祥的外公，启迪心智，传道授业解惑。

孔儒仁劝慰福瑞道："福瑞，你也别太伤心难过了。继承李兄大志，了却他的夙愿，才是你对他最好的报答。我既然答应了李兄，自然会悉心传教，你就回桃花坞吧！"

男儿有泪不轻弹，可那是未到伤心处。刘瑞福想起这些年苦难的日子都是拜马家所赐，可又恨不起来。这次老乞丐的离去，深深刺痛了他。每年这个日子，刘福瑞便来长亭向着东方跪拜。寒来暑往数年，从未间断过。此事一度成了青城百姓茶余饭后谈论的焦点。一时间，青城关于刘福瑞的传言悄然四起。

有人说，刘福瑞是文曲星下凡，智多星在世；老乞丐是玉皇大帝派来寻找文曲星的神仙。街边嬉戏地孩童，也唱起了儿歌：生母街巷卖篦子，英灵上映天星。事亲行孝敬，待士有声名。饱读圣贤书，德贤赛儒风。胸有养济万人之度量，怀含扫除四海之心机。

　　自然这些都没逃过马怀德的耳朵，尤其是孔儒仁竟不收他家聪儿，却单单收刘家兴的儿子，他犹如万蚁蚀心，生出来一千个嫉恨；可恨归恨、嫉归嫉，老乞丐能轰走，银子能要回来，可就是这孔儒仁，他惹不起，只好受着。看来马聪慧是比不过刘福瑞，可这马家香火不能输给刘家，要让老刘家翻身，马家岂能有活路！寻思着，既然儿子没指望，那就指望儿子的儿子。尽快将崔家的女儿娶进门，来年抱上个孙子，再花重金从京城聘来一位真正有学问的先生，好生教授。这样才不至于输给刘家，等他百年之后，才能安安稳稳地走，才能将眼睛闭上。

　　马怀德径直去马夫人卧房，见夫人正对着镜子梳妆打扮，脸上铺上一层淡淡的白粉，抹上胭脂，一双杏眼滴溜溜乱转。见马怀德走进来，马夫人的脸上全然没了喜色。那丫鬟帮她梳了个高高耸起的福发髻，两边插着一对犀牛望月金钗，坠着花蝴蝶，斜插着一把金色篦子。此时，马夫人正拿着象牙梳子，理着那些没挽紧的乱发。马怀德笑嘻嘻迎上来，摆摆手，丫鬟将梳子放进梳妆盒，低头退了下去。

　　马夫人瞅着那满脸肥嘟嘟的肉，心里不是个滋味。她这么一位懂风情的女子，偏偏遇上这个土鳖，不懂风情罢了，也不知心疼人；尤其是夫妻间的事儿，每次跟个牛似的直来直去，根本不知道顾及女人的感受，自个儿痛快，将人家的心火燎起来，就滚到一边呼呼大睡。每次惹得苏莺心里痒痒的，久久不能安然入睡。她一脸不高兴，皮笑肉不笑地说："哎呀，就说嘛。这一大早起来，就有几只喜鹊在那院子的树枝头叽叽喳喳叫个不停。原来是那大忙人今儿得闲来了。"

　　马怀德连忙陪着笑脸，说："夫人呀，你呀，就不要说那些风凉话了。这些日子，为了马家我忙得焦头烂额。今儿，我是特意来与夫人商量个事。等这事办妥了，我呀，天天陪你，日日陪你，你不是想去那杭州西湖嘛，看那什么什么断桥，回头便带你去，好吗？"

　　马夫人倒也不稀罕这些，只是拿话来激马怀德而已，见马怀德这次说得

第 16 章 / 恐福瑞马家欲娶女 动真情蛱蝶吟情诗

真切,也就无心与他逗嘴,问:"什么事?"

马怀德见夫人脸上没了刚才那种他说不出来、却让他有种很不舒服感觉的神色,笑嘻嘻地说:"夫人呀,你看聪儿过了年也就十六了,是不是与那崔家女儿的婚事,请那智通大师择个吉日,给办了呀?"

马夫人说:"你一向不着急,今儿怎么这么着急了呢?你那心里装得不是那银子,就是那桃花呀、梅花呀什么的,还能有我娘俩儿?这回倒是稀奇了,算你还知道自个儿有个儿子呀。"

"行了,行了,我这一天够烦的了,你呀,就别添乱了。这事你到底同意不同意呀,说句话呀!"

"那聘礼他崔家也收下了,只是等那崔家少爷大些了,便将那崔家女儿娶过来。这不是说好的事,怎么突然要提前了?那崔家能答应吗?"

马怀德说:"这不,聪儿不早些成家,那性子要是野了,恐怕我们后悔也来不及呀!现如今,那刘福瑞拜在了孔夫子门下,日后要是有了出息,那我们马家的生意可就不好做了。我想着,早些成家,聪儿早些生养个孩儿,我们也就有新的期盼了。"

马夫人倒也明白,聪儿确实有些让人失望,若是将来马家落在他手里,肯定败得一塌糊涂,于是说:"那崔家能同意吗?前些日子,我听说那崔老爷请了智通大师到府上,特意测了八字,选了吉日,也不知道选得怎么样了?要是崔家不同意,那我们这里一头热,恐怕我同意了,也不见得行。"

马怀德笑了笑,说:"明日我便带着聪儿去趟崔家。"

马夫人再也没说什么。然而,崔家女儿却没了与马聪慧成婚的心。这马怀德的如意算盘,恐怕竹篮子打水一场空。崔家后院莲花池亭台上,崔蛱蝶斜倚栏杆,静望那一池塘荷花,脸色全然没了荷花的鲜艳,暗了下去。远远地望去,那超脱姿态令人怦然心动,但见金簪斜插,掩映乌发;翠袖巧裁,轻笼瑞雪;纤腰袅娜,绿萝裙微露金莲;素体轻盈,红袖袄偏倚玉体。

她满眼情愁,默默吟着"眉似初春柳叶,含着雨恨云愁。脸如三月桃花，暗藏风情月意"。这首诗将她内心难以启齿的情愁诉说得淋漓尽致，也成了她这些日子的寄托。自从与刘福瑞偶遇，她那颗少女的心就不安分起来，吃起饭来也不像以前那么香，品起茶来也全然没了以前的味道。她时常想起那一身粗布遮身的刘福瑞。杜鹃受罚，再也不敢迈出崔家大门半步，任崔蛱蝶百般肯求，万般讨好，让杜鹃捎封书信，杜鹃无动于衷，只是委屈地哭。只因田管家说，要是再敢背着老爷出门，就要辞了她。她可不愿意离开崔小姐，自从进崔家门，就一直伺候崔小姐，情同姐妹。再说，还要换来月俸养活可怜的弟弟。

  崔蛱蝶性善心好，待人和善。要不是她苦苦相求，杜鹃恐怕再也没机会跟着她了。想着这些日子发生的事情，她突然又吟出来一首词："风日清和漫出游，偶从足撞识娇羞。只因临去秋波传，惹起春心不肯休！"这诗真是她的真实写照，可那惹她心动的男儿在哪里，又是不是晓得这份情怀？一切都被高高的院墙隔在了外面。

  这些日子，崔老爷将她关在后花园。她便一日一日瞅着荷花发呆，用诗词解闷，将少女懵懂的情愫寄予诗词里。虽然人在崔家大院深处，心却早已飞向外面的世界，牵挂着墙外那少年的一举一动。但她哪能甘心呀，又拜托那外人眼里的弟弟，实际上是她妹妹的崔恋蝶去刘福瑞的摊上买回来一些字画。那些诗词多是刘福瑞自己做出来的。

  昨日，杜鹃拿着一把木制篦子帮她梳头。篦梁上刻着一对鸳鸯，活灵活现，旁边还提了一首小诗。崔蛱蝶看着心里有些喜欢，便问杜鹃是从哪里买来的。杜鹃羞涩地说是喜欢她的卖货郎花了几贯钱从刘家篦子摊上淘来的。崔蛱蝶更是喜欢得很，但那是人家的爱情信物，又不好仗着是人家主子，就拿了去。她寻思着，自个儿写一首满意诗词，让杜鹃托相好的给刘公子，再让刘公子做把篦子，雕刻上去就是了。想到这些，她心里美极了。可这几日她坐在后花园，望着满池塘荷花发呆，却没写出一首满意的诗词，倒是羡慕起她的那个妹妹来。

  在外人眼里是男孩的崔恋蝶，生得也不输崔蛱蝶半分，平日里一袭少

第 16 章 / 恐福瑞马家欲娶女
动真情蛱蝶吟情诗

年妆扮，不施粉黛而颜色如朝霞映雪，亦有班姬续史之姿、谢庭咏雪之态；丹唇列素齿，翠彩发蛾眉。走在街上，惹得女子自叹不如，恨不能扑上去，捏一把那冰清玉洁的脸庞。这崔家少爷可是青城出了名的美男子。不过，这"美男子"的名号在旁人眼里是实心实意的称赞，可在崔老爷眼里却是莫大的耻辱，也成了他心头的一道疤。终究纸包不住火。女儿终究是个女儿，终究是要嫁人的。自从见了刘福瑞，崔老爷便起了招婿念头。这些日子，可愁坏了崔老爷。若是明目张胆地将刘福瑞入赘到崔家，那岂不是狠狠扇了自个儿一个嘴巴？还不让全青城人笑掉大牙。跺一跺脚，青城也能震一震的主儿，恐怕日后会颜面扫地。

第17章
下彩礼姐妹话孝道
议福瑞母女揭心扉

前日，崔老爷请智通大师来府上，原想请大师出个两全其美的法子，可话到嘴边却咽了下去。这眼下，崔家令人羡慕的神仙日子，怕会因崔公子身份败露而消失。然而，若是隐瞒女儿身，又怕耽搁女儿的青春，坏了崔家的规矩。这可愁坏崔老爷，崔夫人也是心焦得没法入睡。日子总是一天天地过，该来的终归会来。

这日，夏日骄阳中的青城如火烤般炎热。运河岸边的柳树荫下坐满了纳凉歇息的挑夫、商客，大家敞着怀，拿着蒲扇，不停地扇着。可马家父子穿戴整齐，盛装打扮，带着仆人抬着几个箱子，朝安乐镇崔家走去。

崔老爷将马怀德迎进来，连日来的愁事好像荡然无存。那一箱箱金银首饰、绫罗绸缎摆在院里，足见马家财大气粗。崔鸿德虽不是贪财之人，但见送来这么重的礼金，也为闺女有个好归宿打心眼里高兴。崔夫人也是喜上眉梢。双方互相恭维，分宾客在正堂坐下商议婚事。这一幕恰巧被路过的崔恋蝶撞见，她遂将一切听了个清楚。

崔恋蝶急着告诉姐姐，移步来到后花园，远远见崔蛱蝶扶栏唉声叹气，便紧走几步，叫道："姐姐，马家今儿来下彩礼了，那一箱箱的绸缎礼金，

第17章 / 下彩礼姐妹话孝道
议福瑞母女揭心扉

足见那马家家境殷实，想必姐姐嫁过去了，也能过着衣食无忧、使奴唤婢的日子。姐姐为什么不高兴，反而唉声叹气呢？"

崔蛱蝶扭头见是自家人，忙用衣袖抹去眼角挂着的泪花，正色道："你吓死我啦！好日子也不是有了足够的银两才能过好的。"

崔恋蝶背着手，踱着方步道："姐姐果然是女中豪杰，不因金钱而迷失了心智。那不知为什么躲在这里独自哀伤呢？本公子能不能为姐姐解忧呢？"

"你成天没个女人相，看谁愿娶你？"崔蛱蝶责怪着，语气中分明透着浓浓的爱意和羡慕。

崔蛱蝶常年累月身居深闺，若不是那次效仿妹妹莽撞外出，恐怕会期待嫁给马聪慧，可偏偏上苍折磨人，刘福瑞如恶魔般纠缠着她，再加上《西厢记》里张生与崔莺莺的故事，更是让她情愁如云，未有半点欣喜。

崔恋蝶环顾四周见无人，连忙说："我的亲姐姐呀，你小声点，要是被外人听到传了出去，那不是要了爹娘的老命？看爹不把你早早嫁到马家去！"

崔蛱蝶笑着说："放心吧！下人们都去伺候那马家父子了，这儿就剩下你和我了。我看这些日子爹和娘为了你的事正闹心。我看呀，你也总不能一辈子不嫁人吧？"

"唉，嫁人做什么，哪有做我崔家公子潇洒自在？我才不嫁人呢，我将终生不嫁，要给父母养老送终。要不然，我们姐妹做了人家的媳妇，那年纪慢慢大了的父母该怎么办呀？我留在家里，你就放心地去做马家少奶奶吧。"

崔蛱蝶愁云袭上心头，神色暗了下去，说道："谁稀罕那个马家少奶奶的名号呀！听说那马公子不学无术，跟着那傅儒风学的都是些歪理邪说。你让我怎能稀罕跟那样的人过一辈子呢？想起这事，我这心里就跟添了堵墙似的，死的心都有了。"

崔恋蝶多少能猜到崔蛱蝶的心事，可也无能为力，试探着问："姐姐，你是不是心里早已有了意中人呢？"

089

崔蛱蝶黯然神伤的脸庞升起一丝红晕，苦笑道："父母之命，媒妁之言。我有了意中人如何，没有意中人又能如何呢？"

崔恋蝶摇摇头，道："真是的，我们崔家也不缺钱财，可爹为什么偏偏要姐姐嫁给那马聪慧呢？要不然，我去找爹理论理论，问个清楚。若是没有什么说辞，辞了这桩婚事算了。"

崔蛱蝶心里也是这么想的，但没敢说出来，只是默念道："事父母几谏，见志不从，又敬不违，劳而不怨。侍奉父母时，对父母不对的事情要婉言劝说；意见没有被采纳，应该照样尊敬不违，虽然忧心劳苦也不要有怨言呀！你也知道我说过我不同意这桩婚事，可……可他们心意已决。"

崔恋蝶依着姐姐坐了下来，好生劝慰道："我也明白，姐姐是个懂孝道的人。唉，不说这些烦心事也罢。你让我打听的事，我已打听清楚了，想听吗？"

"快说来听听，那刘福瑞拜的是哪位名师？"崔蛱蝶催促道，那眼神里流露出的焦急、欣喜，跟刚才相比简直判若两人。

崔恋蝶故弄玄虚："姐姐，你是不是相中那个穷书生了呀？"

崔蛱蝶用粉拳轻捶崔恋蝶微突的胸部，道："少拿我来取笑。你快些说呀！你都知道些什么？"

崔恋蝶连连道："君子动口不动手，你先坐下来吧，我好好地说给你听，好吗？"

"我本就是个女子，你难道不知道'唯女子与小人难养也'！"崔蛱蝶辩解道，"你到底说不说，看你皮又痒痒了，再不说，我又要挠你啦！"

崔恋蝶按住姐姐的手，道："别闹啦，我说就是了。那刘福瑞本来是那刘家篦子的后人。未出世时，他爹刘家兴迷上了烟花女子，染上了赌，终是败了家，带着那青楼女子不知去向。他娘王翠香含辛茹苦地将他拉扯成人。年幼时，他也曾去私塾读了些书，可后来因家里失火，没了钱财，就退学了。谁能想到，河岸柳树荫下躺着的叫花子竟然饱读诗书。他就跟那叫花子潜心研学。如今呀，那青城的名师孔儒仁收了他做学生。他平日里以在闹市卖些

第17章／下彩礼姐妹话孝道
议福瑞母女揭心扉

字画和木制的笾子为生。"

崔蛱蝶哀叹："苦命的人呀！或许，天将降大任于斯人也，必先苦其心志，劳其筋骨，饿其体肤。可他那满腹的锦绣文章，一身的儒雅风范是从何而来的呢？"

崔恋蝶做了个鬼脸，道："精通儒学，儒雅风范自生。你我也曾读过圣贤书，怎么不懂此理？"

崔蛱蝶点了点头，"若能与这样的饱学之士结为夫妻，我这辈子也就没有什么遗憾了。可惜造化弄人，偏偏爹爹将我许配给了那个浪荡公子。"说着，那满脸的欣喜又退了下去，一脸的哀愁。

崔恋蝶恍然间明白了，姐姐是对那穷小子动了心思，一脸的惊讶，忙问道："姐姐，你难道不记得七岁那年，咱家来的那个小男孩了吗？"

崔蛱蝶瞪着杏眼，望着妹妹，"那怎么能忘记呀，娘不是说那是咱家的远房亲戚吗？那个时候，那小哥哥给我们讲故事、教我们背《论语》，日子过得好不快乐。后来，却不知为什么不辞而别了。"

"那是娘编的瞎话，其实那小哥哥就是刘福瑞。"

"你是怎么知道呢？"崔蛱蝶满目焦急，一脸茫然。

崔恋蝶支支吾吾，"我……我……我见过他娘王翠香，自然知道了。"

那一池塘的荷花，随着一阵微风舞动。一朵朵鲜艳的荷花，好像在向她们诉说着荷花的"出淤泥而不染"。这世上的人不是被钱财金银迷了眼，就是鬼迷心窍地一门心思钻营官道，显然没了那荷花的清廉与傲视。在崔蛱蝶眼里，刘福瑞就是荷花，虽在污浊世道里艰难讨生活，却有着谦逊的高贵品质。正当姐妹俩各怀心思地望着一朵朵荷花，杜鹃小跑过来叫道："小姐、少爷，夫人请你们去她屋里叙话。"于是，姐妹俩绕过亭榭，穿过走廊，来到崔夫人的卧房。刚一进门，姐妹俩便见崔夫人一脸威严端坐着。这马家送来重金彩礼，不知母亲脸上为何一点儿喜色都没有。崔夫人瞧着一身少年装扮的崔恋蝶，满腹委屈，也是满腹苦恼。今儿这马家要将蛱蝶娶走，留下来的恋蝶一时也不能恢复女儿身，眼瞅着出落得水灵灵，心里那个着急呀！刚才在马怀德面前强装欢颜，可等回到内室，难受得很，脸上自然也没了喜色。崔夫人叹了口气，"唉，我家蛱蝶知书达理、贤惠温柔，实在是那马家的福气呀。蛱蝶，今儿马家送来了聘礼，意思是想尽早完婚。前些日子，你爹也请四女祠的智通大师为你选了良辰吉日，怕是等不到那个日子了。"

崔蛱蝶虽然心里有些不情愿，可碍于礼教，一时也无法逾越，自然听父母安排，无奈地点点头，也是一脸的暗淡之色。

崔恋蝶明白姐姐的心思，望了望娘那一脸哀愁，干咳两声，将想要说的话愣是憋了回去。她本来想问问娘，为什么这么狠心，将知书达理的好女儿嫁给马公子？马家做下的种种事，青城人哪人不知，谁人不晓？更何况，马公子出了名地调皮捣蛋，虽然马老爷不惜血本请了京城名师来教授，可学业毫无起色。事实上，马家不过是沽名钓誉罢了，养这么个京城来的名先生，替他马家撑撑门面而已。崔夫人望了望崔恋蝶，又是一声长叹，脸上的忧郁之色不仅没减，反增了几分。

第18章
染风寒翠香主家事
退银子崔家定箆子

崔蛱蝶忙问:"娘,女儿已愿意嫁给那马家了,您怎么还叹气呀?"

崔夫人长舒一口气,"马家虽家境殷实,可做人上口碑不好。娘担心你去了受委屈。另外,你若走了,这恋蝶可怎么办呀?前几日,你爹倒是看中了一位年轻的后生,可这外人都知道崔家有个公子,怎么能将那后生入赘进来呢?"

崔恋蝶见母亲将话头转向她,连忙说:"说我姐姐出嫁的事,怎么又扯到我这儿了?"

崔夫人那双弯弯柳叶眉紧紧地锁一起,说:"恋儿,爹娘这么多年来,没能让你做回你自己,你不怨恨爹娘吧?"

崔恋蝶笑笑说:"哪能呢?做姑娘多没意思,整日里大门不出,二门不迈的。我才不做,我就做崔少爷,来去自如,岂不自在?"

崔蛱蝶年长几岁,多少能明白娘的心思,可眼下崔恋蝶却没品出娘话里有话。崔蛱蝶也能看出来,爹娘为妹妹的事伤透了脑筋。她也为妹妹担忧,这样下去总不是办法,女儿家终归是要嫁人的。

崔夫人摇了摇头,一时不知说些什么。老爷也没想出个妙计来,只好唉声叹气。娘三个一时也没了话说,只好各自散去。崔夫人躺在床上,翻来覆去没有一丝丝困意。崔蛱蝶回到闺房,偷偷抹泪水。这天下的事儿,多数难尽人意。

一场不期而至的暴雨,将青城洗刷得洁净而清新。忍受炎热煎熬多日的人们,兴高采烈地来到运河边悠闲散步,纵情呼吸暴风雨过后的清新空气,神清气爽。可刘福瑞没这份雅兴,却恨这场暴雨。只因王翠香遭雨淋染上风寒,发烧不退,卧床不起。这下可急坏了张平。一贫如洗的家拿不出一丁点银子去请郎中,只能眼瞅着王翠香躺在床上忍受病痛的折磨。

这日,张平将两担木篦子狠狠地摔在地上,篦子散落一地,而他垂头丧气地蹲在地上。

刘福瑞跑进来,"张叔,有银子了,有银子了!你赶紧去请郎中来,帮娘医病呀!"

张平瞅着刘福瑞拿出来的三两银子,欣喜不已,可一想到前些年那百两银子害得他们没了瓦房遮风挡雨,欣喜片刻间如初冬落下来的雪花,消失得无影无踪,忙问:"这银子怎么来的?"

刘福瑞说:"这是崔家小姐的丫鬟送来的。他家小姐喜欢木篦子,尤其喜欢刻着画、题诗的木篦子。这不送来一首诗句,让我们做把篦子,然后将诗句刻上去。这三两银子就是给的篦子钱。"

张平半信半疑,"木篦子上刻几个字,就这么值钱了?福瑞呀,你可不要糊弄张叔。"

刘福瑞将银子塞给张平,说:"你放心吧,抓紧时间去请郎中。我这就去做篦子,晚上将诗句刻上去,明儿便送给那崔家丫鬟。"

躺在屋内的王翠香听见院子的说话声,费尽力气强打起精神,冲着他们说:"他张叔,你要弄明白那银子的来路,可不能又落入马家的圈套。福瑞呀,娘没事的,再躺些时辰,自然就会好起来。只是偶染风寒,没什么大不了的。你们呀,别为我担心。福瑞,该念书去了。他张叔,你也摆摊卖篦子去吧,不然过几日又没米下锅了。"

第18章 染风寒翠香主家事
退银子崔家定篦子

在这个风雨飘摇、多灾多难的家里,王翠香是主心骨,没了她,什么事都会乱作一团。张平自然言听计从,忙将散落在院子里的篦子拾掇起来,又将三两银子送进来,放在王翠香枕边,说道:"福瑞娘,银子我放这儿了。我这就去乡间卖篦子。"

刘福瑞跟进来,拦住张平,将银子递给他,说:"娘,你们放心吧。前些日子我送那刻着牡丹花的篦子给老伯时,孔先生也喜欢得很。我就偷偷自个儿刻了几把,将那最好的一把送给了孔先生。其余几把摆在了摊位上,没想到被几个人买了去。而买的那几个人中,有一个是那崔家小姐丫鬟的相好,他便将那篦子作为定情物,送给了那丫鬟。没想到,那崔家小姐见了也十分喜欢,便写了些诗句子,让我刻上去,给三两银子的工钱。这可跟那马家没有一丁点关系。娘,还是让我张叔去请郎中来,给您医病吧。"

张平自然知道福瑞是不会撒谎的,眼巴巴地瞅着王翠香。那三两银子拿与不拿,全在王翠香一个肯定眼神或一句愿意的话。王翠香嘴唇干裂,脸色苍白,微微点了点头。

张平如得到圣旨似的"哎"了一声,将银子拿来揣怀里,满脸欣喜地朝外走去。可刚要出门,王翠香却叫住他,"他叔,在这篦子上雕刻些诗词花虫,自然会费不少工夫,可也值不了三两银子。我看你呀,退回去一些,留下来一两银子,买些米回来。"

刘福瑞咬咬嘴唇,说:"娘,那丫鬟说了,只要那篦子做得精致,诗词雕刻得微妙,这点银子不算什么,她主子那儿银子多的是。我拿了回来,这又给人家送过去,人家也不见得能收。"

王翠香望望满脸委屈的福瑞,冲着张平说:"他张叔,你就照我的吩咐去做吧。"张平又"哎"了声,将二两银子递给福瑞出门了。

王翠香强打起精神对福瑞说:"福瑞呀,那崔家是不缺这点银子。可人家的银子不是白来的,那也是祖上不远千里贩卖丝绸,历经了千辛万苦,祖祖辈辈积累而来的。再说了,我们做小本买卖的,靠的就是物有所值,若是超出了那物件本身的价格,岂不是暴利,与那马家又有什么两样呀!福瑞呀,你能明白娘说的话吗？"

懵懂少年自然没想那么多，可娘话里的意思他是明白的。于是他忙点了点头，说："娘，福瑞听您的。您歇息吧，我这就去安乐镇，将这二两银子退回去。"王翠香满眼欣喜地躺了下来。

崔家坐落在安乐镇，自然是安乐镇上最富足的人家，就整个青城来说，除了马家，谁也比不过。可在以前，崔家是青城名副其实的首富，后来只因马家吞并刘家家业，才将崔家比了下去。如今，这青城数一数二的富户结了姻缘，自然闹得沸沸扬扬。尤其是马家财大气粗的聘礼，更是让人津津乐道。可刘福瑞对这一切置若罔闻，径直来到崔家。

这让崔鸿德喜上眉梢。将崔少爷变成崔家二小姐的事他已琢磨出个好法子。今儿刘福瑞这自己心里的乘龙快婿不请自到，哪能不欢喜？崔鸿德忙让田奎将福瑞带到厅堂叙话。

刘福瑞进入崔家大院，眼睛都有些不够使唤。从外面看，崔家大院倒也没什么地方特别，青砖瓦房，可进了门才知，那外面的朴实掩盖着的是真正的奢华与富足。亭楼台榭、雕梁画栋，朱红门窗雕刻着鸟虫图案，厅内摆放着上等梨花木座椅，屋内萦绕着淡淡的檀香。

刘福瑞说明来意，留下银子便走，可被崔老爷拦住，"贤侄果然是真君子呀！如今这世道，哪个不是为了钱财伤天害理，哪个不是为了银子出卖良心？没想到，小小年纪的贤侄，竟然不为钱财所动，实在是令人敬佩呀！"

刘福瑞说："崔老爷，您客气了！我们刘家做的是小本生意，靠的就是诚实，物有所值才能立足。那把篦子值不了那么多银子，自然要将多出来的银子送回来。"

崔老爷满眼赏识、一脸欢喜地将银子递给福瑞，说："这银子既然是蛱蝶买你的篦子付的，你就拿着吧！况且在那方寸间的篦子梁上刻画作诗，定是费了不少工夫。依我看来，这样的篦子一把卖上三两银子，也并不昂贵。"

刘福瑞觉得这话倒有理，可娘主意已定，银子无论如何要还，不然会惹娘不高兴，所以福瑞推辞着不肯收。

第18章 染风寒翠香主家事 退银子崔家定箅子

崔老爷笑了笑,说:"这样吧,既然你这箅子一把卖一两银子,那你就再给我家做两把。这二两银子,你就拿回去吧。"

既然人家这么说,刘福瑞不好推辞,便接过来银子说:"那崔老爷的另外两把箅子也是雕刻一样的画、一样的诗句吗?"

崔老爷喝了口淡茶,笑道:"随你,只要做得好,等我下江南贩卖丝绸时带上几把,看能不能在那边卖个好价钱。若是好卖,日后你们家做的箅子我全要了。"

刘福瑞甚是欣喜,连连点头。若是这条路被打开,将是刘家重整旗鼓的好机会。

第19章
制篦子少爷巧变身
论招婿崔家欲纳贤

回到篦子匠村,刘福瑞迫不及待地将这一切告诉王翠香。王翠香暗淡的眼神多了一线生机,她若有所思地说:"福儿,这倒是个好法子。不过,这崔家与我们向来生疏,也不曾做过篦子营生,怎么突然就有这个想法呢?"

刘福瑞挠挠头,一时猜不透崔老爷的心思,犯起糊涂。

王翠香笑着说:"不管日后如何,你先将那两把篦子做出来。明儿送到崔家去。"

刘福瑞应了声,便去忙活。张平抓药买米回来后,也与福瑞一起忙活。两人精心打磨檀香木的木纹,浸泡过后,用刻刀精雕细琢,然后将刻好的篦子放在香笼上用文火慢烤。王翠香喝了汤药,身体也好起来,帮着烤。这一夜,篦子匠村西头,茅草屋内昏暗的灯光一直未灭。直到鸡鸣三遍,天色微亮,才暗下去。

崔家拿了篦子,崔老爷便带崔公子下江南。这事传到马怀德耳里,又惹得他难以心安。马怀德摸不透崔鸿德的心思,犯起嘀咕。聘礼送了,崔鸿德嘴上一万个答应,可偏说智通大师算过近期没吉日。这没吉日,想让马聪慧

第 19 章 / 制篦子少爷巧变身
论招婿崔家欲纳贤

成婚生出个孙子来的想法自然泡汤了。看来，等亲家出这趟远门回来，自己还得登门拜访。

数日后，崔老爷回来。然而，这次他回来时没了崔少爷，却带回来一位如花似玉的崔小姐。这件事一时成了青城百姓茶余饭后的谈资。原来崔老爷在江南开分铺，将崔公子留在那边打理。这位貌美如花的姑娘，是在江南收的义女。只因马家催促成婚，若女儿出嫁，没人陪夫人，才将这女子带来陪夫人。这些说辞不过是掩人耳目罢了，在江南开分铺属实，可留在那里的只有田奎，崔公子不过换身装扮，换个说法，又回到了崔家。这一切是崔老爷费尽心机想出的法子。不过，崔老爷人缘好，大伙儿信以为真。崔老爷还是有儿子的，不过儿子在江南照看他家生意。崔夫人忙将一身罗裙的崔恋蝶迎进内室，心里欢喜自不在话下。这下可以名正言顺招贤婿，以便帮丈夫打点生意，也好让崔家的家业后继有人。

后院刘氏卧房中，娘俩拉着家常。崔夫人道："恋蝶，如今你不必隐瞒女儿身了。那马家催着你姐成婚，想必我们也拖不了太久！而你爹膝下无儿，也是为了脸面，才让你做了这么多年的少爷。再过几年，你也要出嫁，这崔家偌大的家业，眼看着后继无人，我和你爹愁得夜不能寐、食而无味呀！"

崔蛱蝶听说妹妹回来，自然跑过来，恰好听见娘的话，再加上这些日子思索，忙道："娘，孩儿将终生不嫁，就在家里服侍你和爹，替你们养老送终。你就让爹跟那马家把婚退了吧！"这退婚念头已闪现了很久，只因怕伤了爹娘的心，又有违礼教，才强压着没说出来。如今，这两个女儿，总得有一个守着父母，不然父母日渐老去，将无依无靠，即便有再多银子又能如何，也换不来儿孙绕膝的天伦之乐。若是上苍让她们姐妹有一个做出牺牲，那她自然不能退缩，况且，嫁给马聪慧还不如一辈子守着爹娘尽孝道。现在，听娘这么说，崔蛱蝶将这段憋在心里的大逆不道的话说了出来。

崔恋蝶附和道："是呀，我也终生不嫁，永远伺候爹和娘。"

崔夫人心里有种说不出来的莫名其妙的感觉，说是欢喜，却快乐不起来；说是悲痛，也没有丝毫哀伤。她淡淡道："你们姐妹有这份心，我和你爹就心满意足了。闺女终归要出嫁，这是祖祖辈辈立下的规矩。蛱蝶呀，你未来的婆家家境殷实，你嫁过去，也不回遭罪。你就放心嫁过去吧，不然你爹又要遭那马家的嘲笑和算计！"

姐妹俩不知说些什么。他们崔家是惹不起马家的。崔蛱蝶咬了咬嘴唇，道："娘，我知道啦！"

崔夫人望着崔恋蝶，道："这次你爹变个法儿，让你做回了你自己，只因你爹想招个上门女婿。那样的话，我们崔家也算后继有人，你也不用远嫁他人。我和你爹也有个寄托。"

崔恋蝶粉面色红晕，更是增添几分色彩，羞涩道："娘，我还小，才不要嫁人呢？"

崔夫人笑道："傻丫头，你也已经过了及笄的年龄。自古以来，男大当婚，女大当嫁。这有什么害羞的呢？那你跟娘说实话，你自个儿有没有中意的少年郎呀？"

崔恋蝶虽宛若富贵公子，到处走动，可也未曾遇见令她怦然心动的少年，怯怯道："没有，一切听爹娘安排。"

"前些年，你爹在弦歌台榭看中了一位才学不凡的少年，不知道你愿意不愿意呢？"

崔蛱蝶突然芳心乱跳，那日在弦歌台榭的少年，能让爹满意的，除了福瑞，好像没他人。莫非娘嘴里的那个少年便是福瑞？

崔恋蝶面若桃花，一抹红晕如红朱点在了鹅蛋般的脸庞上，更是羞涩，低头细声柔气，全然没了以前公子哥的气派。看来女子的天性难以磨灭，生来就是水做的，装成泥做的再久，也终究是水做的。

"娘，你都没有说出来是谁家的公子，叫女儿说什么愿意不愿意呢？"

崔夫人恍惚间自嘲道："你看，我真是老糊涂啦。你爹说那少年才高德正、长相周正，就是……"

崔夫人多少有些难以启齿，毕竟自个儿闺女也是大家闺秀，哪能是那些

第19章／制篦子少爷巧变身
论招婿崔家欲纳贤

乡村穷人家的孩子配得上的？可是哪个富足人家愿意将儿子送给人家当儿子呢？可这户人家实在寒酸，与他们崔家比起来，一个在天上，一个在地下。崔夫人一时琢磨不透女儿心思：若是女儿嫌对方家贫，岂不是白忙活？于是崔夫人故意拉长语调，看崔恋蝶的反应。没想到，崔恋蝶多少能明白娘不愿直说的意思，便直截了当道："就是……就是他家贫，出身无门，是吗？"

崔夫人惊道："嗯，就是。那你知道是谁了吧？"

崔恋蝶扭头瞅了瞅姐姐，见她脸色绯红。然而，崔蛱蝶心里更是波浪起伏。没错，在父母眼里，刘福瑞是他们的乘龙快婿，也是崔家可信赖的人，可偏偏不是她的夫君，而是妹妹的！真是上苍捉弄人！

崔恋蝶结结巴巴，"娘……我……知道啦。"

崔蛱蝶再也压制不住内心的狂潮，起身跑了出去。崔夫人一时不知是自己说错了什么话，还是大女儿想起什么伤心事，怎么突然跑了？崔恋蝶忙追了出去。崔蛱蝶哀叹，自个儿命怎么那么苦？偏偏要与纨绔少爷结为百年之好，而不能与心中所爱的俊才少年结为夫妻。

内室女人家的闲聊，崔老爷自然不晓得。此刻，他将刘福瑞、张平请过来商议做篦子的买卖。这次带去的篦子卖了个好价钱，南方多文人雅士，喜欢得很。一向与崔家有生意来往的店铺老板都交了定金。崔鸿德一来想商议做篦子的事，二来想让刘福瑞来府上做。其中的如意算盘，只有他心里明白。刘福瑞喜上眉梢，倒是张平犯愁，只因定单太多，根本没银子置买木材。再说，雕刻的活儿会的人不多，做起来怕误事。崔鸿德拿出二十两银子，说是定金，要一百把上等雕花木篦，三个月做出来。但是，崔老爷提出要刘福瑞来府上做。

张平瞅了瞅刘福瑞，又想了想，这确实是个千载难逢的机会，也是饱受苦日子煎熬的篦子匠村男男女女、老老少少摆脱苦日子的希望。想那马家独占青城的篦子生意，尽是迎世人所好，做些金银贵重器物，根本不把木篦子放在货架上，弄得工匠们只能勉强糊口，好多人甚至荒废手艺去种田。可这事他拿不了主意，有银子，做活自然没问题。如今福瑞也成了能工巧匠，雕刻功夫自然厉害。可福瑞不能荒废学业，整日在崔家雕刻筢子。这事还得让王翠香定夺。

崔鸿德倒也没咄咄逼人，看出了张平的心思，便吩咐他们先回去，想好了随时到府上拿银子。刘福瑞与张平回村后，将事情告诉王翠香。王翠香惊喜不已，随即答应下来。不过，刘福瑞不能天天在崔家雕刻筢子，而是每日上午去桃花坞读书，下午去崔家。崔老爷什么也没说，就这么定了下来。筢子匠村的筢子匠们跃跃欲试，憋足了劲，准备大干一场。

第20章
烹香茶夫人动春心
晓奸情恶少敲钱财

那边刘家忙得热火朝天，这边已十七岁的马聪慧也已知晓风月，通了人情，不再是个懵懵懂懂混日子的孩子。他明白了很多事：有钱就可以买到一切，有钱就可以令人尊敬；读书可以得到权力，权力可以谋取更多的财富。当然，给他灌输这一切的是傅儒风。可马聪慧并不领傅儒风的情。他从心里讨厌这个外表风流倜傥的假夫子，深深地恨着这个道貌岸然的老师。

这一日晌午，马聪慧正跟着傅儒风在马家花园内的凉亭中研习《大学》。而马怀德出了远门，乘着帆船顺运河下江南了。那里不仅有最美丽的丝绸、绣品，也有马怀德的莺莺燕燕们。傅儒风正半眯着眼，似睡非睡地靠着凉亭围栏，手中蒲扇时不时摇着，提醒快要睡着的马聪慧他在听。

夏蝉不知疲倦地鸣叫着，凉亭之下的一湖碧水在阳光照射下浮动着，波光粼粼，反射着七彩的光芒。一片片荷叶静躺在水波之上，随着潺潺水波摇荡。几尾金色的锦鲤嬉戏其间。空气中暗香浮动，傅儒风贪婪地吸着，当一股茶香混着花香冲入鼻内，顿时睁开了眼。只见马夫人领着丫鬟捧着漆彩描金茶盘，婀娜多姿地上了浮桥。

傅儒风忙坐起身，整理了下衣冠，远远望着马夫人。马聪慧恶狠狠地瞪了一眼傅儒风，扭过头去，看碧水之中的荷花发呆。

"夫人……"傅儒风上前施了礼。

马夫人微挑秀眉，笑道："先生在教书啊，不知小妇人打扰了先生的授课没有？"

"哪里！夫人随时可以来检查贵公子的功课。"

马夫人微笑着让丫鬟将茶盘放在大理石圆桌之上。"青城这地方夏日燥热。小妇人特地烹了壶上好的香茶，送来给先生品尝。茶里放了冰块，一来解解乏，二来也好去去火气、消暑。"马夫人说完捧起一盏香茶来，递了过去。

傅儒风连忙道谢，正要接时，马聪慧一把抢过去，仰头灌下去，随后若无其事地咂巴嘴："娘煮的茶果然好喝，这壶茶儿子要了。"也不等马夫人同意，马聪慧又对着壶嘴灌着，茶水顺着衣襟流淌下来，打湿了胸口。

马夫人立即拉下脸，蛾眉微蹙："聪慧，你这不是糟蹋娘的茶吗？有你这般吃茶的吗？"

傅儒风微笑着摇着蒲扇，又坐下："古人云，一杯为品，两杯为解渴，三杯为牛饮……"

马夫人听了也不恼，反拿细纱绢子掩着嘴嗤嗤笑起来。马聪慧将茶壶重重地放在圆桌上，怒骂道："你说谁是牛？哼！人渴了，就得喝茶，都是水煮的，哪有分得这般啰唆的道理？"

傅儒风不理会马聪慧的挑衅，转身对马夫人说："都是我教导无方，光急着教公子研读圣人书，却忘记教公子品茶赏花之道，这可是我的过失。"

"哪里，先生言重了。"马夫人安慰道，"聪慧本就是性情中人，老话不是有句'强摁牛头不饮水'。他啊！唉……跟他老子一个德行，这辈子也不懂风雅之事。"

马聪慧跳起来："娘，你怎么如此说我？难道我不是娘亲生的不成？风雅之事！屁！不都是装模作样的！你说这茶是不是水，水就是解渴的，到最后还是下肚变成一泡尿，撒了出去。"

第20章／烹香茶夫人动春心
晓奸情恶少敲钱财

马夫人气得粉脸涨红："你这个小畜生，越来越没边了，你爹惯你惯得都没了谱！去！给我上书房面壁去……不知悔改，今晚就别想吃饭……春香，带少爷去书房，看着他。"

一旁的丫鬟连忙行礼，请马聪慧去书房。马聪慧一甩衣袖本想骂上几句，但一对上马夫人凌厉的眼神，还是蔫蔫地跟着春香走了，嘴里却低声咕哝："支开我，就知道支开我。面壁，老子去面壁，你们在这里调情……"他低头跟着春香走，眼角不经意间瞟到春香摆动的纱裙，心中一热……进了书房门，不等春香转身，他一把抱住春香："好姐姐，你可真香，让我闻闻……"

春香挣扎道："少爷，少爷……夫人让你面壁……"

"面壁？她在那里风流，我面壁？好姐姐，咱们也风流下……"说罢重重关上了书房门。

这边凉亭之内只剩下马夫人与傅儒风。傅儒风见四下无人，抛开了平日正人君子的模样，色眯眯地打量马夫人。只见马夫人穿了一袭鹅黄纱裙，外面披着绣满乱花的薄纱，两只胳膊在薄纱之下若隐若现。纱裙下一双美腿，影影绰绰，诱人遐想。"绛绡缕薄冰肌莹，雪腻酥香。"傅儒风轻佻地拿蒲扇挑着马夫人的下巴。

马夫人嘴角带俏、媚眼含春，一双水汪汪的眼出神地望着傅儒风。傅儒风含着笑，一把将马夫人抱坐在怀里："心肝啊！你要知道我可是为了你才留在这里的。"

马夫人娇笑道："你们这些风流学士的嘴，比抹了蜜糖还甜。"

傅儒风嘿嘿笑："那你爱听吗？你若不爱听，我明日抹了香油再来。"

马夫人又道："你啊！这里人多嘴杂，不如去我房里品茶可好？"

"行，美人相邀，别说给我喝茶，就是喝砒霜，我也一定要去。"

马夫人娇嗔地瞪他一眼，双颊染满红晕，起身扭头就走。傅儒风摸了摸鼻底，嘿嘿笑着紧跟其后。不多时，傅儒风告辞回了住处。马夫人整理完凌乱的发髻，就听到一阵急促的脚步声。马聪慧气冲冲地跑进来："奸夫呢？"

马夫人横着眉立着眼："什么奸夫？聪慧，你是越来越放肆了！"

马聪慧冷笑道："娘，你能瞒得过爹，你能瞒得过你自己吗？娘！你……你让我如何做人……"

马夫人嗤笑着，放下手中的箆子，转脸望着马聪慧："你如何做人，你做得不是好好的吗？你啊，跟你爹一个样。我问你，我房里的春香你是不是弄上手了？你们父子两个倒是挺像的，都喜欢这种小骚货！"

马聪慧顿时绿了脸，不知如何应答。

马夫人没再看儿子的窘态，对着铜镜细细地理着发丝："得了，别傻站着，春香那贱婢本来是你爹想娶了做妾的。我知你心意，硬没松口，你就好自为之吧。"

马聪慧的气焰尽消，觍着脸走上前，执起一个画眉石来讨好地说："娘，你看青蛾都断了，我来给娘补一补。"

马夫人斜眼瞟着他，伸出手来，戳着他的额头："你啊，真是个小畜生。"说完，起身去榻边，寻出一只金边宝钿的妆奁来，打开镶嵌着红蓝宝石的盖子，只见里面一片红绿金黄。马夫人随意挑了一支三蝶玉翠结条步摇，递给马聪慧："拿去……先堵了那贱人的嘴，别顾着自个儿玩，唉！你们父子俩啊，总要我来收拾残局。"

马聪慧喜笑颜开地说："还不是娘能干，娘多担待了！"说罢急冲冲地拿了去献宝。

自从马聪慧得了马夫人的金首饰，马夫人与傅儒风便越发大胆起来。马夫人顾着自己的名声与体面，还不敢过于放肆，只是傅儒风却不然，总是寻着机会找马夫人快活。若不是马夫人平日在马府早种下恶名，只怕这等丑事早传遍青城。马聪慧本就不是做学问的料，整日里惦记着吃喝玩乐。傅儒风不想再管，乐得两不相干。两人打着教学幌子，各自寻乐。只是马聪慧胃口越来越大，不仅要马夫人的钱财，也开始打傅儒风的主意。

这一日，傅儒风刚从马家出来，便见马聪慧领人在等他。那些人傅儒风都认识，一个是自小跟马聪慧伴读的马强，其他是马府家奴。这些人平日里都得到过马聪慧不少好处，对马聪慧言听计从、俯首帖耳。傅儒风从马夫人

第20章／烹香茶夫人动春心
晓奸情恶少敲钱财

那里得知,马聪慧是个只认钱,为钱可以把老子都卖了的主,不由冷笑道:"聪慧,怎么今日没去玩?在这里等为师有何问题?"

马聪慧吐出一口浓痰,磕着瓜子:"为师?呸!你也配?"

傅儒风被噎着了。只见马聪慧手一挥,家奴扑上来,不由分说地将傅儒风拖进小径之内,恶狠狠地暴打一通。傅儒风本就是一个酸文人,手无缚鸡之力,又何曾见过如此阵势?只是连连唤着饶命。他本以为自个儿是马聪慧的老师,马夫人又给了钱财,马聪慧好歹也不会与他为难。马聪慧本是个娇生惯养的泼皮无赖,哪有尊师重道的思想。傅儒风两眼冒金星,被无数只靴子踩踏得脑袋发懵、人发晕,顿时觉得耳边鼓声、锣声不断,眼前漆黑一片,只见出气,不见入气。

马聪慧止住手下,蹲下来捅了捅:"怎么样,爷爷拳脚好受吧!"

傅儒风轻喘着,断断续续地道:"马……少爷……不看……僧面,看佛面,好歹饶了我的性命。"

马聪慧奸笑道:"饶了你,行!"他看了看累得大汗淋漓的手下,又道:"不过我想饶,就怕我这几个兄弟不想饶。这样吧,还烦劳夫子赏几文钱,给他们买点茶水喝。"

傅儒风艰难地爬起:"马少爷……马少爷将来必成大事!"

马聪慧冷笑着,摸了摸还未长出胡子的唇边:"夫子啊,你也是个读书人、聪明人,今天我教训你,你服不服?"

"服!"傅儒风垂下了头,伸手从怀里摸出几锭纹银递过去。

第21章
振家业福瑞遭奚落
怀心思崔家惹争执

马聪慧看了看:"夫子,这点银两还不够我们弟兄几个喝茶……夫子,这十年来,你从我家也挖了不少吧?女人也睡了,银子也赚了,你倒真是个聪明的读书人啊!"

傅儒风叹道:"遇到少爷你,也活该我倒霉。既然如此,少爷开个价,我若有这个数,一定奉上;我若没有,少爷就拿了我这命去……"

"呵呵!你的命,我不要!我只要钱财,至于你的那点事,我也不管,唉!我娘那里似乎有一匣子的上好首饰,怎么样,夫子你明白我的意思吧……"

傅儒风顿觉后脊梁骨直冒冷汗,无奈应下来,见三人走远,才敢对着马聪慧的背影吐出一口血痰来。这内室风月事马怀德自然不知,只因外面的事已惹得他无暇顾及。崔家的推辞,使他孙子胜过刘家的美梦化为泡影,就在这个节骨眼上,刘福瑞在亲家的扶持下,箧子生意在江南做得风生水起,眼瞅着刘家要重振旗鼓。

刘福瑞做出的箧子,深受文人雅士的喜爱,分门别类做出了些花样:有雕刻鸳鸯,寓意结下好姻缘的;有雕刻鲜艳的牡丹,美其名曰"富贵箧子"

的；也有用千年老槐树经过打磨处理光滑后，刻上老寿星，寓意延年益寿的"寿星笸子"；还有刻着鲜艳的荷花，题着诗词的"君子笸子"……这些笸子装上货船，运到江南，被一抢而空。银子如流水般流进笸子匠村。萧条败落多年的笸子匠村开始欣欣向荣。刘家那几件茅草屋也翻修成瓦房。

王翠香面若春风，整日里忙得团团转。张平与工匠们做笸子。这一切惹得马怀德心如刀绞、坐卧难宁，如意算盘落空。想当年，刘家、马家、崔家在青城三足鼎立时，他费尽心机，先是勾引刘家兴，将刘家的家业盘了过来，再是设计与崔家结姻缘，将这三足鼎立变成一家。

可没想到，这么多年的心血白费了，算计这、算计那，可就没算计到这一茬，没算计到刘家兴生了个有出息的儿子。看来眼下还得尽快将崔家女儿娶过来，免得崔鸿德反悔。到时真成亲家，有些事说起来也方便。

马怀德坐在堂屋里，蒜头鼻冒着汗，一脸晦气。蔡福不停扇着，想将炎热气息扇出去。这些事惹得马老爷够心烦，一旁倒茶水的丫鬟大气不敢喘。马怀德主意打定，睁开眯眯眼，招招手说："蔡福，将那聪儿叫来。"不一会儿，马聪慧笑嘻嘻地来了，问："爹，您找我有什么事情？"

"什么事情？这刘家笸子都卖到江南去了，大有重整旗鼓之势，若是刘家笸子的店铺重新开张了，我马家的生意恐怕没那么好做了。你也老大不小了，怎么就没点正事？"

马怀德瞅着儿子一脸坏笑，心里不是个滋味。同样的年龄，同样是男儿，刘福瑞能帮家里做事，可这自家儿子除了玩，还是玩。

马聪慧忙将一脸坏笑收起，说："爹，您有什么事情就直说吧！您这拐弯抹角的，到底要儿做什么？"

马怀德说："你抽时间去拜访拜访你那未来的岳父。看能不能快些成婚，免得夜长梦多。"

"算啦！我可不愿意自讨没趣。崔鸿德不是说了吗，今年没有吉日。没有吉日结什么婚呀，结了婚你就不怕倒霉呀？"

"混账，一点儿长幼不分，怎么能直呼未来岳丈的名号呢？你那傅先生，

/篦子道/

一天到晚都教你些什么？结婚倒霉？我看，不结婚才真的会倒霉。到时候，刘家篦子成了香饽饽，你呀，就等着喝西北风去吧！那时候，你想娶人家的闺女，恐怕就难了。"

马聪慧这才意识到问题严重，但刘家不过卖些木篦子，哪能泛起浪花？"爹，您是不是有些危言耸听呀！那几把木篦子能成什么气候？我们马家那些真金白银的贵重物件才是值钱的。"

"唉，儿呀！刘家倒是没什么，可不知为何崔家却跟那穷小子纠缠在一起。我是担心，那刘福瑞借着崔家的势力翻了身呀！所以，想早些让你与那崔蛱蝶成婚。成了婚，那你就是名副其实的崔家姑爷，我们马家与崔家也就真正是亲家了。到那时候，想那刘福瑞自然做不出什么来。"

马聪慧皱着眉想了一会儿，道："那我让娘帮我准备一些'催婚'的胭脂水粉，明儿便去就是了。"

崔家院子里，刘福瑞忙着雕刻篦子。崔恋蝶时不时来瞧一瞧。那小小的篦子经刘福瑞打磨雕刻，很快变成一把让人舍不得用来梳理头发的物件。上面的画，犹如泼墨绘就，那鸟儿、虫儿活灵活现，那些花儿更是惹人眼。刘福瑞专心致志雕刻着一对鸳鸯。只因这次定做的多是鸳鸯篦子，多为情窦初开的少年郎买来送给意中人。

崔恋蝶沏了杯上好的菊花茶送过来，放在案桌上，扯过一把凳子，坐下来细看。这一切都做得轻手轻脚，唯恐惊扰福瑞。福瑞双目紧盯篦梁，全然没感到身边多了个人，也没在意正有一双杏眼打量着他。在远处亭榭上，也有一双美目看着这边。

崔鸿德自然有他的打算，怕说得太急，反而吓着福瑞，便来个缓兵之计，私下让崔恋蝶多与福瑞接触，那情愫没准从平淡日子里能迸发出来，那样的话挑明也就水到渠成。况且，田奎书信告知，篦子确实好卖，帮崔家赚了不少银子。崔夫人远望捂嘴偷笑，将身子闪进了屋子里。崔鸿德见夫人呵呵偷笑，便问："什么事，让你这么开心？"

崔夫人指了指院子里，说："你看女儿怕是喜欢上了那穷书生了。这么

第 21 章 / 振家业福瑞遭奚落
怀心思崔家惹争执

好的少年,若是给咱崔家做了上门女婿,那我能不乐吗?"

崔鸿德垫起脚,从窗户向外看,心里美滋滋的,忙对夫人说:"行了,你可别出去了,别打扰了人家的清静!对了,让你请人去向那王翠香说合这事,你找人了吗?"

崔夫人捂着嘴笑笑说:"当然请了,请的是那青城名嘴,银子也送去了。放心吧!"

然而,院子里的这一幕,却深深伤害了崔蛱蝶。她那颗柔软的心开始破碎,开始流血。她想去帮福瑞擦擦汗、倒杯水,可爹娘的意思又怎能违背?再加上,这妹妹对福瑞生出些许爱意,作为姐姐,况且已是许配人家的姐姐,又怎能图自个儿痛快,而伤害至亲至爱的人呢?她只求快些离开这个家,离开这个受尽折磨的家。她明白,起初马家提亲,爹娘一百个不愿意。后来不知为何,父母竟然应下这门亲事。起初,这门亲事就多了功利色彩,没了两情相悦,自己这辈子注定难以幸福。

在一旁看福瑞的崔恋蝶内心忐忑不安——这样做,爹娘高兴,可伤害了姐。崔家院子里的每个人都各怀心思,可每个人都想着对方。这才是血浓于水的生活。

马聪慧突然造访,打断一院的愁思。他进门,来到刘福瑞跟前,道:"哎呀,这小乞丐如今混得人模狗样,还学会了弄些淫词浪语,刻在那女人家用的篦子上,勾引人家小媳妇呀!"

刘福瑞抬起头来,见是马聪慧,淡淡笑了笑,低头又忙活起来。倒是一旁的崔恋蝶不愿意,"你个狗嘴里吐不出象牙来!"

马聪慧哪能受这份气,坏坏笑道:"这里哪有你说话的份儿?"

崔恋蝶气呼呼道:"滚出去!哪儿来的疯狗来崔家撒野!"

刘福瑞虽是气愤,但毕竟身处崔家,不好说什么,况且,娘警告他,不能与马家起争执。见崔恋蝶口齿伶俐,也就作罢,刘福瑞仍专心致志地雕刻花鸟。

崔鸿德与夫人听见争吵,急忙赶来,远远地赔着笑脸,道:"哎呀,贤婿来了，这是来做什么？"

马聪慧强忍着心头的恨，笑嘻嘻地冲着崔老爷与夫人说："有些日子没来看你们了。这不，我爹让我来看望你们。"

"有劳费心了。我们一向很好，有劳牵挂。"

马聪慧将胭脂水粉塞给崔夫人，笑道："行了，这是我爹娘的意思。东西送到，我也回去了，免得跟那些野种纠缠。"说完话，转身迈着阔步离去。

崔夫人望着包裹的胭脂水粉，这不是明摆着"催婚"吗？

崔鸿德瞅了瞅那些东西，长长舒了一口气，扭头进屋去。崔夫人紧跟进去。

崔恋蝶气哼哼地说："这样的浪荡货，怎能配上我那贤惠又知书达理的姐姐呀！"

刘福瑞也弄不明白，既然全家都不喜欢马聪慧，为啥大女儿偏偏要嫁给浪荡公子？难道唯独崔蛱蝶喜欢？

第22章
起争端老爷道隐情
了心事福瑞轻钱财

崔恋蝶进屋望着满脸哀愁的爹娘，说："这样的人，怎么能配得上我姐姐呢？你们是不是鬼迷心窍了，还是看上了那马家的万贯家产呀？你们倒是说说呀！"

崔鸿德满眼怒气，冲着崔恋蝶吼道："成何体统？有你这么跟爹娘说话的吗？快去帮福瑞做笸子去！"

崔恋蝶哼哼了两声，说："今儿这事说不清楚，我哪儿也不去。"

刘福瑞听见屋里争吵，但作为外人也不好参与，只好埋头继续雕刻那一对对鸳鸯。鸳鸯倒是能成双成对嬉戏，能与自个儿喜欢的在一起，可人不见得如此。看来这天下事，并非都能随人愿。

崔蛱蝶急忙来到屋内，见崔鸿德气得脸色发紫，崔夫人坐在床边低着头一声不吭，崔恋蝶噘着小嘴，一副兴师问罪的神色。崔蛱蝶走到崔恋蝶身前，虽是满目感激，嘴上却说："妹妹，你怎么这么不懂事呀！爹娘不说，自有爹娘的难处。况且，那马家是青城的首富，我嫁过去也是吃山珍海味、穿金戴银，日子自然过得富足。你又何必咄咄逼人？"

崔恋蝶却不领情，仍噘着嘴问："今儿若是说不清楚，我便去马家问个清楚。"说着，便扭身朝外走。

崔鸿德自知闺女的脾气，忙冲着她吼道："回来，哪里也不准去。你们不是想知道吗？今儿，我就将那段隐情告诉你们。可爹娘那也是没有办法的办法呀！"

崔蛱蝶拽着妹妹坐下来。不知这桩稀里糊涂的婚事隐藏着怎样的悲惨故事。

崔夫人长舒一口气，像是放下多年的心事似的，神色如释重负，满目含情地望着崔鸿德说："如今孩子大了，明白事理了，将那实情告诉她们吧。免得孩子嫁过去心里也不舒坦，直说了吧。"

崔鸿德望了望院中的参天古槐，枝头挂满密密麻麻的叶子。想当年，这崔家让马家折腾得支离破碎，崔鸿德的如意算盘更是被马家敲打得支离破碎。崔老爷瞅了瞅专心致志做箆子的福瑞，起身关上窗户，坐下来讲了那段不堪回首的往事。

那年，马怀德托媒婆来崔家提亲，起初被他一口谢绝。一来女儿那时候还小，二来马家虽是青城数一数二的富户人家，可家风不敢恭维。崔鸿德心知刘家兴败家，十有八九是马怀德在背后作怪，害怕闺女嫁到这样的人家没好日子过，况且，女儿生性善良，怎能见得马家做恶事？

原本马言庄并非马怀德独占。马怀德排行老二，为人诡计多端、阴险狡诈。老大马怀仁忠厚老实，为人本分，继承马家祖上德行。在马怀仁外出办事时，马怀德竟色胆包天，钻进嫂子的被窝，夜夜快活。马怀德担心伤风败俗的事法理难容，为掩罪行，竟与嫂子里应外合，设计陷害了自家的哥哥。

马怀仁从外地归来，给家父带了些糕点。马怀德暗地里嘱咐嫂子往糕点里下毒。家父吃完便一命呜呼。当时县令并非苏清澈，而是一个贪色之徒。马怀德将那县令拉进"揽月楼"，选了几位上等姿色的歌姬，陪着快活一夜。那县令便稀里糊涂将马怀仁治了谋害亲父欲夺家产之罪，送上断头台。这件事，除了天知、地知，还有那位糊涂县令知，就剩下马怀德和他通奸的嫂子知道。可谁也没想到，那嫂子不久就自缢身亡。青城传言不一，崔鸿德有所

第22章／起争端老爷道隐情
　　　　　了心事福瑞轻钱财

耳闻，向来与马怀德井水不犯河水。

　　崔鸿德深知宁可得罪君子，不能得罪小人。若是婉言谢绝，必然惹怒马怀德，可若应承下来，岂不是将女儿推进火坑？左右为难之际，马怀德这只老狐狸却设计让他彻底铁了心，将女儿许配给马聪慧。

　　崔家虽经营丝绸、家财万贯，可朝中无人为官。马家不光富甲一方，而且亲戚朋友中在朝为官的不少。殊不知，天有不测风云。崔鸿德突然遭遇变故，这不测风云是有人早设下的圈套。

　　那年，崔鸿德在苏杭置办货物，惹上了人命官司。说来也怪，那日崔鸿德清点完布匹丝绸的数目，付完银两，正准备离开店铺时，却发现老板娘在后堂一命呜呼。店主报官，崔鸿德一时走不了，被带到县衙。没想到，原来是那店主见财起义，毒死妻子嫁祸于崔鸿德。

　　俗语道："强龙压不过地头蛇。"糊涂知县单凭一面之词，竟然定了个崔鸿德强奸未遂之罪，没收了他身上的银子。管家田奎一时没了主意，人生地不熟，在那儿虽认识做生意的，可那些人见事缩头。无奈，在这边打点官差，那边书信一封，将事告知崔夫人。

　　崔夫人失声痛哭，一时也没了主意。倒是马怀德主动登门，问清其中原委。他乘人之危，威胁崔夫人若崔家答应马聪慧与崔蛱蝶的婚事，他保证救出崔鸿德；若是不答应，那就等着收尸吧。

　　崔夫人一个女人家情急之下没了法子，权衡利弊后，认为女儿终归是要嫁人的，况且马家财大气粗，也不会过苦日子，只好舍女儿救丈夫。不然丈夫没了，这崔家顶梁柱就没了，崔家自然就垮了。于是，崔夫人自作主张应了下来。为了马家后继有人，为了他吞并富足人家的美梦，马怀德言出必行，乘舟南下将崔鸿德救了回来。殊不知，那店主正是马怀德私下买通的，县令也是马家的远房亲戚。

　　听完这段往事，崔蛱蝶、崔恋蝶泪眼蒙眬，哀叹命苦，哀叹马家奸诈。虽是盛夏时节，可阵阵凉意从心底窜出，使人不禁发颤。

　　马家定下吉日，崔家只好认了，怕是拖也拖不过去的。况且，那张婚书

/ 篾子道 /

上白纸黑字写得清清楚楚，想不认账万万不可。若要退婚，想必马家一万个不愿意。

倒是崔蛱蝶体谅爹娘，明白马家是万万不能得罪的，笑了笑说："既然日子定下来了，我嫁过去就是。爹娘也就不要难过了。"在说这番话时，她的神色淡定得让人害怕。不过，她表示要私会刘福瑞。

崔鸿德、崔夫人一时有些纳闷，只好答应她，吩咐崔恋蝶安排。

崔恋蝶出门，将收拾完工具正准备回篾子匠村的福瑞叫住，说："福瑞，明日上午能不能去一趟青城酒肆，有要事相商。"

刘福瑞虽没与她说过很多话，可从那日她与马聪慧的争执来看，她也是个眼里揉不进半粒沙子、疾恶如仇的人。况且，人家也是为他出头，才遭马聪慧羞辱。人家好心好意地说有要事相商，也不好辜负对方一片好意。刘福瑞转念又想每日在崔家院里能见着，有什么话不能直说，非要去那种地方浪费钱？于是他说："您有什么事直说，用不着去那种地方。"

崔恋蝶笑说："这儿有些话说起来不方便。况且，也不是我要与你说话。你看能去吗？"

"既然这么说，恭敬不如从命。福瑞去便是。"刘福瑞说完，背着木工箱回了篾子匠村。

来日，金灿灿的光芒将青城包裹起来，犹如披着一层金纱。刘福瑞多带了些银子，去了青城酒肆。青城酒肆是出了名的店大欺客的地方。这儿菜肴不见得是青城最好的，但价钱绝对是最贵的。这儿的酒也是出了名的漫天要价。来这吃饭消遣的，不是达官显贵，就是富家少爷，普通人家连门也不敢进。只怕进门喝口茶，一家人几天口粮就没了。这是斗富耍狠的地方，坐落在离崔家不远的运河岸边，面朝一排排如烟垂柳，后依成片的莲花池。眼下，那莲花竞相争艳，坐在雅间里吃酒，香气扑面而来。

刘福瑞刚进门，店小二便笑呵呵迎上来，"这位爷，您是刘公子吧？那崔家小姐在楼上，等候着您。请随我来。"

刘福瑞倒有几分歉意，紧跟店小二来到桂花间。从外面看，雕刻木门倒

第22章 起争端老爷道隐情　了心事福瑞轻钱财

有几分雅致，几朵桂花竞相开放，点缀在朱漆门上。

店小二推开门，刘福瑞进去眼前一亮，看见里面端坐着一位貌美如花的女子，不是别人，正是台榭偶遇的女子。那双让他陶醉却不敢直视的深如潭水的眼睛，是多么熟悉，多么迷人。

崔恋蝶见刘福瑞进来，忙起身，笑道："来，来，坐下来。这位你恐怕没有见过吧？她是我姐姐崔蛱蝶。"

刘福瑞虽在崔家做工多日，可未曾与崔家大小姐谋面。此刻，眼前的女子让他怦然心动，可偏偏她已许配马家，一时有些伤感。崔蛱蝶眉目间流露着涓涓情意，杏眼蕴含着丝丝欣喜，凝脂般的肤色升起片片红晕，美若天仙。

刘福瑞忙问："崔公子，你说有要事相商，这又是怎么回事？"

崔恋蝶忙说："不瞒你说，我姐姐十分喜欢公子的才学。自从那日在台榭偶遇之后，一直想当面请教。可姐姐已许配给马家，出来与你说话多有不便。所以虽然你在府上做了多日笼子，家姐也没露面，只不过远远看着罢了。如今，马家催着成婚，家姐就想在出嫁前与你见上一面，聊上一阵子，也算了却一桩心事。"

崔蛱蝶的脸色更是红了几分，粉面上升起的点点红晕比那三月盛开的桃花还要鲜艳几分。一时三个人倒没了话说。

突然，外面传来的争吵声将这一屋子尴尬挤了出去。刘福瑞欲出去看看，也好缓和缓和这突如其来的一幕，不然一时不知说什么；再说了，女孩的心思他琢磨不透。于是，他起身欲走，还未迈出步子，却被崔恋蝶拦住。"这儿常常有那些富家公子多喝了几杯，耍起酒疯，动不动就吵吵闹闹，没什么稀罕的。这种闲事不管也罢，免得好心办了坏事。"

崔蛱蝶一双杏眼，含情脉脉地注视着刘福瑞。

刘福瑞笑道："听口音，是外地人。想必是遇上难事了，出门在外不容易，既然遇见了，能帮一把就帮一把。你们先坐着，我去看看，片刻就回来。"

崔恋蝶只好由他，却是一脸不高兴。

原来是几位壮汉吃饱饭，喝足酒，却发现身上带的银子不够，一时半会

/笆子道/

儿凑不齐，便想让店家宽限几个时辰，回头送来，可店家出言不逊，就这样吵嚷起来。

王掌柜双手叉腰，鲍鱼眼圆睁，怒斥道："几个泼皮无赖，休想少我半文酒钱！"

一位横眉杀气、眼露凶光的壮汉气哼哼道："你个不识趣的店家，洒家能少了你的酒钱？只不过今儿出门匆忙，身上带的银两不够罢了，待我取来还你就是了，休要辱没我家兄弟！"

王掌柜被眼前人的凶相着实镇住，嚣张气焰顿时少了几分，心有胆怯，语气也没了先前的强硬霸道："你们哥几个吃完了嘴一抹、屁股一拍走了，这酒钱我找谁讨要？再说，你们吃喝的不是小数目。"

刘福瑞见那人面相虽凶，可内心却憨厚，便走上去冲着王掌柜说："店家，差你多少，我替他们给就是了。我看这几位壮士也并非诚心赖账。您就让他们去吧。"

壮汉爽声大笑道："好个义气书生，敢问尊姓大名，来日，洒家还你银子。"

刘福瑞抱拳施礼，笑了笑，"钱乃身外之物，不必太计较。你们走吧。"王掌柜见刘福瑞应承出钱，也不做追究，自顾自忙活去了。

那壮汉抱拳回礼，"义士不愿留名也罢！来日，必将双倍银两送还。"说完，一帮人下楼了。那壮汉倒是个粗中有细的人，走到柜台处，问了刘福瑞的姓名，方才离开酒肆。崔蛱蝶直为刘福瑞的仗义疏财叫好。

第23章

遇恶霸福瑞遭毒打
叹无奈马家抓把柄

  崔恋蝶埋怨刘福瑞多管闲事。如今，箎子生意在崔家的扶持下好了起来，刘福瑞的腰包鼓起来了，才会这么仗义的。要是以前，娘俩勉强度日、囊中羞涩，恐怕连半文钱也拿不出来，再说，来这种地方想都没想过。

  刘福瑞吃百家饭长大，心存感恩，一向乐善好施，怎会见人遇到难处袖手旁观？刚才凑热闹的人群里有个熟悉的身影，那就是马聪慧。福瑞下楼来到柜台前，付清壮汉差的酒钱，又上了二楼。

  马聪慧嘱咐马强跟上。刘福瑞回到桂花间，见崔家姐妹未动筷子，暗生歉意，道："承蒙厚爱，来，我敬你们一杯薄酒，略表歉意。"边说，自个儿斟满一杯酒，醇香的女儿红浓烈刺鼻，可他一仰脖子喝了个精光。崔家姐妹一时犯难。她们向来滴酒不沾，只好浅酌略表心意。刘福瑞心知也不为难她们。

  马强看到清雅间坐着未来的少奶奶，立刻下楼告诉马聪慧。马聪慧顿时火冒三丈，八字眉倒立，金鱼眼突出来，眉头间透着恨意，径直朝桂花间来，一脚踢开门，惊得崔家姐妹、刘福瑞脸色变样。

马聪慧破口大骂："好个刘福瑞呀！你个叫花子倒是惬意得很呀！竟然吃了豹子狗熊胆了，勾引我马聪慧未过门的媳妇！你爷爷我自从那次插了金钗后，都再也没有见过她。这倒好，你们把酒欢颜，好快活呀。看爷爷我今儿不扒了你的皮！"说着，拿起桌上摆着的青瓷花瓶，朝刘福瑞砸过去。

这一争吵，引来好多看热闹的。王掌柜心疼昂贵的瓷器，抱住马聪慧，满脸堆笑，道："马少爷息怒，要是气坏身子，小的可担当不起！"

刘福瑞见情形不妙，嘱咐崔恋蝶带着崔蛱蝶悄然离去。崔恋蝶倒也知道马聪慧是个无理闹三分的主，更何况今儿的事确实是自己理亏，只好将烂摊子扔给刘福瑞，趁人多杂乱拽着崔蛱蝶溜走。情急之下，马聪慧将花瓶狠狠往地上一摔，抡起胳膊，给了王掌柜一个结结实实的耳光，骂道："滚开！"

王掌柜脸上火辣辣地痛，心里更是流血。那花瓶价值不菲，是他不远千里从景德镇捎来的，立刻蹲下去捡破碎的瓷片，满眼哀伤。

马聪慧一个箭步去追崔恋蝶，可刘福瑞挡在面前，说："马公子息怒，有什么事情坐下来慢慢说，好吗？"

马聪慧眼巴巴瞅着崔恋蝶姐妹出了酒肆，气得咬牙切齿，狠狠地扇了刘福瑞一个耳光，骂道："你个野种，竟然做下这么不知羞耻的事情。我还当那孔夫子能教出什么好学生来，原来教出你这样的鸡鸣狗盗的货色来。今儿，我来帮他好好调教调教你这不成器的东西。"说着，向一旁的马强使眼色，一起吃酒的人一哄而上，拳打脚踢，将刘福瑞一顿乱打。马聪慧喝着酒，哼着曲，坐在一旁看热闹。

王掌柜担心出人命，坏了酒肆名声，忙说："马少爷，这乡里乡亲的，您就高抬贵手，放过这可怜的篾子匠！要是打死了，您也脱不了干系呀！"

马聪慧脸色没一点儿变化，仍是笑呵呵的，却将酒杯放在桌上，轻描淡写地说："死了？死了就死了，你怕什么？这马家在青城还怕惹上人命官司吗？少废话，哪里凉快哪里待着去。再多嘴，连你一块儿打。"

王掌柜惹不起，只好嘱托店小二去篾子匠村将王翠香和张平喊来。崔恋蝶回到家担心福瑞出事，忙告诉崔鸿德。崔鸿德无计可施，只好让家奴去看

第23章 / 遇恶霸福瑞遭毒打
叹无奈马家抓把柄

看。崔蛱蝶从骨子里恨透了马聪慧，一想到这辈子要与那猪狗不如的人同枕共眠，以夫妻相称，顿时觉得活着没意思。本对马聪慧抱有一丝希望，可今儿马聪慧的行径，彻底粉碎了她的那点希望。眼下看，嫁过去也是寻了条死路，倒不如死在自个儿家里清静，省得让畜生糟蹋作践。可自个儿死了倒是清静，爹娘怎么办？不如退了这桩婚。

片刻，那几个狗腿子打累了，站在一旁，喘着粗气，眼巴巴地瞅着马聪慧发号施令。马聪慧蹲下来，瞅瞅嘴角流血、眼窝青肿、眉骨开裂、奄奄一息的刘福瑞，朝他脸上吐了一口浓痰，恶狠狠地说："叫花子，你识相点。在这青城，我们马家想要的东西，谁都别想打歪主意，不然的话，有你好受的。怎么样？这一顿热情招待，感觉不错吧！"

刘福瑞挣扎着说："仗势欺人，你……你……迟早会遭报应的。"

马聪慧冷笑道："报应，报应！爷爷我现在让你知道知道什么才是真正的报应，什么是你偷偷约人家未过门媳妇的报应，"他起身手一挥，狠狠地说："给我打，让他知道什么是报应。"这帮人，平日里吃着马聪慧的，拿着马聪慧的，自然替马聪慧卖命，见主子发话，个个跟打了鸡血似的，冲上去又是一顿拳打脚踢。刘福瑞一时没招架之力，竟然晕了过去。

马聪慧用脚踢了踢福瑞，也有些害怕，毕竟在大庭广众下若是出了人命，也不好收场呀！马强满眼不安，忙问："少爷，您看……"

马聪慧道："臭叫花子，竟然装死，好，你就装吧！今儿，你爷爷饶了你的性命。若是再看到你私下约见我那未过门的媳妇，看我不扒了你的皮，抽了你的筋。"他又瞅了瞅有些退缩的打手："走，爷爷我今儿高兴，请你们去那揽月楼快活去！"一帮人见好事来了，也就没了担忧，笑嘻嘻地跟着马聪慧走了。

王翠香与张平火急火燎赶来。王掌柜已请郎中，正帮福瑞医治。福瑞双目紧闭，脸上染满鲜血，发髻散乱，沾满泥土，全然没了平时的模样。王翠香扑上去，抱着福瑞，痛哭流涕。张平站在一旁，偷偷摸泪。

笸子匠村的人纷纷赶来，瞅着福瑞被打得不省人事，个个气愤得恨不能将马聪慧生吞活剥。一位汉子道："福瑞娘，我们去他马家问个清楚，为何这么糟践福瑞？"

"就是，不能让福瑞的血白流了。"

大家七嘴八舌地议论开来。

王翠香哪里听得进去。福瑞是她能活下来的唯一支柱，若是这个支柱坍塌，她是万万不能挨过今日的。伤痛如潮水般将这个可怜而倔强的女人淹没了。这娘俩总是多灾多难。

郎中安慰王翠香道："夫人，您莫要过分伤心。你儿不过是一时晕了过去，性命并无大碍。这是几副调理养伤的药方，你抓回来，按时让他煎服。不过三日，便会好起来了。"

王翠香接过药方，止住哭声，抹把泪水，将药方递给张平，说："他张叔，你快去抓药吧！"

众人要去马家讨说法，却被王翠香拦住，"大伙儿的好意，翠香心领了。不过那马家，大伙儿还是不去的好。如今，我们的日子稍微过得好了些，可不能图一时心快，惹了马家，坏了大伙儿的好日子呀。福瑞只是受了些皮肉伤，养几日就好了，大伙儿也不用担心。若是大伙儿想帮我什么的话，那就请大伙儿将福瑞送回家吧，好吗？翠香谢过大伙儿了。"

大伙儿只好叹气，抬着福瑞回了篦子匠村。炎炎夏日将青城炙烤得跟着了火似的。篦子匠村的男男女女、老老少少心里比这天气更炎热，更是着了火，而且着了大火。可着了火却不能扑救，只能眼看着那火炙烤着善良的心，炙烤着淳朴的情。

崔家下人将一切如实告诉了崔老爷。崔家院子里笼罩着一层层淡淡的忧愁，就连平日在屋檐下叽叽喳喳吵个不停的鸟儿也安静下来，不知飞哪儿去了。厅堂里，蚊香燃着，淡淡青烟萦绕在屋里，将蚊蝇赶了出去。下人们在一旁扇着蒲扇，将炎热气息赶了出去，可心里的火焰却是怎么也赶不走的，燃得越来越旺，直烧得崔家老少个个满面愁云。

崔鸿德长叹一声："唉，这下叫我怎么办才好呀！若是那马怀德以蛱蝶

第23章　遇恶霸福瑞遭毒打
　　　　　叹无奈马家抓把柄

不守妇道来要挟，我们一时也说不出话来呀！马家得理不饶人，要是闹起来，那我崔家祖祖辈辈的美名就要毁了。这不是让我成了崔家的罪人了吗？唉，真是怕什么来什么呀！"

崔夫人知道刘福瑞性命无碍，心里踏实些许，可听丈夫这么一说，又升起无尽担忧。是呀，这马家哪肯善罢甘休！本来就是个无理取闹的人，这回手里攥着崔家的把柄，还不牵着崔家鼻子走！

崔恋蝶噘着樱桃小嘴，一对如弯月般的美眉紧紧地锁在了一起，一双清澈的桃花眼里装满了浓浓的恨意，一时也无话可说。她一会儿瞅瞅姐姐，一会儿看看爹娘，好像自己捅了个大窟窿，等着爹娘和姐姐去填补。崔蛱蝶轻咬嘴唇，杏眼里含着无奈和担忧。丫鬟们心情也是沉到了海底，有一种说不出的压抑。一片沉寂，死一般的沉寂。一片愁云笼罩着崔家。

倒是崔蛱蝶打破了沉寂，"爹、娘，那马家定会拿这事羞辱我们崔家。这事因我而起，理应由我承担。爹娘也不用多虑了，女儿觉得既然有把柄落在了马家人手里，我们一时也不好说些什么。要不然，将这桩婚事退了，一了百了，也省得那马家拿此事做文章，坏了我崔家的名声。"

"退婚"犹如晴天霹雳，击毁了崔鸿德的如意算盘，也击碎了崔鸿德的担忧。这婚要是退的了，哪还用等到今天？当初就退了。

也不知这马怀德葫芦里卖的什么药，哪能将费尽心机促成的好事，随随便便地退了？崔夫人震惊不已，这不是火上浇油吗？眼下，刘福瑞虽是受些皮肉之苦，可也没伤及性命，算是不幸中的大幸。若是提出退婚，岂不是山崩地裂？

崔蛱蝶说："爹娘，女儿的心意已决。那样无情无义的丈夫，我绝然是不能要的。"

崔鸿德这下更是惊得头晕目眩，这到底是怎么了？原本好好的打算，却被突如其来的一场误会扰乱。他见女儿脸色淡然、神情淡定，便知女儿铁了心，这事由不得他。

第24章
下江南马爷探真相
逼成婚崔家陷困境

马怀德瞅着崔家扶持刘家篦子的生意，搞得红红火火，心里本来就是嫉火燃得很旺，正犯愁没有个两全其美的计策，将刘家与崔家拆离开来，真可谓"踏破铁鞋无觅处，得来全不费工夫"。没想到，不成器的儿子歪打正着，竟给他创造了一个绝佳机会。

马聪慧气哼哼地将青城酒肆痛打福瑞细细讲给了马家夫妇听。那马夫人心里乐得开了花，嘴上却说："儿呀，你以后可要收敛点！娘这辈子就靠你了，要是你有个三长两短，那娘还有什么活头呀！"

马聪慧一脸怨气，哪能听进人劝，气狠狠地说："娘，我哪能咽下这口恶气，那未过门的媳妇，竟然与那叫花子一起吃酒，你说，这不是在太岁头上动土吗？要不是那小子装死，我非要打得他满地找牙。"

马怀德一脸坦然，不气恼，喜上眉梢，全然没有儿子那般气愤、怨恨。

马聪慧气呼呼地说："我那未过门的媳妇，在那酒肆陪那些下贱货吃酒，你们到底管是不管？娘，你看我爹那一副幸灾乐祸的样子，好像听别人家的笑话似的。"

苏莺怒从心头生，心想崔家太不把马家放在眼里，太缺乏管教，竟然这

第 24 章/下江南马爷探真相
逼成婚崔家陷困境

般纵容女儿,望了望马怀德,说:"你倒是说句话呀!我看这婚退了算了。我们马家丢不起这人。"

马聪慧又说:"娘,要退也要儿子娶进了门,再将她休了,那才能出了这口恶气。不然,将那崔家闹个鸡犬不宁。"

马怀德眯着眼睛,神情自若,沉默一阵,说:"婚是不能退的,反而要尽快成婚。我想那崔家再也不敢拿什么没有吉日来搪塞我们了。等着吧,明日那崔家便会将那褥子、被子送过来铺床。这铺了床,后日便能成婚。儿呀,你这是糊里糊涂办了件大事呀,事关马家兴衰的大事呀!"

苏莺愣住了神,满脸惊诧。马聪慧也是一脸不解地望着马怀德。

马怀德却从母子惊诧的脸上看到了崔家的无奈,看到了崔家与马家结为百年之好,看到了刘福瑞的篦子没人愿送往江南,看到了工匠们艰辛熬着日子,看到了马家篦子被装在崔家的货船上源源不断地运往江南,那银子如流水般流进了马家。

此时,家奴来报,蔡福回来了。马怀德忙说:"让蔡福在书房等我,我这就去见他。"刚跨出两步,他又回头来,冲着发愣的娘俩诡秘地笑了笑,说:"还愣着做什么,还不快去安排下人把那西厢房好好拾掇拾掇,买些红绸喜字张罗儿子的大婚呀!"未等苏莺、马聪慧反应过来,马怀德背着手,昂着头去了书房。

马家书房里燃着上等的檀香,香气缭绕。马怀德吩咐丫鬟将上好的清火驱热的苦丁茶奉上。蔡福笑呵呵端起,喝了一口,顿感连日来的辛劳化为乌有,忙将青花瓷茶杯放在桌上,哈巴狗似的站在马怀德身旁,笑嘻嘻地说:"老爷,这一趟真是不虚此行呀!"

马怀德说:"说来看看,那江南的篦子果真那么好卖吗?"

"老爷,小的去了江南,在那边也找到了崔家的田管家,便拉着他去吃酒。这几杯下肚后,那田管家便将一切说了个明白。"

马怀德满意地点了点头,道:"说来看看!"

"这刻了字画的篦子在那江南确实有人稀罕,也有些文人雅士买了送给相好的，但也不像崔家说得那么红火，好多篦子是那崔家买了，送到了那江南店铺里再一分不赚地卖了出去。"

马怀德顿时茫然，生意人不赚钱，忙前忙后图个什么，忙问："这崔家老爷在生意场上也混迹了这么多年，怎么会做这种出力不讨好的事？这也不像那崔鸿德的作为呀。"

蔡福一脸坏笑，道："小的也是这么认为的。这没了赚头，怎么还那么上心去做？于是，小的多说了些奉承田管家的话，劝他多喝了几杯，拐弯抹角地问了出来。"

马怀德知道蔡福邀功，不然说这么多废话，吊他胃口做什么，无非待会儿打点时，想让他多打点赏钱罢了！"蔡福呀，这些日子辛苦了。待会儿，我吩咐掌事让他支些银子给你，算是对你的补偿。"

蔡福是个明白人，忙说："老爷呀，这崔家虽然做篦子生意，但那只是掩人耳目罢了。真正用意是要将那刘福瑞召入崔家，做他崔家二女儿的女婿。"

"那崔家公子好好的，怎么突然要召个上门女婿？崔公子能答应吗？"

"崔鸿德撒了个弥天大谎，恐怕整个青城的人都被蒙了。如今住在崔家的那崔鸿德的义女，就是以前的崔公子。"

马怀德震惊得有些不敢相信自个儿的耳朵。这崔鸿德也真是厉害呀，家里养着两个闺女，这么多年来愣是瞒得密不透风。突然来了个暗度陈仓，下了趟江南，将个假儿子摇身一变，变成自个儿闺女。要不是他马怀德有先见之明，让蔡福辛苦一趟，直到现在自己还被蒙在鼓里呢。

"老爷，您呀有所不知。那日台榭论道时，崔老爷见刘福瑞才学不凡，便起了召他做女婿的心思。这才想出个开设分铺、收养义女的计策来。"

马怀德逐渐从震惊中清醒过来，脸上闪过一丝狡猾阴险的笑意，说："这么说来，这崔家是想让那刘福瑞继承家业了？"

"听田奎的口气，是那么个意思。"

"这可大事不妙呀！我原想着与崔家结成亲家，就与世无争了。可若是

第24章 / 下江南马爷探真相
逼成婚崔家陷困境

那刘福瑞入了崔家的门，做起了上门女婿，以他的聪明才智，加上那些箍子匠人的手艺、刘家箍子的招牌，再以崔家家业作为支撑，那刘家箍子重整旗鼓是很自然而然的事情了。到那个时候，就是娶回来崔蛱蝶，怕也是无济于事了！这马家的生意肯定会被挤下去的。这可万万不行呀！"

蔡福说："老爷，这回我们弄清了那崔家的底细和用意，还愁他们联手吗？老爷想让崔鸿德朝西，那崔鸿德也不敢朝东呀。让他站着，他不敢坐着。要是将这件事情散布出去，那不是要了那崔鸿德的老命吗？"

看来这个蔡福跟着自个儿多年，也算是学了些本事，可也有些让人害怕，总觉得那双笑眯眯的鼠眼后面隐藏着一些不可告人的秘密。可眼下，蔡福却是他的得力助手，马聪慧是指望不上了，于是马怀德强笑道："蔡福，你找来聪儿，我们去登门拜访一下崔鸿德崔家老爷，后天便娶崔蛱蝶。"

蔡福低头哈腰地回道："老爷，小的这就去安排。"

马怀德端起青瓷茶杯，掀开茶碗盖子，轻吹浮在水面的茶梗，见茶梗在茶杯里打转转，吹走了，又回到嘴边，于是，用指头将茶梗弹了出去，恰好茶梗落在低头哈腰的蔡福的额头上，惹得马怀德狂笑不已。蔡福挤出了一点笑容，算是回敬，抹掉茶梗，弯腰屈身退出去，马怀德却又开口："蔡福，你可要把你的嘴巴给管住了。那崔家的事情，先不要声张。要不然，坏了老爷的大事，你可担当不起呀！"

蔡福点点头，说："知道了，老爷！"

"好了，你下去安排吧！"蔡福领命而去。

马怀德这下铁了心，要将崔蛱蝶娶来，等崔鸿德与他的黄脸婆百年后，崔家家业起码也得分他马家一半。若是二女儿再有什么不测，岂不是崔家的整个家业落在他马家手里！这可是他不曾想到的。

蔡福将轿子备好，马怀德与儿子一起来到崔家。崔家的家丁远远地看见蔡福，便立刻向崔鸿德禀报。

崔鸿德先是一惊，没想到马家来得这么快。唉，该来的终归会来，躲是躲不过去的，既然要面对，倒不如早些，也好有个应对。总是将心悬着，也

127

不是个办法。这样想,崔鸿德心里坦然许多,吩咐家丁将马家父子迎进来。

进入崔家厅堂,马怀德坐在右手上座,满脸堆笑,将一件件礼物摆在案桌上,笑道:"前些日子的误会呀,都是刘福瑞害的,过去了也罢!昨日,我请了大师为聪儿选了个吉日,便是后天。我看,就给他们完婚吧!今儿来是说一声,快些让亲家母准备被褥去铺床。我儿的洞房也已经拾掇好了。"

崔夫人原以为马怀德是来兴师问罪的,可不料又来催婚,也不知他心里打的什么主意,扭头望向崔鸿德。

崔鸿德也没想到马怀德竟然不计前嫌,之前想了那么多马怀德的行径,唯独没有想到这种。平静是不是孕育着更大的风暴?看马怀德一脸淡笑,像什么事也没发生似的,可马聪慧却一脸怒意,全然没有喜色。眼下,这催婚倒是不好拒绝,可女儿说得也有道理。崔鸿德便支支吾吾地说:"马老爷,今年我那女儿命里没有了吉日,若是嫁了过去,恐怕会带来霉运。我们生意人……"

马怀德的脸色沉下来,打断崔鸿德,"亲家,莫要拿那些话来说。是不是不愿意将那宝贝女儿嫁给我儿呀?"

崔鸿德忙说:"哪里,哪里!我女儿能嫁给马公子,那是我们崔家的荣幸,也是我女儿的福气!只不过这智通大师算的日子,我们也不好违背呀!"

马怀德说:"亲家,这智通大师看的日子,我们断然不能不信。可要是让青城人知晓江南的崔公子不过是个影子,那崔家是不是无论听不听智通大师的都会遭霉运呀?"

"这……这……"崔鸿德一时结巴起来。

"这什么,我看,你也不要费心了,将那闺女嫁了,我们仍然是亲家,崔公子仍然在江南经营着铺子。到时候再弄个什么不测,得了瘟疫什么的,崔公子也就真的没了。崔公子没了,这崔家祖祖辈辈的英名依然在。亲家,你说是吗?"

崔鸿德勉强笑了笑,说:"那是,那是!"

马怀德喝了口茶，笑道："那好，日子就定好了。"

"唉，马老爷说了算。"崔鸿德崩溃了。这弥天大谎，怎会被马怀德知晓？

马怀德说："那好，我们就不耽搁了，回去准备酒席。后日，聪儿骑着枣红马，用八抬大轿来你家接人。"

崔鸿德只好点头。马怀德走后，崔鸿德那强装的笑脸顿时变得僵硬，看到马怀德咄咄逼人的神色，心头又添了一堵墙。

第25章

强退婚蛱蝶惹父恼
遭陷害福瑞获牢灾

崔恋蝶自知惹祸，不敢撒野，收敛许多，竟破天荒待在闺房做起女红。崔蛱蝶多次恳求妹妹带自个儿去筢子匠村看刘福瑞。崔恋蝶虽有心，可是不敢。崔蛱蝶见爹娘软弱，不敢与马家抗衡，更不敢提出退婚，便以绝食威胁，终日以泪洗面。崔夫人好心劝女儿别耍性子折磨自己，折腾坏身体，那可得自个儿遭罪。

崔鸿德一时也没了主意，焦头烂额、心烦意乱，动不动就拿那些不长眼的下人出气。以前，能有田奎出主意，遇到事能商量商量，可眼下田奎远在千里之外，怕是远水解不了近渴。原想着马家要将他羞辱一番，可马怀德却一反常态，只要他尽快将女儿嫁过去。可这节骨眼上，女儿却耍起性子，闹起退婚。自家店铺掌柜倒是能干，将生意打理得头头是道，月末仍有盈余。掌柜将账本递给崔鸿德。

崔鸿德瞅了一眼，便扔在一旁，哀叹道："唉，虽有家财万贯，也未能顺心顺意。怎么就偏偏生了这么个闺女？中了邪似的，那马家没说什么，她反而死活不愿意嫁了，这不是要了我的老命吗？"

掌柜皱眉柔声道："老爷息怒。您先弄清楚大小姐为何退婚，再做打算

第25章／强退婚蛱蝶惹父恼
　　　　遭陷害福瑞获牢灾

也不迟，不然，着急上火也无济于事呀！"

崔鸿德道："她自然是看不上那马公子了，可这马家我们是万万得罪不起的呀！"

那掌柜沉思片刻，说："老爷，那马家以前也不怎么急着成婚，为什么这些时候却急着逼婚呢？而且三番五次的。"

崔鸿德满目忧郁，"说来也奇怪，这马少爷倒是不怎么上心，而那马怀德却着急得很。我也一时猜不透他的用意。你是不是在外面听到了什么？"

"老爷，本来像我们这种做店铺掌柜的人，府上有些事不好说，但看老爷心烦，也就直言。若是说得不对，望您海涵！"

崔鸿德摆了摆手，说："这田奎去了江南，我也没个商量的人。你在我崔家也做了这么多年的事，有什么就直说吧！"

那掌柜说："老爷，这可能跟我们崔家做了笼子生意有关。以前，我们与那马家相安无事。自从这刘福瑞到了府上，我们将那些雕刻着诗词花虫的笼子卖到了江南，也将刘家的笼子生意慢慢做起来了。这马家就开始逼婚，而且我听说那马怀德也私下里安排管家蔡福去了江南，想必就是要弄清楚江南那边的生意。"

崔鸿德眯着眼，细细品味这番话，才明白马怀德并非空穴来风。

那掌柜接着说："老爷，想必马老爷担心我们崔家与刘家联合起来，将刘家笼子重整旗鼓，压过了他们马家的生意，这才会着急与我们家小姐成婚。他想将我们家小姐娶了过去，就不会担心我们与刘家联手了。"

崔鸿德恍然大悟，费尽心机想将刘福瑞招进崔家，一时疏忽，忘了马家与刘家做着同样生意，且积怨已深，帮刘家笼子找出路，却戳到了马家痛处，马家自然不会坐视不理，这才三番五次催婚。看来，马家娶媳是权宜之计，真正目的是想断了崔家与刘家的来往。

崔鸿德忙问："不知道你有没有什么应对之策？"

"老爷，依在下看来，大小姐嫁与不嫁倒是次要的，只是那刘家的笼子怕是不能做了，而且那刘福瑞恐怕也不能到府上来了。"

崔鸿德的心一下子凉了半截,费尽周折,到头却是一事无成。马家婚期已定,可怎么办?掌柜想说的话都说了,见老爷又是一脸愁色,忙问:"老爷,是不是在下说的有什么不妥的地方?"

"没有,只是眼下马家把那婚期已定下来了,可蛱蝶死活不愿意嫁过去。这可怎么办呀?"主仆二人一时也没了话说。

那掌柜说了些宽慰的话,去店里忙活了。

崔鸿德原以为女儿只是说说罢了,眼下看她真不愿嫁,无奈,与夫人来到女儿房间好生劝慰。崔蛱蝶神情疲惫,消瘦许多,脸蛋失去几分鲜活,愁容满面,嗓音沙哑,"爹、娘,你们不要再逼女儿了,女儿宁愿死守着你们,也不愿意嫁到那马家。若是你们仍然苦苦相逼,女儿唯有以死相报。"崔夫人哪里还说得出话来,泣不成声。

崔鸿德焦躁不安,"死,死,都死了省得闹腾。眼看马家定的婚期临近,你不嫁,要我怎么办呀?"

崔恋蝶将马家恨得咬牙切齿,这姐姐嫁过去,也不会有好日子,忙说:"爹,当年他们马家设计定下了这门亲事,要是我们将那事情说出来,想他马家也不能咄咄逼人。"

崔鸿德打心眼里恨透了这个诡计多端的马怀德,这只老狐狸太可怕了。他默然走了出去。看来,得琢磨个万全之策,退了这桩糊涂婚事。

这一日,阳光明媚,阵阵夏风裹着运河上的凉气席卷了青城,给这里饱受酷夏煎熬的人们送来丝丝清凉。县衙门口当班的差役远远望见马聪慧,便迎上去,打招呼:"马少爷,您是看外公来了吧?"

马聪慧哼哼两声,径直朝里去,见苏清澈在正堂审案,懒得理睬,转身进了后堂。案桌上摆着一摞一摞案牍,墙上挂着孔子画像,金鼎香炉里燃着上好的蚊香,屋子里幽香飘逸。马聪慧翻翻这看看那,晃来晃去,屁股不沾凳子。忽然,他瞥见一张通缉令,细细一看,画像有些面熟,再经细细寻思,一拍大腿,想起来,连忙出门。

苏清澈审完案子,来到后堂,刚进门来,与那莽撞的外孙撞了个满怀,

第25章／强退婚蛱蝶惹父恼
遭陷害福瑞获牢灾

差点将那把老骨头给撞散架，连连说："哎呀，我的乖孙子呀，你这是要老头子的命呀！这莽莽撞撞的，又要去哪里呀？"

马聪慧将通缉令展开，指着画像说："姥爷，这人我见过。真的，我见过。"

苏清澈说："哎呀，这是上面刚送过来的，我还没来得及安排人去张贴，你要是知道这罪犯在哪里，也省得费事了。"

马聪慧诡秘一笑，说："我在青城酒肆喝酒时见过。而且，刘福瑞跟他关系不一般，帮他付了酒钱。"

"果真如此？"苏清澈瞪大了眼。

"姥爷，这性命攸关的事情，哪能当儿戏呀！您就是给我吃了豹子狗熊胆，孙儿也不敢瞎说呀！"

苏清澈唤来主管刑捕的县尉，命其将刘福瑞收监。

笼子匠村被夏日的热气包裹着。太阳将村庄烤得跟着了火似的，郁郁葱葱的洋槐树叶子耷拉着，没了往日的翠绿。王楚楚鹅蛋般的脸庞上镶嵌着一双明珠般的眼目，眼目里装着如那千年深潭般的清澈纯真，满目深情地望着躺在炕上浑身伤痕正在酣睡的刘福瑞。片刻，那双好看的桃花眼里噙满泪水，长长的睫毛上蒙着一层薄薄的水雾。在她心里，这福瑞可不只是哥哥，而是少女情窦初开的心上人。然而，专心于学业、醉心于研制笼子的福瑞，意气风发地带领大伙儿做笼子，准备重振刘家笼子雄风。他并未把楚楚的一片情深记在心上。倒是王翠香眼尖，看出楚楚的心思，悄悄出去。然而，平静孕育风雨，不久这屋子的安详幸福就被撕扯开来。

晌午时分，县尉带着一帮衙役冲进刘家，嚷嚷道："快，快，将那与盗贼私通的罪犯刘福瑞锁起来，带回去复命。"

王翠香忙迎上去，挡在几位官差前，说："几位官爷，这些日子，我家福瑞受了些皮肉伤，一直卧床歇息，怎么会私通盗贼呢？你们会不会弄错了呢？"

县尉一脸坏笑，语气里带着几分不耐烦，"我们遵命行事，老爷说让我们将谁缉拿,我们就将谁缉拿。今日,老爷下令让我们将刘福瑞缉拿回去审讯,你可不要阻拦,不然扰乱公务,将你一块儿收监。"

几个官差心领神会,不顾王翠香阻拦,径直冲进屋子。

王楚楚忙说:"你们这是做什么?"

县尉瞅着貌美如花的楚楚,冷笑道:"姑娘,执行公务,休要阻拦,不然将你一块儿收监。"

被吵闹声惊醒的福瑞强忍伤痛坐起来,望着县尉,说:"官爷,我一向是个安分的百姓,怎么会惹上官司?"

"在下奉命行事,休要多费口舌。省点力气,到公堂上去说!"

刘福瑞心里坦荡荡,冲着那一脸傲气的县尉笑道:"好,那我就随你去一趟,看看怎么回事。"

王翠香哀求道:"各位官爷,你们行行好!福瑞一向安分,从来没与什么盗贼来往,可不能就这样不明不白将人抓走!"

县尉吩咐手下:"难道让我亲自将他锁了不成?"

那几名官差一涌而上,将福瑞用粗重的铁链锁了起来。他尚未愈合的伤口,被铁链抹掉刚结的痂,血又渗了出来,疼痛如潮水般蔓延开来。福瑞忍着,说:"娘、楚楚,不要担心。我清清白白,跟着他们去一趟也无妨。"

王翠香哀叹,旧伤未愈,又添新伤,也不知这突如其来的变故是一场误会,还是有人故意安排。恐怕这来势汹汹,是有人要害福瑞。这做娘的更是放心不下,连忙进屋拿些银子,悄悄塞给县尉,说:"官爷,您看……"

县尉不敢接,为难地说:"我看,这银子您就省着吧!留着将来用吧!"说完,下令,"走,回衙门。"

刘福瑞回过头冲着他们说:"你们放心吧!我没事的。"

第26章
求恩师先贤书真情
上公堂福瑞遭杖臀

王翠香、楚楚愣在院里,眼巴巴地望着福瑞被带走。整个刘家哭声一片。闻讯赶来的村民们偷偷摸泪,劝慰王翠香:"福瑞娘,你可要保重身体呀!"

"是呀,是呀,这张平出了门,你有什么事尽管吩咐我们。我们也不是外人。"大伙儿你一言我一语地说着。王翠香慢慢地止住哭声,向大伙儿鞠躬,说:"谢谢……"

一位长者说:"福瑞娘,您就别说那些感谢的话了。要说呀,也该我们说。不是您和福瑞又做起了木篦子生意,恐怕我们这些人早就饿死了。眼下,想想搭救福瑞才是呀。"

"对呀,对呀……"

他又说:"听说福瑞老师孔先生与苏县令有些交情,福瑞娘,你何不去找找他呢?兴许能救出福瑞来。"

大伙儿也附和着,王翠香也是一时被心火蒙住心智,经这么一点拨,冲出人群,朝桃花坞跑去。

王翠香拜见孔儒仁,将发生的事从头到尾讲了一遍。孔儒仁顿时火冒三丈，破口大骂："这外孙子将人打了尚且无罪，反而挨打的进了牢房。这天下哪有这样的道理，莫非马家与苏家将这青城当成自个儿的家，想怎么就怎么？"

王翠香又说："孔先生，有劳您啦！这福瑞是您的学生，您也是了解他的，他怎么会与贼寇来往？这其中必然有人栽赃陷害，您老可要为我儿做主呀！为我儿讨回公道，洗脱罪名！"

孔儒仁与苏清澈平日里有些交往，也知这位苏县令不是鲁莽、拍脑门做事的主；这么大张旗鼓派官差去村中拿人，手里一定握着确凿的证据。于是孔儒仁说："福瑞娘，这定罪下狱是要讲真凭实据的。若是苏县令单凭一己之私、一人之语，恐怕不会贸然将福瑞缉拿。这其中恐怕有些误会。"

"孔先生，福瑞生下来就没了爹，跟着我受尽了苦难。如今，这日子过得刚刚有些起色，又突然遭遇了这不明不白的牢狱之灾。福瑞真是命苦呀！您可要想想法子，不然我也怕是活不了了！"说着，王翠香扑通跪了下去，一个劲儿磕头。

孔儒仁连忙将她扶起，说："福瑞娘，你这是做什么？福瑞天生聪慧、知恩识理，是我最为喜爱的学生。他惹上了官司，我岂能袖手旁观？你先回去歇着，莫要伤心难过，待我去县衙问个清楚，咱们再做打算。"

王翠香抹着泪，说了些感谢的话，回了篦子匠村。

张平一回来，听闻福瑞被下狱，急得团团转，见王翠香神情沮丧，更是心若火烧、焦躁不安，问："怎么样，孔先生去了没有？要不然，准备些银两，去求求苏县令。"

王翠香叹气说："怕是将银子送了去，人家也不见得能收。孔先生倒是答应去帮福瑞求情，可这心里也是没底。想那苏县令也不是见风就是雨的糊涂老爷。今儿上午，名目张胆地来家里将福瑞锁了去，恐怕另有隐情。"

张平顿时如霜打的茄子般蔫了，蹲在墙根。

隔壁李哥跑来说："他张叔、福瑞娘，苏老爷要审讯福瑞，你们还待在

第26章／求恩师先贤书真情
上公堂福瑞遭杖臀

家里做什么,快去呀!"

王翠香如梦初醒,猛地转身就朝县衙跑去。张平忙追上去。

县衙公堂上,苏老爷见孔儒仁来,将他迎进来并赐座,笑容可掬地说:"孔先生,您这是……"

孔儒仁淡淡一笑,说:"也不知我这学生福瑞,犯了何罪?"

苏清澈那浑浊的眼突然变得清澈,忙笑说:"来人,将那告示拿来。"

师爷立刻将告示呈上来,递给苏清澈。苏老爷不慌不忙地将告示在孔儒仁眼前展开,道:"有人告发,刘福瑞与这告示上悬赏缉拿的劫匪有勾结,而且铁证如山,人证物证俱有。不然,这孔先生的学生,我怎么胆敢锁了起来呢?"

孔儒仁细看告示,原是一帮劫匪将送往开封的官银劫走,禁不住打了个哆嗦。劫官银,死罪难逃!可福瑞除了在桃花坞学习,就是做笼子贴补家用,未曾结交三教九流之辈。况且,那画像凶神恶煞,也未曾见过,忙追问:"苏县令,那铁证如山,拿出来看看?"

苏清澈笑呵呵道:"您老少安毋躁,就坐在这里,旁听本官审案吧!"说着,甩了甩宽大的官袍衣袖,踱着四方官步,坐上公堂,一声令下:"将那人犯带上来。"

须臾,几名狱卒将刘福瑞押上来。只见他一身囚衣,发髻散乱,站在公堂,可一双火眼炯炯有神,脸色淡然,毫无紧张慌忙之色。他向孔儒仁微微点头,又冲人群中的娘笑了笑。这几个时辰,他在牢里细思量,断然没想出个所以然来。此刻,他也急切想知,到底自个儿犯了什么罪?便收回眼神,望着那一脸威严、高高在上的苏清澈。

苏清澈惊堂木一拍,道:"大胆刁民,你可知罪?"

刘福瑞回道:"草民真是不知犯了何罪?"

"你与劫走官银的贼人勾结,人证物证俱在,休要再狡辩。来人,宣青城酒肆的掌柜上堂问话。"

孔儒仁察言观色,见苏清澈镇定自若、胸有成竹,莫非刘福瑞私下里真与歹人结识？若是如此，那老叫花子和他一时眼清，一时眼拙！

青城酒肆掌柜来到堂前，行礼。苏清澈指着那张告示上的画像，道："这人你可曾见过？"掌柜点点头，说是那人在酒肆与一帮人吃过酒，而且还想赖账。苏清澈说："细细将那日所发生的事道来。若是有半句谎言，严惩不贷。"

掌柜忙说："小的知道。那日，刘福瑞在酒肆桂花间吃酒，也不知道为什么，非要替那几个贼人付账。小的也就不好为难那几个凶神恶煞的家伙，让他们走了。"

苏清澈道："你可敢在证词上画押？"掌柜稍有迟疑，但还是画了押。福瑞恍然大悟，没想到不经意仗义疏财却惹祸上身，一时不知从何说。闻讯赶来的百姓将县衙门口围得水泄不通。

崔恋蝶驻足观望，神色焦虑，恨不能将那一脸媚笑的掌柜痛打一顿，怎么是"非要替贼人付账"？要是知晓那人身份，刘福瑞断不会慷慨解囊。掌柜得便宜还卖乖，可恨。马聪慧一副幸灾乐祸的样子。衙役发出"威武"的低沉威严之声，水火棍敲击地板。孔儒仁见刘福瑞一时不语，心如刀绞，但脸上却不露神色，镇静自若。苏清澈见他神色未改，略有佩服，发令道："刘福瑞，你可知罪？"

刘福瑞思量片刻，辩解道："大人，实属冤枉。草民饱读圣贤书，怎能不识法知礼？"

苏清澈威严道："休要狡辩，证人证词确凿。那你为何替那几个盗贼付了酒菜钱呢？"

刘福瑞解释道："当日，草民见那几个人与店家争吵，听他们口音像是外地人，便觉得出门在外，难免会遇上个难事，才替他们付了银子。实际上，草民根本与他们不相识。"

苏清澈岂肯善罢甘休，厉声道："传证人，你虽巧言善辩，但在铁证前，看你如何狡辩？"

马强上堂来，朗声道："大人，我那日在酒店吃酒，见这刘福瑞与那帮

第26章／求恩师先贤书真情
上公堂福瑞遭杖臀

劫匪谈笑自如，岂能不相识？"

苏清澈又问："你可不能信口开河，看清楚了吗？"

马强点头。接着又是那日上菜的店小二、在酒肆吃酒的乡里、收钱酒家等，数人一一做了证词。苏清澈吩咐衙役将状词拿给证人画押，那些人你望望我、我望望你，终是画了押。苏清澈急于表功，况且女婿与刘家恩怨他心里也明得跟镜子似的。前日，女儿还叮叮刘家篦子要火起来，这回于公于私要当机立断，了了案子，将刘福瑞押解出城，也就了却了女儿、女婿、外孙的心事，省得他们心烦。于是，他稀里糊涂地宣读判词，怒斥道："刘福瑞，你可知罪，你可认罪？"

刘福瑞既使浑身是嘴也难辩其罪。孔儒仁顿觉蹊跷，远望马家父子得意忘形，立刻明白几分。看来，刘福瑞所言属实，恐是遭人陷害，官民勾结、内外串通、买通证人，一时半会儿恐也没什么计策。想洗脱罪名，需要那几位贼人站出来道明真相。显然，那几位贼人不知去向，即使在青城，也不会来公堂上替福瑞说话。唯有书信一封，给那官居刑部侍郎的学生刘迻，或许能拨开乌云见阳光，还福瑞一个清白之身。

苏清澈道："大胆刁民，竟然执迷不悟。来人，大刑伺候。打上五十大板！"说着，从竹筒里拿起令牌，扔了下去。那几名衙役扑上去将刘福瑞按倒。掌刑者舞动胳膊般粗的棍仗，朝着刘福瑞的臀部重重打去。福瑞咬紧牙关，愣是未发出半点呻吟。片刻，皮开肉绽，血染红了衣衫，甚是吓人。刘福瑞仍不认罪，不肯画押。百姓无一不惊叹刘福瑞有骨气。可那王翠香心如刀绞，难以忍受，终是晕了过去。张平只好背她去寻郎中。

苏清澈做青城知县多年，毫无升迁音信，怕是也没几年好光景，如若再不帮女婿一把，怕是日后想帮也无能为力。要不是女婿在京城的朋友斡旋，怕是他这顶官帽早就被摘了。仅凭一面之词，行刑逼供，自然少不了徇私情。孔儒仁终是难忍，起身便走。

苏知县起身相送。如今当朝崇尚士大夫，对学识渊博之人十分敬重，况且孔儒仁桃李满天下，要不是刑部侍郎刘迻捎话来，让他好生照顾孔儒仁，他也不会将个教书先生放在眼里。再说，自个儿年事已高，要是得罪孔先生，怕难在青城立足。见孔儒仁走远，苏清澈回到正堂，见刘福瑞已昏了过去，便退了堂。

刘福瑞被收押在青城死囚牢房。阴暗潮湿的牢房，散发着厚重的霉味。刘福瑞瘫卧在杂草堆中昏睡良久，才恢复了神智。伤上加伤，刺骨的疼痛席卷全身。然而，内心的疼痛远远掩盖了皮肉之痛。

第27章
除恶霸义士惹官司
遇曹野福瑞讲论语

刘福瑞强忍着，高声诵道："'恭而无礼则劳，慎而无礼则葸，勇而无礼则乱，直而无礼则绞''好勇疾贫，乱也。人而不仁，疾之已甚，乱也'。"在诵读这些词句中，尚能得到一些安慰，缓解伤口带来的疼痛，暂时忘了遭人陷害的悲愤。

那趴在桌上睡觉的监守，被突如其来的诵读声惊扰美梦，气狠狠地冲着福瑞吼叫："你当这是那桃花坞呀！什么狗屁'乱也乱也'的。快将你那狗嘴给老子闭上。死到临头了，竟然还有这样的雅兴。如若再搅扰了你大爷的美梦，看我不扒了你的皮。"

刘福瑞摇摇头，翻了个身，不再说话。那监守又趴在桌上呼呼睡去。临旁监舍关着的一个黑厮吵嚷道："哎，你个鸟人倒也新鲜。性命不保，还有这份闲心诵那鸟语？你即使诵得再好，难不成能免你一死？洒家就弄不明白了，你个白嫩书生怎么也闹到这般田地？是不是得罪了达官贵人？"

刘福瑞充耳不闻，明白自个儿是被马家陷害，可浑身是嘴也说不清。马家财大气粗，再加上与县老爷这层关系，想定他的罪，岂不是易如反掌！他也懒得说那些没用的，心灰意冷，盯着一堆杂乱的干草发愣。

监守显然是个欺软怕硬的，见是莽夫曹野吼叫，只好装作没听见，不予理睬。

这曹野原是青城提辖，虽相貌平平，但生就一副好心肠，五大三粗、虎背熊腰，力大无比，练就一身好功夫，十八般武艺样样精通，但从来没有欺负弱小、卖弄功夫。他生性豪爽，为人仗义，好抱打不平，对为富不仁的人痛恨至极，常为受尽屈辱的百姓大打出手。于是，百姓送他个"青天义士"的美名。

前日，在街市吃酒，他见一泼皮无赖吃完赵老汉的西瓜，抹了抹嘴，屁都不放一个就走了。赵老汉追上去讨要瓜钱。泼皮竟耍起无赖，说是吃赵老汉的西瓜是赵老汉的造化，要钱没有，要拳头倒是有。赵老汉哪里买他账，仍拽着长衫不松手。泼皮一时恼羞成怒，竟动起手来。

曹野平日最看不惯年轻力壮的人欺负年老体弱的人，此时哪里还坐得住，一个箭步，翻身一跃，稳稳地落在泼皮面前，一把将泼皮的拳头抓住，气呼呼地说："哪里来的毛贼，竟然敢在你黑爷爷的眼皮下撒野？"

那泼皮见这黑厮一脸凶相，调笑道："你可知我是什么人吗？竟敢狗拿耗子——多管闲事。给我滚开！"

曹野的爆竹脾气哪里容得下他吼叫，顿时挥起碗口大的拳头，一顿暴打。拳头如雨点般落在泼皮身上。没想到，那泼皮身子骨实在是弱，没吃几拳便咽了气。当街围观的见出了人命，纷纷替曹野担忧。

赵老汉道："壮士，快逃命去吧！我老汉孤苦一人，尚无牵挂，在这世上的时日也不多，我自去报官。用我这老命换一条烂命，也值。"其他人也纷纷劝着，让他快些走吧！不然提辖的命要是丢了，太不值得了。

曹野却言道："我虽惜命，但好汉做事好汉当，怎能让老伯替我受过呢？在下烦劳各位，跟我去趟县衙，做个证词便可。意下如何？"众人皆与曹野同往去了县衙。

苏清澈见死者是同窗的小舅子，便将曹野判个秋后处决，收押在监。

曹野入牢后好吃好喝，一副乐呵呵的样子。见这皮开肉绽、浑身血色的

第27章／除恶霸义士惹官司
遇曹野福瑞讲论语

白面书生竟不理睬他，心里倒来了劲头，又问："这些日子可把洒家憋坏了。好不容易进来个说话解闷的，怎么不说话呀！说说，怎么进来的？"

刘福瑞叹气说："枉受皮肉之苦，遭受牢狱之灾，只因一时仗义之举惹的祸呀。"

曹野暗想，莫非这个少年也如他一样获罪，追问道："细细道来，全当解闷，也好一同上路到阎王爷那里帮你说道说道。"

刘福瑞便从帮人付钱说起，如何稀里糊涂被羁押、无缘无故受审、莫名其妙挨打等，一一道来。

曹野愤怒道："这分明是马家将那些贪财的下人收买了啊！我一介莽夫，尚能明白，怎么这个糊涂的苏知县倒分不清了？唉，也难怪，那苏知县能不袒护自个儿的外孙子吗？"

刘福瑞见他爱憎分明，顿时生出来几分暖意，哀叹道："人为刀俎，我为鱼肉呀！"

曹野不懂这句话的意思，满腹狐疑，问道："当今朝廷重文轻武，我空有一身武艺，也只能在这小县城混个提辖的差事。像你这般饱读诗书的人，怎么不考取功名，做官为百姓做主呢？"

刘福瑞苦笑道："虽熟读'四书五经'，但'道不同，不相为谋'。如今朝廷奸臣当道，置黎民百姓疾苦于不顾，沉迷色乐，荒淫无度。我怎么能与他们苟同呢？况且世风如此，但凭我一己之力，也无济于事呀！倒不如洁身自好，在家赡养母亲，带着笸子匠村的人做笸子，赚些银子，来得实在。"

曹野仰头爽朗地笑了笑，"那倒是，要不然你我分明罪不至死，怎么偏偏沦为阶下囚。这世道真是黑白颠倒呀！"刘福瑞反问曹野犯了什么罪被打入死牢。曹野便将帮赵老汉讨要瓜钱，失手伤人的事说了个明白。刘福瑞长叹道："同是天涯沦落人呀！"

曹野嘿嘿笑道："敢问尊姓大名？黄泉路上也能对上号，你说是不是？洒家姓曹，单字野。爹是武夫，娘是农夫。生在山野，爹娘便给我取了个这名字。"

"我姓刘，名福瑞。爹在我未出生的时候，就不知去向了。本来家境殷实，只因我爹嗜赌如命，败了家。现如今我在桃花坞孔儒仁老师门下研学，平日里做些篦子，赚点银子，贴补家用，日子过得倒也很惬意。可好景不长，遭了这番劫难。我若就这样冤死了，不知道我那可怜的娘如何活下去，篦子匠村的那些做木篦子的叔叔、爷爷怎么活下去呀？"说着，说着，痛由心生，刘福瑞情不自禁，热泪盈眶，怕遭曹野笑话，忙转身用衣袖拭去。

原来眼前便是美名远扬的孔儒仁的学生，想必让马家输了百两银子的就是眼前这位俊才少年；做出刻着花虫诗句篦子，让女孩家爱不释手的人也是他。曹野道："我若能逃过此劫，拜你为师，读书识字，你可愿教我？"

"你心地纯朴、宅心仁厚，学习儒学再合适不过了，也不知道上天能不能给你我这样的福分。"

曹野父母过世，了无牵挂，听刘福瑞这么一说倒是来了兴致，顿然觉得若就这样死，岂不白来人世？何不借机讨教学问、知晓圣人的道理，到阎王爷那也好狡辩一番？于是，他问："你刚才所诵的那句，是什么意思呢？听着怪绕口的。"

谈及《论语》，刘福瑞便来劲头，道："前句是说事物是利弊的统一体。'恭、慎、勇、直'四德虽善，但若不能做到'恰到好处'，适得其反，便会导致'劳、葸、乱、绞'四弊产生。意思是恭敬而没有用礼来指导，就会多劳不安；谨慎而不用礼来指导，就会怯弱畏缩；勇悍而不用礼来指导，就会闯祸作乱；直率而不用礼来指导，就会说话刻薄伤人。"

曹野若有所思，"那就是说像我这么冲动，原本是抱打不平、行侠仗义的善举，却因伤了人的性命，到头来反将好事变成了坏事，是不是这个理呀？"

刘福瑞点点头，暗叹："此人悟性极高，若要年少师从智者，并不会比自己相差多少。"

曹野挠了挠脏乱的黑发，嘻笑道："我若早知此理，就不会出手太重伤人性命。后句说的啥意思？"

刘福瑞完全沉浸在儒学世界，忘了一切不快，道："后句乃告诫我们凡事要把握'度'，世道混乱，皆因居贫不安的心理和争强斗勇的风气结合所

第 27 章 / 除恶霸义士惹官司
遇曹野福瑞讲论语

致。意思是好逞勇而憎恨贫穷，会惹乱子。对不仁的人，恨得太过分，也会激出乱子。"

曹野猛地一拍脑袋瓜，道："哎呀，我若是早知此理，怎能惹下乱子？都怪我那没有见识的爹娘，不送我读书，教我在山野间习武，荒废了我的心智呀！"

刘福瑞道："切勿口无遮拦，子曰，'今之孝者，是谓能养。至于犬马，皆能有养。不敬，何以别乎？'是说现在所说的孝，认为能养父母就行。至于犬马，都能得到饲养。对父母不恭敬，和饲养犬马有何区别呢？你怪罪于父母，就是对父母不恭敬，不恭敬便是牛马不如。"

曹野竟不多语，细听福瑞讲解。阴暗潮湿牢房顿然暖和起来，阴森森的气氛也渐渐驱散开来。其他囚犯也细听刘福瑞讲学。那态度之认真，神情之专注，就是在桃花坞孔儒仁授课时也不多见。可见，这些一时被怨气蒙住心智的人，需要有人来打开那扇通往心灵的门。守监、差役也不嚷嚷。在崇尚儒学的青城，死囚牢房倒成传道解惑之所。

然而，篦子匠村愁云惨淡，乱作一团。王翠香没了主意，老老少少齐聚刘家，思量如何搭救福瑞。看来，这个多灾多难的村子，因篦子而生，也是因篦子而遭遇灾难。若不是福瑞做那刻着花纹的篦子，让崔家运送到江南赚回了银子，自然也就不会被人陷害。这些纯朴的篦子匠，明白福瑞是因篦子而遭人陷害的。

崔家也是厄运不断。崔蛱蝶突染重疾，吃药问医，多是不见好转。田奎一直放心不下，要是蔡福将崔鸿德的秘密说出去，怕是要了崔鸿德的老命。他卖完篦子，等了几日，不见送来篦子，担心如潮水般涌上心头，一刻也不能在江南待了。那日贪几杯酒，说漏了嘴，等醒过来，蔡福已人去楼空，自己后悔也来不及，恨不能给自个儿抽上几个嘴巴。可抽嘴巴也无济于事，还是回去一趟，看那蔡福到底有没有要挟崔鸿德。没准儿回去能出主意、出点力，不然真是愧对老爷这么多年的信任。这么想着，他便火急火燎地回去了。没想到，马家倒是没折腾，可崔蛱蝶已病入膏肓。

145

第28章
患癔症蛱蝶需医心
施针灸先生救鸿德

马怀德见马家将来最大的威胁刘福瑞进了牢房，心里又是一番暗喜，私下里安排蔡福到篦子匠村打探消息，又在老婆耳边吹了吹枕头风，心里美滋滋的。唯一美中不足的就是儿子成婚泡汤了。崔家传话来，崔蛱蝶身染重病。马怀德仍是放心不下，琢磨亲自登门去探个究竟。

这日，正是马家要娶崔蛱蝶的吉日，艳阳高照，青城泛着热气，运河鳞光闪闪。马家父子来到安乐镇上的崔家。那带的燕窝、人参、鹿茸等名贵药材自是不提，单是请智通大师同往，足见马家财大气粗，叫青城见着的人都眼红！恨不能生个如花似玉的姑娘许配给马家，做个小的也行呀！马家送名贵药材确实彰显马家财大气粗，但带智通大师却另有所图。

崔鸿德将他们迎入正堂，分宾客坐下，吩咐奉上等消暑花茶，自是寒暄一番。马怀德喝了口茶，笑道："亲家呀，这真是巧得很呀！你说，蛱蝶这病早不来、晚不来，偏偏现在来。"

崔鸿德赔着笑脸，说："这病突如其来，我才捎话过去的。"

马聪慧插话："怕是岳丈舍不得你那宝贝女儿吧？"

马怀德训斥道："混账！这儿哪有你说话的份儿。你给我站在一旁，闭

第28章 / 患癔症蛱蝶需医心
施针灸先生救鸿德

上嘴巴！"

崔鸿德自然明白这父子一唱一和，无非怀疑崔家想退婚，故意编出这么个理由来。

崔鸿德强打精神，挤出点笑容来，说："马老爷，您息怒。这定下的事儿，没有什么天大的事情，自然不能变。可这次，我女儿蛱蝶至今昏迷不醒，你说这是不是天大的事情呀！我总不能将个神志不清的女儿嫁到你马家去吧！"

马怀德淡笑道："正好，今儿智通大师得空与我同来，那就有劳师父医治蛱蝶！"

于是，崔鸿德吩咐夫人，将智通大师领进崔蛱蝶的闺房。一个时辰的工夫，智通大师出来，满目愁云。

马怀德忙问："师父，她真是患上重病了吗？"

智通思量片刻，道："心病尚需心药医。这崔姑娘是忧虑积胸、气急攻心，引起血脉不畅、气血不通，患的是癔症。若要解除病灶，需解开心结。否则，食药再多也起不了什么功效。"

马怀德脸上挂着的淡淡狡猾，顷刻间凝结成一脸惊讶，难道是自个儿非要逼婚，上天才会如此惩罚？马聪慧也是一脸惊诧，前几日还是个好端端的美人，怎奈突然就卧床不起？要真是这么没了，那可惜了！

崔鸿德哪顾得上那爷俩，忙问："大师，您看有救吗？"

智通摇摇头。崔夫人眼泪哗啦啦地流了出来，也不顾及那么多，竟然失声痛哭。崔鸿德忙唤丫鬟来，将夫人扶进了内室。

马怀德证实崔家没撒谎，心里踏实了，况且心头大患在那昏暗的牢里，等岳丈一声令下，也将成刀下鬼，到那时青城的笼子生意依然是他马家独做。因此，也就不用着急催婚。万一逼急了，退了婚，那崔家的家业可就一点儿也沾不上了。这么想着，马怀德觉得待下去没意思了，意欲起身就走，只见田奎带孔儒仁来，又坐了下来。

孔儒仁见智通大师，立刻迎来，抱拳施礼，"老兄弟，别来无恙呀？"

147

/篦子道/

　　智通起身回礼，"烦劳挂念，身体尚好。可眼下这女子的病，实属敝人愚钝，无方可医。"

　　孔儒仁在来的路上听田奎说了并无担心，见智通这么说神色紧张起来，自个儿略懂针灸，可说起疑难杂症自然比不上智通，忙说，"待我看看，再向仁兄讨教。"

　　崔鸿德连忙吩咐杜鹃领着孔儒仁入了大女儿的闺房。崔蛱蝶面容憔悴、双目紧闭、身形消瘦、呼吸微弱，躺在帷帐内，昔日的花容月貌荡然无存。

　　孔儒仁用食指轻压玉腕，把脉片刻，将纱帘掀起，细看憔悴的容貌，叹声道："若用针灸，能打通血脉；救得一时，却未能除根。若再遇上什么急事，急火攻心，恐怕无药可救、无方可医。"

　　崔恋蝶的眉头锁得更紧，忙说："孔先生，那您快些医治吧！"

　　孔儒仁唤来书童，将针灸银针拿了出来。书童在一旁燃起红烛。孔儒仁将银针烤了烤，实施医治。果然凑效，崔蛱蝶的血脉被打通，醒了过来。崔恋蝶一时高兴得说不出话来，目不转睛地望着崔蛱蝶。崔蛱蝶一脸茫然，昔日神采奕奕的眼睛黯淡了许多，见孔儒仁与书童在她的闺房里，忙问："妹妹，这是怎么回事？"

　　崔恋蝶擦了擦因高兴而流的泪，说："姐姐，你得知刘福瑞下狱的消息后便昏迷不醒。刚才孔先生帮你医治，你才醒了过来。"

　　崔蛱蝶想起身拜谢，可怎么也起不来，好像这身子不是她的似的，只好面露难色，说："孔先生，小女子恨你，恨你将我从那极乐世界拉回了无情的现实。若是苟活于世，倒不如死了快活。"

　　孔儒仁一时无语，收拾东西，转身出去。

　　崔恋蝶紧追两步，说："孔先生，您要见谅呀！我那姐姐可能神智尚未清醒，她说的话，您可别在意呀！"

　　孔儒仁笑了笑，说："没事的，我这就去告诉你爹，你姐姐醒过来了。你呀，留在这儿，好好照看她！"

　　孔儒仁来到厅堂。智通大师道："小姐醒了，但病根未除？"

第28章／患癔症蛱蝶需医心
施针灸先生救鸿德

"老兄果然厉害。小姐气急攻心，心情郁结，需打开心结方能痊愈。否则，良药也无济于事。"

崔鸿德道："那女儿心思重，又不愿讲出。这可怎么办？"

智通大师沉思片刻，"还是老话，心病仍需心药医。"

那崔夫人听到女儿醒了，止住哭声，又到厅堂，见智通大师这么一说，泪如泉涌，又放声哭起来。

崔鸿德道："哭有什么用？你倒是去问问女儿有什么心事呀！"

马怀德见没起色，起身道："天色渐晚，智通大师尚要回那四女祠，山高路远，我们就先走一步了。如果需要我们做些什么，那就稍个话过来。能办的，一定办；办不到的，也会想尽办法去办。"

崔鸿德自然无心挽留，顺水推舟道："多谢，多谢！眼下家里女儿患了癔症，一时也脱不开身，恕在下无礼，就不远送了。"

马怀德、马聪慧和智通大师一起离开崔家。

孔儒仁见崔鸿德夫妻垂头丧气，安慰道："人命在天，心尽到便是。况且，我见那马家也没有再逼婚，也就不用着急了。"

崔夫人道："你说我上辈子造啥孽了，遭此报应。"

"好了，好了！你这又来了，你还嫌不够乱呀？你还不快去给那宝贝女儿弄些吃的，昏迷了这么长时间，水米未进，现在醒来，恐怕连说话的力气都没有了。"

崔夫人抹泪退了下去。崔鸿德又摆摆手，下人们退了下去。

崔鸿德见孔儒仁愁眉不展、忧心忡忡，便问："您也遇上了难事？"

孔儒仁叹了声气，说："想必福瑞的事，听说了吧？"

崔鸿德点点头，说："唉，恐怕有人背地里捣鬼。福瑞根本不认识那几个贼人。"

孔儒仁苦笑说："自从福瑞做的笼子被你送到江南换成银子，这福瑞的日子就没消停过。怕是马家嫉恨，马怀德担心将来他那不争气的儿子输给福瑞，马家笼子生意惨淡，这才趁机想把福瑞置于死地！"

149

崔鸿德一拍大腿，恍然大悟，说："唉，也怪我贪心。那日见刘福瑞学识渊博、为人谦逊，便起了私心。蛱儿已错嫁马家，可不想恋儿重蹈覆辙，寻思给恋儿寻个好丈夫。我觉得刘福瑞是不二人选。为讨好刘福瑞，我才动心思做起篦子买卖。怕马家说抢生意，就将篦子运到江南，在那里卖。谁能想到，他马家连这个也容不下！"

孔儒仁"唉"了一声，说："崔员外也是一片好意，可那马怀德心里哪能容得下篦子匠村那些木制篦子火起来呀！怕是我们都要提防点那马家了。可眼下，刘福瑞能不能躲过这一劫，还要烦劳您与那马家说一说。"

孔儒仁做两手准备，担心书信尚未送到学生刘逵手里，刘福瑞便人头落地，这才想让崔鸿德说情。他多少能猜出马怀德的心思，不然也不会这么兴师动众来崔家。

崔鸿德苦笑一声，说："我说了能有什么用？马怀德向来独断专行，又是出了名的无利不起早的主。没什么好处，他能轻易放过刘福瑞？"

"其实不然。如今在这青城，怕是能说动马怀德的只有你。"

崔鸿德一时不解，忙问："这是为何？"

孔儒仁放低声音，在崔鸿德耳边说了些私语。话儿如春风般沐浴着崔鸿德。

第29章
徇私情马爷出狠招
寻快活县令写罪词

几日过去，苏清澈软磨硬泡、威逼利诱，好话说了一大堆，坏话也说了一箩筐，可刘福瑞仍无动于衷，一口咬定与几名劫匪素不相识。虽是抓了刘福瑞，但也没法交差，只因那丢了的官银至今下落不明。看来，这案子一时半会儿也结不了。这下，马怀德有些坐不住，唯恐夜长梦多，急急忙忙赶到县衙。寒暄过后，在后堂与岳丈坐了下来。

马怀德见岳父眉头紧锁，问："岳丈，您年事已高，不宜过于操劳呀！怕是这两年过了，也该辞了官，享享清福了。"

苏清澈哀叹了一声，"享福，那也得有享福的命呀！"于是将一时不能结案的难处道了出来。

马怀德笑了笑说："这有什么难的，那银子谁家没有呀！丢了多少补上多少，不就结了吗？"

苏清澈愣了愣神，又说："不过，这银子若是找不到，恐怕那刘福瑞真是冤枉呀！我看这案子万万不能草率了结。"

马怀德心急，忙说："这万万不可。哪个歹人能承认自个儿的罪！"

"贤婿心事，我自然明白。这刘福瑞一介草民，定了罪，凭他那家世也翻不起什么浪花。可那孔先生桃李满天下，在京为官的学生也多如牛毛，若是做得不周全，考虑得不到位，留下什么把柄，他再追究起来，恐怕你的小命难保呀！再说了，为父任期即将年满，万万不能留下什么后患呀！不然，怕是老命不保！"

马怀德顷刻间八字眉紧锁，一线眼眯成一条缝，满脸狠色，说："无毒不丈夫。这孔夫子仗着学生多有为官的，霸占着桃花坞，根本不把老岳丈放在眼里，更不把你这女婿当回事。要不然，未等他将信送出去，连他与那刘福瑞一起斩首算了！"

这女婿真是心狠手辣，苏清澈忙说："唉，我一个小小的县令，哪能随便定罪于德高望重的夫子？好了，这事容我细细斟酌斟酌！"

马怀德又说："岳父，这可是马家的大事。您也看出来了，您那外孙不成器。若是让刘福瑞将刘家篦子重整旗鼓，那马家以后必会败在你那宝贝外孙手里。到时候，恐怕我们连个喝西北风的地方都没有了……"

"好了，好了！少在我这儿哭诉，我那孙儿不成器，还不都是你们管教的，回去好好思量思量吧！"

马怀德正要说话，师爷吴蝉一脸喜色进来，趴在苏县令耳边低语了几句。苏清澈脸上的怒色顷刻消失，升起淡淡喜色，冲着马怀德说："回去吧！你的意思我明白。我会尽力的。"

"哎，哎！好了，那我不打扰了。"说着，马怀德退出后堂，回了马言庄。

吴蝉深受苏清澈赏识，也能讨得苏县令欢心。讨得苏县令欢心是因他知晓苏县令甚喜风花雪月，独爱美人。苏清澈倒是有心人，赐了吴蝉职位，还为他娶了妻、安了家。吴蝉感恩戴德，竭尽所能为苏老爷安排风花雪月之事，不惜艰辛屡屡下江南寻美色。然而，苏莺的娘张氏对吴蝉深恶痛绝，可无能为力。只因她生下宝贝女儿后，便再没开怀。要不是苏县令畏惧张氏在京城为官的哥哥，恐怕早就将她休了，另娶新欢。然而，想当初苏清澈虽饱读诗书，却穷困潦倒，要不是张家慷慨相助，恐怕他还不知在哪儿饥一顿、饱一顿。如今，苏清澈与吴蝉狼狈为奸，尽在外寻花问柳，冷落了张氏。

第29章 徇私情马爷出狠招 寻快活县令写罪词

张氏整日以泪洗面，虽有享不尽的荣华富贵，吃不完的山珍海味，穿不光的绫罗绸缎，但总是闷闷不乐。没事时，总是去女儿那里说笑解闷。见女婿马怀德走了，吴蝉又进后堂，张氏便猜到这又不知要去哪里风流快活。

吴蝉见张氏进来时脸若冰霜，仍是讨好般道："夫人，一向安好？"

张氏置若罔闻，径直走到苏清澈旁边坐下来，说："那女婿来的时候满脸喜色，这走的时候，怎么一脸的不高兴呀？你是不是惹他了？你可想好了，我们这把老骨头，将来是要他安葬的。可别图了一时之快，将来落个暴死街头、无人收尸的下场呀！"

苏清澈刚被吴蝉撩起的小火苗，被这一桶冷水浇得无影无踪，顿时没了那心思，说："你这又是怎么了？什么死不死的？那女婿说的事情，我这不正与师爷商量嘛！"

张氏冷笑道："商量？商量去哪里风流快活吧？"

苏清澈一时没话说，气呼呼地端起茶杯，咕咚咕咚喝起了茶水。

吴蝉站在一旁，低着头，等苏县令发号施令。他明白，苏县令的心早已飞到那歌姬身上去了，这不过是遇到点小麻烦而已，要是走了，恐会遭骂；老老实实站这儿，当自个儿是雕塑，把他们说的话当耳旁风就行了。

苏清澈喝完茶水，心头升起的怒火逐渐消失，望望吴蝉，又扭头看看张氏，笑眯眯道："夫人，您看，这也是身不由己！这就与师爷去办女婿的事。"说着，向吴蝉使了个眼色，二人一前一后出了衙门。

青城，经过一场暴雨的洗涤，变得清澈。街道、房屋、柳树都变得干净。然而，苏清澈与吴蝉却没有看出来，两人边走边嘀咕着什么。前日，吴蝉驾舟远赴江南水乡，寻觅绝色美人。功夫不负有心人，终是买得一歌妓，姿色绝佳、技艺超群，安顿在城南一处宅院。吴蝉说得天花乱坠，将歌姬夸得貌似神仙。苏清澈听得春心荡漾，不由自主地加快脚步。那歌妓罗裙裹身，端坐厅堂，静待贵人。

来到青砖瓦房的院前，吴蝉指着虚掩木门，说："老爷，您进去！"

苏清澈左右看了看，见巷里无人，便推门进去。吴蝉跟着进来，将院门关好，守在屋外。

歌妓果然美貌非凡，罗衣胜雪、宝髻堆云，樱桃嘴，杏脸，桃腮，杨柳腰，肤如凝脂，袅袅娜娜。苏清澈看得半晌缓不过神，被门槛一绊，差点跌倒。歌妓忙上前来，伸出芊芊玉手将苏清澈扶住，浅笑道："老爷，您慢点！"银铃般的清脆声音，震得苏清澈浑身酥麻。在歌姬的搀扶下，苏清澈踉踉跄跄进了内房。

窗帷未放，珠帘未解。苏清澈早已顾不上心头熊熊燃起的情欲，将仁义道德廉耻烧得一干二净，一下将美人扑倒在床，口舌喷火，脸烫若火。歌妓极尽悦人之能事，惹得苏清澈脱得赤条条，将歌妓压在身下，自是一番鱼水之欢。歌妓香汗淋漓、娇气若兰。正在兴头，闯入一群凶神恶煞的汉子，带头者道："苏知县，打扰您的雅兴实属不该，可事情紧急，我们兄弟也不得不在这节骨眼上，来拜会您老人家了！"

苏清澈忙扯过衣衫，胡乱遮住身子，道："何人？"

带头汉子拿出告示道："此乃我也。爷爷我，今天就是来告诉你，你若胆敢动刘福瑞半根汗毛，我必要你的狗命。"

苏清澈顿时恢复神智，原是那劫走官银的盗匪，道："胆大妄为的狂傲之徒，竟然胆敢光天化日之下要挟本官，看我不将你们拿下！"

平日，苏清澈在县衙，衙役随身、威风凛凛，可如今却忘在何处，竟摆出一副威仪凛然的神态，惹得带头者豹眼怒睁、剑眉倒立，冲着一帮弟兄吼道："我看少跟他废话，宰了这狗官，咱们去劫狱！"

那歌妓吓得花容尽失，昏死过去。吴蝉被装进麻袋，扔在后院的杂草丛中。苏清澈见无人应声，这才心惊胆颤，连忙左右开弓，自个儿打起嘴巴，抽得血肉模糊。

那帮人看得稀奇，嘲笑道："识时务者为俊杰。看样子，苏知县倒是个明白人。"

其中一位书生装扮的年轻人在那带头汉子耳边低语了几句。那带头汉子满眼鄙视，冲着苏清澈道："我告诉你，我与刘福瑞根本不相识。那日，刘

第29章 徇私情马爷出狠招
寻快活县令写罪词

福瑞出手相助，实属那刘福瑞是仗义疏财的好汉。你要拿那劫走官银的人，就凭本事到梁山泊来拿你爷爷我，切莫要害了好人的性命。现在将你如何陷害刘福瑞的事一一道来，否则，爷爷我剁了你的命根，让你生不如死！"

苏清澈战战兢兢，将马家父子买通店二小、店掌柜，欲谋害刘福瑞的事说了个明白。刚才那书生模样的年轻人一一做了记录，并将记录的纸张拿到苏清澈面前，让他画了押。那带头汉子将那张纸揣在怀里。一群人神不知、鬼不觉地离去。惊魂未定的苏清澈瘫倒在床，直到夜晚才与歌妓醒过来，思来后怕，慌忙穿戴整齐回了县衙。此时，吴蝉也没精打采地回来了。苏清澈忙吩咐吴蝉唤来马怀德议事。

155

第30章
剪青丝错嫁救情郎
脱罪名还愿撞婚娶

夏日夜晚，一轮明月悬挂在清清冷冷的夜空，犹如一珠伤心的孤泪，将清冷银光洒满青城，用一层淡淡的光包裹着桃花坞。桃花坞的镂空窗棂里印着一个孤单的身影，忽明忽暗，漂浮不定。孔儒仁在书房里走来走去，心悬着，总是放心不下，也不知崔鸿德能不能顺利将事办妥。"咣当！"一把亮铮铮的匕首稳稳地扎在窗棂上，在月光下泛着白光。

孔儒仁那颗悬着的心又是一颤，脸上肌肉抽动了一下，见那匕首将一纸团钉在窗棂上，战战兢兢地将匕首拔下，将纸团拿了下来。在泛黄的灯光下，他展开纸团，细细一看，紧锁眉头缓缓变得舒展，内心狂喜不已。有它在手里攥着，怕那苏清澈只能乖乖释放刘福瑞，马家斩草除根的图谋恐怕又要落空。

这冷清夜色也笼罩着崔家。虽然崔蛱蝶的气色好了起来，却总闷闷不乐、唉声叹气。崔鸿德心里那个急呀，想到孔儒仁说的妙计，可每次见女儿却不知怎么开口，再说，马家是什么意思，一时拿捏不准，令他辗转反侧，难以入睡。这块心病压得崔鸿德夜夜无心睡眠，连日来人也憔悴不少。崔鸿德叹了声气，说："你是不是睡不着？"

第30章／剪青丝错嫁救情郎
脱罪名还愿撞婚娶

崔夫人翻过身，望着崔鸿德说："是呀，这女儿一副失魂落魄的样子，我这做娘的能睡得踏实吗？这女儿呀，可是娘身上掉下来的肉呀！唉，你说说，那马家能退婚吗？"

"夫人呀，这婚怕是退不了了，要想办法说服女儿嫁过去才是。这错嫁了，也就罢了。不然，那马家会将我们羞辱得无立足之地。那田奎回来说了，蔡福下了江南，将他灌醉。他也是一时疏忽，将我们家儿子变成女儿的把戏说给了蔡福。那马家已经心知肚明了。要是将这事说了出去，你说，我这张老脸还往哪儿搁呀！我这在青城有头有脸的人，以后可怎么出去见人呀！"

崔夫人花容尽失，杏眼圆睁，道："这田奎怎么会把不住自个儿的嘴呢？"

"算啦！这亡羊补牢，为时已晚！况且人无完人。这不，他担心才跑了回来告诉我。不然，人家在那边卷走银子，一走了之，恐怕我们也无可奈何！这田奎还算是有点良心。不过，这马家替我们瞒着，是在向我们示威呀！你说，这女儿我们哪敢不嫁呀！"

崔夫人叹气，脸色如霜，说："好了，睡吧！是福不是祸，是祸躲不过！"

崔鸿德皱皱眉头，说："那孔先生倒是给我说了一条妙计，可我一时拿不定主意，不知道该怎么开口。马家那边我自然能去说，可这女儿家的心思，我这做爹的不好问也不太懂，怕一时说急了，又落下个病根，晕过去。"

崔夫人杏眼闪过一丝欣喜，忙问："那你说来看看，女儿那边我自然会去说。"

崔鸿德想想，将那孔先生的锦囊妙计如实告诉了夫人。

那滚烫的朝阳从运河远处冉冉升起，金色光芒洒满河面，泛着银光，笼罩在夜色中的青城渐渐清晰，冷清的街道开始热闹起来，马家箎子店铺的伙计忙活起来。

静静的崔家也活跃起来，丫鬟们忙着准备早餐，伺候老爷、小姐们洗漱装扮；家仆们忙着打扫庭院、修剪花圃。这崔夫人脸上没了往日的愁云，露出久违的淡淡笑意，在丫鬟的搀扶下，迈着碎步来到女儿崔蛱蝶的闺房。崔蛱蝶雪白的脸上仍无半点颜色，犹如铺满寒霜，让人望而生怜、心疼。崔夫人干咳几声，杜鹃识趣退下去，屋里留下母女。

崔蛱蝶打破寂静："娘，这么早来女儿这儿，有什么要紧的事吗？"

"没什么要紧的事，也就是想跟你闲聊几句。自从你痊愈后，也不见你有个笑脸。娘想问问你，你是不是心里有什么放不下呀？"

崔蛱蝶一时语塞，只因父母早有将自个儿的中意情郎入赘崔家、与妹妹成一对鸳鸯的心思，那压在心头的话儿怎说得出口？

"女儿的心思，娘也多少明白些。是不是担心那身陷大牢的刘福瑞呀？"

崔蛱蝶忙说："娘，从小您就说好人有好报，为什么现如今，那么好的儿郎，却遭受这般苦难啊？难道真是好人多磨难吗？"

"女儿呀，这上天是长眼睛的。只是人活着，难免要经历些坎坎坷坷。这刘福瑞此番遭陷害，只因我崔家帮他做起了那笾子生意。说白了，也是一个'财'字惹的祸。"

"若能救得刘福瑞，女儿做什么都愿意。这也算是替老天行善。"

崔夫人从女儿那焦急的双眼里读懂了女儿心思。看来唯将女儿错嫁，才能换来福瑞的性命和崔家的安宁。崔夫人打心眼里疼女儿，可这个牺牲也是女儿心甘情愿的，也是崔家的无奈之举。她叹气说："若是女儿愿意屈身嫁给那马家，怕是马家也能断了害福瑞的念想。"

崔蛱蝶那双杏眼顿时没了焦虑，却蒙上了一层薄薄的水雾，沉寂一阵后，她咬咬嘴唇，"娘，若能将福瑞救出，女儿愿意嫁到马家。"

崔夫人忙应声，去向崔鸿德说。恰好，孔儒仁在厅堂与崔鸿德议事，听了崔夫人的话，顿时笑起来，看来天不绝福瑞呀！

孔儒仁将苏清澈写的证词抄了一份送给崔鸿德，吩咐他去找马怀德谈婚事。当然，这婚事是有条件的，若是马家硬要将福瑞除掉，那么这份证词倒是可以让马怀德泄气；再加上愿将女儿嫁给马聪慧，想必马怀德也不是那种不知深浅的货色，自然不会将崔家的秘密说出去，也不会

第30章 / 剪青丝错嫁救情郎
脱罪名还愿撞婚娶

闹得鱼死网破。

果然，马怀德爽快应了婚事，将日子定了下来，与崔鸿德把酒言欢，甚是高兴。崔蛱蝶剪下一把青丝，埋在自家后花园。她哭了很久，才擦干眼泪，整理思绪，强忍心头的怨气，去做一个新娘子。

这几日的牢狱之灾，让肤色本白皙的福瑞脸上沾满干草，身上也沾满泥土，变得灰头灰脸。他猛地出现在箥子匠村那个小院落里，让连日来泪流不断的王翠香都有些认不出来。她愣神望望，才猛地扑过去，抱着儿子单薄的身体痛哭起来。

街上传来鞭炮响声，像是谁家在娶媳妇。这一院子人也没凑热闹的心思。楚楚听说刘福瑞洗脱了罪名，已回到家中，急急忙忙赶了过来，见福瑞安然无恙，忙拉福瑞朝外跑去。

这刘福瑞一头雾水："楚楚，这是做什么？"

王楚楚笑说："还愿。这些日子，我日日去那四女祠祈求神仙姐姐保你平安，果然灵验。"

刘福瑞笑了笑，跟着王楚楚出了箥子匠村，朝四女祠走去。路上，他们撞见迎亲队伍，甚是壮观。青城怕是除马家，谁家也操办不起，光那顶百子图轿，一般人家也是雇不起的。远远地见马聪慧身披红绸缎面，得意洋洋，骑枣红马，朝着安乐镇去。

崔家上下却无半点欢喜，就连崔蛱蝶的丫鬟杜鹃也是神色沮丧，这出嫁的好日子没喜色，全然抹了一层哀伤。崔鸿德将婚事吩咐给田奎。田奎心中有愧，尽心尽力，件件事都办得妥妥当当。崔夫人一把眼泪一把鼻涕地帮女儿将那凤冠霞帔穿戴整齐，又说了些私话。那眼泪如断了线的珠子，止不住地往下掉，惹得崔蛱蝶哭成泪人。那刚刚染上去的胭脂，被泪水冲花，没了新娘子的尊容。那崔鸿德躲在厅堂，毫无喜色，也是一脸忧愁。噼里啪啦的鞭炮声、嘀嘀嗒嗒的唢呐声，如同千万把钢刀直刺心腹。热闹一阵后，崔蛱蝶顶着红盖头，在杜鹃的引领下，上了百子图轿。

杜鹃时不时朝人群中望，像是找人。忽然，她的目光定格在憔悴沮丧的刘福瑞身上,便敲了敲轿窗。里面的人掀起帘子,挑开盖头,朝杜鹃手指的方向望去。就是这一眼,使她忘却时空流转。目光碰撞的瞬间,时间凝固,吵吵闹闹的人流似乎消失了。

崔蛱蝶满眼笑意,见心上人安然无恙,也算嫁得值了。这也是一种爱,一种牺牲自己的爱。只可惜,刘福瑞没福气,不知在这人世间,有那么一位美丽的女子深爱着他。

第31章
晓风情痴女恋福瑞
感师恩福瑞知世情

刘福瑞拽了拽楚楚："这马家真是有钱呀！"

王楚楚嫣然一笑："听我爹娘说，以前你们家不比他们差，只是后来……"

"后来什么，你说呀？"

王楚楚自知失语，话锋一转，说："快些走，快去还愿！"

看王楚楚不再说话，他也就不再追问，挤开看热闹的人群，跟着王楚楚朝四女祠去。一个情窦初开的少女，一个尚未知晓风情的少年，自然各有各的心思，各有各的牵挂。还了愿，又回到笆子匠村。

王翠香远远见他们进门，忙迎上去，冲那一脸欣喜的楚楚说："楚楚，你娘捎话来，让你快些回去了！说是有户人家去你们家提亲啦。"

王楚楚粉嫩的脸庞顷刻升起淡淡红晕，噘着小嘴，说："我才不嫁给那些人！再说了，我爹才舍不得将我嫁出去。"

王翠香多少能明白这女子的心思，不过人家爹娘怎会愿意将个好端端的姑娘嫁到千疮百孔的刘家？这岂不是将女儿推进火炕吗？这次要不是孔先生与崔鸿德尽力，恐怕福儿性命难保。于是，她笑着说："好孩子，你快些回

161

去吧！免得你娘等着急了，你回去又挨训。"

王楚楚望了望福瑞，说："那我先回去了，改日再来玩。"刘福瑞望着王楚楚如鸟儿般飞出了院子。

王翠香收回追随楚楚的目光，将纷飞的心思收起来，说："这些日子在那牢房，福儿遭罪了。你张叔给你烧了水，你快去好好洗一洗，将那些沾着晦气的衣服全脱下来，娘给你好好洗洗。回头，你去桃花坞，好好谢谢孔先生。要不是孔先生周旋，恐怕你的性命难保呀！"

"娘，我知道了。"说完，刘福瑞进了屋。

张平早已将木桶装满热水。水汽如烟般徐徐上升，化作水珠挂在屋梁上。刘福瑞脱个赤条条，钻进木桶。热水浸泡身体，顿时暖意油生，浑身舒坦。刘福瑞微闭双眼，享受如沐春风的惬意，脑中翻滚着孔先生、娘、张叔和篦子匠村的人。突如其来的牢狱之灾，显然是马家所为，担心刘家篦子东山再起才借题发挥，出此下策。可木篦子生意不做，那些叔叔、爷爷、奶奶的日子怎么过？想到这，刘福瑞不知不觉热泪滑落，溶入了水里。张平见了，摇摇头，看来福瑞心里藏着事。洗个热水澡，刘福瑞顿觉神清气爽，连日来心里的阴霾也淡了许多，只是心里淡淡的忧伤却萦绕已久，难以消除。

刘福瑞穿戴好娘早已备好的干净衣裳去了桃花坞。以前他遇到事便去桃花坞，可以将那心头萦绕的淡淡忧愁化为乌有。刘福瑞绕过安乐镇，径直来到桃花坞。

孔儒仁将刘福瑞迎进书房，两个人相聊甚欢。

刘福瑞道："老师，学生不明白，为何会好人没好报？"

孔儒仁微睁那透着睿智的神色疲惫的双眼，笑道："君子拿得起，放得下，才能成大器。儿女情长，英雄气短，怎能成就一番伟业？古有妲姬妖言惑众，致使商朝灭亡；今有郑贵妃笼络人心，致使神宗沉迷乐色，荒废朝政。我不曾荐你入仕，实属无奈。你乃情意厚重之人，官场险恶难测，恐怕你难以应付。纵有万般学问、千般学识，可斗不过那些奸邪妄为之人。有坦荡荡的胸怀自然是好，但若在朝为官，恐怕会惹火烧身。你正直诚恳、直言不讳

第31章 / 晓风情痴女恋福瑞
感师恩福瑞知世情

的品行，在官场却是大忌。因此，你不适合入仕。你能明白我的良苦用心吗？"

刘福瑞点头道："遭此一劫，学生也明白了许多。如今这世道混乱，都是因那些奸臣所致。为官者难自清，为富者难怀仁，怎能不世道混乱？学生只是想借着篦子，让那些篦子匠人们过上吃得饱、穿得暖的日子，这个要求难道也太高了吗？"

孔儒仁笑道："你小小年纪能有这般胸襟，实属不易。然而马家独揽了青城的篦子生意，怎能容得下他人涉足？想必那崔家今后也不会买你的篦子贩到江南去了。"

刘福瑞道："老师说得极是。学生谨遵您的教诲。可这马家只做些迎合世人的贵重篦子，那些空有做木篦子好手艺的工匠岂不是荒废了？"

孔儒仁说："这马家霸道是出了名的。以为师之见，这马家怕的倒不是那些篦子工匠，想那马聪慧吊儿郎当，难成大器；真正怕的恐怕是你，怕你将来成了气候，做篦子生意压过马家。"

刘福瑞话锋一转，道："老师，学生在狱中教化那些作奸犯科的人，其中多数能悔恨当初的冲动所为，知道了自身的罪恶。由此我认为，发扬光大儒学，才能使得世俗纯朴、世道安宁。"

孔儒仁道："你所言极是。子曰，'道之以政，齐之以刑，民免而无耻；道之以德，齐之以礼，有耻且格'。用行政命令领导百姓，用刑法约束百姓，百姓虽然能免于犯罪，但无廉耻之心；用道德来引导百姓，用礼来约束百姓，百姓不但有廉耻之心，而且能自觉自愿地遵守规则，作奸犯科之人自然剧减。"

刘福瑞接着道："子曰，'民之于仁也，甚于水火。水火，吾见蹈而死者矣，未见蹈仁而死者也'。如今老百姓对仁德的需求比对水火的需求更迫切。如今，为臣不忠、为子不孝的道德紊乱与颓废，巧取豪夺、弱肉强食的残暴与冷酷，为富者的纸醉金迷与荒淫无度，贫民的饥寒交迫与孤苦无助，人与人之间的冷漠和麻木，如此种种，触目皆是，这都源于缺少'仁'。子曰，'仁者，爱人'。又道'仁者，己欲立而立人，己欲达而达人'。天下人若都有一颗推己及人的仁爱之心，所有这些荒乱的不和谐的社会现象就不会发生，或者很少发生。"

"福瑞，你所言极是。国泰民安以道德为基石。道德却以仁为核心。仁能生发对上级的尊敬，对长辈的孝心，对兄弟姐妹的友爱，对弱者贫者的同情；仁亦能宽宥他人的过错，生发对国家黎民的爱；仁也能统管一切道德。因此，若想天下安宁，百姓安居乐业，必要倡导仁爱，教化众民。"

"老师，您说那帮人为何劫官银？那日，为他们付酒钱，见他们虽面相凶狠，但却是厚道善良的人。莫非那帮人缺仁爱，不懂礼法？"

孔儒仁笑道："曾经有个名叫季康子的人苦于社会中盗贼太多，也问计于孔子。子曰，'苟子之不欲，虽赏之不窃'。假若你不贪求太多钱财，就是奖励偷抢，你也不会干。"

"那帮人难道是贪念所致？"

孔儒仁继续道："盗贼必有强烈的物欲，怀有过分贪求之念。若百姓能贫而不怨、安居乐业、安分守己，就不会去抢偷；若为官者能不过分贪求富贵，过俭朴生活，必会带动社会风气的转变，使世人以崇尚俭朴为美，以奢华奢侈为耻。然而，如今上到神宗，下到乡里村庄，无不沉迷于奢华之风，极显奢侈之态，怎能不会盗贼劫匪四起呢？"

刘福瑞哀叹道："青城百姓受礼仪教化，常怀德仁，盗贼劫匪少有。可苏知县是外来之人，虽读诗书，却不解其义，辱没了青城的纯朴之风。"

孔儒仁道："且不可乱讲话。刚惹官司，你便忘了不成？"

刘福瑞自知失言，慌忙道："师父勿怪，我乃有感而发，并没有其他的意思。在牢中，我结识了一位叫曹野的汉子。他性格豪爽、为人仗义，却因错伤苏知县同窗的亲戚而获罪。你说这苏知县岂不是假公济私、胡作非为吗？"

其实，孔儒仁心知肚明。在青城，他与崔鸿德、智通大师来往，而与马家和苏清澈面和但不交心。苏知县性贪行荒，属无赖泼皮之才。若惹官司，

第31章 / 晓风情痴女恋福瑞
感师恩福瑞知世情

定能治你罪。之所以如此嚣张，是因夫人的弟弟在京为官，如日中天，权高位重。

孔儒仁道："你以后可要小心些，不然被那马家与苏县令抓住了把柄，他们定然不会善罢甘休的。"

刘福瑞说："学生倒是无碍。可眼下那笼子工匠们做出的笼子堆积在我家院子里有些时日了，这崔家也不见来提货，若是再放下去，那些工匠如何是好呀？"

孔儒仁陷入沉思，片刻后缓缓地说："我看，不如你自己下一趟江南，看看那里的行情。若是真的好卖，不如老师出些银两，雇上一艘船，将那些笼子运过去卖了。日子久了，你干脆就在那边开铺营生。另外，也好出去走走，开开眼界。"

刘福瑞跪下来，说："嗯，老师说的倒是一条道。可我娘怎么办？"

"哈哈，你娘不是有张叔照顾吗？你尽管去吧！"

第32章

探行情福瑞赴江南
感主恩工匠舍独子

刘福瑞见王翠香这些日子因他而神色憔悴，一时倒不忍离去，也就把心事藏了起来，跟着张叔走街串巷，叫卖堆积如山的篦子。日子又恢复到往日的平静。然而，平静却孕育着更大风暴。一日，一场突如其来的暴雨降临青城，将篦子匠村洗刷得更加清新，村庄西面参天杨树的叶子被清洗得更加翠绿。可堆积如山的篦子，因雨水浸泡变形，怕是卖不出去了。

刘福瑞便把心里的想法告诉了王翠香和张平。眼下，篦子工匠的心血怕是白费了，可日后总得有个期盼，若福瑞能探明行情，找到新路子，这堆篦子经能工巧匠修整修整，还能派上用场。

王翠香明白，这青城的篦子生意怕是做不起来了，出去走走，倒是个办法，只是福瑞涉世尚浅，怕出去遭恶人陷害。她思来想去，拿不定主意，望着一脸茫然的张平，说："他叔，你看这福瑞能下江南吗？"

张平支支吾吾地说："江南路途遥远，去那么远，要是有个什么困难，怕是我们照应不上。"

刘福瑞明白他的心思，笑说："娘，福儿已长大成人了。这些年经历了这么多事情，也明白了很多。况且，我这次去，有老师的资助，你们只管放

第32章／探行情福瑞赴江南
感主恩工匠舍独子

心好了。"

王翠香从儿子淡定的神情里看出来他主意打定，这做娘的能不明白儿子的心思吗？若是出于私心，她断然不会同意，可跟着刘家的那些篦子工匠怎么办？要他们日子过得殷实，儿女能读上书、吃饱饭、穿暖衣，年轻后生能娶妻生子，只好同意。

这趟跋山涉水远行，理应由那作为刘家子孙的儿子承担。夜色将篦子匠村笼罩起来。刘家院子的窗户被烛光照着，泛着黄光。王翠香收拾儿子的行囊，准备细软、干粮。

不多时，篦子匠村老老少少聚在屋外，大伙儿有的拿着平日舍不得吃的鸡蛋、白面，还有的手里捧着新衣裳，一时不知该说些什么。带头的易达立刻进屋，将王翠香拉了出来。

王翠香望着这帮跟着刘家受尽折磨的篦子工匠，满含泪水，哽咽着说："你们这是做什么呀？这被雨淋了的篦子工钱，尚且没有分发给你们，你们还送来这些做什么呀？大伙儿日子过得紧巴，这些金贵的东西，大伙儿还是拿回去吧！"

易达说："大伙儿的一点心意。少奶奶，您也就不要推辞了。况且，这少爷出远门，也是为了给我们找条活路呀。"大伙儿也这么说，一时翠香只好收下。

易达又将刚满十六的儿子易锐拽到刘福瑞面前，说："这江南路途遥远，少爷若是不嫌弃，就将犬子带在身边，也好有个照应。"

刘福瑞扭头望了望娘，却不知怎么回话。

王翠香也想儿子有个伴，可谁家心甘情愿将儿子送来与福瑞为伴呢？见易达这样做，她先是一喜，紧接着又是一阵心痛。这易达出了名心疼儿子，若心肝儿子跟福瑞出这趟远门，老两口岂不是度日如年？况且，这年月外面太不太平很难说，要是三年两载毫无音讯，岂不是要了易家老两口的命？再有个三长两短，老刘家没法向易家交代呀！于是，王翠香说："他易叔，您的心意我们领了。这易锐尚且年少，留在身边倒是放心些。福瑞他是刘家的孙子，理应为了刘家的篦子、为了大伙儿的日子出去。易锐没有这个义务。"

刘福瑞忙说："易叔，这易锐生性聪慧，若是跟着我出去了，岂不是耽搁了前程呀？"

易达淡笑说："这年月，哪有穷苦人家出人头地的时候呀！少爷，你们就不要再说了。我和易锐娘已经商量好了，若是易锐能跟着少爷，我们也放心了。刘家待我们恩重如山，我们也不好让少爷一人去呀！"

大伙儿又是一阵劝说，这娘俩要再推辞，倒是有些不近人情了。没办法，只好应下来。大伙儿走后，娘俩回到屋里收拾起来。一阵急促的敲门声响起。张平去开门，见崔家管家田奎忙迎进来，说："田管家，您这是有什么急事吗？"

王翠香嫣然一笑，道："田管家，您先喝口水吧！"

田奎从怀里掏出一个包裹和一封书信，放在桌上，说："前些日子，这崔家出了些事，耽搁了篦子生意，害得你们那些木篦子被暴雨浸泡了。我家老爷心里过意不去，特意吩咐我送些银子过来，算是赔个不是。以后，这篦子生意我们老爷说了，恐怕不能再做了。听说，福瑞要去江南给木篦子寻个出路，我家老爷也帮不上什么大忙，又怕福瑞人生地不熟的，没个照应，便给那里的钱老板写了份荐函，"说着，将书信递给福瑞，"福瑞，你先去投奔这钱老板，再做打算。"

刘福瑞将信揣在怀里，说："有劳崔老爷费心，有劳田管家费力了！"

张平自然乐和，有个依靠，总比瞎猫撞死耗子强！

王翠香笑说："真是让崔家费心了。这几年，要不是崔家将那木篦子卖到了江南，恐怕我们娘俩连个遮风挡雨的地方都没有。如今，崔家遇上了难事，不能再与我们合作了，还送来银子和荐函，实在让我不知道说些什么好了。哪里还要赔不是，我们理应登门道谢才是呀！田管家，如果我们去崔家，恐怕遭人误会，又给崔老爷添麻烦，您一定要代我们谢谢崔老爷！"

田奎早闻王翠香深明大义，今日一见果然名不虚传，忙说："夫人，您放心。您的嘱托我一定带到。这崔家遭马家要挟，实在是有难言隐情。我也

第32章/探幻情福瑞赴江南 感主恩工匠舍独子

不宜久留,这就回去了。"王翠香、刘福瑞、张平一起将田奎送出了门。田奎劝他们留步,四处望了望,急匆匆回去了。

刘福瑞倒是不明白,这崔老爷怎么如此胆怯,害怕马家。听说那女儿宁死不嫁,也嫁了过去;如今,这篦子生意也是因马家才不愿支持。看样子,马怀德一定拿捏着崔鸿德的命门。福瑞一时不明白,问了声娘。

王翠香思量片刻,道:"儿呀,人心险恶!若是遇上了像马怀德这样的人,哪怕你是个坦荡荡的君子,也难免会违心做事。想当年,我们刘家也是青城数一数二的大户,刘家篦子的招牌响当当,那王大人还曾有意将刘家篦子荐为贡品。只因奸人陷害,从中作梗,才坏了我们刘家的好事。这些年,娘没有给你讲这些,只是不想让你在仇恨里长大,忘却了感恩。现如今,儿已大了,娘就告诉你,这一切的罪魁祸首就是那马家。马家的店铺以前也是我们刘家的。"

"娘,那我爹是不是也去江南了?"

王翠香脸色突变,没了刚才那对未来充满希望的神色,全然成一片霜色。张平忙说:"福瑞,莫要问了。你娘,有你娘的难处!"

刘福瑞弄不明白,小时候娘说爹是个伟岸的人,是个坦荡荡的君子,可长这么大了,自己从来没见过爹,也从没听到过爹的消息。这一切,好像真空一般,在他脑海里没任何印迹,而张平却在心里跟自个儿爹似的。见娘这么说,他也就作罢,"娘,您不要伤心了。孩儿不问了。"

王翠香理了理额头散落下来的几缕青丝,深深叹了口气,说:"陈年旧事不提也罢!福瑞呀,不管别人怎么说,一个人呀,心里不能只装着仇恨、埋怨,而要宽厚、善良。你爹,他有他的难处。我相信,他终归是个好人。只是一时被蒙蔽了心智,才做下了败家的罪行。"

刘福瑞点点头,不再说什么。倒是王翠香拿出一张皱皱巴巴的纸条,递给刘福瑞,说:"福瑞,这是当年娘搭救的一个姓方名仁贵的南方人走时留下来的。此番去了那边,若是遇上难事,你不妨去寻他。那人倒是个守信用、重情义的好人。"

刘福瑞接过来，收了起来，说："娘，你放心吧！这次有了崔家的荐函和方家的欠条，还有易锐的陪伴，不会出什么事的。你跟张叔和篦子匠村的叔叔婶婶、爷爷奶奶们等着孩儿的好消息吧！"

王翠香满意地笑了笑，说："早些歇息吧！明儿还要赶路呢！"

张平接着说："睡了，睡了！明儿早起！"

刘福瑞跟着张平去西屋。王翠香一时哪里睡得着，心里翻江倒海，不知福瑞这千里迢迢又会遇上什么灾难祸害，担忧如潮水般将她身心漫过，真是儿行千里母担忧！况且，这些年娘俩日子过得那么艰辛，可也没别的法子，只好委屈福瑞。这一夜，王翠香眼都没合，天色刚灰蒙蒙的，便起来准备早饭。

第33章

遇劫匪侠士救性命
上山寨儒生叹世道

朝霞映红半边天，给整个青城披上了一层金色纱帐。刘福瑞拜别孔儒仁，在篦子匠村男男女女、老老少少的目送下，与易锐踏上南下的路。两个人第一次离开熟悉的青城，这一去，也不知前面有多少坎坷、多少艰辛。这一趟，是他们新生代开始新征程的起点。

晌午十分，火辣辣的毒日跟着了火似的炙烤着大地，这一条弯弯曲曲的路上，只有他们两个人。

刘福瑞见不远处山势险峻、丛林茂密，有些胆怯，便说："易锐，今儿我们要不先在此处歇一歇，等明日再过那山头。"

易锐自然听刘福瑞安排，笑呵呵说："好啊！我去打听打听，哪里有落脚的客栈。"

刘福瑞笑说："好的，你快去快回，不要走远。"

易锐倒是个腿脚灵快的人，不到一个时辰便回来。此地是郓城与鄄城的交界处，翻过山，便能顺着运河去江南。易锐与刘福瑞来到街市投了客栈，安顿下来，吃些饭菜，便早早歇息了。

第二日清晨，天色未亮，刘福瑞与易锐已上路，走到山脚下时才天色大

171

亮。望望密密麻麻的丛林，二人沿着一条依山蜿蜒盘升的山道慢慢地走着，时不时惊起一群群飞鸟。行至山中，一条从天而降的瀑布挂在山川。恰好口渴，两人便欢喜地跑过去，撩起清凉的溪水，冲了冲脸上的灰尘和汗渍，忍不住喝起来。山谷很幽静，喊一声，那回声不断。刘福瑞昂起头，望着飞流直下的瀑布，道："真是美景天自成！"易锐不明白，只是傻傻笑了笑。两人吃些干粮，从山谷出来，绕到山路上又继续赶路。行将一个时辰，来到一片阔叶林，只见路上行人稀少，两边山体陡峭犹如刀割般，抬头望去，一线天。火辣辣的太阳藏在悬崖后，这里凉快许多。

突然，一阵爽朗的笑声在峡谷里回荡。刘福瑞、易锐停下脚步，四处望去，不见人影。刘福瑞问："哪里的隐士，请出来说话。"只见一伙蒙脸强盗从两边袭来。

带头者冲着刘福瑞说："此树为我种，此山是我开。想过此路，留下买路钱！不然，爷爷送你们去见阎王爷！"

易锐吓得躲在刘福瑞身后。刘福瑞心想这下糟了，遇上草寇，一时也只好央求道："各位爷，你看我们这一副穷酸样，哪里有钱呀！你们就行行好，放我们兄弟一条生路吧！"

那带头的上下打量了一番刘福瑞，说："哈哈，那就将你们的包袱打开，爷爷看个清楚！"

刘福瑞的包袱里自然放了不少银子，可那银子是他们的盘缠，要是被这帮强人夺去，还怎么去江南？于是，说："各位爷，这都是穷苦人家出身，何必咄咄逼人？你看，我这弟弟被你们吓得直哆嗦，你们就放我们过去吧！"

那带头的"三角眼"不见兔子不撒鹰，挥挥手，说："兄弟们，给我上。哪能让兄弟们白白等了这半响？这送上门来的肉，哪有不吃的道理！"几个贼人，手握着明晃晃的钢刀，一双双贼眼冒着凶光，一步步向刘福瑞和易锐逼近。圈子越来越小，眼看那一把把钢刀就要刺到刘福瑞，只听远处传来一声怒吼："大胆毛贼，竟敢欺负你爷爷的兄弟，还不快快退后！"

那领头者见一个肤色黝黑、面阔耳大、虎背熊腰、一脸络腮胡子的壮汉

第33章/遇劫匪侠士救性命
上山寨儒生叹世道

冲过来，掉头就跑。那几个手握钢刀的顺势看去，直吓得丢了钢刀，撒腿就跑。没想到那壮汉一个垫步，飞出一丈开外，稳稳地落在那群落荒而逃的强盗面前。刚才盛气凌人的首领，立刻跪拜，那些小娄娄也跪下磕头求饶。

刘福瑞细细看壮汉，原来是曹野兄弟，说："兄弟，你怎么会在这里呀？"

曹野冲着刘福瑞喊道："哈哈，先坐在一边歇息歇息。等我将这帮坏我名声的贼人一刀一个砍了再细说。"刚才那"三角眼"闻声便哭，一帮人跟着鬼哭狼嚎。曹野最见不惯没骨气的汉子，说："好了，好了！砍了你们的头，爷爷还怕脏了我的刀。你们还不快滚，再让我撞见你们打劫好人，看我不把你们个个扒了皮、抽了筋！快滚吧！"那几个强盗千恩万谢，连滚带爬地一溜烟儿跑了。

曹野向刘福瑞施礼，说："让哥哥受惊了。"

刘福瑞忙说："多亏你了，不然我真不知道怎么办才好！你怎么会来这儿呢？"

曹野大笑道："不瞒哥哥，我这是落草为寇了。"

刘福瑞眼里闪过一丝惊诧，忙问："这是怎么回事？"

"这儿不是个说话的地方。若不嫌弃，不妨随我到山寨歇息歇息，我们兄弟也好叙叙旧。回头，我亲自送哥哥出山，行吗？"

刘福瑞多少有些胆怯，再加上易锐吓得直哆嗦，这么长时间，还没回过神来，只好应下来。

那山寨旌旗招展，沿路十步一岗、五步一哨，怕是一只麻雀也飞不进来。曹野带着他们左拐右转，到了厅堂。曹野吩咐小娄娄杀鸡宰羊，款待福瑞他们。

刘福瑞倒不自在，席间问："曹兄弟，你不是被发配到西疆充军了吗？怎么会沦落到此地，落草为寇呢？"

曹野便把如何逃过此劫一一道来。原来曹野曾慷慨解囊，搭救过一名壮士。那人是郓城宋家庄人，名叫宋谦。那日差人押着曹野出了青城，来到郓城县境内时饥饿难耐，便寻得一家饭馆吃些饭食。说来也巧，宋谦也在那儿

/ 篦子道 /

歇息，见曹野身带枷镣，佯装不识，却与当差搭话，并请他们喝酒。谁能料到，宋谦私下对差人喝的酒做了手脚。那两名当差的吃过几碗酒，便昏睡过去。宋谦便用刀劈开枷锁，砍断脚镣，带着曹野上了山。

刘福瑞道："那你今日怎么会去峡谷？"

"我早就想去收拾那几个毛贼了。那几个毛贼打着宋谦哥哥的旗号，在那里胡作非为，坏了我哥哥的名声。宋谦哥哥安排我去教训教训他们，这不我就去了。没想到，歪打正着，救了哥哥你。看来，我们兄弟缘分不浅呀！"

刘福瑞叹道："如今这世道真是黑白难辨呀！"易锐在一旁细听，一时插不上嘴，不过打心眼里佩服福瑞。

曹野又问："哥哥不在青城做篦子，怎会跑到这儿来？"

刘福瑞苦笑说："一言难尽！我出了狱后，那崔家却不愿再买我们做的篦子了。那么多口人、那么多张嘴等着吃饭。无奈之下，我只好自个儿去江南寻条活路。"

"哥哥，要不你在这儿，我推荐你做宋谦哥哥的师爷。吃香的、喝辣的，也不受那些贪官恶霸的气，活得岂不洒脱！"

"唉，要是我一人，倒也无所谓了。只是跟随我刘家多年的篦子工匠们不能没有了那篦子生意。贤弟的心意，我刘福瑞心领了。"

"哥哥怕做了草寇，污了名声吧？"

"哪里，这世道能辨黑白吗？替天行道，那就是让人敬佩的。"

"哥哥这话我爱听。我们这寨子里住着不少贤良俊才。我们劫富济贫，哪儿有不平事，我们便去哪儿；哪儿有贪官祸害百姓，我们便去哪儿砍了贪官的脑袋。我那头领宋谦哥哥，可是个出了名的大孝子，只因恶霸欺辱了他娘，一气之下杀了恶霸，才立了山头，做起了这里的寨主。我们只管将那些贪官污吏搜刮的民脂民膏劫过来，趁着月黑风高，送给那些穷苦人家。只留少许，供这帮兄弟吃喝。郓城一带的百姓都把我们称作义士。还有不少百姓将自个儿的孩子送到这儿来。"

易锐插话道："那样的话，我们这些穷苦人家也有靠山了。"

第33章／遇劫匪侠士救性命
上山寨儒生叹世道

曹野长笑道："这位小兄弟所言极是。我们就是穷苦人家的靠山，谁要是欺辱了穷苦百姓，搜刮了穷苦百姓的血汗，我们便跟谁过不去，便会要了谁的狗命。"

刘福瑞说："贤弟，我看你还是早些送我们出山吧！那篦子匠村的一帮人，还在等着我们的音信呢。"

曹野忙说："好吧，不过，等我那宋谦哥哥回来了，我向他说一声，然后跟着您去江南，这一路上也好有个照应，不然你们要是再遇上强盗，可怎么办？"

易锐倒是嘴快，笑呵呵道："那自然好。曹义士，你可要教我些拳脚功夫呀！"

曹野拍了一下易锐的肩膀，笑道："好呀！把你教好了，以后好保护我刘哥哥。"三人又大笑起来。这时，屋外传来一声"这曹野又请了哪位高人上山？"

第34章
遇旧识壮士解心结
感恩情福瑞欲学艺

曹野起身迎去，进来的人便是山寨寨主宋谦。只见他身高七尺、体魄雄伟、面色红润、鹰眼豹鼻，一身布衣遮体却掩饰不住天然自成的豪气，肤色黝黑与曹野一般。宋谦见到刘福瑞时，满脸惊讶。刘福瑞也觉得此人面熟，一时琢磨不透，微微一笑，起身相迎。

曹野正要介绍，可宋谦却不理睬，径直朝刘福瑞去。曹野有些不满道："哥哥，出门几日，怎么不理兄弟了？"

宋谦笑道："哎呀，兄弟莫怪。此人莫非是青城义士刘福瑞？"

曹野更是惊喜道："哥哥，你也认识他？"

宋谦点点头，摆摆手招呼大家坐下叙话。他把昔日刘福瑞在酒肆替他垫付酒钱之事道了出来。刘福瑞这才恍然大悟，此人正是那日的黑厮，朝廷通缉的要犯。刘福瑞因他遭人陷害，问道："你果真劫走了州府送往朝廷的官银？"

宋谦深知那日之事给福瑞带来杀头之祸，虽救了他一条性命，但他也受尽皮肉之苦，十分过意不去。原想寻得空闲再登门谢罪，可又恐惹出事端来，害刘福瑞又遭人陷害，只好作罢。见刘福瑞问劫走官银的事，他也就直言不

第34章 遇旧识壮士解心结
感恩情福瑞欲学艺

讳,"那是官府所言。我劫的是州府收刮民脂民膏送给京城狗官的寿礼。我劫获后,未拿分文,全部散给了百姓。没想到竟然成了朝廷重犯。更没想到,您一时仗义疏财,也因此事受了连累。"

曹野顿觉蹊跷,宋哥哥劫富济贫的仗义之举,怎么会连累刘福瑞?忙问道:"宋哥哥,此事怎么牵扯到了刘哥哥呢?"

宋谦便将马家父子与苏知县勾结,欲将福瑞置于死地的原委说了个清楚。刘福瑞甚是惊诧,原以为是官府迫于证据不足,才将他无罪释放,根本没想到这背后竟然有这么多故事,追问道:"那他们怎么会有悔改之意,判我无罪呢?"

宋谦笑道:"我闻知你因我而获罪入狱,便带几个兄弟前往青城。本想劫狱直接了事,却有一谋事劝我谨慎行事,若劫狱自然能救你性命,可日后你终究会身背罪名,无法在青城立足。我思量确是如此。"

"深思熟虑方解我后顾之忧。若你真是劫狱救了我的性命,怕是我死也不会的。不然,那篾子匠村的人怎么办,我这刘家篾子的金字招牌靠谁去重整旗鼓呀?"

曹野附和道:"对呀,刘哥哥自然要将那刘家篾子做起来。若是身背罪名,岂不是辱没了名声,自毁了前程!"

宋谦继续道:"所言极是。在下就未劫狱,而是跟踪苏知县,在其私会歌妓时,威逼其书写罪词。没想到那鸟人竟是个软骨头,三言两语加我众多兄弟相貌凶狠,吓得将那见不得人的勾当托盘而出。"

刘福瑞感叹道:"真是好言相劝未必成,恶语相伤却解忧。"

宋谦继续道:"我又恐其变卦,便拿来笔墨让其尽书其罪。而后,又与众兄弟前往马言庄,在马家放下狠话。随后将苏知县所书其罪,偷偷送到了桃花坞,方才安心离去。"

刘福瑞难以相信自己获救背后竟然有这般周折,可他远远不知宁死不嫁的崔蛱蝶之所以含恨出嫁,也因为他。他惊叹道:"真是让兄弟煞费苦心呀!"

宋谦笑道:"本想一刀宰了那帮卑鄙小人方才解恨,又恐惹火上身,坏

177

您名声，见其又未加害于你，便只好作罢。"

刘福瑞又是感叹道："难得仁义之士为我着想！"

宋谦又道："那日欠你酒钱未曾归还，洒家常常念叨。此次，你自带去便是。"说着，便拿出十倍于当日银两给了刘福瑞。刘福瑞百般拒绝，却执拗不过，无奈笑纳。几个人自然是把酒言欢，好是快活。刘福瑞歇息了一日，便在曹野的陪同下出了山，去了江南。一路上风餐露宿，吃尽了苦头，但有曹野跟着，钱财倒是没有被贼人劫走。易锐跟着曹野学些拳脚功夫，也将个毛贼打得落荒而逃。这一路上也耽搁了些时日。

到江南时，正是江南好时节。夏雨纷飞，湖波荡漾，垂柳如烟，草木皆绿油油的，各种叫不上名字的鲜花竞相争艳，好一派生机勃勃的景象。那街市更是青城比不上的，甚是繁华。歌馆林立，商铺成片，客商络绎不绝。虽没有青城浓重的儒雅之风，却多了江南水乡秀丽之美。三人无心看风景，径直去找崔鸿德信函上写的祥福丝绸店的钱老板。那钱老板是江南数一数二的大户。他们没费什么劲，便找到了。刘福瑞奉上信函。钱老板果然仗义，见是青城崔鸿德所托，盛宴款待，将三人待若上宾。

刘福瑞吩咐曹野、易锐出去打听打听，崔家少爷开的店铺在什么地方，也好登门去问问生意如何。可一连数日也没打听出下落来。那崔家在江南的店铺如同虚无缥缈的云烟。

这日，钱老板见刘福瑞愁眉不展，问："这些日子，我这店铺里事情多了些，顾不上照顾几位，是不是下人们怠慢了几位，怎么个个一脸的不高兴呀？"

刘福瑞忙说："钱老板，言重了。我们兄弟这些日子承蒙您的款待，感激都还来不及，怎么会怪罪呢？我们只是找不到崔家店铺才发愁的。看您这些日子忙得不可开交，也不好打搅，就没有问您。"

钱老板仰头大笑，道："这崔家的店铺早已被那田管家卖了。"

"卖了？"刘福瑞满腹狐疑，"那崔家少爷去哪里了呢？"这一问，倒是问得钱老板莫名其妙，满脸惊诧，说："上次，崔鸿德运篦子来卖时带着少

第34章 / 遇旧识壮士解心结
感恩情福瑞欲学艺

爷,回去的时候又带走了,只留下田奎在这边打理生意。那崔少爷能去哪里,定是在青城的崔家吧!"

倒是易锐嘴快,"可崔老爷说是这边开了分铺,让儿子与田奎留在这边打理生意。那次带回去的是一位小姐呀!"几个人,你看看我,我看看你,一时明白了过来,却又都欲言又止。谁也不愿意将那层薄薄的遮羞纸给捅破了。刘福瑞也明白了,那崔鸿德为什么没有直接给他自家儿子的住所,而是书信一封将他们拜托给了钱老板。

刘福瑞一时也没了主意,本来想寻到崔少爷,打听打听这边篦子行情,可眼下是不可能的了,忙说:"那钱老板,您可知道前几年,那崔家分铺里卖的篦子,可受此地百姓欢迎吗?"

"实不相瞒,起初确实生意红火。可后来,这普安镇筒车铺村的一户姓方的人家,祖上是做郎中的,见篦子生意好了起来,也不知那家的少爷从哪里学来了做篦子的手艺,便做起了篦子。而方家篦子的高明之处,在于能治病去痛。这下,就将崔家那些刻着花纹的篦子比了下去。众人只买那方家篦子了。后来,田管家看篦子生意冷清,也不见崔家再运来新的篦子,就只好将店铺兑了出去,回了青城。"

刘福瑞忙问道:"那方家篦子怎么能有治病功效?钱老板不妨细细说来听听。"

钱老板笑道:"这个嘛,我这个外人就不知道了。想要弄明白,只能去问那做出篦子的方贵仁!"

"方贵仁?"刘福瑞一惊,"方贵仁年轻时是不是曾去过青城?"

钱老板面色不改,不急不火地说:"这倒是听说过。说是当年去那青城拜师,研学儒学。谁知回来后竟然做起了篦子生意,而且做得风生水起。"

刘福瑞甚喜,便把他娘曾搭救方贵仁的事告诉了钱老板,接着说:"看来,在江南做那些雕刻着花虫的篦子也不见得能有赚头了。倒不如我去方家拜师,看能不能学会用竹子做有治病功效的篦子。"

钱老板笑说:"那就看方员外是不是个念旧情的人了。"

倒是易锐心里藏不住话，"少爷，您做篦子的手艺在那篦子匠村也是出了名的，怎么要拜在方家学艺？"

刘福瑞说："我们那儿的篦子多是用木材来做，除了我娘那把祖传的篦子有些驱除梦魇的功效外，其他的也就没什么特别之处了。江南多生竹，方家能因地制宜，用那竹子做出受人欢迎的篦子来，必然有高明的地方，我们自然要虚心请教。不然，我们那篦子做得再好，无人购买，也等于没了出路。你我千里迢迢不就是为了给篦子匠村的工匠们寻条出路吗？"易锐似懂非懂点了点头，不再说话。

钱老板淡笑说："刘公子，我看您还是算了吧！"

刘福瑞一时不解，问："这又是为什么？我们费尽艰辛，来这儿就是寻条出路，不然白来一遭。"

钱老板见刘福瑞心意已决，淡笑说："既然公子心意已决，那我钱某也不多费口舌。不过，这人在生意场上，有些事我不得不提醒公子。这方家怎么会将自个儿的独门绝方外传？同行是冤家呀！"

刘福瑞顿时开窍，马家费尽心机陷害自己，不就是怕将来多个竞争对手吗？然而，听娘说方贵仁可信，不妨走一趟，若真能学些改良之技，回去也好有个交代，也好将刘家篦子发扬光大。

第35章
拜贤君福瑞做学徒
诉旧事方家传技艺

刘福瑞谢过后，留了些银子，便去了方家庄。这次下江南，福瑞留了私心，因每次见娘提及爹伤心欲绝，为弄明白其中原委，也好了却娘的心事，便吩咐曹野兄弟四处打探刘家兴的消息。曹野去了几日也不见回。福瑞便给钱老板留话，见了曹野让他到方家庄去寻自个儿。

整个院落雄伟壮阔，四周柳树成荫，在普安镇显得尤为突出。那飞燕挑梁的门楼高约两丈、宽约七尺，两尊石狮雕刻得栩栩如生，蹲在大门两边甚是威严。朱漆大门紧闭着，铜环、铆钉金光闪闪。雕刻"方家篦子"的牌匾高悬于门楣之上，金碧辉煌。从门缝望去，满眼郁郁葱葱的竹子，只因萧墙前竹林茂盛。

刘福瑞拾级而上，轻叩门环。易锐紧跟着。片刻，朱漆大门开了条逢，闪出一仆人，问："你们找何人？"

刘福瑞躬身施礼，笑道："这是方贵仁的住所吗？"

仆人颇感惊诧，又见易锐贼眉鼠眼，四下乱瞅，怕是歹人寻上门，一时疑心重重，又问："你怎么认识我家老爷的？"

刘福瑞忙将那个皱皱巴巴的欠条递给仆人，笑道："烦劳您将这个拿给方老爷看，自然会明白。"

那仆人见福瑞眉清目秀，待人诚恳识礼，不敢怠慢，道："你们暂且等候。"

刘福瑞施礼谢道："劳烦您啦！"嘎吱一声，红门紧闭。两兄弟便坐在台阶上歇息。

须臾，不见动静，易锐不耐烦，问："福瑞哥，莫非人家不念旧情，早就把那欠条忘得一干二净了？"

刘福瑞笑道："知恩图报，乃丈夫之所为。我娘说了，那方贵仁是仁义之士。或许，人家有什么急事，暂时脱不开身，耽搁了些时间罢了。你可不要胡乱说话了。"

易锐咬咬嘴唇，跟做错事似的低着头说："福瑞哥，您说得在理。锐儿不再乱说话了。"

这时，朱漆大门敞开，一头顶巾帕、身裹绫罗绸缎、足蹬革靴的男子疾步而来，望着刘福瑞道："原来是恩人的儿子前来，未能远迎，失礼失礼呀！"

刘福瑞依稀记得方贵仁的相貌，然时过境迁、今非昔比，当年所留那点滴影像已所剩无几，时光在那人脸上雕刻的痕迹，使刘福瑞不敢贸然开口，道："莫非您是方贵仁，是后来托人送银子给我娘俩的人？"

方贵仁施礼笑道："正是鄙人。当年你娘搭救了在下，救命之恩，奉上银子何足挂齿！只是后来兵荒马乱，便没了往青城去的机会，也就再没有去看望你娘。这时隔数年了，还望莫怪呀。快，快，屋里请，我们细谈。"

刘福瑞回道："方先生，客气了。那年月，要不是您雪中送炭，送来些银子，恐怕我们娘俩早就饿死了。"

方贵仁摆摆手，说："好了，好了，我们进屋细聊！"说话间，刘福瑞与易锐跟方贵仁进了院子。

庭院中，众工匠正忙着制作竹篦子。有的忙着削去白甲竹的青皮，划成节节，有的忙着用红、黄、绿等自然色水煮着色，有的忙着破竹取根刮青，也有的在那方寸间的篦子梁上精雕细琢。那场面好不热闹。

第35章 / 拜贤君福瑞做学徒
诉旧事方家传技艺

刘福瑞边走边看，没想到用这竹子做小小的篦子，竟要费这么大周折。双方穿过庭院、走廊，从回廊来到厅堂，坐下叙话。

"你娘如今可安好？"

刘福瑞起身施礼，答道："在此，福儿带娘谢过。娘如今身体尚好，只是日子过得紧巴。"

方贵仁忙问："那你不在家侍奉你娘，怎么跋山涉水来这江南？"

易锐怕说错话，自顾自喝茶。

刘福瑞脸色沉下来，叹口气，道："一言难尽。此番也是被逼无奈，只为那篦子匠村上百口人寻条活路呀！"

方贵仁顿觉不安，又问："是不是家中发生了变故？"

刘福瑞便将崔老爷帮贩卖篦子到江南，马家妒忌，与苏知县勾结害他性命的事一一道来。方贵仁听罢，一拳砸在八仙桌上，震得茶碗乱颤，愤怒道："马家言而无信、出尔反尔，那马怀德更是心胸狭窄、恶毒心肠，真是辱没了你青城的儒雅之风。那苏知县也是个糊涂官，徇私舞弊，与那马怀德勾结，不知害了多少人。"

那时易锐尚未出生，自不知方贵仁为何痛恨马家和苏知县，便问："方老爷，难道您也曾遭受过那狗官的祸害吗？"

方贵仁深舒一口气，道："你们有所不知，我家祖上是行医的，自幼家父请人教授我儒学，望能考取功名。后闻青城儒风弥漫，乃弦歌之都，便慕名而去。谁能料到，那青城虽是美名远扬，但实际上学识渊博的儒学泰斗却没了，无奈路途遥远，所带银子花了个精光，只好在街市摆摊卖字画糊口。后见马家悬赏治病，我归家心切，便抱着试一试的心理去马家治病。没想到，那老太太患的是南方常见的皮肤瘙痒症，我便开了个方子，治好了那老太太的病。可马家却言而无信，不给赏钱，反而百般侮辱。无奈之下，我告了官，没想到那狗官胡乱判了案，弄得我无立足之地。幸亏福瑞娘搭救，不然恐怕我方贵仁便客死他乡，哪来近日的好光景呀！"

那时福瑞尚且年幼，这些事自然不知晓，今儿听了，更是对马家添了几分憎恨,对苏县令多了些憎恶。方贵仁说得热泪盈眶,刘福瑞与易锐听得愤愤不平。然而,那世道本就是这样,福瑞不也是在马家逼迫下无奈下江南了吗?然而,福瑞暗自发誓,一定要光复刘家篦子,让篦子匠村上百口人过上衣食无忧的日子。

刘福瑞安慰道:"陈年旧事不提也罢。过去的就让它过去吧!方老爷您也不要过分伤心了。"

方贵仁抹了抹眼眶挂着的几滴老泪,又道:"那你们兄弟二人,来这江南水乡可寻到了新的出路?"刘福瑞一时也不知如何开口,脸露难色,端起茶碗喝起茶来。

方贵仁忙问:"你们兄弟是不是有什么难言之隐呀?但说无妨。"

刘福瑞怯怯地说:"本来想在这江南贩卖篦子,就是以前崔家贩卖的刻着花虫的篦子。可眼下看来,这篦子远远比不上方家篦子,若是方老爷能……能……"

"能什么,你快说呀!"方老爷显然有些急躁。

"方老爷,您能教我们做方家篦子吗?如果我们学会做这种具有治病去痛功效的篦子,回了青城,在那里卖,定能将篦子生意做起来。那么篦子匠村的叔叔、爷爷、奶奶们,自然就能过上好日子了。不过,我也知道方老爷研制这绝门秘方,也是费了不少心思。我们兄弟前来学技艺,实属不该;可眼下那木制篦子在青城买的人越来越少了,那马家财大气粗,将篦子生意全揽走了。没有点新花样,我们那些做木篦子的工匠,恐怕也是没活路了。"

方贵仁直笑得胡须乱颤,惹得福瑞、易锐茫然不知所措,呆呆地望着自己。方贵仁止住笑声,道:"这又何难,我方家本就是行医。前些日子,我无意中将夫人那篦子掉进了药水里,后来夫人用了后,竟然精神焕发,多年来的梦魇、偏头痛等病好了。我也就费了些心思,细细钻研了一番,发现用不同药水浸泡过的竹子做好的篦子,便有不同的功效。于是才将安普镇上的篦子工匠招进了家里,做起了这能治病的篦子。若是你们兄弟不嫌弃,在庄上住些日子,我把各种药方一一说给你们听,也教会你们配置,把握火候。"

第35章 / 拜贤君福瑞做学徒 诉旧事方家传技艺

刘福瑞道："方老爷果真是如娘所言，实乃君子。"

方孝仁唤来管家将福瑞、易锐安顿下来。这竹篦子的制作工艺与木篦子倒有些不同，方家篦子制作工艺就很烦琐，要求极其严格，是典型的手工艺活，工序繁多，须经一百零八道"手脚"才能成型。细细说来，有三大环节：

一是办齿子。挑选上等白甲竹，用篦刀启下青篦竹片，削去青皮，划成节节，再用云刀抽厚薄宽窄，用红、黄、绿等自然物为染料，水煮以染色，在篦子上折成一定长度，用细线将齿子扎成坯子，就是"扎胎胎"。在两端装上牛骨制好的档子，再"削堂子""灌堂子"，最后用特制的牛胶黏上梁子。

二是办梁子。取白甲竹根部材料，刮青后，锯成节，破成块，按梁子的样式削宽窄。皇家贵族用的篦子，在窄小狭长的梁子上做文章，或诗或画，或书或刻，深受其爱。这点倒跟刘福瑞后来做的篦子一样。

三是办档子。选韧性尤好的牛骨为原料，按篦子的标准长度锯成节，再锯成一厘米宽的小片，并经细细打磨。

不下时日，刘福瑞、易锐便掌握精髓，没想到那牛骨也能用作篦子梁，更没想到那方贵仁将药方写下来送给了福瑞。

第36章
寻生父怀州遇邦彦
感恩师他乡得音信

时至深秋,叶子黄了,花儿谢了。曹野也带来消息,说刘家兴去了怀州。三兄弟便拜谢方贵仁、钱老板,直奔怀州。一路上,晓行夜宿,辛苦自不在话下。

然而,刘福瑞惦念生来未曾谋面的生父刘家兴,也就忘了艰辛,可想到曹野、易锐风尘仆仆、受尽艰辛,多少有些过意不去,总是将好吃的、好喝的先让给他们,自个儿吃剩下的,夜里起风,总是将外衣盖在他俩身上。曹野、易锐感激不尽,也明白福瑞的心意。

一想起那虚无缥缈的生父,刘福瑞总是彻夜难眠,心中有了一道疤。然而人走多年,音信全无,如石沉大海。即使到了怀州,怎么个寻法,也难坏了三兄弟。到了怀州,天色已晚,三人便寻客栈,吃些食物,早早歇息。

刘福瑞走街串巷,漫无目的地闲逛,心头无比凄凉。他从来没见过生父刘家兴,即使生父迎面而来,也认不出来,这也苦了曹野、易锐。时下,因宋钦宗甚喜蹴鞠,中原大地盛行蹴鞠之风。怀州自不例外,街上常有少年蹴鞠。

神情沮丧、低头赶路的刘福瑞,被飞过来的球砸中脸部。恍然望去,只

第36章／寻生父怀州遇邦彦
　　　　　感恩师他乡得音信

　　见一位俊秀英才满脸歉意地说："不好意思。"

　　刘福瑞摇了摇头，不能怪人家，自己走路心不在焉，误闯进人家的蹴鞠区域，白挨一球，也不冤枉，便道："是我误闯，扰了你们兴致，理应我道歉才对。"

　　那人笑道："好个谦慎之人。"

　　刘福瑞这才正视那人。那人眉清目秀，五官俊俏，眉宇间洋溢着淡淡的英气，刘福瑞笑道："言重了，因有事，误闯实属不该！"

　　那人见刘福瑞也非平庸之辈，言语间透着谦逊，眉宇间锁着淡淡哀愁，神态举止间流露着浓浓儒风，猜测福瑞定是位饱读诗书的儒生，但装扮却是商客，顿时觉得蹊跷，又想若能结识此人，在歌馆把酒作诗，岂不乐哉！若在朝廷美言几句，谋得一官半职，必能感恩他、追随他。那人一向能说别人一筐好话，绝不说别人半个坏字。今日，是因找不到文友，没人能作词唱曲，才来蹴鞠。他收住纷飞的思绪，又问："见你愁眉不展，莫非遇上了难事？"

　　刘福瑞看那人一脸诚意，少了提防，道："家父走失多年，我听说他流落到了此地，便来寻找。可自我出生以来，也没见过家父，即使他迎面而来，我也认不出来呀！他自然也认不出自个儿的儿子。血脉相传的父子，竟然未曾谋面，这能不叫人悲伤吗？"

　　那人眉头皱皱，又道："这怀州地域宽广，再加上人海茫茫，你若没个准信儿，又不知那人面相，怕是寻起来很难呀。"

　　刘福瑞叹口气，道："您说得极是，我也是因这才闷闷不乐的。"

　　那人笑道："切莫伤了此等好风景。你我相识便是缘。看你也是读过书的，我们去那水榭饮酒作诗，寄情于诗词，岂不快活！"

　　刘福瑞苦笑道："实属在下无礼，不能作诗吟曲。我一商客，哪能与您这样的俊才把酒作诗呀！"

　　那人顿然没了兴趣，道："难道你闷闷不乐，能寻得着你的生父吗？人生得意须尽欢，莫使金樽空对月！莫让悲伤淹没了日子，荒废了光阴呀！"

　　刘福瑞抱拳施礼，一脸苦笑道："您的美意，我领了。我就是一个走街串巷的商贩，哪能与您一起吟诗，实在是没有那份福气和心思，也不耽搁您蹴鞠了。告辞！"说完，转身走了。

那人冲着刘福瑞的背影喊道："切莫过分悲伤，要是在怀州遇到什么难事，尽管来找我。我叫李邦彦。"说完，望着福瑞远去的背影叹气，甚觉惋惜。以他多年练就的火眼金睛，怎可能看走眼，从福瑞的神态、言辞看，明明是个饱学诗书的儒生，怎么偏偏将自个儿说成商客？这李邦彦一向喜欢刨根问底，今儿便有心弄个明白。

刘福瑞晃荡到夜幕降临，才神色沮丧地回到客栈。曹野、易锐也是无功而返。兄弟三人闷闷不乐，全然没食欲，静坐客房，唉声叹气。须臾，倒是福瑞打破寂静，好像忽然记起什么似的，说："数年前，我那乞丐老师投奔李邦彦。莫非今日在街市上遇见的那个李邦彦，便是我那恩师投奔的李邦彦？"

曹野、易锐异口同声道："莫非有你生父的下落了？"

刘福瑞眉宇间闪烁着欣喜，刚才沮丧的神色全然没了，笑道："他或许不知道我生父，但他是胜过我生父的启蒙老师。若是真能见到数年未见的恩师，即使寻不到我生父，也不枉我们兄弟辛苦这一趟。"三兄弟闲话了许久，方才歇息。

然而刘福瑞却又担心，若是没记错，李邦彦在朝为官，而曹野兄弟是落草为寇的朝廷要犯。虽说新帝登基，大赦天下，可其中原委，又有谁能弄得明白？要是身份被揭穿，李邦彦为邀功，不分青红皂白地将曹野兄弟缉拿归案，自己岂不是惹火上身？想到这，刘福瑞只好将寻恩师的念头打消了。

旭日缓缓从东方升起，将金色光芒洒满怀州。寂静的街道开始热闹起来。商贩、小摊主们早早地做起生意。曹野、易锐大清早就出去了。刘福瑞睡得晚，一时忘了时辰，起床晚了些，刚洗漱完，正要出门，却被李邦彦堵住。

李邦彦一脸笑意，道："我留了名，你怎么连个名字也不留就走了呢？害得我四处寻找，才得知你在此处落脚。不知兄弟贵姓？"

刘福瑞道："实属无奈，寻父心切，倒忘记告诉您姓名。我乃走街串巷的

第36章／寻生父怀州遇邦彦
感恩师他乡得音信

笾子匠。微不足道的工匠，姓名不值一提。若不嫌弃，您喊我笾子匠就行了。"

李邦彦忙问："看你的神态与长相，并非走街串巷的商贩，怎么甘愿作践自个儿呢？"

刘福瑞顿时生出来些许厌恶，却佯装笑脸，道："承蒙您高抬！我确确实实就是个笾子匠。或许是因父母给了我一副好皮囊，蒙蔽了您的慧眼吧！"

李邦彦笑道："那我觉得你眉宇间锁着浓浓的书卷气，恐怕这不可能是从娘胎里带出来的吧！那可是多年寒窗苦读所致呀。"

刘福瑞顿觉李邦彦眼贼，恐怕纠缠下去露出马脚，忽转话题道："您是李邦彦？"

李邦彦这次微服回怀州，是祭奠父母的。于是，他点点头。

刘福瑞又道："那我向你打听一人。此人乞丐装扮，约摸六十岁。头发蓬乱，皮肤黝黑，嗜睡如命。他能躺在闹市熟睡而无碍，饱读诗书。你可曾见过吗？"

李邦彦诧异，这人怎会认识李老？在他记忆中，李乞丐无人相识。难道眼前的少年是李乞丐的儿子？

刘福瑞有所不知，李邦彦出身市井，家境贫寒，生性猥琐卑鄙，却聪慧敏捷。见那些入朝为官的儒生文士有享不尽的荣华富贵，吃不完的山珍海味，便萌生读书之意。少时无钱读私塾，便旁听。而后，慢慢知晓如今朝廷重文轻武，若读得圣贤书，便能咸鱼翻身。否则，就是个街头混混，好的话，能饱食一日三餐；若是不好的话，可能死于非命，如那草木般自生自灭。

那时，老乞丐李耀光名扬四海，在朝为官，但他生性刚直，见不惯官宦勾结、假公济私、诬陷忠良，便直谏奸臣蔡京十大罪状。然蔡京与郑贵妃私交甚密，而郑贵妃正是宋徽宗百般宠爱的妃子。宋徽宗一时兴起，随口说出李耀光进谏蔡京十大罪状的事儿。郑贵妃庇护蔡京，便巧言令色，说李耀光百般不是、万般邪恶。宋徽宗听信谗言，龙颜大怒，一道圣旨将李耀光贬为庶民，永不得返朝为官。因他平日直言不讳，得罪同僚不少，也就没人替他喊冤。

第37章
揭身世中书隐真相
谢美意福瑞起疑心

李耀光忠心耿耿，一心为民，以社稷为重，傲骨铮铮，不畏权势，冒死进谏，状告蔡京恶贼罪状。他自知蔡京会害自己，便携家眷南下，欲找个僻静的江南水乡隐名埋姓，安度余生。蔡京对他恨之入骨，早将心腹安插在他身边。李耀光携家眷仆人到怀州时，蔡京心腹雇凶要取李耀光性命。李邦彦平日好交三教九流之辈。恰好蔡京心腹所雇行凶泼皮与他相识，便告诉他。李邦彦自知李耀光，更知李耀光满腹经纶、才高八斗，若将他救来拜师，自己考取功名，入仕有望。于是，李邦彦买通泼皮饶过李耀光。李耀光逃过一劫，但妻儿下落不明。李耀光知恩图报，隐名埋姓在怀州市井，教授李邦彦。李邦彦与他达成协议，若将来考取功名，在朝为官，便帮李耀光寻妻儿下落。因此，李耀光不惜将一生所学传授于他，且书信于往日旧友推荐。一切正如李邦彦的预想，他顺理成章入朝做官。然而，他却将约定忘个一干二净，整日沉迷诗词歌赋，与一帮泼皮蹴鞠嬉耍。李耀光寄人篱下，受够窝囊气，便自个儿出去打探。

闻得妻遭毒手，一双儿女在挚友庇护下被送往青城。于是，李耀光沿街乞讨，往青城寻子。然而放出此话的人不是别人，正是李邦彦。殊不知，李

第37章／揭身世中书隐真相
谢美意福瑞起疑心

邦彦唯恐私下救李耀光的事败露，暗中派人杀了那日行凶的泼皮。之所以没置李耀光于死地，是因怜惜李耀光的才干，一时也离不开。毕竟，他才疏学浅，偶尔在朝中遇事便问计于李耀光。每每李耀光出谋划策，必能迎刃而解。因此，李邦彦顺风顺水，做官做得毫无纰漏，一路攀升。然而，他得知蔡京耳目已知自己救下李耀光，便安排人散布李耀光妻子遭毒手、儿女被送往青城的谎言。事实上，不过是摆脱李耀光，明哲保身。李耀光思亲心切，才被蒙蔽心智，竟未看穿李邦彦的狼子野心。这才有李耀光流落青城街头沦为乞丐，巧遇福瑞的故事。

李耀光对李邦彦用心真切，视为己出，待若亲子。见来人接他，在青城多年也没寻得儿女下落，便拜别刘福瑞、智通、孔儒仁，回到李府。然而，好景不长，有人偷偷告诉李邦彦，蔡京发现了李耀光的踪迹，恐怕怪罪下来，性命难保。无奈，李邦彦故伎重演，诳李耀光出门寻子去。李耀光临走时把刘福瑞送他的篦子留给了李邦彦。李邦彦倒是没把篦子当回事，听宫中太监说郑贵妃老犯头痒症。李耀光说篦子能医，于是将篦子献给郑贵妃。经宫女细心梳理数日，果然痒症缓解，后来彻底祛除。郑贵妃便在皇帝耳边替李邦彦美言。

李邦彦从校书郎摇身一变，以吏部员外郎领议礼局，出知河阳，召为起居郎，煞是威风。再加上他能言善辩，对人极尽美誉之词，常以溜须拍马、阿谀奉承赢得人心；虽德才不高，然也能安然无恙地在朝为官，左右逢源。如今更是厉害，宋钦宗继位后，李邦彦与蔡倏、梁师成等人勾结，拜为累迁中书舍人、翰林学士承旨。这一切李邦彦心知肚明，只能深埋心底，但见眼前少年与李耀光毫无相像之处，自然不会是老头子的儿子，可对方问及李耀光，看来与李耀光有交往。

李邦彦试探性问："你们是什么关系？"

刘福瑞猜李邦彦是孔先生他们说的那个李邦彦，笑道："我们亲若父子。"然而，直到今天，福瑞也不知，那个其貌不扬、衣衫褴褛的乞丐竟是当年叱咤风云、贪官奸臣闻之丧胆的李耀光。

李邦彦顿觉蹊跷，不好过多责问，敷衍道："你说的那人我不认识。"

刘福瑞从其闪烁的眼神里看出慌张，明白李邦彦不愿言明，但君子不强人所难，便淡笑道："我是青城人，曾在青城与李老相交，听他提起过有个叫李邦彦的学生，你恰好叫李邦彦，便问问。天下叫李邦彦的多得是，或许弄错了，实在抱歉！"

李邦彦心领神会，此人果真厉害，绝非穷篦子匠。若是平庸无能之辈，李耀光能与他交往？岂不是笑话。

刘福瑞浅笑道："若是您有缘见到李老，望您转达我对他的挂念。"

李邦彦巧言道："那是当然的了。不过这叫花子我倒是见过不少，可独独没见过你说的那种。若是有缘见到，我一定会转达的，也会将你在他面前夸奖一番。我想，他也会高兴的。能有你这么知恩图报的忘年之交，实属人生一大幸事呀！"

刘福瑞淡笑道："在此谢过。"起身施礼。

李邦彦回礼，"你说你是篦子匠，乞丐教你制作篦子？"

刘福瑞见他不诚、花言巧语，不愿多语，子曰，"益者三友，损者三友：友直，友谅，友多闻，益矣。友便辟，友善柔，友便佞，损矣"。有益的朋友有三种，有害的朋友也有三种：结交正直的朋友、诚信的朋友、知识广博的朋友，这是有益的。结交谀媚奉承的人、表面和颜悦色的人、花言巧语的人，这是有害的。况且，此人是朝廷命官，若是曹野兄弟回来，岂不是惹祸上身？再说，刘福瑞断定这李邦彦是那种花言巧语、阿谀奉承、表面和颜悦色的损友，自然要远离，便道："正是。若无其他事，要出去寻父。恕在下不能奉陪。"刘福瑞绕过李邦彦，径直下楼去。

李邦彦虽有几分不舍，却只能眼巴巴地望着刘福瑞远去。刘福瑞是少见的真才实学之辈，若能请到府上为自个儿谋事，或经自个儿推荐为朝廷效力，日后必成大器。然而刘福瑞一副拒人于千里之外的姿态。罢了，罢了，人各有志，不得强求。回到州府，李邦彦惦念刘福瑞：既因没切磋技艺、饮酒作诗而郁郁寡欢，又因刘福瑞与李耀光相识起疑惑。若刘福瑞这样的才俊被他

第37章 揭身世中书隐真相 谢美意福瑞起疑心

人启用，岂不是到手美玉落入他人之手？他一时心绪万千，心神难宁，便私下授意怀州知府暗中派人跟着刘福瑞。交代清楚，安顿妥当，这才回了开封。

耽搁时日，恐怕娘担忧，再说，李邦彦绝非善类，不会善罢甘休。刘福瑞打定主意不寻了，明早便回青城。回到客栈，左等右等，不见曹野、易锐回来。曹野生性鲁莽，好抱打不平，在如暮秋之色的年月，恶霸泼皮四处横行，莫不是又遇上什么事？怕什么来什么。易锐神色慌张，焦虑地回来，见他便道："福瑞哥哥，曹野大哥被官府带走了！"

在怀州人生地不熟，惹上官司如何是好？自古衙门朝南开，有理无钱莫进来。哥几个的盘缠花得所剩无几。刘福瑞问，"怎么回事？若不是官府知晓他是草寇？"

第38章

救歌姬曹野陷牢笼
受凌辱恋蝶诉苦衷

易锐摇头道:"早上一起来,我们见你还没有醒来,也不好打扰,便出了客栈,分头去打探你爹的消息。在岔路口我们分手,约好傍晚时分相聚,再一起回客栈。我便自顾自地朝东去,曹野大哥朝北去了。我询问过往商旅,走遍东街大小斗鸡场所,也没有消息。看太阳下山了,就到岔路口等曹大哥。可我左等右等,不见他来,心里着急,就沿着北街去寻他了。谁知,刚拐过一巷子,见街边坐着一位女子在哭泣,嘴里念叨着什么。听口音,像是青城人,我便上前搭话,才知曹大哥因她而惹出了事端,被官府抓走了。"

刘福瑞心头一颤,曹野身负重罪,又为不相干的女子入狱,这下如何是好?

易锐见福瑞眉头紧锁,接着说:"我问那姑娘才知,那姑娘乃鸳鸯楼里卖唱的歌姬。今日,几名男子欲行不轨,她便喊叫。恰好曹大哥经过,闻声而去,见那情景火冒三丈,将几名男子一顿暴打。谁料,那带头的是知府的公子。"

刘福瑞问:"现在那姑娘在什么地方?"

第38章／救歌姬曹野陷牢笼
受凌辱恋蝶诉苦衷

易锐答:"我担心她要是没了踪影,那曹大哥更是说不清,便自个儿做主将她带了回来。此时,她正在隔壁房间里歇息着。"

刘福瑞随易锐来到隔壁房间。福瑞做梦也不会想到,这个落难歌姬竟是崔家二小姐崔恋蝶。出门多日,不知崔家发生什么事,崔恋蝶竟流落为歌姬。在崔家做篦子的日子,崔恋蝶给自个儿端茶递水,甚是熟悉。然而福瑞不知崔恋蝶惦念他。

崔恋蝶一双丹凤眼里满是惊诧,片刻,惊诧变成惊喜,那双明亮的美目蒙上一层薄薄水雾。这些日子吃尽苦头,流落异乡,不就是为刘福瑞?这个人现在活生生地站在面前,叫人怎能不落泪,怎能不伤心?

易锐长在篦子匠村哪里见过崔恋蝶,自然不明白,满脸诧异问:"福瑞哥哥你怎么了?"

刘福瑞自知失态,忙道:"这女子是青城崔员外家的二小姐。她怎么会落到这般地步?"

崔恋蝶再也控制不住,连日受尽的委屈和艰辛涌上心头,泪水喷涌而出,泣不成声。易锐识趣地关上门出去了。

刘福瑞问道:"崔姑娘,你怎么会流落到这儿沦为歌女?"崔恋蝶越发哭得厉害了。刘福瑞一时也没了主意,那心头的酸楚也是愈来愈强烈,慢慢地也化作泪珠掉了下来。

须臾,崔恋蝶抬起头,用一双水汪汪的大眼睛盯着福瑞,道:"自从那马家将我姐娶走后,没想到,我那苦命的姐姐却得了癔症。时而傻笑,时而痛哭,惹得马家上下恨不能将她碎尸万段。我娘唯恐我那可怜的姐姐遭毒手,便提出将我那姐姐接回崔家。没想到,马家求之不得,便将姐姐送了回来。"

刘福瑞心潮澎湃,没想到,离开青城不到一年,崔家竟然出了这么多事,可崔恋蝶怎会沦落到这般田地?于是,问:"这些跟你没什么关系,你怎么会流落此地?"

崔恋蝶扯起衣袖,沾沾眼角挂着的泪珠,继续说:"这马家知道了我爹没了儿子,便眼馋我家的家业,说是我姐姐得病,要我嫁过去。不然,要将我爹没儿子的事说出去。我爹迫于无奈,劝我嫁过去。我哪能从,便自个儿偷跑了出来。本想去寻你,可没想到半路遇到歹人,将我劫了,卖到了鸳鸯楼做歌姬。"

没想到马家竟如此咄咄逼人,将个好好的富家小姐逼成酒馆歌姬,真是作孽!于是,刘福瑞劝慰道:"莫要难过,逃避不是个办法!"

崔恋蝶止住哭声,道:"今日,那知府公子非要侮辱我,我誓死不从,他便霸王硬上弓。我就大声叫喊。鸳鸯楼里没人理睬,却引来侠士出手相救。这才没有沦为风尘女子,尚保全了贞洁。不然,我真的想一丈白布了却性命罢了。可我又想,这一走,家里不知乱成什么样,那马家又会耍出什么手段来折磨爹娘……"说着说着,泪珠又滚落下来。

刘福瑞道:"你也不要太挂念,吉人自有天相。崔老爷、崔夫人待人诚恳,与人为善,想那马家在青城也不能为所欲为。苍天有眼,你竟让曹野兄弟遇上。不然,真是不堪设想。"

"怎么,在鸳鸯楼救我的那壮士是你兄弟?"崔恋蝶丹凤眼圆睁。

"是呀,曹野救你却惹怒知府公子,也不知能不能逃过此劫呀!"刘福瑞满目担忧,"暂不说曹野兄弟,你这么出来,那鸳鸯楼老板能算了?"

崔恋蝶又哭诉道:"鸳鸯楼老板见我得罪知府公子,便把我撵了出来。这不我才坐在街边哭泣,被刚才那人带到这里。"

刘福瑞苦笑道:"祸兮焉知福,福兮焉知祸!"

易锐倒是心思细腻,见屋里一时没了说话声,便准备些吃食端了进来,放案桌上轻声道:"来,饿了一天,吃些东西吧!"

刘福瑞笑道:"来,吃吧!"

这逃婚也算是没白费。哪怕受再多罪,吃再多苦,也不觉得苦,也觉得值!三人坐下,各怀心思地吃起来,气氛沉沉的。

知府见儿子被打得皮青脸肿、眉骨开裂,甚是心疼,不问青红皂白将曹野下狱。看守将虎背熊腰的曹野打得皮开肉绽、血肉模糊,折磨到筋疲力尽,才扔进监舍。

第38章　救歌姬曹野陷牢笼　受凌辱恋蝶诉苦衷

曹野躺在杂草堆里，虽疼痛难忍，仍是嚷嚷："你们这帮狗官，不抓那调戏妇人的恶贼，怎么偏偏将个好人抓进来？爷爷我不服！你们有种将爷爷放开，爷爷不扒了你们的皮才怪！"

五短身材的监守揉着惺忪睡眼走过来，说："你嚷嚷什么呀！什么狗官，什么好人、恶贼的，你是外地来的吧。也难怪，不然怎么敢打知府公子？我看你呀，还是省点力气吧！不然，那知府公子来了，看你跟个死猪似的，也没了折磨你的兴致。没了兴致，一怒之下，将你那颗黑脑壳砍下来，岂不冤枉！"

曹野挣扎着爬到木栅栏前，抓着碗口粗的栅栏，满眼恨意地瞪着监守，说："狗贼，竟然包庇自个儿儿子，真是蛇鼠一窝！要是爷爷出去，看我不把这些狗贼脑袋一个一个砍下来。"这时，传来铁锁碰撞的声音，随即，阴暗的牢房里射进几束金色霞光。一群人前呼后拥一位公子进来。监守点头哈腰，满脸堆笑迎上去道："耿公子，刑房几位差爷已松过那狗贼的骨头。您不是捎话来，等明日伤势好些再来教训吗？"

耿公子摆摆手，说："去，去，去，哪还等得了明日？我这浑身的疼痛，哪里还能忍得了明日？快去，把那狗贼的牢笼打开，我要出这口恶气，让那狗贼知道知道本公子的厉害。"

那监守应声，带耿公子进了牢笼。

曹野冷笑，冲耿公子吐了一口浓浓的血痰，骂道："狗贼，你爷爷做鬼也不会放过你的。"

耿公子瞅着曹野，用手将脸上的血痰擦了，抬起曹野沾满血迹的下巴，啧啧说："怎么，到这牢房还想充英雄呀！还想做鬼，你想得美！本公子要将你身上的骨头一根一根拆下来，再将你身上的皮肉一寸一寸剥下来，叫你求生不能，求死不得。那时候我倒要看看，你嘴还硬不硬？"

曹野仰头大笑，笑声在阴暗牢房里回荡，仿佛鬼哭狼嚎。这笑声将耿公子弄糊涂了，不明白这将要遭千刀万剐的人，怎还能笑得出来？若是一般人早就吓瘫了。看来，遇上个硬骨头，这才好玩。他起身在随从耳边低语几句。

那随从淫笑着出了牢笼。

那监守倒是识相的人，搬来一把靠背椅，用衣袖来回擦擦，一脸媚笑冲着耿公子说："公子，您坐这儿吧！"耿公子坐下哼哼着小曲。

曹野止住笑声，道："你爷爷不是吓大的。拆了你爷爷的骨头，个个是根硬骨头；剥了你爷爷的皮，寸寸是人皮。怕是你那骨头，软得经不起你爷爷的一拳两脚，你那副臭皮囊更不是人皮，而是那畜生的皮。"

耿公子抬起一脚，踢在曹野脸上。刚刚结痂的伤口遭到猛击，又裂开了，鲜血顺着脸庞流下来。

第39章
遭暴打恶少施酷刑
救兄弟福瑞登李府

昏暗的牢房阴冷阴冷。空气里弥漫着腐臭味，夹杂犯人数日不洗澡发出的臭味，令人窒息。看耿公子那一脸笑意，对恶臭丝毫不厌倦。刚才那出去的随从笑吟吟进来，掏出一把小刀递给耿公子。那把小刀看起来倒也没特别之处，明晃晃，刀锋锐利，可在耿公子手里如同变魔术般生出长长的薄薄的刀刃。那刀刃像一条毒蛇吐出来的信子，寒光四射，令人望而生惧。耿公子用刀在曹野脸上作起画来，一脸淫笑。曹野的脸不过是自家一张白纸而已，一刀刀划过的地方渗出鲜血。

曹野咬着钢牙，额头渗出汗珠，愣没发出一点动静，那刀像在别人的皮肉上游走。监守心惊肉跳。听说耿公子心狠手辣，今日一见，果然够狠。以后可要小心伺候，不然，自个儿的脸也会成耿公子取乐的画布，即使钢骨铁牙也架不住。曹野的意志在一道道伤痕里消失，火辣辣的疼痛席卷全身。

耿公子冷笑两声，见曹野失去知觉，也没了兴致，挥挥手，吩咐人用冷水浇灌。随从打来井水将曹野浇了个透心凉。冷水猛击，曹野醒了过来，火辣辣的疼顷刻传遍全身，汗毛孔也透着寒气。十八层地狱的日子才刚开始，不知能否挨到重见天日，更不知"耿阎王"还将要什么花招。这时，进来个

/ 篦子道 /

汉子在耿公子耳边低语一阵。

耿公子的脸色变得越来越狰狞,他一脚踹翻椅子,气哼哼地说:"妈的,难道能插翅飞走不成?那么娇媚的女子,爷爷我不尝尝鲜能行吗?都快去给我找,就算把怀州挖地三尺,也要将那可人儿给我找出来。不然,爷爷将你们个个生吞活剥了!"说着,一帮人出了牢笼。

监守见曹野面目全非、血肉模糊,在昏暗的灯光下显得狰狞恐怖,不由得生出一阵寒意,忙将牢门锁好离去。

耿公子将鸳鸯楼砸得稀巴烂。老鸨跪求,"耿公子,您行行好!砸这么贵重的东西,叫我活不活呀!"

耿公子挥挥手,砸得起劲的随从将手里的家什放了下来,凝神望着主子,等着新号令。耿公子笑呵呵道:"想让这些人不砸你东西,那就快说将那个贱人藏哪儿去了?"

老鸨跪下一个劲儿磕头,连连说:"耿少爷,您看上的姑娘,哪个敢不从呀!今儿,我见那姑娘性烈惹了您,就将她赶了出去,也好让她受些罪,好帮您出这口恶气。"

耿公子骂道:"赶出去?你倒是想把自个儿择干净,那能行吗?快让你们的人去找,要是找不到,你们个个下狱!"

老鸨战战兢兢道:"是的,是的。"随后扭身冲着伙计说:"快,快,都快给我出去找,找不到,就不要回来了!"那些人忙跑出鸳鸯楼。

夜色笼罩怀州,从百姓家的窗户溢出来暗黄的灯光,如万盏星灯点缀着这座古城。时辰已晚,街道上却人头攒动,有鸳鸯楼里的伙计、耿府上的家奴,还有当差的。一时间,嘈杂声打破寂静,就连沉睡的狗儿也叫个不停。然而,一帮人离客栈也是越来越近。

客房中,易锐端来一盆冒着热气的水,放在地上,冲崔恋蝶说:"崔小姐,您看您哭得脸都花了,洗把脸吧!"

崔恋蝶泪痕斑斑的脸上染满红晕,低头说:"谢谢!"吵闹声将屋里宁静中的暧昧打破了。刘福瑞吩咐易锐:"易锐,快去看看。"

第39章 / 遭暴打恶少施酷刑
救兄弟福瑞登李府

易锐出去片刻便慌慌张张回来，说："福瑞哥，那街上都是知府公子派出来寻崔小姐的，怕是没安好心！过不了一会儿，就来客栈。"

崔恋蝶洗完脸，恢复了往日的神采。易锐心底一颤，情窦初开少年的羞涩席卷全身，忙将眼神收回。

刘福瑞剑眉紧锁，思量后说："崔小姐，若是您不嫌弃，就穿上易锐的衣裳，乔装成篦子工匠，跟着易锐赶快离开。"

易锐眼巴巴地望着崔恋蝶。崔恋蝶穿上易锐洗干净的衣裳，摇身一变，成俊俏少年郎。易锐不舍福瑞："福瑞哥，我们走了，你怎么办？要不咱们一起走！"

"那不成。曹野兄弟性命难保，我怎么能一走了之？你们快走，不然知府公子堵住去路，想走也走不了了！"

易锐带崔恋蝶刚出客栈，耿公子一帮人便到客栈上上下下搜了个遍，翻了个底朝天，闹腾得客人怨声载道。客栈老板一个劲儿作揖，希望这瘟神早走。直到三更，他们才气急败坏离去。

次日，刘福瑞早起来到怀州府衙，禀明来意，欲拜李邦彦。门房通报后，只见身着知府官服、五短身材、体态臃肿的男子满脸堆笑迎出来："哎呀，贵客来访，未能远迎，实属不该，还请赎罪！"

刘福瑞只记得李邦彦说在怀州遇上难事去怀州知府寻他。可这出来的人偏偏不是李邦彦，看身形倒与昨夜客栈折腾胡闹的耿公子有些像相，莫非是耿公子的爹？不由一惊，从神色看得出，李邦彦与他关系不一般。眼下，为曹野的性命只好冒死一试，"不知李邦彦大人可在府上？"

知府道："您是刘福瑞刘公子？"刘福瑞点点头。"哎呀，李大人走前曾交代下官，若是您来府上寻他，就让您去开封李少宰府。"

刘福瑞淡笑，李邦彦竟位居少宰。也难怪，单是耿知府对他言听计从，也能看出他位高权重。若他出手相救，曹野定能逃过此劫。可李邦彦为何要搭救曹野？他是个无利不起早的人，对他没好处的事，他能做吗？福瑞左右为难，不敢直言，道："哦，既然如此，告辞！"

知府莫名其妙，猜不透眼前人与李邦彦的关系，更不知是为治他儿之罪、搭救被下狱的曹野而来。见刘福瑞转身走，知府忙喊："公子，你若想要去开封寻李大人的话，下官给您安排轿子。不然，您这么去了，怕是李大人会怪罪下官的。"刘福瑞头也不回。知府琢磨不透，满腹狐疑，担心有所闪失，派人快马加鞭去开封报信。

刘福瑞放心不下曹野，拿剩下不多的银两打点了几名监守，进牢房看望曹野。在看到曹野被刀划得狰狞不堪的面孔时，他心如刀绞，便决意去开封找李邦彦。

李邦彦回到开封后，将刘福瑞抛到九霄云外。知府差人来报，竟一时半会想不起来这个刘福瑞跟自个儿有什么关系，为什么去知府那儿寻他。待来人细细描述后，方才记起。李邦彦忙问来人为什么寻他，来人如实禀报。没想到，几日后，刘福瑞竟登门来访。两人相互客气后便坐下细谈。刘福瑞开门见山，说明来意。

第40章
救曹野福瑞拒富贵
论篦子儒生轻名利

　　李邦彦之所以匆匆离开怀州，是因为府上人满为患，怕惹怒同朝为官的幕僚。李邦彦因善于吹捧人，乐于将有才能之人推荐给朝廷重用，而使得众多儒生纷纷投奔门下，争得赏识。在金銮殿上，李邦彦的三寸不烂之舌能将才能平庸之人捧上天，说得天花乱坠、神采奕奕，往往使得龙颜大悦，推荐的人被朝廷重用。四面八方求官者慕名而来，如潮水般涌向李府。携重礼登门拜师，实为谋得一官半职。这翰林学士李邦彦回到府上，被那些人着实吓住。

　　门前石级上横七竖八躺满了人，连下脚的地方都没有。无奈，只好绕道从后门入府，可谁又能想到，环绕李府的苍天古槐下也躺着各色人。李邦彦围着自个儿府第转了一圈，急得满头大汗，若被认出，恐怕不被撕碎，也一时难以脱身；再说，要是这帮人冲进府里，岂不是乱套，日子还能清闲自在？这些人鱼龙混杂，谁能保证个个清清白白、饱读诗书？

　　真是怕什么来什么！李邦彦终是被发现。一帮人如潮水般涌来，团团围住李邦彦。家仆见状，蜂拥而至，撕扯众人；当差手提明晃晃的刀吼叫着，费了九牛二虎之力，才让李邦彦脱了身。然而，那一身锦绣衣冠被撕扯得破烂不堪。在官差护送下，李邦彦溜进府里。那些人中有阿谀奉承的，有跪地拜师的，有气宇轩昂高谈阔论的，也有重金厚礼相送的。无奈李邦彦嘴只有一张，人只有一个，不可能将众人统统推荐给朝廷。李邦彦不理不睬，甚至李府下人恶语谩骂，这帮人也无动于衷。众人拥挤在府门外甚是壮观。

李邦彦担忧奸人从中作梗，坏他美名，也怕王黼拿这说事，弄得焦头烂额，寝食难安。此时，方记起李耀光的好来。若他在一定能想出个两全其美的办法。

果然，王黼抓住把柄。这老头最见不惯李邦彦一脸媚态，嘴巴跟抹了蜜似的，将个滥竽充数、不学无术的浪荡公子也能夸成贤圣。他将李邦彦视为蛀虫，执意将其驱出朝廷。如今，见李府被众人围堵，早朝时便参一本，说李邦彦聚众议事。这"聚众议事"说小，是兴趣相投的聚会；可说大，梁山贼寇、南方方腊也是聚众议事，可是意图谋反呀，罪不可赦。

幸亏李邦彦敏捷善辩，当庭辩解，将嘴笨的王黼说得哑口无言；再加上李邦彦在朝中对不少人或多或少有过恩惠，替他说话的人不在少数。无奈，身单力薄的王黼败下阵来。

在这个节骨眼上，不会是耿淮惹出乱子吧？耿淮祖护爱子是出了名的。听说公子常强霸民女，惹得怀州百姓骂声四起，背地里将他称为"瘟神"。耿淮是李邦彦推荐的，若惹出乱子，恐会受牵连。李邦彦担忧的并非曹野的性命，而是担忧耿家父子捅出娄子，自己难脱干系。于是，李邦彦向刘福瑞问道："你兄弟算是仗义之举，知府怎么能不分青红皂白治罪？"

刘福瑞道："谁知道那被打的恶霸是知府的公子！"

果然是这对父子又惹出乱子，若是刘福瑞手攥铁证，拿到王黼府上，岂不让老头子抓住把柄，更能在皇上面前参他祖护学生横行霸道？幸亏刘福瑞找他，忙问："那姑娘现在何处？"

刘福瑞拿不定主意，怕李邦彦祖护耿家，便撒谎道："那女子恐惹祸上身，连夜逃出了怀州。我也不知道她现在在哪里。"

李邦彦那颗悬着的心终于踏实了些许，慎言道："单凭你一面之词，我

第40章／救曹野福瑞拒富贵 论篦子儒生轻名利

也难以定夺你所言的是不是属实。"

刘福瑞也猜不透李邦彦的心思，单看李邦彦那脸色从焦虑变得淡定，不难知这耿家与李邦彦关系甚密，心里打起了鼓，怕是蛇鼠一窝、官官相卫，自个儿白来一趟，道："李大人言之有理。我乃一介草民，恐没胆来府上撒野吧。这耿知府袒护儿子，欺负霸占民女，那鸳鸯楼众人皆知。我想，不用那女子出来做证，也能将事情查得清清楚楚、明明白白！那耿家在怀州作威作福，哪个百姓不知，哪个路人不晓呀！望李大人能为民做主，将那蒙受冤屈、遭受毒打的曹野兄弟放出来，也好成就李大人的美名。"

李邦彦见刘福瑞毫无惧色、神情淡定，更是喜欢，此乃胸有惊雷而面如镜湖的大将之才，明明心急火燎却神色不显。再说，在怀州刘福瑞对自个儿十分冷淡，如今为兄弟的性命登门拜访，足见是个重情重义的汉子。况且，耿淮若再不管教管教儿子，恐怕会惹出更大的乱子，到时，被那老头子抓住把柄，恐怕自己死都不知道怎么死的。这么一想，李邦彦倒有心帮曹野洗脱罪名，乘机将耿淮好好教训一番，随便弄个罪名，贬到荒蛮远地去。但是，他却想让刘福瑞记着自个儿的恩情，更希望福瑞留在身边做自个儿的智囊，于是，他将心里的欣喜藏起来，脸挂难色，道："你所言不假，可这知府不是随便能定罪的，没有确凿的证据，恐怕很难。"

刘福瑞难断其意，道："李大人，我那兄弟曹野蒙受冤屈，如今身陷大牢，知府自然也没有什么罪证，您说能不能先释放出来？"

李邦彦一惊，没想到这篦子匠竟然以其人之道还治其人之身，倒让自个儿没了说词，微笑道："这地方知府办案，我也无权过问呀。"

刘福瑞端起茶碗，喝了口茶，又道："李大人，若是您能救我那兄弟性命，我愿意帮您做上几把上乘的治病木篦子，您看行吗？"

李邦彦对木篦子自然没兴趣，可对刘福瑞的才智十分欣赏，笑道："救你兄弟性命的事，我倒是可以帮你问问耿知府。但是篦子嘛，我看就算了。你以后也就不要去做什么篦子匠，在我府上做个师爷，吃香的、喝辣的，过着神仙般的日子，你觉得如何？"

/篦子道/

刘福瑞哪有这心思，他早就看透李邦彦。李邦彦并非铁面无私的"包青天"，而是趋炎附势的弄臣。之所以笼络他，是想收买他的满腹经纶和才情。刘福瑞才没那么傻，怎可将自己贱卖给一个人称"浪子"的宰相。况且，刘福瑞早已没步入官场的念头。他要返回篦子匠村，光复家族手艺，要把在方家所学与祖传技艺结合在一起，造出世上独一无二的篦子，让刘家篦子名满天下。于是，他笑道："我生来就是个篦子匠，若是留在府上，恐怕辱没了李大人的美名。您的好意，我心领了。若是李大人需要打造几把篦子，我定能尽力所为，若是有别的要求，恐怕我也难以遵命。"这世上的人就是一眼深不见底的潭。有人为了谋官，丧失人格，掉丢尊严，甚至不择手段，却未能如愿；而有人偏偏生有将才，却无心为官，宁可做个无名的篦子匠，也不为高官厚禄所动。

李邦彦淡笑，"若是你不愿意也罢，我也不强求。只不过那耿知府是我推荐入仕的，如今，又要我将他治罪，有些不合常理。况且，我府上如今被那些人围了个水泄不通，也不好出去走动。"

刘福瑞笑道："这有什么难的？那些人不过是眼馋您推荐的学生都做了官。就拿这篦子来说吧，人们若是都犯了头痒症，那木篦子自然会成为炙手可热的货物；若情窦初开的穷苦人家的少年郎想送给自个儿心上人一个定情物，那么那些雕花刻诗的木篦子便成了他们的首选；再看，世人若是想比富、斗富、耍富，极尽奢侈，那必然会选用上等象牙、玳瑁、镶金嵌银的价值连城的篦子。这些篦子的好坏倒是没什么区别，只是迎合的人因自个儿的期盼不同而选择不同罢了。若是那些人没了做官的期盼，自然就会离开了。人们若是不犯头痒症，那木篦子自然也就被冷落了。"

李邦彦鼓起掌来，一个劲儿地说："妙，妙，可怎么让那些人没了期盼呢？"

第41章
送书信曹野出牢笼
出妙计王鼲遭陷害

刘福瑞看李邦彦满脸期盼，笑着说："只是我兄弟性命不保，一时难定心帮李大人想出个好计策。若李大人能将我兄弟救出，我也就能帮您解这燃眉之急。"

李邦彦嘴角微翘，自个儿一向是出条件，让别人无可选择，今儿却败在篾子匠手下，道："我马上书信一封，送往怀州知府。快则明日，慢则后日，你那兄弟便能来这儿与你见面。你只管替本官解燃眉之急就是了。"

刘福瑞道："承蒙李大人错爱，希望我兄弟能平安无事。我这就去寻那解燃眉之急的良法。"

李邦彦吩咐下人将刘福瑞安顿在府上，自个儿书信一封，派人送往怀州。两日后，曹野果然被接到李府，只是那一脸刀疤使得本来面目凶悍的曹野变得更加狰狞。刘福瑞一时竟难以自控，泪眼婆娑，哭了出来。倒是曹野嘿嘿笑道："哥哥，你这是做什么？兄弟不缺胳膊没少腿，难过什么？"

李邦彦神态淡然。这满院秋菊竞相争艳，有黄的，有红的，有粉的，也不知从哪儿飞来的蜜蜂停在花蕊上。曹野道："哥哥，你看菊花多好呀！就连蜜蜂也飞过来。"

/ 篦子道 /

刘福瑞止住哭声，道："兄弟，你这脸毁了？"

"哎呀，哥哥，我当是什么让你伤心难过，我这张脸花了也就花了，没什么好稀罕的。正好回去不用蒙面，青城人也不认识了。"

李邦彦干咳了两声，道："篦子匠，这人给你救出来了，门口围着的人可还没有散去！这心定下来了，是不是有什么良策？"

刘福瑞施了一礼，旋即将早盘算好的想法托盘而出，道："君子一言，驷马难追。李大人，想让这帮人退去，怕是需要做出些牺牲。依在下看来，最好能拿您自个儿推荐的一名学生做靶子，让他无官可做，顺便将自个儿再也不推荐人做官的口信放出去。那些人的企盼没了，自然也就会散去。"

"妙计，耿淮徇私枉法、残害百姓，尤其是他那不争气的儿子，整日里游手好闲，惹出不少事端来。父子早已被治罪，发配到边疆充军了。如今，只需要个人将这话编成曲儿，在群人中传唱便是。"

"正是，李大人，这做篦子在下倒是在行；可这作曲儿，是文人雅士的事，在下实在无能为力。在此，我们兄弟拜别。若用得着篦子，您尽管到青城篦子匠村来寻，一定给您做出最好的篦子。"

李邦彦笑说："篦子匠，既然你是个做篦子的高手，我这府上丫鬟、仆人、夫人与小妾也有几十号人，用的着篦子的地方也不少，你就耽搁几日，帮我再打造几十把篦子！"

曹野心直口快，道："李大人救命之恩无以为报，别说是做几十把篦子，就是做个上百把篦子，兄弟会尽心尽力的。"

刘福瑞瞅瞅曹野，也没话说。二人就这样在李府住下来，开始做起篦子。这些日子，王黼看李邦彦鼻子不是鼻子，嘴巴不是嘴巴的，恨不能将他贬到荒蛮之地。只因那帮围着李府的人听了耿淮被贬的儿歌，见在这里耗下去没指望，纷纷散去。这下，王黼没话柄，只好将一肚子怨气憋在心里，显在脸上。

然而，李邦彦市井出身，虽行文敏锐公正，但又喜调笑谑骂，常将那些街市俚语当成词谱上曲儿。这些淫词滥调深得市井混混喜爱，竟被争先传唱。

第41章 送书信曹野出牢笼 出妙计王黼遭陷害

他则自以为乐,从不收敛,多年下来,落下个"浪子"的臭名。其中有几篇广为流传,竟流传到王黼府上。

其一:雨意似波流,云情似泛鸥。恨孤灯,摇动心浮。衾冷夜长消不去,心既逝,意难留。枕畔似仙俦,宫炉如热油。旧风流、都是新愁。方知淫欲是冤仇,洗不尽,许多羞。

其二:被底淫人歪弄歪,门内伤人呆打呆。红烛赤身嬉鸳鸯,义哥情妹久缠绵。一枝花开一枝催,尽是风流乐逍遥。

王黼又来了精神,告你聚众不成,今儿拿淫词滥调去羞辱羞辱你。于是进谏圣上,告李邦彦身为朝廷命官沉迷淫词滥调,有失大宋礼仪,伤风败俗,有辱大宋朝廷威严,理应治罪。宋钦宗差人唤来李邦彦。李邦彦急匆匆地进宫。宋钦宗训斥道:"你乃朝廷命官,怎能写下如此不堪入耳、低级下流的淫词滥调?岂不是辱没了你的身份?"

李邦彦道:"圣上明鉴,臣冤枉呀!此等难登大雅之堂的词曲,怎能出自我手?再说了,下官饱读诗书,礼仪廉耻还是知晓的。"

宋钦宗将词曲原本扔在地上,怒道:"你看看,是不是你写的,难道我冤枉你不成?"

李邦彦哆哆嗦嗦捡起定神一看,这正是他甚为满意的杰作!不过,这都是嬉耍之作而已,怎么成了告状证据?思索须臾,他猜到告状人是王黼,真是那个恨呀,恨不能将老不死的王黼生吞活剥。

宋钦宗怒斥道:"你无话可说了?"

李邦彦忙辩解:"这定是王黼陷害于我呀!况且,这两首词曲在街头巷尾传唱,怎能说就是出自我手?笔迹自然是我的,但若是陷害我的人请人模仿,那也不是没有可能呀。请圣上明鉴!"

宋钦宗见李邦彦一脸诚意,不耐烦道:"你自斟酌吧!"

李邦彦摸着额头的汗水,满腹心思离去。回到府上,他气得吹胡子瞪眼,恨得咬牙切齿,吩咐家奴邀请蔡攸、梁师成来府上。

蔡攸、梁师成来到李府钻进书房,将朱红色门紧关,李邦彦吩咐下人都不得靠近。下人们自然晓得老爷的厉害，明白这三位爷聚在一起，又不知哪位忠臣良将要倒霉。李邦彦将进宫面圣的经过叙述了一遍。蔡攸、梁师成勃然大怒，愤恨王黼这老头如疯狗般私下上书状告他们沉迷女色、贪赃枉法。于是，三人异口同声："看来不除掉这糟老头，你我在朝中永无宁日。"

李邦彦甚喜，满脸愁云换成一脸邪笑，道："二位所言极是。这老头子依仗自个儿资历老，倚老卖老，不把我们放在眼里，更是把我们视为眼中钉、肉中刺，多次上书进谏罢免我们官职。要不再想点办法，那我们兄弟的官帽恐怕戴不了多长时间了。"三人一拍即合，悄悄密谋起来。

王黼生来为人耿直，讨厌不学无术、阿谀奉承的人，自然得罪了不少同朝为官的，其中甚至有许多人对他暗生恨意。但那些人只能将恨意深藏在心，不敢造次。只因王黼为三朝元老，位高权重。然而，那帮人被李邦彦的花言巧语点燃内心的火焰，一发不可收拾，愿联名上书弹劾王黼。众口铄金，这么多人讨伐你，即使你清清白白、堂堂正正，也难免会动摇君心，虽不能将你置于死地，但在圣上心中的地位也会动摇。

李邦彦安排心腹上谏，尽诉王黼与金兵勾结，意欲图谋不轨。若是罪名成立，王黼必死无疑。博弈的乐趣在于对手势均力敌。这封联名信没能削弱圣上对王黼的信任。一次不成，又写一次。上谏王黼罪状的人愈来愈多，终是惹得龙颜大怒，安排刑部尚书调查。王黼猜到是李邦彦党羽干的勾当，只怕假的说的时间长、说的人多，也就成真的了。再说，他为了大宋子民和平安宁，曾多次出关与金兵谈判；出于礼貌，也收了些金人馈赠的物品。于是，他吩咐夫人、儿女、管家将与金人有瓜葛的物件一一清理出来，堆积在后院准备一把火烧了了事。可万万没想到，李邦彦竟将心腹安插在他府上。正要点火，刑部尚书带着一帮官兵冲进来了。

第42章
遭贬官宰相隐田园
辞太傅福瑞遇易锐

如此一来，王黼纵然浑身是嘴也说不清，那一件件带着金人痕迹的物件如同一张张血盆大口，将他的耿直吞噬得干干净净。刑部尚书一声令下，王黼摘掉官帽，扒掉官服，被枷锁铐起来。明枪易躲，暗箭难防。顿时，王府上下乱作一团，有的丫鬟、仆人拿起包袱卷些银两纷纷外逃，一片狼藉。此时，李邦彦与蔡攸、梁师成对酒当歌，幸灾乐祸。在鹬蚌争斗中，李邦彦平日的好人缘和乐于奉承人的好处显现出来了。刑部尚书受李邦彦不少好处，将馈赠礼物说成金人贿赂，伪造了一封金人许诺王黼高官厚禄的书信，大有不把王黼置于死地不罢休的架势。

然而，宋钦宗虽然糊涂，但也没糊涂到看不清这栽赃陷害的把戏。他是个念旧的人，也知王黼断然不会与金人勾结，但罪证摆在眼前，他不得不给文武百官一个交代；也知那帮人串通起来，众怒难犯，为息事宁人，只好委屈王黼，一道圣旨，将王黼贬为庶民。王黼大呼冤枉，仰天长叹，携一家老小归乡。

这一切没逃过刘福瑞的双眼。刘福瑞能从进进出出、鬼鬼祟祟的人身上，看到一个个阴谋诞生，进而演化成一出出活生生的悲剧。如此一来，他对李邦彦更是厌恶至极，生出许多憎恨。王黼这个人，刘福瑞是知道的。一个为民请命、耿直忠君，拥有将相之才的国之栋梁，被隐藏在黑暗中的硕鼠慢慢侵蚀，大宋江山怕是迟早也会被吞噬。阵阵阴气弥漫在李府，压得人整日喘不过气。刘福瑞做起笆子来有些失神，时不时唉声叹气，弄得曹野莫名其妙，满脸惊诧地说："福瑞哥哥，在这儿好吃好喝，风吹不着、雨淋不到的，你怎么还唉声叹气，一脸的不高兴呀？"刘福瑞总是一笑了事，自个儿倒是羡慕起曹野来，羡慕曹野吃饱穿暖，什么愁事也没有。

这日天色阴暗，天空飘起毛毛细雨。那柔柔的水珠冲破笼罩在李府的阴气，洗刷着快要凋谢却仍顽强挂在枝头的黄叶。几朵枯萎的黄菊沾满水珠，瑟瑟秋风拂过，那些叶儿、花儿离开枝头，飘飘然落了下去，落在泥土里。这遮阳蔽日、高高挂在参天大树枝头的绿叶，如今也成了铺满泥土的"棉被"，任人踩踏；那令人赞赏不绝、赋词作诗的黄菊，如今也经不住一阵秋风的吹拂，零落一地，成了泥土的养分。刘福瑞坐在亭里，痴迷地看着秋雨，思绪纷飞，犹如纷乱的花瓣儿，又如漫天飘落的细雨，心想：要离开这里，离开这个道貌岸然的人，离开这个是非之地。阵阵寒意从心底泛起，他禁不住打了个寒战。曹野忙拿件外衣过来，披在刘福瑞身上，说："福瑞哥哥，你坐这四面透风的亭榭里，就不怕着凉？"

刘福瑞笑了笑说："曹野兄弟，你我在这李府上住的时日也不短了。可这李大人总是不来收走笆子。我寻思着，莫非他公务繁忙，无暇顾及我们这两个在后院里的笆子匠？这笆子也做了不少，我看今日我们去辞别吧！"

"哥哥，我听你的。这些日子我也想宋谦哥哥了。"说完，两个人将各自的东西收拾妥当，将那些做笆子的工具也收拾好了，又把做好的几十把精致的笆子包了起来，来到厅堂与李邦彦辞别。

这笆子已经做好，眼下也没什么借口能将人家留下。李邦彦左思右想，捋着胡须，只是胡乱翻看笆子，好像笆子堆里埋着他急于找到的物件，又像是在看笆子质量好不好、做工精细不精细。

曹野性急，忙说："李大人，您放心吧！那些笆子把把是我们兄弟费心

第42章 / 遭贬官宰相隐田园
辞太傅福瑞遇易锐

尽力做的，只管放心用就是。"

李邦彦瞅瞅脸色凝重的刘福瑞，又望了一眼满脸喜色的曹野，道："罢了，罢了！这笼子做得甚好，可这做笼子的人却有些眼拙，不然这好端端的花梨老木生来就是用来雕龙刻凤做桌椅的大材料，却非要做成这小小的笼子。你们说，是不是有些浪费？"

刘福瑞自然明白李邦彦怪自己不识抬举，却装糊涂就事论事，笑笑说："那花梨木生在将相王侯家里，即使拿来做笼子也不见得有什么不合适。在这上等的花梨木笼子梁上雕刻起来，也是方便了许多，雕刻出来的花纹，自然能显出东家的身份。"

李邦彦愤慨道："也好，笼子匠就是笼子匠，你若是将笼子匠看成了别的什么，只怕笼子匠也不成笼子匠。"

曹野一头雾水，这什么笼子匠什么的，挠挠头，问："李大人，我福瑞哥哥祖上就是做笼子的，这回也学了些其他做笼子的本事，就是个笼子匠。怕是这辈子也是个笼子匠了，怎么会被你看成别的什么了？"

李邦彦见刘福瑞脸色淡定，只好断了心头那点念想，冲门外喊："来人，送上些银子，将这笼子匠送出府去。"

刘福瑞与曹野随仆人出了李府，踏上归乡路途。曹野吃了些皮肉之苦，留了一脸刀疤，可总算捡回一条命。刘福瑞舒坦了许多，那秋雨落在脸上也没了凉意。天地间挂着薄薄水雾，将他们远行的身影包裹起来，愈来愈模糊，渐渐消失。而让刘福瑞万万没想到的是，易锐与崔恋蝶并没有听他的话。

那夜，易锐带着崔恋蝶逃出后，在城外村里安顿下来。易锐放心不下刘福瑞，如果自个儿独自回去，也没法向笼子匠村老老少少交代，更没法见福瑞娘和自个儿的爹娘。几日后，易锐返回怀州。没想到，耿家父子已被治罪，怀州换了新知府。老百姓个个眉开眼笑，欢呼雀跃。于是，他与崔恋蝶又来到开封。可这些日子两人将身上的盘缠花了个精光。没钱住客栈，两人只好在城外废弃寺庙落脚。饥肠辘辘，再加上下起秋雨，冻得瑟瑟发抖。易锐从外面捡些柴火，点燃取暖。淡黄色的火焰扯得老高，将阵阵暖意传到崔恋蝶

213

身上，更是将易锐的真情传到崔恋蝶心坎里。崔恋蝶从易锐飘忽不定的眼神里看出些眉目来，也能从易锐无微不至的关心里读懂少年懵懂的心。一颗少女的心开始颤抖，开始挣扎。刘福瑞在她家里做笓子那些日子，她总觉得有福瑞在的日子过得总是很快，天不知不觉就黑了，夜却变得漫长起来；而易锐这些日子的关照，也让她有些感动。

易锐低着头，一声不吭，翻着那些柴火，使得火焰扯得更高。这些日子，崔恋蝶问些什么，他就说些什么，多一个字也不会说，更不会没什么事故意拿话来逗乐。而且，每当双目相对，他总是躲闪着，不敢正视，稚嫩的脸会马上升起一片红晕。破落寺庙，虽然窗子破了、木门掉了，但是那屋顶却是好的，几片瓦挡住了外面越来越大的秋雨。此时，顺着屋檐流下来的水珠子已经连成一条线。天地间挂起水幕，将这两颗懵懂的心遮了起来。

突然，水幕被撕破，闯进来两个人。闯进来的人见到易锐与崔恋蝶惊得说不出话来，愣在门口。易锐扔掉拨弄干柴的棍子，扑了上来，泪珠顺着眼角流下来，道："福瑞哥，你让我们找得好辛苦呀！"

刘福瑞轻拍易锐，说："易锐，你们怎么会在这儿？我不是让你们回青城吗？"

易锐瞅瞅站在刘福瑞身后的曹野，很是疑惑，这人面目狰狞怎会跟福瑞在一起？顿时不敢说话。崔恋蝶更是不敢上前，将身子稍稍往后移了移，一双杏眼满是惊恐之色。

曹野瞅着易锐道："怎么，数日不见，你不认识我了？我是教你拳脚功夫的曹大哥呀！"

易锐瞅着那满脸刀痕，怯怯道："你果真是我的曹大哥？"

第43章
归故里工匠堪忧愁
拜名师福瑞欲摆摊

　　崔恋蝶这才明白，眼前这个看上去面目狰狞、令人望而生畏的人，便是自个儿的救命恩人，立刻起身上前，跪了下来，道："民女崔恋蝶，不知恩人在上，未能拜谢，还请恕罪！"

　　曹野边搀扶边道："你是不是认错人了？我见你有些面熟，可想不起来什么时候搭救过你。"

　　刘福瑞说："曹野兄弟，她就是你那日搭救的女子，不过是穿了身男儿的衣服罢了。她一时没能认出你来，你也莫怪。若不是我在牢中见过你，你变成这般模样，恐怕我也认不出来呀！"

　　说话间，几个人来到火堆旁坐下来。曹野大笑道："福瑞哥哥说得极是，我这般模样回到青城，怕是旧友都认不出来了；更何况你我一面之缘，切莫自责呀。"

　　崔恋蝶施了一个万福，说："大恩不言谢，等回到了青城，我崔家能有的，您只管拿去就是。"

　　刘福瑞淡笑说："好了，都是自己人，就不要那么客气了。况且曹野兄弟仗义出手，那是他的本性。若是为了钱财，怕是他才不愿出头。倒是说说，你们怎么会在这儿呢？"

/ 篦子道 /

外面的雨仍下着,可破庙里却暖意洋洋。易锐与崔恋蝶你一言、我一语地将这些日子的经历说了个清清楚楚。等雨停,天放晴,刘福瑞他们出了破庙,寻了家酒肆,吃了顿饱饭,欢欢喜喜上了路。在路上,盘缠用尽,就在村里做些篦子,换些碎银继续赶路。就这样,走走停停,等他们回到青城时,已经是大雪纷飞的冬季。整个青城银装素裹,那流淌不息的运河也冻了。那弦歌书院的读书声依然琅琅,四女祠的香火依然旺盛,智通大师、孔先生依然精神抖擞。那篦子匠村依然坐落在运河沿岸,篦子匠人们依然过着清贫的日子,马家依然霸占着篦子生意,日子过得悠哉游哉,那儿子依然败着家。

吴蝉没了昔日的风光。只因那次野合受到宋谦的惊吓后,苏县令那男人的物件就不好用了。男人物件不好用,自然底气也就不足,花花肠子也就没了。再加上苏清澈已致仕,也没了县令头衔,自然也被马怀德看不起,无奈带着夫人投奔京城的亲戚。说来也怪,新上任的县令也姓苏,来青城没几日便与马家交往甚密。怕是新来的县令也是个贪财的主儿。

然而,崔家却没了往日辉煌,虽然坐落在安乐镇的崔家大院依然气派,可崔老爷心死了,崔夫人泪干了,就连跟着崔蛱蝶的杜鹃也没了以前的伶牙俐齿,整日以泪洗面,哀叹好人没好报。倒是田奎将崔家上下打理得井井有条。崔恋蝶最担心的事终究还是发生了。只因崔恋蝶不辞而别,马家一口咬定崔家耍赖,一气之下,将崔家没有儿子的事说了出去。崔鸿德哪里还有脸出门,自从自个儿没儿的事闹得满城风雨,便闭门谢客,一切事务交给田奎打理,只盼着二女儿崔恋蝶能平安无事。他还在后院拜佛烧香,念起了经。

崔夫人瞅着嫁到马家没两天又患上癔症的大女儿,心如刀割,每每见女儿傻呵呵冲自己笑,不知冷暖、不知饥饱、不知脏乱,死的心都有了。可她知道这女儿要是没了娘,那就更可怜。这个女儿疯疯癫癫没个依靠,她怎么忍心撒手人寰,只好忍着、受着,将泪水流干了,也就不觉得痛苦了。何况她还有一个女儿,还有一个下落不明的女儿。起码那个下落不明的女儿给了自己期盼,有了希望。只要心里有希望,什么艰难痛苦都能扛过去。

在村头,崔恋蝶见那王楚楚翘首企盼,与刘福瑞眉目传情,看着他们说

第43章 / 归故里工匠堪忧愁
拜名师福瑞欲摆摊

说笑笑回了篦子匠村，心里头也是乱得很。那易锐倒是个眼尖的人，见崔恋蝶脸色有些不悦，便自作主张，陪着崔恋蝶回到安乐镇的崔家。崔恋蝶出现在崔夫人眼前，崔夫人那颗破碎的心又重新聚在一起，如霜般煞白的脸庞又有了血色，一向痴呆的眼神也变得活跃起来。崔恋蝶见娘发丝斑白，面容憔悴，又是内疚，又是悔恨。

刘福瑞、易锐、崔恋蝶回来了，还带回来个面目狰狞的壮汉。这消息一时间在青城传开，自然也传进马怀德的耳朵。这些日子刚刚消停，怎么那个多日毫无音信的刘福瑞又突然冒出来了？马怀德也知，刘福瑞这一趟是打探篦子行情的，若是在外面找到好买主，怕是刘家篦子会慢慢做起来，一时又是心神难安。可眼下也不好做什么，只能静观其变。可他那宝贝儿子却好像并不在乎，嚷嚷要去崔家提亲，将二女儿崔恋蝶娶进门来。一时闹得马家夫妇心烦意乱。

篦子匠村老老少少、男男女女围在刘家院子。王翠香热泪盈眶。刘福瑞瞅着两鬓斑白的娘，眼里生出一层水雾，再看见大伙儿期盼的眼神，一时也没了话说。倒是一向不怎么说话的张平开口："大伙儿回去歇着吧！有什么事明儿再说！福瑞这刚进家门，赶这么多天的路，就让他好好歇息歇息吧！"此时，明月早已高挂在夜空，将银色的光芒洒向大地，照亮黑夜。

大伙儿你瞅瞅我，我看看你，心领神会，纷纷笑着说："他张叔说得对，我们见少爷平安无事地回来了，心里高兴呀！好了，我们这就走了。"

刘福瑞笑说："大伙儿的心意，我明白。你们先回去歇着吧！"这时，易达从人群挤出来，瞅着刘福瑞说："少爷，怎么不见我家易锐呀？"倒是曹野嘴快："大叔，易锐去送崔小姐。怕是明日才能回来。"易达一时不明，忙问："是那逃婚的崔家二小姐吗？"曹野点点头。这些穷苦人，虽然日子过得清贫，但一颗颗心却如金子般闪着耀眼的光芒，暗暗替崔老爷高兴。易达呵呵笑说："那好！我这就回去告诉他娘，不然她又该哭了！"说完，转身走了。随之，大伙儿渐渐散去。这篦子匠村又恢复了往日的宁静。但这宁静背后却暗潮涌动，大伙儿心思活了，只因那个带着希望的少爷回来了。

可这去寻活路的刘福瑞，怕是要将大伙儿心中燃起的希望之火慢慢浇灭。刘福瑞一时不知该说什么，但他早已将这些人的命运与自己连在一起，断然不会将大伙儿的希望变成绝望，要寻一条让大伙儿继续抱有幻想、心存希望的说法，不然，希望没了，怕是会将大伙儿置于无穷无尽的黑暗世界。这一夜，福瑞心潮起伏，直到鸡鸣三遍，才迷迷糊糊睡去。第二天，刘福瑞拜见已不在弦歌书院教书的孔儒仁，将担忧说了出来。

孔儒仁笑笑说："这有什么难的！篦子工匠自然不能没了篦子做，只要有人做起木篦子生意，能从他们手里买篦子，他们自然就有了活路，那心里的希望之灯，自然就不会熄灭了。哪怕那生意做得不是很大。既然外面的世界不太平，也只好在这青城从摆摊、走街串巷做起了。"

刘福瑞说："对，学生这就在运河畔摆摊位卖篦子，将工匠们做出来的木篦子卖出去。"

孔儒仁将那火炉的木炭扒拉扒拉，说："这世上的事，也没有什么定数。你看那崔鸿德，如今沉迷于吃斋念经，全然没了以前青城首富的架势。这金银财富不过是过往云烟而已，莫要让它成了累赘呀！"

刘福瑞明白，拜谢孔先生，回到篦子匠村。跟随老刘家多年的木篦子工匠不能不管，更不能眼见他们穷困潦倒。他将摆摊的事告诉王翠香和张平。

王翠香放下手里的衣服，抬头望望福瑞，"福瑞，你摆摊卖篦子，娘不反对。可眼下木篦子怕是卖不出去。"

刘福瑞笑笑说："娘，这个你放心吧！我会将那些木篦子用药水浸泡，那样的话，那些篦子跟您头上插的那把一样，能祛病的。这能治头疼的木篦子，怕是能卖得出去。这方家就在那江南卖这样的竹篦子，卖得很好。"

张平一时不解，做了一辈子木篦子，也弄不明白木篦子怎么能治病，满脸茫然，问："这木篦子能治病，那岂不是笑话呀！你娘用的那篦子，怕是世上没有第二把呀！"

刘福瑞笑了笑，将在江南方家拜师学艺的事说了出来，张平和王翠香听得咧嘴直笑。

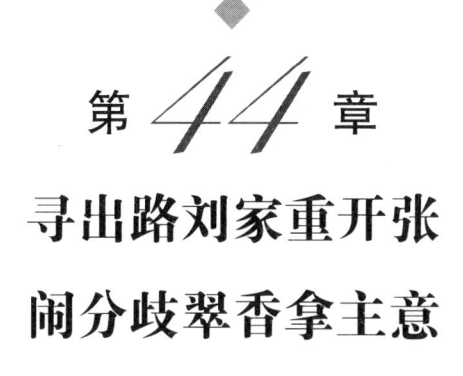

第44章
寻出路刘家重开张
闹分歧翠香拿主意

这天寒地冻的，木材奇缺，幸好张平将以前剩下的木材存放在屋里。这回派上了用场。几日来，刘福瑞不曾出门，精心打造了一批笸子。这些笸子做工精致，雕刻讲究，真是上乘之作。刘福瑞遵照方家所学，从药铺抓来几副中药，熬成汤，将木笸子浸泡数日。

王翠香也没闲着，精心缝制了一个招幌，绣上"刘家笸梳"的名号。就这样，刘福瑞在运河之畔，挂满积雪的柳树之下，摆起笸子摊。虽没往日刘家店铺气派，但终是个开始。寒风凛冽，刘福瑞仍每日早出晚归，将笸子摊用心经营。

这日，刘福瑞刚收起摊位，易锐便过来帮他挑担子，回笸子匠村。一路上，易锐一言不发，忧心忡忡。刚到刘家院子，易达便冲进来。易锐慌忙扔掉担子，将笸子散了一地，撒腿就跑。易达追上来，骂道："你个龟儿子，你往哪里跑！你给我站住！"

刘福瑞一把拽住易锐，问："这是怎么回事？"

易达冲过来，挥起胳膊，那巴掌朝着易锐扇去。易锐躲在刘福瑞身后，说："我不要你管！我要跟曹野大哥学功夫。"

院里的争吵声将屋里的王翠香、张平引了出来。王翠香见易达气得脸色发紫,说起话来舌头发直,问:"这好好的,怎么突然就打起来了?"

易达气喘吁吁地说:"这臭小子,不好好地跟着我学做篦子,却偏偏要学什么功夫。你说我能不收拾他?"

王翠香扯扯衣袖,说:"好了,孩子大了,你这动不动就动手,那能行吗?有什么事情不能坐下来好好商量呀!都给我进屋里去,你看这外面多冷呀!"

易达气呼呼地转身朝屋里去。一帮人跟进来。屋里燃着炭炉,暖烘烘的。王翠香又将做篦子剩下的檀木屑撒到炭炉里,燃着的热气里掺杂淡淡檀香味,使屋里有股淡淡的清香。这样舒适的屋子,自然让人的火气消了许多。那炭炉上水壶里煮着茶,冒着热气。王翠香给每人倒了一杯,说:"快,快,喝些热水,暖暖身子!不然寒气袭身,会落下病的。"

易达端起茶碗,猛喝几口,将茶碗放在桌上,瞅着易锐,说:"今儿,在你翠香姨面前你倒是说说,要不是刘家收留你爹娘,哪里有你呀!你如今长大,翅膀硬了,要飞了,是吧?只要我活着一天,你就得做一天篦子,就得为刘家做篦子。哪儿都休想去,什么也都休想学!"

王翠香倒有些不满,冲易达说:"易师傅,这就是你不对了。这刘家虽然有恩于你,可如今刘家篦子也不过是个小摊,就张平与福瑞做的篦子也够卖,哪里还要易锐来给刘家做篦子。孩子有自个儿的喜好,就随他!况且,刘家耽搁不起孩子前途!你的心意刘家领了。"

刘福瑞道:"易叔,我娘说得对。易锐这一趟随我下江南,也是吃尽了苦头,受尽了折磨。我见他跟着曹野兄弟学起拳脚功夫来倒是很快,自个儿也是很喜欢。依我看呀,您就别为难他了。这年月,会些拳脚功夫也是好的。"

张平附和道:"老易呀,你就别倔了,随孩子吧!况且,眼下这木篦子生意也不是很好。兴许孩子练练,将来能有个好出路。"

易达道:"福瑞已摆起摊位,大伙儿都期盼着有朝一日,刘家篦子能开上十家篦子铺。那样的话大伙儿就忙起来,到时候怕是篦子工匠不够用。我

第44章 / 寻出路刘家重开张
闹分歧翠香拿主意

们这帮工匠也老了，眼也花了，怕是也做不出什么精致的笸子了，就要靠易锐他们了。若是易锐眼下不好好地学，不好好地练，等到了福瑞开了笸子铺，需要工匠的时候，怕是晚了呀！况且，这笸子匠村的哪个笸子工匠不晓得，福瑞才智不凡，就是为了我们才没有去考功名的。不然，福瑞考取功名，谋得官爵，你们便会有享不尽的荣华富贵，哪里还要跟我们这帮工匠在这儿过苦日子呀。"

刘福瑞心生感动，带着几分尊敬，更是坚定自个儿的选择。这时，曹野从外面进来，笑呵呵道："这几日在那崔家好吃好喝，甚是自在。可易锐说好了来找我，我左等右……"刘福瑞忙迎上去，扯扯曹野的衣衫。曹野见易锐父子脸色难看，忙将要说的话咽下去，又改口道："易锐拉着个脸，给谁看呀？谁惹你不高兴了？"

刘福瑞忙说："曹野兄弟，你怎么来了？"

"怎么，我来的不是时候？福瑞哥哥，我是来找易锐的，帮那崔家小姐捎个话，问他想好了没有。"

曹野端起桌上的茶碗，咕噜噜灌了进去，又将嘴巴一抹，道："这茶煮的甚好，能再给我来一杯吗？"

王翠香拎着冒热气的水壶，迈着细细的碎步，来到曹野身前，将茶碗倒满，又将水壶放回原位，说："你捎话来，捎了个什么话来呀？"

"就是，易锐想好了没有。"

刘福瑞不明白无头无尾的话，问："什么想好了没有？这捎个话，怎么捎了半句话呀！"

易达、张平、王翠香茫然，唯有易锐心知肚明，脸色越发红了。

曹野挠挠头，说："我问了，崔小姐说，就把这句话说给易锐。我也不好再问什么了。"大伙儿齐刷刷地将目光投在易锐身上。易锐在这些目光的聚焦下，无处可躲，神色显然慌张得很，双手紧紧握在一起，低着头，不敢正视，支支吾吾，半天也没说出一句话来。

易达顿时火冒三丈，刚才被那碗茶水熄灭的心火复燃，燃得比刚才更旺。

没想到，易锐竟胆敢瞒他，不知这小子与崔小姐有什么约定，顺手提着木凳朝易锐砸去。曹野蹿起，扑上去，将凳子夺下来，说："易叔，您怎么比我脾气还急呀！这是好是坏，还没有弄明白，您怎么就要将他脑袋砸开花！"

易达自然难敌曹野，无奈地坐下来，一拳狠狠地砸在桌上，震得茶碗乱颤，冲着易锐吼："快说，什么想好了没有！"

易锐战战兢兢地说："爹，您可别气坏了身子。今儿我来找福瑞哥，就是要让他帮我拿个主意，没想到，被你这么一折腾，反而将我的打算弄乱了。"

刘福瑞说："易叔，您先不要急，让易锐说出来，我们一起帮他拿个主意。"

王翠香又给易达添满茶水，说："他易叔，您先喝口茶吧！"易达端起茶碗，又是咕噜噜喝个精光，将茶碗狠狠地砸在桌上，冲易锐吼："兔崽子，说呀！怎么，等着敲锣打鼓呀！"

外面飘起雪花，鹅毛般的雪花将沉寂在夜色中的篦子匠村装扮一新，披上一层白衣。易锐将折磨他夜夜难以入睡，压在心口喘不过气的心里话说了出来。

原来是崔恋蝶见爹闭门不问世事，姐姐疯疯癫癫，娘一个人苦苦支撑摇摇欲坠的崔家，便寻思去江南找个谁也不认识自己的地方生活。那样的话，爹不用在世人的嘲笑里生活，不用日日躲在自家后院；或许，姐姐换个环境，能将心魔驱除，好起来。可她一个女儿家，又怕千里迢迢出个什么意外。她见易锐是个能依托的汉子，便悄悄告诉易锐，望易锐能与她一起离开青城。

刘福瑞说："这崔家曾有恩于我们，如今遇难，我们理应帮人家。易叔，我看就让易达随崔小姐去吧！"

王翠香也说："福瑞说得有理。况且，崔家小姐指名道姓要让易锐去，足见那姑娘对易锐也生出了几分情来。这去了，一来是报恩，二来也算是易锐的福气呀！"

易达道："那怎么行？癞蛤蟆哪能吃上天鹅肉，那不是痴心妄想吗？不

第44章／寻出路刘家重开张
闹分歧翠香拿主意

行，我看他，还是老老实实地跟着福瑞做篦子吧。"

易锐噘着嘴，嘟囔着"我，我想……"

"你想什么想，你还是好好想想怎么练就做篦子的手艺吧！"

易锐瞅着王翠香，眼里含着祈求，他知道爹在篦子匠村谁的话都听不进去，唯独能听进去福瑞娘的话。易锐满眼的祈求像是在说，王姨，您说说我爹吧！我要随那崔小姐去江南。

王翠香沉思片刻，说："我看这是个好事，是我们篦子匠村的好事，也是你老易家的大好事。这崔家向来与人为善，祖上也是经营的好手，若是易锐能与那崔小姐结为百年之好，自然能继承崔家的家业，那我们这篦子生意做起来也有了本钱。再说了，你们老易家跟着我们刘家已三代了，该还的恩情也还了，现在刘家也不能给你们好日子了。我看，倒不如你们老易家都迁走吧。日后，要是篦子匠村遇上了什么难事，也好有个去处呀！"

易达老泪纵横，多么善解人意的主子！王翠香这么善良，崔家早已相中她儿子，她却将这样的好事拒之门外，只因刘家欠篦子工匠的，需刘福瑞去还。如今，崔家退而求其次，相中易锐，她却一个劲儿地说是天大的好事。对老易家来说，这无疑是天上掉下来的福气，可老易家能这么走吗？

第45章
夜纺纱翠香忧心重
弃家业福瑞欲做工

王翠香淡笑说:"他易叔,你就别琢磨了。这等好事,怕是许多人家求佛烧香也求不来的呀!你就依了孩子吧!"

易锐扑通跪在王翠香面前,声泪俱下,"王姨,您放心,不管我去哪里,在什么地方,做什么,我都不会忘了笼子匠村,不会忘了您和福瑞哥哥。"

王翠香将易锐揽在怀里,用手轻抚那一头乌发,笑道:"好了,好了!这事姨给你做主了。你答应那崔家小姐就是。"

易达一脸尴尬,皱皱眉头,却没说出话来。既然少奶奶这么说,自己也不好再说什么。

曹野哈哈大笑道:"好了,既然易锐答应了,我这就去回话。那田奎早已将家里的东西收拾好了,只等崔小姐说一声,便举家南下了。"

纷飞的大雪将笼子匠村盖了起来。只因崔家如今少了男丁,怕遭恶人劫持,邀曹野一同上路,也好有个照应。说来也怪,这曹野一向性野,可见到田奎却收敛许多,竟破天荒地应了下来。

夜里,王翠香心思活起来。这易锐要成婚,福瑞也该寻户人家,见王楚

第45章 / 夜纺纱翠香忧心重
弃家业福瑞欲做工

楚钟情儿子，便跟福瑞提起。可福瑞却说要一心将刘家篦子做起来，若是做不好，不问婚事。无奈，王翠香只好将那点私念深埋在心底，默默祈求，祈求楚楚能对儿子痴心不改。

一日，易达带易锐和媳妇来到刘家，向王翠香、张平、刘福瑞道别，也与相处多年的左邻右舍道别。灰蒙蒙的天色，将火红的太阳遮起来。那凛凛寒风，将大伙儿的心吹得冰凉冰凉的。那钻进骨子的冷气，使得大伙儿禁不住打寒战。易家与崔家离开青城去了江南。那里没有世俗的眼光，也没有马家陷害。这崔家走了没些日子，青城里谩骂马怀德的谣言悄然四起。说是崔家公子在江南置买宅院，将乐善好施的崔家夫妇、崔家小姐接了过去。马家造谣崔家没儿子，这不是睁眼说瞎话？这一来，真的反而成了假的，假的反而成了真的。世事就是这样，多行不义自然老百姓不会信的。马怀德哪里咽得下这口恶气，不把这个崔老爷有没有儿子的事弄清楚，怕是这个恶名洗脱不掉。于是喊来蔡福，商量下趟江南。

篦子匠村依然那么宁静，日子还是那样清贫。冬去春来，柳树吐绿，解冻的运河波涛荡漾，沉寂一阵子的码头开始热闹起来。商船、客船在河面上穿梭着。在过去那个寒冷的冬天里，刘福瑞送走了恩师孔先生。日子依然在艰辛中慢慢度过。用药水浸泡过的篦子，没能给刘家带来什么起色，可刘福瑞依然坚持摆摊。

如今，马家篦子店生意在这青城如日中天。硕大的闪着金光的"马记篦梳"的镶金牌匾高悬于门楣之上。绣有"天下第一篦"的招幌挂在高耸的桅杆上，随风舞动，遥望运河。运河之上泛舟闲游的达官贵人，匆忙而过的商客，渡河为生的船家，立于船头便能隐隐约约看见。

马怀德悠闲地端着茶壶躺在躺椅中，惬意地哼着小曲，享受着微凉的河风，心里如同灌蜜般美不滋儿的。如今他年过半百，膝下却唯有一儿不成器，这令他甚是伤痛。这趟下江南，虽没查证到在江南落脚安家的崔家到底有没有儿子，没能将那恶名洗脱，可他却有别的收获，竟然找到了自己的女儿。只怕夫人千算万算，没有算到啊。即便她砍光桃花树，没想到桃花还有

225

根，马怀德有一个桃花女儿……而且这桃花女出落得好似天仙。想到夫人那张惊愕的脸，马怀德喜不自禁哈哈大笑起来。再想到儿子一双贼溜溜的眼珠子在女儿身上乱转，又有些担忧。这个桃花女啊……马怀德暗叹，如今已年满十六，家里怕是容不下，只盼给她寻户好人家。

此时，刘福瑞正在河岸柳荫下摆摊，四寸见方的案桌上摆着各色木篦子，一角插着写有"刘记篦梳"的幌子随风舞动。偶尔有几个身穿短衫长裤，脚蹬草鞋的小贩、挑夫来选篦子。无人问津时，刘福瑞便望着马家篦子铺"天下第一篦"的大旗出神，心想有朝一日要将那门楣上悬挂的招牌中的"马"改成"刘"。

天色慢慢暗下来。张平叔已是中年，靠砍柴和做木匠为生。他以往挺直的腰杆，在生计的重压下，已微微弯曲，岁月在古铜色脸上雕刻了抹不去的痕迹。两人捡了剩余的篦子，默默无语，一起回到篦子匠村。

岁月如水般溜走，往日的莽撞少年如今长大成人，往日的美好幻想也被揉进琐碎的日子。等到家时，天已黑尽。刘家院子窗户上印着一妇人穿针引线的影子。那是王翠香仍在忙活。

刘福瑞夺过娘手里的衣服，扔在一旁，道："娘，您日夜替人缝洗衣裳贴补家用，孩儿如今已经长大成人，却无法让娘安心，以致您华发早生，如此辛劳。这一切都是孩儿的过错。娘，您不如答应孩儿的请求，放弃刘家篦子，让孩儿与张叔叔一起出去做工，也好补贴家用。"

王翠香将衣服拾起，并不言语，只是起身拿起剪刀，抄起织布机上的棉布裁剪起来。刘福瑞忙跪在一旁："娘，娘，孩儿知道错了，孩儿知道错了，孩儿不会半途而废的。"

"你是刘家唯一的血脉，怎能说出如此大逆不道的话来？你也是读过圣贤书的人，怎能遇到一点挫折便要放弃？这和那些市井小人有何不同？你李爷爷、太爷爷在地下如何睡得安稳？那些年你胆敢南下的勇气，去哪里儿了？难道你是越活越不如从前了吗？"

刘福瑞争辩道："娘，如今朝廷都要破旧出新、重立新法，尚能富国强

第45章 / 夜纺纱翠香忧心重
弃家业福瑞欲做工

民。我只是觉得我们刘家箅子如此发展下去,也不会有什么起色。孩儿刚才说出去做工也是无奈。"

王翠香早已知晓朝廷力推新法,但遭到保守派的反对,便怒气渐消,语气中透着悲凉哀叹道:"福瑞,国之根本还在于民。规矩是老祖宗定的,虽有破旧立新之说,但要改变并为世人所接受很难。流传千年的古训自然有其精妙之处。刘家祖辈是靠精湛手艺、经商仁义才赢得'天下第一箅'的美名,你若弃此,又能如何?"

刘福瑞微微一笑道:"娘,您弄错孩儿的意思了。孩儿的意思是刘家箅子要发扬光大,必须得革新,必须要适应世人的喜好,虽说'不以物喜,不以己悲',但同样也有古人云'识时务者为俊杰'。这不是同样的道理吗?刘家要振兴需要变革,需要新的动力。马家曾以卑劣的手段夺走了我们的秘方,他们用此秘方做的箅子胜于我刘家如今的箅子,这是事实。虽然我从方家学到了制作具有祛病功效的箅子,可哪知道木材与竹子有所不同,做出来的箅子功效也竟然不如那方家箅子,也没能赢得世人的喜爱。"

王翠香哀叹道:"你所言极是。世风如此,又能奈何?上至将相王侯,下到黎民百姓,哪一个不喜爱奢侈?马家即使拿了我刘家的秘方,也是精选名贵材料,雕花刻凤无不精致,弄得一把小小的木箅子更是比那金银物件还要贵上几分。这些年,你苦苦地摆着箅子摊,每日赚的银两少得可怜呀!福瑞如今你这般说来,是不是早已有了什么打算呀?"

刘福瑞神情淡定,若有所思道:"入马家,为其做事。反正现在守着个摊子,还不如去马家当个伙计赚的银子多。"

王翠香顿时觉得肺腑炸裂、七窍生烟,这些年的苦日子,这些年的煎熬,难道都要付之东流了吗?刘家与马家向来是水火不容,这些年苦苦地守着刘家箅子的招牌,不就是不愿向那马家低头吗?给箅子工匠们一个期盼,也给自个儿一个希望呀。可如今,儿子竟然这么说,她能不着急,能不上火吗?她颤声道:"福瑞!你……你想干什么?"

刘福瑞显然低估了娘的反应,忙说:"娘,孩儿要去马家当伙计是假,实际上要去学学马家的技艺。"

王翠香更是气得脸色发紫，眼珠子瞪着道："偷师？非君子所为！你读的圣贤书都白学了吗？"

刘福瑞按着怒不可遏的娘的肩膀，赔着笑脸，道："娘，你莫要生这么大的气。您说说，这马家夺了我刘家的秘方，难道就算仁义吗？马家逼迫崔家女儿发了疯，将崔家逼出了青城，难道我对这样的人还要以仁义相待吗？我只是想去学一下马家的经营之道，光以'仁义'二字恐怕难在世上立足。何况，孩儿如今已有新的打算，造一种新工艺的篦子。"

王翠香有些不解，忙问道："什么样的新篦子？"

第46章
求技艺后生忍屈辱
洗骂名马家雇伙计

❝如今世人皆喜角篦子。但犀牛角名贵珍奇，在唐朝便有人以玳瑁等其他含有胶质的原料制作仿品，同样美艳无比，而价格平实，只是这些制造的工艺早已失传。即便有，也是以奇货自居，所造赝品也冒充真品出售。孩儿这些年在村里遍读书籍，发现李爷爷有一本制造仿角梳的书，上面写了一种秘药，若是加上我们刘家的香料之法，再加上那方家的制作之法，必定可以制成一种新的篦子，只是苦于没有钱财，无法研制。"

王翠香疑云丛生，怒气渐消：是呀，做个新花样篦子，哪能不拿出点本钱？可如今篦子匠村一贫如洗，哪里能拿出闲钱来？可她仍不明白，入马家能如愿以偿？于是，她问："福瑞，做新篦子与你入马家做事有何相干？"

刘福瑞淡笑道："娘！自从崔家走后，马家留下恶名。从此马家便追求好名声，尤其是马怀德总以'仁义'自称，可青城内谁人不知他陷害我刘家，崔家的遭遇，怕是马家也难脱干系！如若我去马家做事，不仅令他有胸怀宽广之美誉，我也可以获得一笔不菲的月钱，正好用来研究刘家的新篦子，更可以学马家的经商之道。一举两得，何乐而不为？"

王翠香叹息一声："马家哪有什么经商之道？那马家是有名的奸商，所

/篦子道/

做的桩桩件件哪一件符合'仁义'二字？你竟然……"

刘福瑞起身轻拍娘的肩膀，赔笑道："娘，他马家能成就今日的气候，也不是全靠那般手段。如若马怀德只是一般卑鄙小人，马家事业也无法做到如今这般光景。他身上必定有可学之处。你说是不是？若是马家只耍卑鄙的手段，那我早早离开就是。"

王翠香点点头："福瑞已是大人，有自己的主意了，娘一时弄不明白。但是，福瑞你可不要忘记十年前对娘的誓言呀，你也不能忘了这篦子匠村跟随刘家的篦子工匠呀！"

刘福瑞一脸正色："娘，您尽管放心。我哪能忘了篦子匠村这些工匠的恩情？我知道刘福瑞要做一个正人君子、一个好人！"

夜已深，远处传来几声犬吠，在这寂静的村庄里显得分外刺耳。

屋里，灯芯将要燃尽，光暗淡下去。王翠香连忙从发髻上拔下一把钗，挑了挑灯芯，火星沿着棉芯直往上蹿，黄色火焰扯得老高，整个屋里顿时亮堂许多。王翠香低声道："时候不早了，你去歇息吧！"

刘福瑞说出憋在心里的话，顿觉天地宽，但见娘神色忧虑，也就多了些担忧，可眼下去马家做事是唯一可行的办法，不然只能将篦子生意丢了。可他能丢吗？不能，只好迎难而上。这去马家，还不知马家会怎么折磨他。况且，马家是否会收他，还不一定，现在只是自己一厢情愿罢了。若是马怀德一时犯浑，不顾名誉，怕是这条路也是走不通的。他将件外衣披在娘身上，语气里透着无奈道："唉，娘，您也早些休息吧！怕是熬夜久了，您这头疼的老毛病又要犯了。"

王翠香笑笑，一边纺线，一边道："你去歇息吧！转眼就要到秋天了，你张叔家没有个女人，得给他做件御寒的衣裳。"

刘福瑞还想说些什么，见王翠香低头纺起了线，不再言语，默默出屋。然而，胸中犹如波涛汹涌的海面，久久不能平静。他深知娘的担忧，暗下决心，一定不能辜负娘的一片心意。银色月光洒落在篦子匠村，给村庄铺上一层清冷的银光，几只蝈蝈在屋前南瓜架下吸吮着露水。一袭人影久立于刘家

第46章／求技艺后生忍屈辱 洗骂名马家雇伙计

破屋旁。身影在月光的照耀下，拉得很长很长。

晨雾缭绕，鸡鸣鸟啼。河堤之上，烟柳成行，绿草成茵，野花铺地而乱絮纷飞。沿河而住的渔民们早早地撑了小船，在金色的运河之上撒网捕鱼。岸边炊烟袅袅，与雾气混成一团，早起孩童嬉戏追逐，好一派百姓安居乐业之景。朝日如虹，染得大运河金光一片，碧波荡漾，泛舟犹如剪影。马家店铺已热闹起来。一帮伙计清扫门店前台阶，擦洗柜台。那马怀德背着手，挺着大肚子，眯着眼瞅着伙计们擦拭高悬于门楣之上的金字招牌。

刘福瑞拾级而上，作揖施礼，笑道："马老爷，早安！"

马怀德见是刘福瑞，满眼惊诧，假笑道："贤侄，难得能来鄙人的店铺。"

刘福瑞面带难色，恭恭敬敬地说："马老爷，您有所不知。我那箆子摊数月未卖出一把箆子。我家已经数月未见盐米。我娘自打从牢里出来，身体一向虚弱，如今也是做不得力气活儿，这家中无米下锅……"

马怀德见刘福瑞面色蜡黄，说话气虚，心中暗喜，仍笑眯眯道："哦？素闻贤侄是饱读圣人书的，总说'志者不饮盗泉之水，廉者不受嗟来之食'，如今贤侄怎么会来到我的门前乞食？"

刘福瑞凛然道："马老爷，您乃青城富豪，尚以仁慈怀德而受百姓推崇，怎能讥笑我？您德高望重，我不过是晚辈后生，您怎能如此羞辱我？我不是前来乞讨，前日见店中高挂寻仆役之文，才动心思，前来投奔，您怎可如此羞辱读书之人？这不是辱没您的美名吗？"

马怀德见四周人越聚越多，忙笑道："贤侄，贤侄……唉，我不过是开个玩笑而已，贤侄何必如此？既然贤侄想来我这儿做事，倒也不难，只是不知贤侄会做些什么事。我这箆子店铺也不需要那些木头做的箆子，更不需要那些药水泡了泡，便鼓吹能治病的箆子。你说你是来管账房，还是做一般的杂役？"

刘福瑞一拱手，深深地施了一礼，道："马老爷无须多虑，我自然从杂役做起。我可以先做三日。如若马老爷满意，将我留下，那是晚生的荣幸。如若觉得晚生不适合在贵店做事，晚生也绝不强求，自会离去。"

马怀德一时有些迟疑，不过暗想：如若真让他们饿死在自家门前，只怕青城内的人都会戳他脊梁骨骂娘。崔家的事已惹得青城人背地里说自个儿哪是什么怀德，简直就是怀恶；再加上不省事的儿子到处沾花惹草，惹得骂声不断。这马家祖上留下来的美名，不能就这样断在自个儿手里！何不乘机让这青城内所有人统统闭嘴，看他马怀德怎么不计前嫌，施舍一饭碗给可怜的刘家。如果发觉情况不对，随便找个什么借口，将他赶出去就是。想到这里，马怀德笑着，摸了摸八字胡，一线眼眯着："贤侄如不嫌弃我这庙小，我倒可以给贤侄一个差事，不过贤侄若嫌太累……"

"马老爷，如若晚生做不了，晚生自会离去！只是请马老爷赏口饭吃，让我娘的后半辈子也能安生。"

马怀德喊来店铺掌事，说："这伙计我们用了，你去安排他些事情做吧！"那双眼里透着些许让人琢磨不透的神色，怕是只有掌事心知肚明。掌事一口一个"是"地答应着。

马怀德继续说："这伙计可是以前大名鼎鼎的刘家篦子的少爷，你莫要怠慢了！要是惹出什么事来，你也就不要在马家店铺做事了。"

那掌事脸色忽喜忽暗，飘忽不定，仍低着头应允着。

刘福瑞留了个心，细瞅了那掌事脸色，看出这掌事也是讨厌极了这个道貌岸然的家伙，忙迎上去道："小的刘福瑞，以后在店铺做事，还望掌事多多关照，有什么做错的地方，您尽管批评就是。"

马怀德心里生出些许酸味。这刘福瑞倒是个会说话的人，唉，自家儿子怕是学也学不来的。这人呀，就怕比，不比不知道，一比才知道哪个是龙，哪个是虫。

掌事见主子愣神，忙说："老爷，若是没别的事，我忙去了。"

马怀德嘿嘿笑笑，道："好，你去忙吧！这伙计，你可要带好！"

刘福瑞施了一礼，道："马老爷，谢谢您的美意！但依我看来，您也不必让掌事为难。我能做便在店铺做，若是做不了，走便是。"

"行了，行了，我要回去看看我女儿有没有被人欺负，你们去店里忙吧！"

掌事说声"是的，老爷"便转身进了店铺。刘福瑞紧跟几步，也进了店铺。

第47章
怀善意少年赢赞叹
拒刁难福瑞讲故事

刘福瑞生来就是个乐善好施的人,自然到哪儿都会有好人缘。在马家店铺做事的这些日子,他处处与人为善,也乐于助人。店里伙计不论谁遇上什么难事,都帮忙出主意;谁要是身体不舒服或家里有事活干不完,便帮着干;谁有什么心事,他也总能出谋划策,帮着打开心结。有些从曲阜等远地来马家店铺做伙计的,没读过几天书,刘福瑞便成了他们代写家信的不二人选。在店里,他从不与人斤斤计较,不在乎干多干少,任劳任怨,时时处处为别的伙计着想。一时间,大伙儿都乐意跟福瑞打交道。那掌事乐滋滋的,这么一个忠厚老实、吃苦耐劳的后生,也给他省了不少气力。日子久了,掌事对刘福瑞慢慢生出爱怜来。

数日后,马家箆子铺上上下下对福瑞暗自称赞,马老爷见状也觉得十分快意。如今,在这青城没了崔家,那他马家独树一帜,毫无疑问是青城首富。若是这刘福瑞安心在店铺做事,将来刘家箆子重整旗鼓压过马家生意也就成了水中月。以前,他怕刘福瑞赛过自个儿的儿子,眼下也无须怕了。马怀德若是这么想,那他就不是马怀德。他虽然喜欢这个后生,可更明白刘福瑞是把利剑,不过如今没出鞘而已,要是有朝一日出了鞘,怕是马家最大的敌人。

/篦子道/

与其任他在外面疯长，倒不如在自个儿眼皮下，更能安心些。可万万没想到，刘福瑞骗过他的眼睛，更是骗过他的心机。马怀德怕是机关算尽，也没算到刘福瑞骨子里。

可马聪慧心存不满，眼里容不下刘福瑞，更是心疼每个月发给刘福瑞的月钱。刘福瑞成了他的心头大恨，想起崔蛱蝶新婚之夜，迷迷糊糊喊刘福瑞的名字，更是气得牙根痒痒。台榭论道时，刘福瑞拔得头筹，更是让他名誉扫地。这新仇旧恨涌上心头，哪能不找刘福瑞的茬？傅儒风教给他的不光是金钱至上，还有所谓的大丈夫的处世之道：有仇必报、有怨必还。于是，他时不时去店里刁难一下刘福瑞。

马怀德怕引起他人不满，传出去遭人唾骂，便不准马聪慧前往店中滋事。然而，马聪慧左耳进右耳出，根本不把马怀德的话放在心上，私下与马强琢磨如何羞辱刘福瑞。

这日，马聪慧撒谎说与先生温习功课，悄悄溜到刘福瑞做差的店铺。正值午饭，店铺里的伙计们围着桌子，抢着热气腾腾的雪白的馒头。刘福瑞站在一边，笑眯眯地望着他们焦急火燎的神情。掌事拿出早已留好的馒头，包好递给刘福瑞。他知道刘福瑞是个孝子，这每日的馒头都要带回家，与母亲分食。

马聪慧眼尖，看见了，给马强使个眼色。马强心领神会，疾步上前，猛地在掌事手上拍了一下。掌事顺势手一松，雪白的馒头滚落了一地。刘福瑞心疼粮食，忙蹲下去捡馒头，拍打着沾满的灰尘，冷冷责问："真是狗奴才啊！你不知这馒头是多少面做成的吗？这些面有多少人的血汗吗？即便是你看不惯我，也不该糟蹋粮食。难道你不知'谁知盘中餐，粒粒皆辛苦'吗？五岁黄口小儿尚且知晓，你怎不如他们？真是没有教养的奴才！"

马聪慧冷冷笑着，一脚踩扁滚落在脚边的馒头，冲刘福瑞道："我家的馒头，我想怎样就怎样；我家的奴才，轮不着你这不知从哪里冒出来的野种来奚落！"

"少爷，你家奴才，自然只由你管教。但听闻少爷师从京都有名的学子

第47章 / 怀善意少年赢赞叹 拒刁难福瑞讲故事

傅儒风。难道令师没有教过你做人的道理,没教过你怎么管教好奴才吗?那粮食是你们家的不假,可也不能白白糟蹋呀!真是枉读圣贤书。"

马聪慧哪里受得了,顿时气得七窍生烟、五脏不宁,怒道:"好你个刘福瑞,你当你还是刘家大少爷?你家那院子早改成我们马家的马圈了。你若有骨气,何必来我家乞食?"

"乞食?我哪里是来乞食?我是做工挣钱,怎能称之为乞食?如若我只是屈膝伸手要、不劳作,那才是乞食!五谷不分、四体不勤之人才是乞食。"

"你!你……"马聪慧自知辩不过,恶狠狠地瞅着他。马强见主子一时无语,忙贴过去,俯耳细语一阵。

刘福瑞却没心思跟他们纠缠,自顾自地将拾起的馒头拍干净,从怀里扯了一块棉帕,小心包裹好后揣进怀里。那帮伙计见马聪慧气得脸色发紫,个个心里替刘福瑞捏把汗,也不知两个人嘀咕些什么,又会拿什么来羞辱欺负刘福瑞一番。

"刘福瑞,我知道你自视熟读圣人书。今儿,本少爷倒想见识见识,给你出道题目来。你若是答得上来,本少爷不仅再也不刁难于你,而且还拜你为师;你若是答不上来,从今儿起,你就得做我的奴才,鞍前马后小心伺候着,日日清晨倒本少爷的夜香!"

马聪慧显出一副得意洋洋的神色。刘福瑞倒是没想到,一个满腹坏水的人,竟然要跟自个儿斗文,只怕是出的题目也沾满恶臭。于是,他轻笑道:"只要是圣人书,我必定答。如若是其他什么淫词滥调,那就恕我无礼,自然不能作答。"

马聪慧坏坏地笑着,围着刘福瑞转几圈,驻足盯着刘福瑞问:"你刘家曾称为'天下第一篦'。今儿,本少爷就问问你,你可知篦子的来历?篦子的祖师又是谁吗?"

"制篦业的祖师当是陈七子。春秋时期,陈七子为吏,因罪入狱。因狱中生活条件极差,他头上生满虱子,奇痒无比。一次,他被狱卒用毛竹板痛揍后,发现毛竹板裂成了一条条篦片。他便将其整理扎压后,用来清除头上的灰垢和虱子。这便是最初的篦子。后来，每年农历二月十八、九月二十八，梳篦业都要举行仪式，祭祀祖师，以祈求来年生意兴隆。隋朝开凿的京杭大运河从常州穿城而过，当时运河两岸，整街满巷都是篦梳作坊，故有"木梳街"、"篦箕巷"之称。站在文亨桥上，头顶皓月，眼垂花市街、篦箕巷，月光、灯光、波光交映，水声、步声、橹声、劈竹声相汇成乐。古人曰'文亨穿月，篦梁灯火'，时为常州西郊八景之首。盛唐时，当地梳篦花色繁多，不胜枚举，大的竟有两尺多长。北宋以来，质地日趋贵重，金银栉具相当流行。大文豪苏东坡曾有'山人醉后铁冠落，溪女笑时银栉低'的诗吟。"

刘福瑞侃侃而谈，一席话说得头头是道。店铺内伙计如同听说书般，津津有味，掌事连连点头。马聪慧也是头一遭听闻，见掌事点头不已，脸色越发难看。

刘福瑞笑道："马少爷，我回答的对吧？我知马少爷是给我留面子，所以才出此题，我谢谢马少爷的照顾。至于刚才所说的约定，我看就罢了。福瑞不才，哪能与有名的学士傅儒风傅老先生平起平坐？马少爷如若无事，福瑞去做事了。"

刘福瑞行礼，不卑不亢地看了马聪慧一眼，转身去柜台整理起篦子。

马聪慧发紫的脸顿时变得通红、怒目圆睁，气呼呼地出了店铺。马强紧跟在屁股后，嘟哝道："他娘的，这小白脸怎么什么都知道。"

马聪慧转过身来，抬起胳膊一耳光，扇得马强连连后退，怒骂道："你个死奴才，诚心丢我的脸是吗？哼！你以后若再出这种馊主意，小心扒了你的皮！"

马强捂着脸，不敢出气，低头不语，见马聪慧走了，才恨恨地说："不学无术的下贱货，指不定是谁的野种，自己都想不出什么好主意的浪荡货……"骂完痛快了些，但还是收了恨意，挤出笑脸来，紧赶几步。

此时，马聪慧胸中如同翻滚着熔浆，火辣辣的，那股恶气不出，只怕胸都要炸裂开来。他气呼呼走进自家庭院，见马夫人正坐在堂屋喝茶，也是一

第47章／怀善意少年赢赞叹
拒刁难福瑞讲故事

脸恨意。他上前行礼，问："娘，谁惹你生气了？怎么这般模样？小心气坏了身子，否则，我家先生见了就做不出'桃花仙子舞长袖，金钿欲坠敲山枕'的淫词来了。"

马夫人顿时脸色变白，自上次傅儒风被打之后，她这边不知被这浪荡子敲了多少首饰金银，虽是贪欢一时，却整日提心吊胆，生怕这小畜生去告状。这小畜生自打与崔蛱蝶成了婚，那姑娘却不知为何得了癔症，一时谣言四起，说什么马聪慧命里克妻，谁家好端端的姑娘嫁给了那浪荡子，就会得上说不出的怪病。这下闹得青城没哪户人家愿意将姑娘嫁给自个儿的儿子。好在这小畜生贪钱、贪玩，也不在乎有没有人家给他提亲，也没来逼她。如今，据说他在外面包养了一个歌女，想必手头又紧了，又来讹钱。

第48章
贫斗嘴母子话桃花
输象牙恶少闯祸端

马夫人一脸怒色，道："小畜生，我这里可被你刮得一干二净了，再无钱财。你若真还认我这个娘，就一边玩去，别来烦我。"

马聪慧冷哼两声，撩起长衫，坐了下来："娘可别这么说，娘给我钱，还不是为了疼我，再说娘的钱将来也是我的，不过是儿子我先要来用用而已……娘可是我的亲娘，要有什么烦心事，不如说予儿子听，儿子帮你出出气。"

马夫人本不想理会，听马聪慧这么说，心中有了主意："乖儿子，你说这话娘就爱听了。娘现在烦的是那株野桃花……"

马聪慧咧嘴笑道："娘自个儿也在快活，为何不让爹也快活？再说了，那桃花鲜艳欲滴，在府上走来走去，也是添了不少景色呀！"

马夫人起身在屋内踱步："你啊，真是随你那爹，一肚子的花花肠子；可你真笨呀，真不知傅儒风教了你些什么？"

"风花雪夜，美人在怀。"马聪慧说着，走到马夫人身前，伸手从那小盏里抓起一把瓜子，嗑起来。

"行了，别贫嘴！你啊，还这么不知好歹，你可知属于你的财产就要被

第48章 贫斗嘴母子话桃花 输象牙恶少闯祸端

野桃花挖去，还在这里跟娘贫，心里还想着那花花事。"

马聪慧当即炸起来："什么？谁敢挖我的钱？"

"小声，小声！"马夫人连连示意马聪慧坐下，"你怎么还不明白。老头子带了个野种回家。虽说是个女的，但也是你妹妹。如若她一直待在家里不走，如何是好？瞧她整日阿谀奉承，把你爹哄得团团转，指不定哪天你爹一时糊涂把偌大的家产分予她，你还不是只能看着。"

马聪慧恶狠狠地说："这可真是个眼中刺、肉中钉，拔了才安稳。"

"可不是吗？我现在都得收敛几分。倘若被这小蹄子抓住把柄，只怕你我母子二人反倒要寄人篱下。"马夫人长长哀叹着。

"把她弄出去不就得了！娘以前又不是没做过，再做一次。"

马夫人斜了他一眼："哼，就是做过一次，现在不行了。老头子防得紧着呢，若能把她名正言顺弄出去才好。"

马聪慧想了半晌，突然一拍大腿道："这样，她不是已经年满十六，给她找个婆家不就得了。嫁出去的女儿泼出去的水，到时候……"

"可是如何去找人？太差的只怕老头子不同意！"

马聪慧笑道："人选嘛，我想好了，就是在我家店铺做工的刘福瑞。"

"他？他不是马家仇人吗？马家与他有不共戴天之仇，老头子一定不会答应啊。"

"正是因为如此，刘家与马家有世仇，将来若真出了什么事，老头子如何帮得了那小贱人？把小贱人嫁给他，老头子自然不会出大笔的嫁妆。这姓刘的本就是老头子的心腹大患，待他们成婚后，我做点手脚，叫老头把姓刘的赶将出去，不是一了百了？只是老头子那边要娘多多美言才是。"

母子两人相视一笑，整个屋内充满着阴冷之气。当夜马夫人便跟马怀德提及此事。马怀德对夫人的小算盘心知肚明，却不露声色。只是他没想到，马夫人竟然提出这么一个人选来。对于刘福瑞这个后生，马怀德有几分赞赏。若不是世仇，只怕早想把一家分店交刘福瑞打理。看看与刘福瑞年纪相仿的娇儿马聪慧，心底生出些许无奈。马聪慧不学无术不说，整日吃喝嫖赌、寻

239

欢作乐。近些时日越发胡闹，连傅先生也怕他三分、管不住他。本想培养几个能干的管事帮马聪慧，怎知最出众的却是刘福瑞。倘若刘福瑞以后成为对手，只怕马家有大难。如今夫人提议将桃花嫁给刘福瑞，马怀德倒觉得不失为一个好的建议。他笑道："夫人怎么会做如此提议呢？桃花还小！"

"小？想我十五岁便入了你马家大门，况且十四岁做了娘的多得是，十六岁不小了。这女儿啊，留来留去留成仇。还是早早寻户好人家嫁了吧，别说我这个做大娘的不通情理。"

马怀德走近马夫人，看她在那里梳妆，瞅了眼妆匣里的首饰，问道："怎么不见你那家传的金凤？"

马夫人稍稍失神，装出一副怒斥模样来："我那金凤拿去送奸夫了呗。"

马怀德讪笑着，讨个没趣："夫人哪里话，谁不知我家夫人是有名的才女，知书达理，怎能做出那种不守妇道、不知廉耻偷汉子的事来！"

马夫人道："你怎知我没有，你都可以在外面带个女儿回来，我怎么不行？还觍着脸来查我的首饰！你当我拿去贴野汉子不成？"

马怀德见她得理不饶人，连忙说："好了好了，时候不早了，早点安歇吧，桃花的事看看再说。"

马夫人将一串珊瑚耳坠扔到梳妆台上，啪的一声响，"看看，不舍得了吧？是啊，拔了桃花树，也拔不了你心里的桃花根。跟你说，以后安排聪儿去铺子管事，不然啊……只怕我都要做小了。"说罢径直上榻床独自睡去。

马聪慧入自家店铺，不安心打理生意，整日游手好闲。马怀德总在寻思该给他派点什么事，不要这么闲。这日，让他前往工匠家送一对上好象牙。哪知过了旬月，伙计来讨象牙。

马怀德望那一脸媚笑的伙计，不解地问："前些时日，我不是吩咐聪慧送过去了吗？怎么还捎话来要？那十把篦子可是夫人舅爷月底要的，耽误不得呀！"

"老爷，我也是这么回话的。可篦子匠们说，少爷根本就没去。"

马怀德脸庞抽搐，将蒲扇摔在地上，扭身朝屋走去。屋内马夫人正与马

第48章 / 贫斗嘴母子话桃花
输象牙恶少闯祸端

聪慧闲谈，见马怀德满脸怒色，惊诧道："谁又招惹你了？怎么见了我们娘俩跟见了仇人似的，脸拉得跟驴脸一样？"

马怀德顿时心火乱窜，正因夫人溺爱，才使逆子恣意妄为，不由得骂道："都是你宠坏他！你舅父送来的象牙被这不成器的私藏了。"

马怀德道："你个混账东西，还不快把象牙拿出来。若是误了你舅爷的大事，看你如何脱得了干系？"

马聪慧支支吾吾、满脸通红，怯怯地望着马夫人。

马夫人粉面焦躁，忙问："聪慧，那可是你舅爷送给李夫人寿辰的礼物，不得有失！若你只是一时贪玩藏起来，快拿出来送到篦子工匠家去。"

马聪慧见事态严重，哆哆嗦嗦地说："那日我本送象牙去篦子匠村，可路遇蔡二，他拽着我……"瞅着马怀德脸若冰霜，竟不敢直言，结结巴巴、语无伦次，"他便拽我去吃酒，没想到……没想到……"

马怀德一下猜到几分，吼道："没想到什么呢？你快说呀！"

马夫人不满道："你急什么，看把他吓的！你别怕，有娘在，你就直说吧！象牙在哪里？"

马聪慧怯怯道："没想到多吃几杯，竟然将象牙弄丢了。"

马怀德顿时盛怒，扬起胳膊朝马聪慧劈头盖脸打去。马聪慧躲闪着："娘，你管管呀！娘……"

马夫人上前阻挡："丢就丢了，有什么了不起的。你再置办一副不就得了吗！怎么，你想打死了他，再去寻个小的生个儿子不成？"

马怀德叹气："夫人你有所不知，那可是上等象牙，只怕在青城再难寻出第二副来。眼看着舅父来拿货，你让我如何置办？"

马夫人顿觉事态严重，问儿子："你好好想想，到底丢在何处？不要再惹你爹生气，不然，这个家就不是你的了。"

马聪慧支支吾吾，挠头叹气："那日我喝得昏醉，不记得丢在哪儿了。"

马怀德长叹一口气，冲着丫鬟吼道："把马强给我喊来。"片刻，马强抹着额头的冷汗，急匆匆进来，媚笑道："老爷，您找小的有何昐咐？"

马聪慧向马强挤眉弄眼,比画着什么。马强却一脸疑云。

马怀德问:"我吩咐你随少爷送象牙,怎么没送到?"

马强明白马聪慧指手画脚为哪般,仍满脸堆笑,点头哈腰地说:"回老爷,那日少爷吃酒后弄丢了。"

马怀德吼道:"丢在哪里?何时何处?与何人吃酒?"

马强冷汗连连,闪躲马怀德咄咄逼人的目光,不停地看马聪慧,期望少爷能替他解围,哪知马聪慧此时自身难保,对他求助的眼神视若无睹。

马怀德见那主仆二人交换眼神,顿时心知肚明,强忍怒气,打发马强去找。又瞅了瞅那娘俩,叹口气出屋去寻管家商量对策。

"逆子,逆子……"马怀德气得在院中老槐树下连连大骂。蔡福立在一边垂手低头,不知如何说好。"都是一群饭桶!我养你们有何用!那个傅儒风……什么京都学士,酒囊饭袋!酒囊饭袋!我明日就撵他走!"

蔡福忙说:"老爷,傅老师上月便告假回京都,至今还未归……"

马怀德骂道:"他最好别回来!"

"老爷,如今当务之急是如何寻找到那一副象牙才是……"

第49章
解祸根福瑞献妙计
话苦衷张平诉心扉

马怀德收了怒气，捶胸顿足道："如今还有什么法子？去哪里寻那么上乘的一副象牙来？我看那个逆子肯定是将象牙送给婊子，或是输了！这叫我如何去寻？"

"老爷莫急，老爷别忘了，店里可是有能人在，如若去问他，也许还有补救的法子。"

马怀德顿时犹如黑夜中见了一盏明灯，点着头："也只能去问他了，不过他……会不会帮我？如果他此时落井下石，只怕我马家会败得很惨。"

"老爷放心，以后如何小的不敢说，不过此时想必他也不想马家败，毕竟他还需要马家的银子。"

马怀德重重地叹了口气："如今也只能如此，希望他不要让我失望。唉！这世上的事真是难料啊。如今我马家竟然要靠仇人的儿子想个万全之法来。"

店铺里，刘福瑞弯着腰，忙着整理镶金玉的箧子。忽然，蔡福一脸媚笑迎上来，道："福瑞呀，老爷请你去一趟！"

刘福瑞放下手里的活儿，笑道："不知老爷找小的有何吩咐，难道这几日小的有什么地方做得不对吗？"刘福瑞一时心里七上八下的，从蔡福那朦肿的脸上看不到半点信息。

"你赶紧去吧，老爷只怕等着急了，真要怪罪你！"蔡福那脸上没有半点喜色，也没有半点怒色，却是一副长年累月的霜色。

刘福瑞向掌事禀了声，出店铺，随蔡福来到马家厅堂。

马怀德满脸堆笑地迎来出来，将右手上座让给了刘福瑞。

刘福瑞一时有些受惊，但盛情难却，也不好驳了马老爷的一片热心，施了一礼，坐下来问："老爷，不知道您喊小的来，有什么话要说？"

马怀德皱了皱眉头，笑了笑说："不急，不急，你先喝口茶吧！"

刘福瑞惊诧不已，见马怀德那一脸的诚意，提防的心思也淡了些，直说道："马老爷，我来店铺做事已有些时日了，您开的工钱，也让我们娘俩过上了衣食无忧的日子。您若有什么事情，只管吩咐就是了！您这么热忱地对福瑞，福瑞受不起不说，心里也直打鼓呀！"

马怀德搓着手掌，长舒了一口气，才将马聪慧惹下的乱子说了出来。

刘福瑞淡然一笑，轻声说："马老爷，这有何难？在唐朝便有人以玳瑁等其他含有胶质的原料制作仿的角梳，成品更比真品色彩鲜艳些，而且通身剔透，犹如美玉一般，毫无杂质。马老爷不妨用此物代替真象牙，镶满珠玉。若对方问起，只推说真象牙无法镶嵌如此之多的宝石。即便被对方退回也无妨，马老爷缺的是时间。这一来二去不是正好有多余的时日出来了，好让马老爷再去寻一副上等的象牙，补一副便是。"

马怀德那双一线眼闪着喜色，想了想，击掌道："果然好计！做仿制的法子我这里倒有，我怎么就没有想到呢？"

"马老爷只怕是一时被急火蒙了心，所以不曾想到，"刘福瑞一拱手，"马老爷若无其他事，福瑞去店里忙了。"

"福瑞……不急，这样，以后你不要再打杂了，跟着店里的掌事一起，给他帮帮忙。"

"这……"刘福瑞迟疑了一下，"老爷，这不太好吧，我刚来店里不足三月，去给掌事帮忙，只怕其他伙计不服啊。"

第49章／解祸根福瑞献妙计
话苦衷张平诉心扉

"有什么不服，在我马家，有本事的每天吃肉，没本事的连屎都吃不上。你不要多虑，既然敢用你的计，就敢用你这个人！"马怀德摸了摸胡须，挥挥手，"去吧，就说是我说的，今日你便是我马家店铺的副掌事。"

"承蒙马老爷赏识，福瑞大恩不言谢，只管尽心尽力做好事情来报答。福瑞告辞了。"刘福瑞转身刚要走，却被马怀德又叫住了。

"这样吧，这件事吩咐给别人，我还是放心不下。你亲自去监督，一定要他们给我做最好的仿制品，通身镶嵌宝石金钿。"

刘福瑞心中暗笑不已，真是得来全不费工夫，帮马家解围，却意外地探明制造仿角篦子的做法，真是一石二鸟啊。

夕阳西下，霞光洒满了运河，也笼罩着马家篦梳店铺。刘福瑞忙了一天，出了店铺，兴冲冲地赶往篦子匠村。路过家门口时，正好去告诉母亲自己的目的达到了，不出几月，他就可以不用寄人篱下，刘家篦子店铺开张的日子也就指日可待了。

自家院子的门虚掩着，刘福瑞轻轻推开，走了进去，见王翠香正在屋里做衣裳。张平叔蹲在一边的墙角处。

"叔，今天怎么不出工了吗？"

张平见是刘福瑞回来了，连忙站起身来笑道："今日没有工做，福瑞怎么回来得这么早？"

"哦，马家要做仿角篦，让我去监工。正好路过家里，进来看看，顺便和我娘说一声。"

王翠香抬起头来，眼眶有些微红："是吗？那福瑞要好好跟工匠师傅们学习啊！"

"嗯！娘，叔，我先走了！娘，晚饭不要等我！"说罢刘福瑞转身抬脚要走。

只听王翠香对张平说道："他叔，既然已经定了，那挑个好日子吧。不管怎样，好歹成个家，平日里也有个嘘寒问暖的人。"

张平却说道："少奶奶，我知道我是配不上您……但……"

"他叔别这么说……别这么说……"王翠香珠泪暗垂,"他叔你对我们的好,我记着,只是今生无缘了。若有来生……若有来生……"

"什么来生……我不信!"张平吼道。痛苦万分的他抓着头发,蹲了下去:"少奶奶,我知道我配不上你,我也知道你不是看不起我,但是,少奶奶你难道要这么过一辈子吗?就这么过一辈子,守着刘家少奶奶的空幌子过一辈子吗?"

王翠香低头不语,泪一滴滴地滑落,染湿了手中的布衣。她装作没有听见,仍旧继续补着衣服,却不小心扎了手,手指上顿时沁出血珠子来,瞬间污了那件衣服。

"少奶奶!你这又是何苦呢?难道你不知我的心意,还是我的身份实在不配照顾你,照顾福瑞呀?"

"他叔,你别这么污了自己,你的心思我都知道,恨只恨我已为人妻、为人母,实在没有法子。你说说,那福瑞爹是死是活没个音信,我也不好……"

"我……"张平还想说什么,却见刘福瑞站在门外,顿时又低了头。

刘福瑞转身,走到了王翠香身边,满眼忧色地望着王翠香那斑白的发髻,道:"娘,怎么了?"

"没什么,你张平叔要给你娶婶子了,以后你就多了个婶子。"王翠香背过身去,继续做着针线活儿。

刘福瑞叹息道:"在家从父,出嫁从夫。如今家中无父,儿子可以做主吗?"

张平仿佛见了希望抬起头来,眼里满含希望地看着刘福瑞。

王翠香扭过脸来,两道泪痕挂在眼角:"你要给我做什么主?不要忘记了,你爹仍旧在世。他活一日,我就必须做他的妻子一日,你明白吗?亏你读了圣贤书……"

"娘……这与我读不读圣贤书没有关系。我何曾不希望一家团聚,只是……只是爹到如今都没有出现过,恕儿不孝,也许爹早就……早就死

第49章／解祸根福瑞献妙计
话苦衷张平诉心扉

了呢。"

王翠香站起身来，抬起胳膊一个耳光扇了过去："你这个逆子，你可说你这种话是要遭天打雷劈的。哪有儿子诅咒亲爹的道理？难道你要气死娘不成？"

"娘！"刘福瑞捂着脸依然争辩道，"娘，爹离家这么多年，也许他早就不记得我们了。他抛弃了我们，娘何必苦守着他呢？这么多年来，张平叔他为了我们娘俩受了多少累，吃了多少苦呀！说实话，娘，不怕您伤心，我一直把张平叔当自己的爹看待。我也一直想叫一个人爹！"

王翠香的心犹如被人拿尖刀挑破一般，被划得滴血，那颗热忱的心此时变得冰凉。她低了头，哭道："我知道对不起你，可是……可是当初他离家之时并未给我留下休书，你叫我……能如何……"

夕阳罩着刘家破落的院子，那屋檐下的燕子叽叽喳喳吵闹着，一点都没有顾及这一院子人的情绪。一阵风吹过，张平抹了一把脸，冲着刘福瑞笑了笑，道："福瑞，你不要难为你娘，你娘含辛茹苦将你拉扯成人，吃的苦、受的累，怕是说也说不完呀，不容易呀！你去忙吧，家里柴火也快没了，我乘着这会儿天凉了下来，去捡一些回来。"说着，出了门。

刘福瑞无奈呀，望着泪痕满面的王翠香，又是叹了口气，道："娘，我去那些帮马家做箢子的工匠家里了，您也不要太难过了。孩儿一时莽撞，若是说了什么让您伤心的话，您可千万不要放在心上。"

王翠香扯起衣袖，擦了擦眼角的泪珠，瞅了瞅刘福瑞轻声道："福瑞呀，娘……"一时语塞，顿了顿又说，"你去忙吧！这些跟着刘家的箢子工匠如今日子过得都很苦，你可要记在心上呀！"

刘福瑞哎了一声，转身走了。

王翠香望着儿子的背影，泪水又流了出来。

第50章
制篦子马家谋结亲
委重任掌事探真相

  炉火熊熊，映得每个人的脸通红通红的。忙碌的工匠们，额头挂着豆大的晶莹透澈的汗珠。橘红色的火焰犹如一朵妖艳的莲花在燃烧，在舞动，在释放着自己的热情、能量，炙烤着那口黑漆漆的铁锅。

  刘福瑞看着工匠们将几种原料放入了那铁锅之中，用特制的药水浸泡搅拌后熬煮着。那几种原料慢慢熬出胶质来，浓稠得可以拔出丝来。工匠拿来了一些铁模子，大多是刻着鱼鸟花纹的。工匠将熬出的胶质缓缓地注入那些铁模中。他们一边做着，一边给刘福瑞讲着要领："这火候要恰到好处，熬煮的时辰也要掌握得分毫不差。不然颜色就不那么鲜艳亮丽了。还有浇铸之时，一定要注意那些气泡，手不要抖，一定要让胶慢慢地倾入，产生气泡的话，这把篦子就废了。"

  刘福瑞神情专注地盯着那铁模，问："那请问如何能看出火候是否合适，熬煮的时间也正好呢？"工匠哈哈大笑着，并不回话。一双双眼睛盯着那个即将成型的篦子，根本不理睬刘福瑞。这要是刘家那些木篦子工匠，会乐呵呵地将做法细细地讲给刘福瑞。可这里是马家的篦子作坊，工匠能不防着点吗？

第50章 / 制篦子马家谋结亲
委重任掌事探真相

刘福瑞心知人家是怕被人偷了手艺，砸了自个儿的饭碗，心里也坦然了。刘福瑞走近一位脸庞古铜色、皮肤黝黑的工匠，说："我这里有一副配置软化原料的药方，师傅要是不嫌弃，帮我看看，哪里不合理？"那老工匠见状，暗喜连连，忙应了下来。刘福瑞掏出药方来，递了过去。那工匠接了过来，细细看了看，突然拍着大腿，满目惊色，道："好啊，真是好啊！"说罢，将刚注入铁模子的料倒掉，将那快要成型的篦子扔进了锅里，重新做了起来。

刘福瑞眼里闪烁着欣喜，紧紧地跟着工匠，死死地盯着工匠的一举一动，心里默记着。经过三天三夜的努力，那篦子终于做成了。只见那篦子晶莹透亮犹如上好的和田玉般，通体镶嵌着各色金银宝玉，比起用上乘象牙做成的篦子毫不逊色。

马怀德怕节外生枝，连忙派心腹伙计将这篦子送到京城去。不下数日，夫人的舅父捎话来，赞叹不已，压根也再没提象牙的事。

马老爷总算是涉险过关，不但躲过一劫，还因此篦子多赚了一大笔银子。他心里装满了欣喜，自然也就少了防备之意，以前的恩恩怨怨也就淡了许多。这不，马老爷突然想起前些时候夫人提起的那桩婚事，自个儿一百个不情愿、一万个不愿意，这会儿倒琢磨起来。

刘福瑞的仗义出手，让马老爷直犯嘀咕，一时琢磨不透眼前这个年轻人的心思。但从平日里做伙计的表现来看无可挑剔、任劳任怨、尽心尽责，也能看出是个知恩图报、忠诚担当的好后生，还是个懂得礼数的仁义君子。可他马家与刘家水火不容，怕就怕刘福瑞藏得太深，就连他马怀德也没看出破绽来。如果真是这样的话，那就太可怕了。

想到这些，马怀德顿然觉得后脊梁骨直冒冷气。若是马家与刘家结上姻缘，即便他刘福瑞藏得很深，担忧也会随即消失。毕竟，不看僧面也要看佛面，要给他这个岳丈大人几分薄面。

马怀德费尽心机，将儿子的婚姻当成跃居青城首富的砝码，可他算计来算计去，终究是没算计到儿子不成器。一想到那宝贝儿子，马老爷心都焦了。

如今，儿子的婚事成了他的心病。

马聪慧仗着家底殷实，苏县令又与爹交往甚密，在青城胡作非为，到处沾花惹草，闹得满城风雨，也没哪户人家愿意将女儿活生生推推进火坑。

再说了，马夫人宠爱得很，打不得，骂不得，闹得马老爷也没了法子。

眼下，那女儿倒是乖巧懂事，只怕家里是容不下的，拔了桃花树、挖了桃花根的夫人，哪里容得下这般乖巧的女儿呀！若是能给自个儿的桃花女寻个好人家，也算是了却了一桩心事。

细细琢磨一番，马怀德旋即吩咐蔡福去将刘福瑞请到客堂来。

蔡福见老爷神情凝重，没敢多问，径直去店铺将刘福瑞寻了来。

刘福瑞躬身施礼，谦和地问："老爷，您喊小的不知有何吩咐？"

马怀德肥嘟嘟的脸庞上堆满了菊花，畅笑道："瑞福呀，你来马家篦子铺已有数月，勤勤恳恳，任劳任怨，我是看在眼里的。大伙儿也是赞口不绝呀！但是你若一直干这些琐碎的事，怕是辱没了你的才能，荒废了手艺呀，也怕辱没了你们老刘家'天下第一篦'的金子招牌呀！"

刘福瑞一时琢磨不透马怀德这番语重心长的话语里藏着什么坏水，甚是惊诧，怕是马怀德在试探自己，难道是自个儿的心思不经意间流露出来，被那个马怀德的心腹揭发了？福瑞心潮起伏，脸色却平静如常，稍有迟顿，立刻回道："老爷，您言重了。小的度日尚成问题，哪里还顾得上一文不值的招牌？再说，小的这手艺怕是过时了。您有什么吩咐就尽管直说吧！"

马怀德见刘福瑞满眼的真诚，言语里满是真切，微微笑道："你看犬子身体又抱恙，明日掌事将要去查看各分铺的经营状况。如若你有空，就跟着去吧！一来路上也好有个照应，二来也熟悉熟悉这经营之道。"

刘福瑞一脸诧异，但还是顺从道："小的一切听从老爷安排。"

入夜，那如一面镜子般的明月悬挂在朗朗夜空里，照耀着篦子匠村，将一层淡淡的银光洒在了那些沉寂的屋子上。

刘福瑞径直进了王翠香的屋子，欣喜地将马怀德让他陪着掌事巡查分铺的事情说给王翠香听。

　　昏暗的油灯下，王翠香的脸色显得更加蜡黄、凝重，她担忧地说："福瑞呀，这马家如今分铺遍布山东，路途遥远，也不知马老爷安的什么心？这一路上，你可要多加小心才是呀。"

　　刘福瑞虽然琢磨不透马怀德的真正用意，但是从马怀德的神色来看多半没有太大的敌意，于是劝慰道："娘，您尽管放心。儿子这次能有机会跟着掌事出去见识见识，开开眼界，也算是了解一下如今的篦子行情。私下里，再带几把咱家自制的篦子，顺道推荐一番。"

　　王翠香惊愕道："若是被马家知晓，岂不是落人把柄？再胡乱编造个什么由头，将你弄进大牢，你再看看咱们这个破落的家，还能拿出什么来搭救你呀！儿啊，你可要三思而后行呀！"

　　"娘，您尽管放心好了。儿子跟随的掌事为人厚道，心地善良。平日里，他最见不惯马家欺行霸市、克扣伙计的工钱，心里也生出了许多恨意来。私下里，他也很是关照儿子。您说说，这样的人，怎么能出卖儿子？"

　　"儿呀！人心隔肚皮，知人知面难知心。同是檀木做成的篦子，若是未经香油沁、烟熏火烤，哪能有祛病镇痛之功效？看似相仿，实则功效大相径庭。不经一番磨炼，怎能见真相？你还是要小心。"

　　刘福瑞自然明白娘的好意，敷衍道："娘，孩儿听您的就是了，一路上多加小心，您只管放心吧。"实际上，刘福瑞自有一番打算，只怕托盘而出惹得娘寝食难安、日夜挂念，便不再直言。

　　王翠香准备出十把精致的木篦子与仿角梳，用绸布包裹好，递给刘福瑞，道："儿，你带着吧！希望掌事如你所言，那也不枉我儿这些日子寄人篱下，受尽屈辱。"

　　刘福瑞接过包裹，又与娘闲话了良久。夜已深，王翠香劝刘福瑞早点歇息。她则收拾了些细软碎银，包裹好了放在案头。天灰蒙蒙的时候，她才忧心忡忡地睡下了。

　　夜色刚退，鸡鸣三遍，刘福瑞便起来了。

他来到娘的屋里，拿了娘准备好的包裹，见娘仍然熟睡着，便悄然离去。

刘福瑞刚跨出门，王翠香便睁开了眼。儿子此行祸福不知，做娘的哪能睡得踏实呀？只是怕惹儿子担忧，才佯装睡着了。

掌事早已在码头等着，见刘福瑞急匆匆赶来，忙迎上去，笑道："莫急，莫急！时日尚早。"

刘福瑞喘着粗气，一脸歉意，淡淡道："掌事，让您久等了！实在抱歉。"

掌事仰头长笑，道："莫要自责，上船便是！"

两人先后登上那艘桅杆上高悬着马家旗号的船只。随着掌事一声令下，船家摇动双桨，缓缓离开青城。

晨雾缭绕的青城，渐渐愈来愈模糊，如同一幅水墨画。

掌事见青城已淡出视野，冲着刘福瑞笑道："今儿起得早，不怪你，怪在下呀。在下担心马老爷一觉醒来食言，不让你随老夫去巡铺，才早早起来的。只要我们这船沿运河而行，怕是老爷想变卦也无可奈何了！"

刘福瑞恭敬地施了一礼，诚恳地说："多谢掌事！烦劳掌事费心，福瑞感激不尽。您对福瑞的好，福瑞铭记心上，永生不忘。"

掌事甩了下宽大的衣袖，话锋一转："这些日子，你在马家店铺里忍辱负重，怕是早就有了随老夫查看分铺的念头。"

刘福瑞一时琢磨不透掌事用意，想起娘昨夜的嘱托，只好将些心思藏了起来，笑道："那是必然的。能随着您远行，既能增长见识，又能学到本领。恐怕个个伙计都想着这么美的差事。"

那掌事仰天长笑道："此言差矣！你乃'天下第一篦'的后人，如此谦逊，实属难得！以前，在马家做事不敢多言，怕一时不小心，有什么话钻进马老爷的耳朵，给你我惹来麻烦。现如今，这船上没了外人，老夫也一直有个问题在心里盘算了很久，不知当问不当问？"

刘福瑞见掌事如此诚恳，那些许的戒备之心也淡了许多，朗声笑道："掌事，您待晚生不薄。在晚生来马家店铺做事的日子里，您对晚生处处照顾，

第50章 / 制篦子马家谋结亲
委重任掌事探真相

晚生自当感激不尽。您若有什么话，有什么闹心的事，尽管直说！晚生定当知无不言。"

"既然你这么说，老夫也就不把你当外人了。老夫一直弄不明白，你为什么丢弃祖业来这马家？"

"如今木篦子无人问津。在街边摆个摊子，度日成了问题，无奈之下，这才到马家做事赚点口粮。这些您是知道的！"这时的刘福瑞虽然戒心淡了些，但仍不敢直言。

第 51 章
还孽债掌事献良策
真情意刘家欲开铺

　　掌事抬头望向远处，脸上挂着淡淡的失望，轻声道："看来你还是信不过老夫呀！见你一向勤恳诚实，怎么在老夫面前倒耍起花腔来了？你也看到了，马家少爷整日里游手好闲，终究不是个成事的主儿。以老夫拙见，若是马老爷百年之后，这马家偌大的家产迟早也会败在他的手上。怕是老夫也无回天之术。所以，老夫也起了念想，有些私心，见你谦逊知礼，想着有朝一日定能重整家业，也好到你那里谋个差事。老夫以诚相待，以实相告，你却拿蒙骗马家父子的那些说辞说予我听，真是寒心呀！"

　　船只缓缓行驶在微微荡起波涛的河面上。霎时，两人默不作声，只能听见波涛拍打船舷的声音。站在船头的掌事远眺破雾出升的朝阳，眉头紧锁，一脸沧桑，仿佛那里有一幅精彩纷呈、寓意深刻的画卷，令他沉迷。

　　刘福瑞也是知道的，掌事在马家做工年月长久，十六岁入马家店铺，如今四十有余。这些年，马怀德能将生意交给他打理，主要是因此人精于经营之道，能实实在在给马家挣来银子。

　　此时，听掌事这般说，刘福瑞不由得心生愧意，脸上全然挂满尴尬之色。没想到一时多了些戒心，却伤了别人的一片好意，真是以小人之心度君子之

第51章／还孽债掌事献良策
真情意刘家欲开铺

腹呀！他颇有为难之色，咬了咬嘴唇，终究还是将心腹之语托盘而出："您毕竟跟着马家这么多年了，晚生才有防备之心，但绝无不恭之意。既然您能以诚相待，那我福瑞定会推心置腹。实不相瞒，如今我刘家篾子空有名声，却没了资本。晚生之所以委身于马家、忍辱负重，就是想借马家之势兴我刘家祖业。再说了，我刘家祖业是如何败落的您也知晓。晚生要做的，只是将本该属于我们刘家、属于篾子村工匠的祖业要回来。这样的话，那些跟着我们刘家做木篾子的工匠也能有口饭吃。"

掌事紧皱的眉头舒展开来，转身望着福瑞，满眼欣喜，呵呵笑道："老夫早已看出你的心思，只是不敢确定罢了，今日才见你说真话了。你能忍辱负重、卧薪尝胆，实属刘家的福气，也是那些跟随刘家多年的篾子匠的福气呀！可像你这般，何时才能出头？老夫倒有一条捷径，不知你是否愿意听？"

刘福瑞心里一紧，眼里闪烁着欣喜，迫不及待地问："愿闻其详！如若能光复祖业，让篾子匠村的工匠们过上好日子，晚生赴汤蹈火在所不辞。晚生还望您指点迷津。"

两人站在船头迎着风，宽大的衣袖随风舞动，水声在耳边回荡，心如河面波澜起伏。掌事目视远方，深邃的眼眸里藏着说不清、道不明的东西，轻声道："马家小姐，你可曾见过？"

刘福瑞一时茫然，皱皱眉头，问："平日里在店铺干活，虽然马老爷曾有几次喊晚生去客堂问话，但从未见过马家小姐。只听说，马老爷从江南带回来一个如桃花般鲜艳的女儿。"

掌事扭头望着福瑞，脸上全无忧愁之色，微笑道："老夫倒是见过马家小姐，而且还知马家小姐长得不但如桃花般鲜艳，名字也叫桃花。这马桃花全然不像马聪慧，她酷爱诗词。老夫在马家走动时，常能见她不是吟诗，就是作词。你若能写得一手好词，定能赢得芳心。马老爷十分疼爱这位千金。若有她助你一臂之力，以老夫愚见，借马家之势易如反掌！"

刘福瑞自从上次娘说起自个儿的终身大事，这是第二次有人提及，可那颗少年心早已随崔蛱蝶的悲惨遭遇死了。直至时下，还时常书信易锐，嘱托

255

他照顾好蛱蝶。楚楚对自个儿的好，自个儿清楚，可总不敢触碰心里那块最柔软的地方。每每提及此事，总是隐隐作痛，恨不起来，更是乐不起来。刘福瑞问道："这岂不是鸡鸣狗盗之徒所为？"

掌事没想到刘福瑞这般有骨气，但眼下唯有如此，于是继续劝："你若不听也罢，不过，依你现在这般，恐怕受尽马少爷欺辱，也未必能成大事。这次马老爷吩咐老夫带你出来走走，无非想收买你的心，让你为他马家卖命。想得深了，更是怕你另立门户，成为马家的对头，将来赢了他那不成器的儿子！"

刘福瑞自然明白掌事的好意，可一时难以琢磨透掌事的心思，于是，试探地问："晚生何德何能，竟然让德高望重的您如此爱戴？不过，以晚生看，您也个是知恩图报的人。马家虽家风不正，可毕竟这么多年来未曾少您月奉，也让您一家老小过着吃饱穿暖的富足日子。眼下您胳膊肘往外拐，实在让晚生难以理解……"

掌事笑意连连，刘福瑞果然心思慎密、沉着冷静，嗯，是块做生意的料，忙道："这也没什么难理解的。年少时，为讨口饭吃，老夫跟随马老爷做了不少恶事。如今夜夜噩梦不断，扰得老夫心神憔悴。老夫思量着，若再不做好事，怕是老命不保。不瞒你说，这些年我最为愧疚的就是你们老刘家。你还记得你家那场不期而遇的大火吗？"

刘福瑞顿时眼前一亮，那个噩梦从没消失过。莫名的火灾让母亲下狱，让刘家彻底败了。难道始作俑者就是他？福瑞不由得问："火是您放的？"

掌事点点头，满脸愧色，声音有些沙哑，继续说："所以这些年，老夫总是想为你们刘家做些事。老天不负有心人，终于让老夫遇到你。老夫竭尽所能助你成事。只有这样，老夫百年之后才能入土为安，不然，老夫死不瞑目！"

陈年旧事涌上心头，可福瑞怎么也恨不起来，那不过是一个仆人遵从主子命令行事而已。眼下，见掌事悔意甚浓，也就作罢。"掌事，陈年旧事不提也罢。眼下，你能帮福瑞，也是福瑞的福气，更是那些可怜的笸子匠村工

第51章 还孽债掌事献良策
真情意刘家欲开铺

匠的福气。"

掌事感动不已，多年压在心上的石头终是搬掉，心境豁然开朗，忙又说："老夫阅人无数，马家少爷不成器，马家迟早要败。老夫也想寻个好的主子、好的东家呀！老夫看你就是个好主子！鄙人许多，以后还请刘公子多加提携！"

刘福瑞自然高兴，也就没了戒备，将自个儿的想法托盘而出，与许多聊得热火朝天，直到船只靠岸，方才停歇。接下来的日子里，许多更是知无不言，教刘福瑞经营之道。一路下来，福瑞收获颇丰。半月后，福瑞与许多沿河北上，重返青城。而马聪慧依然败着家。上次在赌坊跟人起争执，被打得鼻青脸肿，吃了些亏，便花重金不知从哪里聘来个武夫，一板一眼地学起拳脚功夫，全然没了念书的兴趣。气得马怀德吹胡子瞪眼，拿他没辙，只好随他。

回到篓子匠村，刘福瑞迫不及待地将沿途见闻告诉王翠香。如今木篓子仍不受达官富贵稀罕，倒是平常人家很是偏爱。可卖给他们，卖不上价钱，除去木材本钱、工费，所剩无几。若再加上运费，明摆着是赔钱的买卖。娘俩哀叹一番，只好作罢。不过，令王翠香欢喜的是，这一趟也没算白跑，终究有人愿帮福瑞。如此一来，即便是福瑞在马家做事，这个做娘的心里也能安稳。

那边，将查看分铺盈利情况如实禀告。马怀德眯着眼躺在太师椅，一对八字眉紧锁，没半点欣喜，摆摆手，道："好了，好了，这些你就别啰嗦了。你倒是说说那刘家小子，这一路上有没有什么异心？"

许多瞅瞅那张堆满横肉、透着奸邪的脸，生出厌恶，在心里一阵冷笑，却一脸严肃地说："老爷，按您的吩咐，小的试探了刘福瑞。他确实没有什么异心。只想在您店铺里好好做事，多赚银子，能过上吃饱饭、穿暖衣的日子。"

马怀德那紧锁的眉头立即舒展开来，眼也睁开，坐直身子，瞅着许多，欣喜地说："这就好，这就好。你日后要多教他些，让他多学些。这马家店铺那么多，日后用人的地方多着呢！"

257

"那是，老爷，您放心吧！刘福瑞生来聪慧，学什么都快。以在下来看，不下数月，就能独当一面。到那时，给他个分铺做掌柜，应该不成问题。"

"好了，我知道了，你去忙吧！"马怀德又闭上眼，好像沉入无限遐思中，全然没了与许多再说一个字的意思。

许多跟随马怀德多年，自然能读出他下逐客令的意思，于是，躬身施礼，退了下去。

然而，马怀德平静的面孔下却是波涛汹涌。女儿终身有了个好依托，可这马家血脉却令人担忧。马聪慧吊儿郎当，全然没正事，这可愁坏了马怀德。一喜一忧，撕碎了马怀德的黄粱美梦。

自从马聪慧学会些皮毛拳脚功夫，便仗着有几个狗腿子，四处惹事，整日里厮混在赌坊戏耍，沉迷花街柳巷纵欲，过得很是逍遥。马聪慧成为街头巷尾、百姓茶余饭后的笑谈。马家恶名慢慢传扬开来。

马夫人火冒三丈，奚落马怀德："有其父必有其子！看你的好儿子，整日里没个正行，专爱往女人堆里钻。寻女人也不寻个门当户对、能谈婚论嫁的正经人家女儿，偏偏随你德行，喜欢那万人骑的烟花女子。你倒是管管呀，不然马家真是要败在他手里。"

马怀德哪里还能说得出话来，每当夫人奚落他，只好一个劲儿赔笑、赔不是，直到哄得夫人咯咯笑，才算完事。可这儿子，这不成器的儿子，的的确确成了压在他心头的一块大石，压得他喘不过气来。每每见着儿子，心头肉就乱颤，不知是心疼还是担忧。可这儿子的婚事总得是要办的，不然马家怕是不光要败，还会断血脉。他知道自从崔蛱蝶患癔症，马家一封休书休掉后，这谁家姑娘都将马聪慧当瘟神，宁死不嫁。就这样，儿子直到现在也没娶妻生子，这能不让做爹的心焦吗？可这儿子偏偏生来风流，没明媒正娶妻室，与那些卖笑的烟花女子厮混一起，寻欢作乐。

然而，让马怀德万万没有想到，更让他心焦的事，在悄无声息中慢慢发生，犹如平静的海面正在孕育着更大风暴。刘福瑞在许多的帮助下，私下已做起搭顺风车的事来。每每发货时，总要将几把刘家筢子加上。这刘家筢子

第51章 还孽债掌事献良策
真情意刘家欲开铺

也随着马家送的货船只流了出去。

春去夏来，又是一个烈日炎炎的夏天。刘福瑞暗度陈仓，积攒了些银子，便起了重开刘家篦子店铺的念头。况且，近日揽下不少生意，也明白些许经营之道。往日，凡是他娘有个头疼脑热，大伙儿虽然穷得没什么值钱东西带来，但总得来家看看，说上几句暖心的话。可自从他入了马家，大伙儿来得少了。这些年，在马家忍辱负重是为了什么？就是为有这一天，刘家篦子店铺重新开张的这一天。只有刘家篦子重整旗鼓，那些工匠们才会有活路，才会重新燃起新期盼。主意打定，福瑞将自个儿的想法告诉王翠香、张平。两人先是一惊，接着默不作声，良久，才叮嘱福瑞千万要小心，小心钻进马怀德的圈套。

第二日，刘福瑞便来到马家，说是要辞掉副掌事差事。马怀德一脸诧异，忙问为什么，等他幡然醒悟，满脸横肉乱颤，恨得咬牙切齿，日日夜夜担心的事终于发生。没想到，自个儿一时麻痹大意，竟然被这小子蒙骗过去，可许多跟随自己多年，一直忠心耿耿，怎么也没看出什么端倪？自是冒出许多疑问，恶气憋在心中，直憋得脸色发紫发黑。恨归恨，怨归怨。刘福瑞重整旗鼓已成事实，刘家篦梳店铺终究是要开的。尽管马怀德压着心口的怒气，再三挽留，甚至提出招福瑞入赘，但这一切都是徒劳。马怀德终是破口大骂，发誓定将刘福瑞逼入死路，绝不会让刘家的生意做起来。

第52章
生嫉恨夫人藏心思
轻敌手福瑞葬爱情

刘家篦子店在青城东街隆重开张。店铺虽小，却干净整洁，货架上琳琅满目，摆满各式各样的木质篦梳。刘福瑞离开马家时，还带走了掌事许多。眼下，许多正在店里忙得不亦乐乎。没想到，一时间，穷苦人家如潮水般涌进来，借着马家船只也揽了几笔大生意。虽然木质篦子价格便宜、利润薄，但是量大仍有赚头。

据说马家老爷日日在家跳脚大骂。马聪慧更是恨得牙根痒痒，恨不能将刘福瑞生吞活剥，食其肉，寝其皮。马家独霸的篦子生意，怕是日后要变成马家与刘家平分秋色了。这两家店在青城内，明里看似相安无事，暗地里却是斗得难解难分。新仇旧恨别有一番滋味在心头。

这一日，秋日悬空，金色如画。刘家店铺接到桩大买卖。刘福瑞原本以为对方要角篦子，没想到对方要的是木篦子，还要求用上好的木材。这恐怕是边境连年战乱，赋税加重，百姓日子不富裕，奢靡之风渐缓造成的。

如今，金人在关口时常滋事，扰得百姓不得安宁。那铁蹄任意践踏着大宋的疆土，任意掠夺着百姓的财富。以李邦彦为首的主和派，整日里一派胡言，迷惑宋钦宗言和，更是助长了那帮金人的嚣张气焰。大宋奢侈世风，也

第52章／生嫉恨夫人藏心思
轻敌手福瑞葬爱情

随之缓下来，百姓自然开始买木筢子来用。

许多与刘福瑞自然欢喜得很，做成这笔生意，工匠们怕是这一年也不得闲。但是，燃眉之急是要寻到廉价优质的木材，不然怕是做下来，也赚不到什么银子，反而搭进去很多工夫。为寻找上好的木材，刘福瑞开始准备到关外的长白山一带去走走。主意打定后，他没有急着出门，而是去见心里挂念着的王楚楚。

王楚楚的一往情深，抚平了刘福瑞心里的牵挂。崔蛱蝶在南方养病，日子过得很好，他也心安了许多。少年时懵懂的情愫也随着日子的流走，淡了许多。慢慢地，倒是楚楚成了他新的牵挂。起初拨动他心弦的姑娘，怕是葬在了那段风雨飘摇的日子里。那份牵挂、那份情愫，也成为深夜里浅唱的歌词。只是当有人提到崔家时，心里隐隐作痛，一丝感伤会涌上心头。

刘福瑞驾着马车直奔王家庄，将王家二小姐楚楚约了出来。

说来福瑞与楚楚是堂姑表亲，从小便一起玩耍，只是随着刘家败落，王家故意疏远，两人也就生疏了。可近些年，随着楚楚情窦初开，越发往刘家跑得勤。然而直至今日，两家还没有提起婚事。

刘福瑞胆大轻狂，竟将楚楚带上马车，奔向青城。途中，福瑞向楚楚讲了自己的雄心壮志，决心这次到关外寻找可靠的木材供应商，通过这桩买卖，用物美价廉实用的木筢子重兴刘家的祖业，也能让筢子工匠们过上富足的日子。

他调侃道："到那时，我和你这个巨商大贾的娘子一车一马，离开青城，游遍中华大好山河。譬如看看孔老夫子登临过的泰山，秦始皇帝令蒙恬修的万里长城，苏东坡泛过舟的赤壁，看看那从昆仑山直泻东海的黄河……一年游遍大江南北，长城内外，名城大邦，然后回到青城，在恩师的桃花坞建一座别馆，两个人闭门读书，春天养花，冬日钓猎，年复一年，日复一日，如同一对神仙眷属，悠哉游哉，不知老之将至。"

听到这些，楚楚流出了热泪，可她又担心爹娘阻拦，刘家不来登门提亲。

马车行至郊外佛光寺。楚楚强拉福瑞下车，在佛光寺里许下海誓山盟。

/笆子道/

刘福瑞执拗不过,嬉笑道:"在下刘福瑞,家住青城笆子匠村,今生今世非楚楚妹妹不娶,若有半句虚言,令我碎尸万段、天打雷劈,死无葬身之地!"

楚楚也跟着发誓道:"民女王楚楚,今生今世非福瑞哥哥不嫁,有违此誓,虽生如死。"

二人在天色将要暗下来前赶到了青城。没去店铺,而是直奔说书场,听了一段《孟姜女哭长城》。但见楚楚泪眼婆娑,听得如醉如痴,犹如带露梨花般惹人爱怜。

刘福瑞心生爱意,在旁暗暗道:"今生今世,我刘福瑞誓不负她,如若食言,不得好死!"出了说书场,两人自是谈论一番孟姜女的执着和忠贞。

天色全然黑尽,刘福瑞才将楚楚送回家。在刘福瑞转身上马车时,楚楚满含热泪地跑过来抱住了他,柔声细语地说:"此番去寻木材,路途遥远,听说那里兵荒马乱,你千万可要小心。若是你有个三长两短,楚楚也绝不会苟活于世。"

次日,刘福瑞拜别王翠香,轻装离开青城。

马聪慧日夜兼程,一路狂奔,终是赶在刘福瑞前回到青城。他自然将关外买木材之事细说给马怀德。

马怀德一脸怒意,却不敢发作,只因夫人一个劲儿地说:"哎呀,心肝呀,儿子呀,你可回来了。这些日子,可把娘急坏了。你说你那狠心的爹,怎么就让你一个人出那么远的门。要是你有个三长两短的话,娘也不活了。就让你那心狠的爹,找一屋子的桃花快活去吧!省的一天见了我们娘俩鼻子不是鼻子,嘴巴不是嘴巴的!"

马怀德强忍怒火,一脸媚笑地哄着夫人:"哎呀,夫人,你这说的是什么话呀!这聪儿去店铺做事,也是你的主意呀!况且,那路途遥远,我也是给足他银子了呀!能受什么罪,吃什么苦呀!再说了,刘家如今买到上等木材,眼瞅着大笔生意做成,怕是日后我们马家的笆子生意要清淡了。生意清淡了,怕是我们的日子也要清贫了。我这心里够烦的,你就省省心,不要跟

第52章／生嫉恨夫人藏心思
轻敌手福瑞葬爱情

着添乱了,好吗?"

马夫人一双纤纤玉手摸着儿子的脸庞,听马怀德这样说,更是气不打一处来,杏眼含怒,语气里透着威严道:"添乱,添什么乱?也不知从哪儿领回来个野丫头,你倒是稀罕得很,也不说是添乱。如今,你倒是说我添乱。是不是那桃花种子又发芽了,将我也不看在眼里了呀?好,好,你马怀德出息了!"

马夫人起身欲走,却被马聪慧一把拽住,他嬉皮笑脸地说:"娘,你不要生气嘛,孩儿知道娘疼我。可你这么一走,留下孩儿一个人孤孤单单,如何是好呀?"

"如何是好,你也跟娘走。咱们娘俩也去京城,寻你外公外婆去。从今往后,就让他一个人守着那株野桃花过吧!"

马怀德自然不敢得罪老泰山,况且京城亲戚多为达官显贵。如今的县令之所以能卖他几分薄面,也全仰仗夫人在京城生活的亲戚。于是他忙赔笑脸,起身拦夫人,道:"哎呀,你说什么就是什么,可千万不要走呀!好了,好了,别生气了,你看那脸上的粉都掉下来了,脸也花了。"说着,给儿子使眼色。

马夫人粉面阴云密布,一脸怒色。马聪慧在娘面前说起话来自然底气十足,只因娘的小辫子攥在自个儿手里。于是,只是将傅儒风三个字在娘耳边轻声说了说,马夫人一下如泄了气的皮球蔫下来。马聪慧搀扶马夫人说:"娘,孩儿扶您到里屋歇息吧!"

马夫人瞅了瞅一脸坏笑的儿子,只好乖乖随他进屋。然而,马怀德自不知其中原委,倒以为夫人溺爱儿子,顺着他罢了。再说,马怀德思量断掉刘家生意的法子。这上线没断成,只能断下线。不然刘家篦子单凭这笔买卖就能扬名。于是,马怀德吩咐蔡福打探去刘家店铺订木篦子人是谁,要约见那位神秘的商人。

就在刘家店铺上上下下满心欢喜时,要篦子的生意人却消失了。虽说当日留下一笔数目不小的订金,但比起这堆积如山的木篦子来说杯水车薪。一时间，刘家店铺现银周转困难，经营惨淡，只有当初劝福瑞不冒进的王翠香依旧如故，反倒劝慰大家不要伤心。

刘福瑞呆坐在店铺，看着擦拭柜台的母亲，道："娘，您知道吗，本来我打算做完这笔买卖，就把您和张平叔的婚事定了……"

"快别说这些傻话。你忘记了，娘现在还是你爹的结发妻子，哪里能另配他人？"

"娘，我打听过了。离家十五年之久毫无音信，完全可以当作他已死了。娘，如今改嫁并不是丑事……只可惜……"

"你还是安心做生意，至于娘的事，娘自有打算。倒是你自个儿的事，要放在心上呀！"母子俩正说着话，马家却派人来访。

那是青城有名的张媒婆，一张巧嘴说得天花乱坠，只怕是天下的仙女也可以说下凡来配夫婿。谁曾料到，她来是想将马家女儿与福瑞说合。王翠香一口回绝，理由简单，刘家高攀不上。可刘福瑞有些动摇。

王翠香知道儿子的心思，劝道："福瑞，楚楚与你从小一起长大，你们的感情，娘都看在眼里。你如今为钱要娶马家不明来路的小姐，你说你如何对得起楚楚？你别忘记当年，你是怎么答应娘的？你要做一个正人君子，一个好人。"

刘福瑞痛哭起来："娘！我也不想，可是娘，您看，我们要振兴刘家需要钱。我现在明白您当年的话，一家兴衰会牵连周围的人，您也希望整个篾子村那些仍旧靠老手艺做活的人有饭吃，有衣穿。"

"福瑞！即使要胜，也要明明白白、光明磊落地胜啊！"

"娘！我没有做卑鄙的事情，我只是舍弃爱情罢了。许掌事说了，马老爷愿意多出一分利全部收购这批木篾子。那样的话，我从关外买的木材也能换成现银，我们的生意又能周转开来。那帮老手艺的工匠又能有口饭吃。不然单靠我们刘家销售，不知到猴年马月才能销完啊？"

王翠香深叹一口气，"娘知道你的用心，只是苦了你，苦了人家楚楚姑娘！再说，马怀德出尔反尔，他的话岂能当真？"

第52章／生嫉恨夫人藏心思 轻敌手福瑞葬爱情

"娘可放心，只有马家买了笾子，儿才会去提亲。"

王翠香心里不踏实，又道："咱们开店抢了马家生意，马怀德怎能如此乐意将姑娘嫁给你？娘一时糊涂。"

这也正是刘福瑞拿不准的。按理说，马怀德恨不能将他碎尸万段，怎么愿意将如花似玉的心尖肉许配给他？若是要花招，背后藏着阴谋诡计，只怕雪上加霜，一下会将刚燃起的希望浇灭！

王翠香见福瑞不言语，眉头紧皱，便宽慰道："若是娶了马家姑娘，以后马家与刘家结为亲家，化干戈为玉帛，不再争斗，相安无事，各自经营各自生意，倒也值得。"

福瑞听娘这么说，顿时亮堂许多，是呀，这马家与刘家的恩恩怨怨，自始至终没个头，若牺牲自个儿的爱情，能换来马家和刘家和睦相处，也是美事。王翠香见福瑞眉头稍有舒展，也不再反对，回屋里忙活提亲彩礼。婚事就这么被定了下来。

这边马怀德乐开了花，没想到这十两银子花得真值。之所以上杆子将女儿许配给刘福瑞，是因为他自知自个儿不争气儿子终究斗不过刘福瑞。如今有他在，有马家硕大的家业支撑，尚且能与福瑞争斗一番。若他百年后，怕是过不了几年，马聪慧便会败得一塌糊涂。冤家宜解不宜结。与其争得你死我活，倒不如联姻成为一家。那样的话，他刘福瑞多少有所顾忌，总不会置马聪慧于死地。再退一万步说，即便马聪慧败落，刘福瑞的孩子也流淌着他马家的血，这庞大的马家生意仍然没有完完全全落入旁人之手。

马怀德满肚子苦水没处说，怪只怪自个儿娶了苏家大小姐。自从见儿子不成器，便想着纳妾添丁。可夫人醋坛子一个，哪里容得下别的女人，即便容得下别的女人，断然容不下别的女儿生出来的儿子。活了半辈，阅人无数，他看得出刘福瑞是顶天立地的男子汉。即便刘福瑞背叛他另起炉灶，但终归自个儿错在前，刘福瑞开店重振祖业无可厚非。很快，马怀德付了银子，买走那批笾子。婚事也就定在当月十五日。

时间稍纵即逝。明日便要娶马桃花进门，刘福瑞五味杂陈，站在院子中的古槐下仰头长叹："天哪，我刘福瑞背负的东西太多了。未出世就不见了爹，刚上学就突遭变故，几乎沦落为乞丐，吃百家饭才有了今天。可现在还要让我牺牲至爱娶马家小姐，把自己的爱情也变成经商的陪葬品。我对不起楚楚啊！"

不知什么时候，许多来到身边，痛心道："我原以为刘少爷是人中的鲲鹏，一生当水击三千里，一飞冲云霄。没想到你连一个女人都舍不下。像你这样胸无大志，我留下还有何用？只有娶马家小姐，老刘家的篦子店才能复活，也只有娶马家小姐，你们刘家才能复兴！可是你竟这样，那我许某也算是看走眼了！再说，事已至此，难过也无济于事。倒不如振作起来，好好做生意，等家境好些，过些时日再将楚楚姑娘迎娶进门就是了。"

刘福瑞震惊地望着许多，不知眼前人竟然说出这种话来，半响道："我已经答应这件事，但也要最后见一眼楚楚……"楚楚听说福瑞要在四女祠和她见面，喜极而泣，出发前带上嫁衣，只要福瑞带她走，绝不问去哪儿，二话不说便跟他走。

楚楚在祠堂等了很久，才等到刘福瑞。刘福瑞原本要将决定说给她听，让楚楚另寻一户好人家。可见了面，被楚楚的一片痴情深深触痛，怎么也张不开口。楚楚当着福瑞面，打开包袱，披上红色嫁衣，道："只要你开口，我立马就和你在财神爷面前磕头成亲。三媒六聘都不要，天涯海角都去得……"

刘福瑞哪里还能告诉楚楚明天便要迎娶马家小姐！曾辜负崔蛱蝶一片痴心，眼下又要辜负楚楚一片真心，他突觉胸闷不已，嗓子眼堵得慌。楚楚担忧地说："怎么，你不信我，还是信不过那日我们许下的诺言！哪一天你要是负心，我就只有去死！"

刘福瑞道："住口，别说死这种话！即便是死，该死的人也是我刘福瑞！"

楚楚道："福瑞哥，你怎么了？你是不是有什么心事瞒着我？那马家催婚，你是不是已经应下了？"

刘福瑞哪里有勇气回答楚楚的质问，一个个问题犹如一把小刀一次次在

第52章／生嫉恨夫人藏心思
轻敌手福瑞葬爱情

心上划过。是呀，终究违背誓言，辜负楚楚。可他没别的选择。谁让他是刘家子孙？此时他越发觉得胸闷，憋得要爆炸似的，便一把将楚楚推开，转身朝殿门外跑去。纵然有千万个理由，也无法弥补对楚楚的伤害。突然，他在门口站住，回头痛声道："楚楚，不论发生什么，我的心都是你的，永远都是你的！"楚楚顿觉不妙，意欲追问，可福瑞骑马扬鞭，朝着篦子匠村奔去。

刘家里里外外张灯结彩，大大小小的嫁妆摆满院子。拜堂之际，马小姐心花怒放，好几次偷看刘福瑞。刘福瑞却心如刀绞，惦念楚楚。福瑞娶亲的消息终究还是传到楚楚耳里。楚楚经不住这晴天霹雳，一时发蒙，昏了过去。醒来后，执意要去篦子匠村与福瑞当面对质，可身子虚弱，刚起身又躺了下去。楚楚以为这桩婚事是福瑞娘一手操办的，只为与马家联姻，重整刘家祖业。如果福瑞的心没有变，她愿意随福瑞离开青城，浪迹天涯。楚楚家人捎来话，福瑞却不愿再见楚楚。

王翠香走到福瑞身旁，轻声道："你就是不去见楚楚，你也该进洞房里去。那里还有一个女孩儿等着你帮她揭盖头呢。"

第53章
错配鸳鸯痴女魂魄灭
认祖归宗怨夫心结开

刘福瑞进洞房看见蒙着红盖头端坐床边的马小姐，心越发痛，转身又出来。这时，他心意突变，快马扬鞭向四女祠飞奔而去。四女祠里，王楚楚拖着羸弱的身体，一直苦苦等着，焦急写满俊俏的脸庞，几行清泪挂在眼角。楚楚的爹担心福瑞不会来，便细声软语劝女儿回家。

楚楚倩手捂耳，痛苦不已，大声道："就是他今天不来，我也要等。他天黑前不来，我等到天黑。他天黑后不来，我就等他一夜！只要我不离开这儿，我的心就不会死，我和福瑞就还有可能见面，然后一起离开！"

突然，她停下来，侧耳倾听，欢快地叫道："爹爹，你听！是他！是他来了！我知道他会来的，我的心告诉我，他一定会来！"马蹄声由远而近。楚楚按住心口，回头深情道："爹啊，等会儿我就跟着刘福瑞走了。楚楚我先谢谢您十七年的养育之恩。若是今生无以为报，那就等我来世再报，还请您原谅不孝之女。孩儿，给您磕头赔不是了。"说着，她深深地跪下，执意磕头。

楚楚的爹老泪纵横，忙扶起女儿，见刘福瑞下马而来，便抹着泪出去了。楚楚眼里是炽烈欢乐的光，福瑞眼里却是冰冷苦痛的光。四目相对，福瑞猛

第53章／错配鸳鸯痴女魂魄灭　认祖归宗怨夫心结开

然躲开楚楚的直视。楚楚眼里涌出泪花。刘福瑞索性半转过身，不再看她。忽然间，她什么都明白了，冷冷问他："你今天成了亲？"

刘福瑞沉痛地说："不错！"

楚楚闻声，便扑上去痛打福瑞："原来你对我说的话是假的。当初你站在财神爷面前发的誓也是假的！你亲口对财神爷发过誓，难道你忘了吗？你是个骗子！一个十足的骗子！你骗了一个爱你胜过爱自己性命的女子！"

刘福瑞心如刀割，索性让她对自己彻底死心，违心道："我没有骗你！我当时是说重振我刘家祖业，就一定娶你。可今天我们刘家败落到这种田地，所以不能娶你！"

刘福瑞居然说出这么刺痛心扉的话，楚楚的心都凉了，猛地抬手一巴掌打在他脸上。

刘福瑞反倒恶意地笑起来："你打吧！反正生米已经做成熟饭，马家有银子，能救刘家，你却没有！打今儿起，咱们俩的事一笔勾销了！我说完了，要走了！"他口里说着这些恶毒的话，心却再也忍不住撕裂般的痛苦，猛地转身朝外走。

楚楚气得发昏，叫道："刘福瑞，你给我站住！"

刘福瑞闻声立定，强忍泪水回头。楚楚将他送的鸳鸯玉环甩给他，又将自己送给他的香囊扯了回来。刘福瑞大步流星地走了，再不走他知道自己必会动摇。楚楚倒地，两手向上，如癫似狂地哭喊："四位神仙姐姐，你们告诉我，这是人间还是地狱啊？"说完，昏厥过去。楚楚的爹娘冲进来，合力将昏迷不醒的女儿抱回家。

刘福瑞骑马在官道上狂奔，耳边响起楚楚痛不欲生的哭声。他受不了这哭声，在村外谷场上和许多痛饮，又哭又唱，只不愿回去。这样的一个夜晚，他只想酩酊大醉，沉睡过去。

那日，见马家小姐桃花笑颜，恨由心底生，对桃花没个好脸色。可王翠香再三叮嘱，不要怠慢桃花，毕竟已为妻。世间上的事就是这般的无奈，他竟然娶了仇人的女儿，而且据说这桃花小姐出身卑贱，是马怀德与一个娼妓所生。难道这就是他的宿命？刘福瑞娶了一个娼妓的女儿为妻，负了楚楚，这就是所谓的代价？从商以来，他清楚，任何事都要付出代价，倘若想要得到一份好处，必定要付出相应成本，只是他不知拿爱情做买卖的代价是如此沉重。看桃花在他面前晃动，他的心越发烦躁起来。

倘若桃花是一个刁蛮任性或者令人生厌的女子也就罢了，谁知这烟花女子生的女儿，仿佛天生有一种左右逢源的手段，在刘家与其他人相处得如鱼得水，直哄得王翠香一天到晚乐呵呵的。也许是为了惩罚刘福瑞，在福瑞成亲一个月后，王家村那边传来噩耗，楚楚因伤心过度，暴病而亡。

刘福瑞听罢狂笑不已，急奔出店。头顶是朗朗青天，朵朵白云懒散地游动，那轮红日高悬于空。他抬头望那红日大笑，双手伸向天空呼喊："我刘福瑞是正人君子！我发誓要做一个好人……可我是好人吗？……苍天啊，难道真是好人不长命吗？"笑着笑着，声音嘶哑犹如乌鸦啼叫，泪从眼角滴落下来。"我绝不会负你！可你却为何负了我，留我独自一人在世？你为何要负我，为何要违背誓言！不求同年同日生，但求同年同日死。你为何要负我啊！"

天空也呜咽起来，刚才还是晴空万里，马上风云突变。一团团乌云遮空。霎时，一滴滴豆大的雨滴落下来，打在福瑞脸上，混合泪水，流了下来，也许是上天不愿让世人见一个男人在大街上痛哭流涕的模样。

马桃花撑了一柄翠绿碎花伞，默默站在福瑞身后，静静为他遮着雨。看着自己未来共度一生的男子，此刻为别的女人痛哭，桃花的泪也要坠落下来。只是桃花不想哭，至少不想在这里哭，不想在自己夫婿的面前哭。她自小就学会收敛感情，因这世上感情是最奢侈的，也是最虚伪的装饰。

刘福瑞感到头顶的那柄雨伞，见身后安静的女子是马桃花、仇人的女儿、帮他一起杀楚楚的女子、冠了他姓氏的妻子。此时，二人正立在雨中，伞的大半在他头顶，而她粉红艳如桃花的衣衫被雨浇透，身子瑟瑟发抖，像一株在春寒中颤抖的桃花树，微风吹过，花瓣纷飞。

"你来干什么？怎么不在家伺候我娘？"刘福瑞冷言道。

第53章 错配鸳鸯痴女魂魄灭
认祖归宗怨夫心结开

"娘让我来寻你，让相公你马上回去，娘说有要事相商。"桃花没生气，只是掩饰眼中一丝受伤的痕迹。

"娘，那是我的娘，不是你的，你知道吗？"福瑞整理好衣衫，转身大步朝刘家去，全然不顾及桃花的感受。

刘家院落早已不是往日的破瓦房，如今也是三进三出的大宅院。那篾子匠村的篾子工匠也过上了好日子。在大伙儿心里，福瑞就是恩人，是给了他们好日子的恩人。

如今，大伙儿也知道这刘福瑞与那王楚楚情深意重，可为了篾子工匠的日子却负了楚楚，却跟马桃花成了婚。这一切，大伙儿都明白刘福瑞受尽了煎熬和折磨。大伙儿能做的，也只有将篾子做得更细致，将店铺事务打理得更井井有条。

刘福瑞来到厅堂，见王翠香端坐在一把檀木靠背椅上，眼角含情，脸色红润，一边的张平叔笑意连连。

"娘！叫孩儿回来有什么事吗？"

王翠香低了头，双颊绯红，粉面含春。

"娘怎么了？叔，我娘怎么了？"

张平一张黑脸羞得透红，自顾自低着头，不看福瑞。

"娘和张叔要办喜事……"马桃花轻轻地说了一声。

刘福瑞脸色突变，顿时不悦，但还是击掌笑道："好事啊，日子选好没有？娘！"

"明日我想去四女祠上香，求一个好日子……"王翠香绞着手帕，如同一位未出嫁的少女般羞涩。

张平突然想起，道："福瑞，我跟你娘商量过了，以后你还是叫我叔吧。这样倒习惯些。你的爹仍旧是刘家兴，你是老刘家的子孙，你还是咱篾子匠村的少爷。"

刘福瑞点点头，笑道："叔，你本就是我的亲人，如今亲上加亲，受我一拜！"

马桃花见状，连忙跟福瑞一起跪在地上叩头。

张平急忙搀扶起两人，笑道："福瑞……咱们是一家人，不必行此大礼。"

"叔，您放心，百年之后福瑞必定会为您披麻戴孝。您虽不让我叫您爹，但在福瑞心中，您早已是我爹，给您磕头是应该的。"

张平热泪盈眶，连连点着头："好孩子，你真是个好孩子……"

次日，刘福瑞将店铺交给许多，回到家里，带王翠香与马桃花乘马车前往四女祠。想起以往在四女祠的誓言，刘福瑞的心情一下子又沉到谷底。这上香的人也是多起来，进进出出，人头攒动。刘福瑞草草上香，便自个儿出门，站在寺门阶梯上等着。

王翠香在马桃花搀扶下，缓缓出了寺门，打算再去买点香来，也好放在屋里给菩萨敬上。只是王翠香见其中一个卖香人时，犹如被电击般呆在那里。

刘福瑞见状，问："娘，您这是怎么了？"

那卖香的人年约五十，衣衫褴褛，面黄肌瘦。时已深秋，仍旧穿着单衣，在寒风中瑟瑟发抖。卖香人见是王翠香，拎着装满香与香囊的竹篮扭头便走。王翠香却一把拉住篮子，颤声道："你是家兴，你是刘家兴，对吗？"

"夫人，你认错人了。"卖香的人用衣袖遮面，支吾着，怎奈篮子被王翠香死死抓住，他又舍不得那一篮物件，两人就这么僵持着。

刘福瑞听那名字，再见母亲面色，惊诧异常地看着卖香的人："你……你是我爹吗？"刘家兴躲闪着刘瑞福火辣辣的目光，不敢直视，愧疚之情将他淹没……

随后，刘家兴被王翠香他们带回了家。进屋后，刘家兴呆坐在椅子上，那篮香被他死死地护在脚边。王翠香见状不由黯然泪下，想起当年刘家兴也是一风度翩翩的少年郎，挥金如土、视钱财如粪土的少爷，如今却是如此狼狈。刘福瑞呆望眼前这个如乞丐一般的人，脑海中只翻腾了一个念头："张叔该怎么办呀？怎么在这个节骨眼上他突然冒出来了。这可怎么是好呀？"

这时，张平亲自端了碗面，递给刘家兴，笑容可掬地说："少爷，少爷，您慢点吃，这还有的。"

第53章 错配鸳鸯痴女魂魄灭
认祖归宗怨夫心结开

刘家兴千恩万谢，接过来却没吃，反而寻找能盛面的器具。

马桃花忙说："公公，您是想把面带走吗？不如就把碗一并拿去吧。"

刘家兴抬头，望着众人，张了张干裂乌青的嘴，怯怯地说："我不是刘家兴，我也不是你公公。谢谢少爷、夫人赏我的面，我想把面带回去，我家里还有一位病人……"

王翠香顿时放声大哭，道："刘家兴，你怎么如此狠心啊……你若不想认我也罢，为何连你的亲生儿子也不相认呀？"哭着奔向刘家兴，使劲捶打他。而刘家兴并不回手，也不遮挡，只是护着那碗面与竹篮。

"夫人，我不是刘家兴，真的不是，你们要找的那个人早死了……真的早死了……"

王翠香更是气愤难耐，喊道："刘家兴……你怎么能如此啊……即便你不念夫妻恩情，他好歹也是你的儿子……也是你刘家的血脉，你怎么可以不认呢！"说着，将刘福瑞拽到刘家兴面前，一脸怒色。

马桃花扶着王翠香，细声柔气地劝道："娘，不要这样，也许公公也有苦衷啊！您也不要太过伤心呀！"

"苦衷！难道只有他一人有苦衷吗？我十月怀胎生下福瑞，可怜我的福瑞生下来就没了爹。我娘俩相依为命，受了多少苦，遭了多少罪，想当年吃百家饭，穿百家衣，多亏篦子匠村的好心人，我才将福瑞拉扯大。如今他竟然不认，我这么辛苦又为哪般，不就是为了重振刘家，为刘家留着这一根血脉吗？"

刘家兴望着王翠香与刘福瑞，一脸尴尬之色，想了半晌，吞吞吐吐地说道："夫人，您怕是认错人了。我不过是个靠卖香度日的要饭的人，哪里有这么好的福气，能有如此富贵的儿子和您这般的贤惠妻子呀。我不是刘家兴，刘家兴早死了。我要回去了，家里还有病人，几天没有吃到热食了。怕是回去晚了，那性命不保呀！"

刘福瑞也是厌恶至极，半天不语，此时道："娘，既然他不是我爹，那就让他去吧。而且，我哪里有这般无情无义的爹……"

王翠香止住泪，瞅着刘福瑞，一脸愤慨，厉声道："福瑞，你不可如此无礼！即便他不认你，你也是他的儿子，你的身体里流着他一半的血液。这是你永远也无法否认的事实呀！"

"娘！您……您想怎样？难道您忘记了张叔，您要与张叔结婚了啊！娘，现在出来个爹，您让等了几十年的张叔情何以堪？"刘福瑞将担忧说出来，心里顿时敞亮许多。

王翠香瞅瞅一脸憨笑的张平。张平站起身，笑着慢慢道："少奶奶，如今少爷回来了，您一家夫妻团聚，父子相认，也好让少爷、小少爷认祖归宗。我……我不过一个下人。您也不要为难了！"说着，抹了把泪，便抬脚要走。

刘福瑞冲将过去，一把拽住张平的胳膊，问："叔，您要去哪里？"

"我……我……我给少爷再盛一碗面去！"张平仍是一脸憨笑。

刘家兴的突然出现，扰乱了刘家的生活。当年，刘家兴离家后，便与红绡下了江南。红绡本想让刘家兴做一番事业，或谋个糊口的营生，勉强度日也成。哪知刘家兴嗜赌成性，全然没过日子的念想。输光了刘老夫人临终给的首饰还不肯罢休，硬是偷拿红绡的养命钱，输了个分文不剩。红绡无奈，见刘家兴毫无生存技能，只能重操旧业，回到青楼，靠卖唱为生。直到红绡年老色衰，刘家兴才转性，照料红绡，两人一路乞讨，回到青城。听闻刘家与马家的恩怨，刘家兴不敢与福瑞相认，就在四女祠附近住下来，靠卖些红绡做的香囊勉强混口饭吃。

知道了这些，刘福瑞更是难以接受，自己的爹竟是如此一个龌龊之人，即便这些年来早对他当年抛妻弃子、气死老母的事有所耳闻，但是从未料到，爹在自己心中的高大幻影破灭得如此惨烈。这叫他如何能父子相认，情何以堪？树枝头上的鸟儿在窝里时，尚有爹娘寻来食物喂养；可他刘福瑞连那鸟儿也比不上，娘进了牢房，爹下落不明，他成了吃百家饭的乞丐。

这下，刘家兴迟迟不肯夫妻相认、父子相认。王翠香与张平的婚事也化为泡影。虽说如此，王翠香还是力排众议，将刘家兴与红绡接回刘家照料。刘福瑞很是不满，强留张平在家中，非要让刘家兴心中不快。这日，店中无

第53章 / 错配鸳鸯痴女魂魄灭
认祖归宗怨夫心结开

事,刘福瑞早早回家,想跟娘好好谈谈。

王翠香见刘福瑞来,抱怨道:"福瑞,你应该对桃花好点。你看桃花多好啊,对红绡也是小心伺候,这么好的姑娘,你怎能如此冷言冷语?"

"娘,我……算了娘,谈谈爹的事,"刘福瑞岔开话题,"娘,既然他不愿相认,我看也不便强求,算了吧。"

"福瑞你……枉读圣贤书啊。你可曾知道世上有多少孤儿,一生都见不到爹娘。你可知道有多少人'子欲养而亲不待',即使他有千万件事对不起你,他也是你的亲爹。这是谁也不能改变的事实。况且,如今他尚且知道悔恨,也是浪子回头金不换呀!不管怎么说,你身上流着他的血,怎么能这么说话呀?"王翠香痛心疾首地训斥。

刘福瑞只是为张叔抱打不平,说几句话而已。这些日子来,他与刘家兴在一个院子里生活,低头不见抬头见,心中怨恨也是淡了许多,毕竟是血脉相连的父子。可要不是张叔,恐怕就没有刘福瑞,更没有刘家的今天。听娘这么一说,刘福瑞低着头,闭口不语。

王翠香明白儿子心思,继续劝慰道:"福瑞呀,你自小无父,我知道你的心思,可是他是你的血亲,你身上的哪一寸肌肤不是他给予你的?他给了你生命,给了你做人的机会,更给了你尝尽人间冷暖的遭遇。也许你会恨他,但是你要知道这都是他给予你的,无论富贵、贫贱,你的生命是他赋予你的。他生了你,难道这还不够你来报答吗?他让你知道这个世界上最重要的是责任。这个责任不仅仅包括对那些为我们刘家做工的人,也包括你的亲人和朋友。"

"娘,这些我都懂,只是……我如何做得到呢!况且,这些年来,要不是张叔,我们娘俩怕是……"

第54章
写休书鸳鸯终成眷属
游青城邦彦沽名钓誉

王翠香摆摆手，打断福瑞："休要再说，张叔的事莫要再提了。娘记得你小时候曾经说过，要做一个正人君子，要做一个好人。赡养生父，是每一个人都该做的事。正因他曾犯过错，你更应多帮他。你不觉得你爹现在十分有人情味，也知道悔恨了吗？你爹现在不是也懂得去爱人、去关心人，就连红绡这样的女子也能好好对待，难道你还能不好好对待他吗？"

"娘！"刘福瑞有口难辩，满眼泪花。

王翠香叹气道："娘也知道你生来没见过你爹，这突然间要让你跟他亲起来，也难为你了。可不管你爹当年如何不好，终究他是你的亲爹，如今在这个世上除了娘，他也是你唯一的至亲。"

"那张叔怎么办？"

院里，马桃花帮红绡洗着头发。水声哗啦啦地响个不停。这些日子，在马桃花的细心照料下，红绡身子骨一天比一天硬朗，气色一天比一天好。

王翠香顺着窗户向外望去，见那一幕，心生许多感叹，深深地叹息道："随缘吧。"

第54章 / 写休书鸳鸯终成眷属
游青城邦彦沽名钓誉

"随缘？娘，您好残忍，您对张叔太残忍。张叔等您这么多年，您就随缘？他从一个年轻的汉子等到今日，您就忍心？"刘福瑞仍是替张平鸣冤。

"住口！福瑞！到底是什么蒙蔽了你的双眼？是铜臭污浊你的心了吗？还是说你只打算从铜钱眼中去看这个世界，去看人吗？娘的事，用不着你来操心。倒是你，你看那院子里的媳妇，多好的媳妇，伺候人多细心，自从她进了我们刘家的门，娘不知轻松了多少，也不知她帮娘分担了多少。可你，你是怎么对人家的？你说……"

"娘，您这话太重了，您知道福瑞不是这样的人啊。至于那桃花，我只是心里有些别扭罢了。我日后会好好待她的。"

王翠香点点头，又说："的确，你不是这样的人，所以娘才劝你啊。福瑞，自从你跟马家明争暗斗以来，你整个人都变了，变得好陌生。娘有时觉得你就如同第二个马怀德。娘不要你大富大贵，只想让你好好做人，做个好人。"

刘福瑞点头说："娘，我现在知道您当年话的意思了，做一个好人真的好难呀。"

"福瑞，做一个好人是很难，如果人人都能做到，那岂不是人人都可以做圣人吗？福瑞……娘为什么要你读圣贤书？为什么？难道娘的心血都白费了吗？"

刘福瑞深吸一口气，眼角瞟见刘家兴正在门外畏缩不敢进来，心底泛起一阵酸痛。

"少……"刘家兴还是进来，结结巴巴地喊。

"您有什么话就说吧。"刘福瑞语气冰冷，脸若冰霜，可已没恨意。

"福……福瑞……"刘家兴憔悴的面容上浮现一丝惊喜，立即暗了下去，"不……我不是……"

"娘刚才说得对……不管怎么样……您都是我爹。"刘福瑞闭上双眼。

刘家兴抹着泪说："福瑞，我……我对不起你们娘俩，我……"

"好了，爹，您就别说了，您坐吧。"刘福瑞站起来，搀扶着刘家兴在王翠香身旁的椅子上坐了下来。

刘家兴一脸欣喜，叹道："福瑞，我这几十年以来无不在想以往所造的孽。我愧对你们母子，愧对刘家的列祖列宗，我哪有脸来与你们相认？待我说完一件事，你们再决定要不要与我相认吧。"

王翠香轻声道："有什么话，你就直说吧！"

"实不相瞒，那一年，我曾经回过青城。那几年里，我日夜思念家人，还有我这从未见面的孩子。那时我赢了一大笔钱财，红绡当时劝我，回来寻你们母子二人，一并接到江南享福。可哪曾料到，我刚进青城，就听说刘家少奶奶因骗人钱财被押在大牢。当时我就懵了。"刘家兴叹息一声，"我不敢去认你们，去了篦子匠村，见福瑞端着一个破碗，跪在村口的小路上吃饭，'篦子李'还跪一边，对给食的人千恩万谢。我实在……我没有勇气去认福瑞！我本打算如果救不了翠香，将福瑞带走也好，但是我……我做不出这样的事来，眼睁睁地看着福瑞乞食，我心中有愧啊……"

刘福瑞并不知道这些事，淡了的恨意却转成了对他的厌恶之感，而且更是添了几分。

刘家兴哭道："当时我偷偷地跑掉了，找了几个旧识，帮忙去打探，原来是马怀德做下的勾当。他先叫人买通了贩货郎，后叫人放火，烧了你们娘俩的住所和货物，又通知贩货郎去衙门告你们，然后吩咐原告消失。这样一来，一不上堂，二不审案，直接将翠香押在牢房之内。"

王翠香猛然问道："当年可是你将刘家秘方卖给马家？"

刘家兴点点头："我去了衙门，托了不少人，才和马怀德谈好价钱，几番讨价还价之后，才以刘家秘方作为交换条件。至此我已身无分文，回到江南只能对红绡说，所有的钱都输光了……"

刘福瑞怔怔地听着，真没想到当年娘突然被抓，又突然被放了出来，里面竟然还有这样一番故事。

刘家兴从怀里摸出一张纸来，递给刘福瑞："这个你替你娘收好……"

刘福瑞见那纸上赫然写着"休书"二字，心里一颤，脸上一热，竟有愧意，没想到爹真的醒悟了，知道自个儿错了。

第54章 / 写休书鸳鸯终成眷属
游青城邦彦沽名钓誉

王翠香见了，一时百感交集。

刘家兴淡笑说："这也算我给你娘有个交代，也好让你娘无忧无虑地嫁过去呀！"

刘福瑞扑通跪下，扑在刘家兴怀里失声痛哭。刘家兴忍不住心头的热泪，泪花一滴一滴掉了下来。王翠香在一旁流出欣喜的泪水。这个有些寒冷的秋天，对刘家而言，却是如沐春风一般。不过半月，喜事连连。刘福瑞、刘家兴认祖归宗，王翠香手捧休书与张平喜结良缘，笼罩在刘家上空的阴云渐渐散去。马家因女儿嫁给刘家，争斗收敛许多。各自都在暗地发展自家生意。

刘福瑞以篦子为基本，开始涉足其他行业，而马家则一如既往地被马聪慧败着家。聪慧自从关外遭挫更是一蹶不振，再也不过问自家生意，整日与狐朋狗友喝酒取乐。

马怀德自然是彻彻底底地对这个冤家儿子没有半点期望，无奈花重金给马聪慧娶来一房妻子，原想能早些日子抱上孙子，再请个有名的先生好好教授，将来成为马家的顶梁柱，自个儿好有新寄托、新希望。可说来也怪，这些年过去，儿媳肚子毫无动静，情急之下，马怀德在夫人面前发起牢骚："这马家怎么娶了个不下蛋的母鸡呀？"

马夫人那颗心早就被傅儒风偷走，全然不理会这些，更不在意儿媳能不能续香火，听马怀德阴阳怪气的话，不耐烦地说："怎么啦？这些事你也要管呀！那母鸡不下蛋，不也是你弄回来的吗？"这句话噎得马怀德一时无语，只好断了让夫人过问此事的念头。

无奈之下，马怀德请来智通大师，帮儿媳把脉问诊。可没想到，智通大师说他的儿媳一切正常。这下子马怀德更是慌了神，难不成问题出在宝贝儿子身上？若真是自个儿儿子有问题，那就麻烦了，怕是再纳妾也无济于事。一时心急，找儿子来问话。可马聪慧一听爹含沙射影的话，顿时闹开锅，又不敢在爹面前撒野，只好到娘那里告状。

马夫人哪里受得了，双手叉腰，骂道："你个马怀德，真是有种，连自个儿的种也怀疑了。好啊，你是不是有心找个什么桃花来将我替代，再给你续种啊？"

马怀德赔着笑脸道："夫人，你怎么见风就是雨！这事可是大事！你想想看，我马家家财万贯，若是没人继承，岂不是凄凉？聪儿成婚数年，可就不见有喜，眼看着你我一天天变老，你说我能不着急吗？"

马聪慧抹着几滴鳄鱼泪，说："这事哪能由我说了算？"

马夫人顿时觉得非同小可，全然不能与丈夫斗气。是啊，若是马家后继无人，这硕大家产必将落入他人之手。马夫人顿时没了刚才的嚣张气焰，一脸忧色，望着儿子说："聪儿，娘问你，到底是怎么回事啊？你若是生不出来儿子，你爹可要将家产分给桃花了。"

马聪慧见娘也倒戈，一时慌神，扭头就跑。无奈马夫人吩咐丫鬟，将儿媳妇喊来问话。马怀德自知不便，叹气离开内室。没想到，马夫人将私话说给儿媳。儿媳泪花乱溅，什么话也不说，将衣服褪尽。马夫人见那白皙的肌肤上布满伤痕，犹如一块净白无瑕的干净画布，不知被谁在上面横七竖八地画满了红道。一时惊呆，半张着嘴问："这是怎么回事？"

儿媳泣不成声，将衣服穿好，久久才说："娘，我这日子外面光鲜，实际上苦不堪言呀！你那宝贝儿子，尽要些奇怪的招数来折磨我。直到今日，他也未曾破我身。你和爹急着抱孙子的心思我早看在眼里，可这事怕是我也没法儿。"

马夫人心底冰凉冰凉，挥挥手，让丫鬟将儿媳带走。这怕是马怀德作恶多端，自食其果吧！果然如马怀德所料，问题出在马聪慧身上。这下可是彻底断了马怀德的念想。

马家生意在蔡福的经营下，与刘家的争斗由青城杀到了江南。在曹野、易锐的操持下，崔家自然成了刘家篦子在江南的代言，再加上方家也订购木篦子，将刘家篦子摆在方家店铺，一时生意做得风生水起。

崔恋蝶与易锐早结为百年之好。崔鸿德欣喜不已，也不再沉迷修仙炼丹，在江南过着悠闲自得的日子，与田奎打理店铺的丝绸生意，也给易锐传授崔家的生意经。崔夫人自然照顾时而清醒时而发癫的崔蛱蝶。易达夫

第54章 / 写休书鸳鸯终成眷属
游青城邦彦沽名钓誉

妇也是过着衣食无忧、使奴唤婢的神仙日子。这崔家、易家在江南水乡过得好不快活。

日子恢复了往日的平静。可这平静的日子却被一个突如其来的贵人打破。这个人就是刘福瑞打过交道的浪子宰相李邦彦。

又是一个夏天，刘家篦子招幌也高悬在店铺前的旗杆上，迎风飘扬，与马家店铺招幌交相呼应。站在运河上看去，像是两个旧相识在远远地打着招呼，可实际上这两家那理不清、剪不断的情愁，如运河之水般悄无声息地流淌着。刘家、马家的篦子生意越做越大。店铺也在青城内安乐街一溜排开，将南城梳子摆上去，成为青城一大奇观。眼下，青城运河的堤岸旁垂柳如烟，河面微波荡漾，街市热闹异常，店铺里人头攒动，进进出出，络绎不绝。

当朝尚书李邦彦装扮成珠宝商悄然而至，夹杂在人群中。他行走在街巷中，欣赏着青城如画的景色，感叹青城不愧为弦歌之都，儒风淳朴，景色美不胜收。自个儿玩耍了几日，方觉得找人带着游玩岂不是更有乐趣？寻思半晌，劲直朝弦歌书院去。

如今，这弦歌书院来了个京城的先生。李邦彦悄然摸到弦歌书院里，把先生吓了一跳。原来那夫子与李邦彦曾是故知，自知他是什么身份。李邦彦连叫先生莫要声张。两人叙旧一番。李邦彦如今甚喜微服私访，没有阿谀奉承的下官，没有浩浩荡荡的护送队伍，没有吵吵闹闹的乐队，逛起来甚是惬意。他便将自个儿的想法说了出来。先生唯命是从。于是，两人便衣着身、手摇折扇，无拘无束地一同上街闲逛。

二人走到青城一条沿河岸狭长街道时，见人来人往、车水马龙，热闹非凡，店家生意兴隆。又见一群孩童手舞足蹈地高唱："篦梳店铺对运河，木梳篦箕摆首头；源源客船运河来，都在安乐靠码头……"

李邦彦被孩童的唱词吸引，一时吵闹又没听清，便问先生："这些孩童唱得倒是好听，却不知他们唱的是什么呢？"

那先生笑道："他们在唱儿歌呀。意思是说青城的篦箕木梳很出名，运河中来往的客船，都慕名在安乐镇停靠，上岸购买梳篦！"

/篦子道/

"哦！"李邦彦道："那安乐镇在什么地方呢？那里一定很热闹。"

那先生答道："安乐镇在大运河旁，青城的水陆交通要道，那里自然热闹得很。如果尚书高兴，我明天同你到那里去逛逛，好吗？"

李邦彦笑眯眯地连连点头，说："好！好！"

次日，天色微微亮。苏县令穿戴整齐，点齐县里的大小官吏，带衙役、捕快、跟班和吹鼓手等好几百人，浩浩荡荡开到运河码头，在安乐镇上一路摆开。让他这么一闹，整个安乐镇都弄得紧张起来。百姓一时慌了，不知又将发生什么。在店铺歇息的刘福瑞被吵醒，一看那架势，莫非青城来了什么高官？望着东边的旭日，映红半边天。

晨光撕开黑暗，将光芒洒向青城。青城变得清晰起来。街边早起的伙计交头接耳议论着。差役忙怒斥："都在店里老老实实待着，别在街边叽叽喳喳的。要是坏了大事，小心你们的脑袋！"伙计们翻个白眼，心不甘情不愿地溜回店铺。

李邦彦和弦歌书院先生早早吃过饭，一身便服打扮，雇了一只小船，从城里内河划出大水关，来到大运河，只见来往的大小船只扬帆摇橹、川流不息，果然非常热闹。船过新桥，一眼就看到衙役差人穿灯走马，地保团丁吆五喝六，弄得百姓诚惶诚恐。

这是为什么？李邦彦犯起嘀咕，难道行踪暴露，便对先生说："唉！这肯定是县令搞的名堂，真讨厌！还是寻个僻静点的地方登岸，免得他们来骚扰。"

先生连忙吩咐撑船家调转船头，寻一处不引人注意的小码头靠岸。李邦彦上岸，一眼望去，梳篦店铺一家连一家。马家店铺摆满各式各样的"宫梳名篦"，有圆背的，有直样的，有彩绘的，有雕花的，有竹木的，也有象牙的。名目更加繁多，有"麻姑献寿""福禄寿三星""嫦娥奔月"，还有"四大美人"……李邦彦正看得高兴，忽听店外街道上大吵大闹，官腔夹杂着辱骂呵斥声。吵闹声扰了李邦彦的雅兴，自然无暇细细品味，便问先生："什么人在外吵闹？"

"不然我们出去看看。"先生附和，随即与李邦彦出了店铺。

第54章 / 写休书鸳鸯终成眷属
游青城邦彦沽名钓誉

原是公差和地保不准行人通过。以致许多挑夫挑着一担一担木梳,被拦着不能过去。李邦彦指着挑夫问:"这些人是做什么的?"

先生说:"他们是南门木梳街上做木梳的工匠,是替梳篦店送木梳来的。安乐镇街上的梳篦店实则是篦子店,一向只做篦子,木梳都是从木梳街上批,由这些挑夫送过来的。"

李邦彦觉得有趣,信口说道:"哦!南门木梳街上专做木梳,西门安乐街上专卖篦子。好啊!那么,这里就不应该叫安乐街,应该叫做篦子巷。"

"对!对!"先生忙附和:"南门木梳街,西门篦子巷。尚书大人真是才学高超、出口成章!"先生一时谈得起劲,不知不觉说漏嘴,"尚书"二字脱口而出,恰好被旁边的捕快听见。

捕快倒吸一口凉气,仔细一看,这个说话的人不是大名鼎鼎的弦歌书院先生吗?那个留着胡子的珠宝商人便是李尚书了。于是,捕快三步并作两步,急急忙忙推开人群,往接官亭跑去。再说苏县令带随从在接官亭等,左等右等不见尚书大人,正等得有点心焦,听捕快来报"尚书大人早已在街上闲逛"猛吃一惊,一向威严的神色顿时惊慌失措,忙高喊:"快走!快去!"可是,却来迟了。等一群人敲锣打鼓从西街头赶到东街头,李邦彦和先生早已登船离去。

苏县令眼巴巴直挺挺站在岸上,瞅着小船驶过新桥,进入大水关,渐渐消失。突然,灵机一动,暗想:"勿要紧,还是有办法讨尚书大人欢喜。刚才捕快不是听尚书说安乐街应叫篦子巷?有了……"不久,他下道命令,贴出告示:"奉旨,即日起安乐街改名为篦子巷。"

在州府躲避几日,李邦彦又拽先生微服故地重游。没想到,此刻安乐镇景色未变,却唤作篦子巷,便问伙计为何。店铺伙计指着南城墙上贴的告示,丢下一句"讨好京官"便进店铺去忙活了。

李邦彦不由怒从心生,气愤道:"怎奈我一句话竟然让这个糊涂县令当作圣旨了。若是此事被圣上知晓,那岂不是死无葬身之地?"扭头望先生,若有所思道:"这县令为政清廉?爱戴青城百姓?"

283

先生一介儒生，不好妄加评论，况且还要在此生活，说得好倒是无妨，可一时摸不准李邦彦的心思，若是隐藏县令的恶行，李邦彦怪罪下来，怕是不好受。思量片刻，先生媚笑道："我虽身在青城，却足不出户，平日在书院教书为乐，一概不闻窗外事。尚书大人的问题，恕在下不好妄加评论。"

第55章
施奸计马爷心怀鬼胎
盼儿孙马家纳妾生事

李邦彦倒知先生的脾气，便到街头拦住路人问："县令施政如何？"路人见其装束，笑道："你个商人不好好做生意，问这个就不怕掉脑袋吗？妄加议论政事是要砍头的。"

先生低头不语。李邦彦顿觉诧异。偏偏李邦彦乃沽名钓誉之辈，若能罢免贪官为民除害，岂不是美名扬天下？若能得到青城百姓的爱戴和拥护，回京也好给圣上有个交代。

李邦彦微笑道："去你书院住上数日，也享一享做青城百姓的乐趣。"先生一时无语，两人绕道往弦歌书院去。

古槐成荫，艳阳高照。夏蝉叫个不停。马怀德躺在自家后院树荫下的那张太师椅上眯着眼，丝毫没因在江南与刘福瑞争夺生意失败而有些许阴郁和不快。然而，身边打扇递茶伺候的丫鬟却个个神色慌张、瑟瑟发抖，不敢有丝毫懈怠，生怕马老爷一个不高兴，当即断了月俸，没了月俸自然活不下去。

然而，马怀德那份悠闲背后，却是心潮起伏。刘福瑞才智过人，经商有方，他又喜又忧。喜的是桃花有了个好归宿，忧的是马聪慧不成器，而且让他更心焦的是，儿子没能生出个儿子来，可这事显然自个儿不能再多过问。不然，夫人又会不依不饶地唠叨不停，还用陈年旧事来羞辱自个儿。若是自个儿百年之后，马聪慧接管马家，马家万贯家产怕是要败掉。这几日，他夜不能寐、日不能食，思索着法子，想着马家香火有继。

这次，他听说李尚书微服私访，为攀高枝，遵照苏县令的意思，鞍前马后忙个不停，也出了不少杂役，费了不少财物，却连李尚书的面都没见着。看来，苏县令十几年如一日地坐着青城知县之位，丝毫没有升迁迹象，实在是再正常不过。殊不知，苏知县大张旗鼓迎接不成，私自假借圣上旨意更改街名已闯下大祸。后来，马怀德费尽心思、四处打探，得知李尚书那日乘舟回到知府衙门。恰好知府与他有些交往，便备好贵重财物差人送了过去。取悦与人、投其所好，马怀德深谙此道，也不知送去价值千金的象牙笔筒，李尚书会不会喜欢？

"老爷，钱庄范老板来了。"蔡福打断马怀德的思绪。不管怎么说，眼下先杀杀那贤婿的锐气，不然怕是还没想到法子，女婿就将自个儿家产吞并了！

马怀德淡笑起身应道："带我去见。"

只见一名身体富态、一脸和善的中年男子正媚笑着屈身弯腰向他行礼道："马老爷！小弟，给您请安了。"

马怀德摆摆手："范兄，客气。"说完，径直走到打首的太师椅前坐下。范老板瞅瞅马怀德那张毫无颜色的脸，七上八下，稀里糊涂地在马怀德右手边的椅子上坐下。范胖子屁股刚沾上椅子，马怀德立即冲身旁的管家蔡福怒道："还愣着做什么？还不快去给范老板准备些寿包！"

管家蔡福猛然间不知所措，真是太阳从西边出来，不禁暗叹：老爷今个儿是怎么了？平常都是别人给他送寿包，哪轮到他向外送？蔡福应了声，满心诧异地去准备寿包。买卖人间送出寿包可不一般。每个寿包中都会嵌入一锭银子或者是金子。所以，这寿包还有一个金银包的俗称，是专门用来讨好商家或官家的物品。这些年，以马家的实力，不要说马怀德，就连蔡福出门在外，逢人也得唤他一声蔡爷。像范胖子这种钱庄小老板，平时捧着银子来，

第55章／施奸计马爷心怀鬼胎
盼儿孙马家纳妾生事

马怀德也不见得会正看一眼，就更不要说主动送上礼品。

"范老板，你我本是世交，应常相往来。只是马某平日里忙于生意应酬，所以对贤弟时常有些怠慢。马某在此先向你赔个不是。"马怀德抱拳坐行一礼。

范胖子急忙起身回礼道："老爷折煞我了，是范某的不是，是范某的不是。"

"范贤弟千万不要这么讲。"就在这时，蔡福带着一名捧着寿包的下人进入堂厅，接过摆放寿包的盘子。蔡福转身一脸恭敬地端给范胖子，"范爷，请您笑纳。"

"蔡爷，您还是叫在下范胖子好了！那样听着自在些。"范胖子接过盘，略一掂量，竟有数百两重。马家财大气粗，不可能白白送出银包，也就是说……这是数百两的黄金！想到这里，范胖子原本就有些发红的脸，涨得已经有些发紫。人为财死，鸟为食亡。虽明知马怀德送金子肯定没好事，但范胖子依然接了下来。

"范贤弟，为兄有件小事需要你帮个忙。"马怀德轻声说。

"老爷有事，但说无妨！范某必然舍命完成。"

"有贤弟这话我就放心了。实际上，也不是什么大事。"马怀德突然话锋一转问："刘福瑞在你钱庄有多少银子？"这刘府跟马府比起来虽然差出很多，但毕竟这几年刘福瑞经营良好，他已经成为青城有名的富甲商贩，存在钱庄里的银子自然多得很。像这种大数目，范胖子这当老板的又岂会不知？

"回老爷，一共是白银十七万两。"

马怀德微微点点头："是这样的，最近几日，我与刘福瑞同时看上了一笔生意。虽然我马怀德不缺钱，但能少花点银子还是好的。所以，我希望在刘福瑞去钱庄取银子的时候，你找个接口拖上几日。如果这生意三哥我谈成了，到时必然还有重谢。"

范胖子点头如捣蒜："马爷，您尽管放心。别的本事没有，这拖、扣的本事，我范胖子还是有些的。您尽管交给我。我保证那刘福瑞绝对没办法跟老爷抢这笔生意！"

"那三哥就全靠贤弟你了！"随后，两人又谈了些风月，闲话许久，才吩咐蔡福送客。

"爷，您今儿个是怎么了？"范胖子走后，蔡福有些不解地问。

"我今天好得很啊。"马怀德高声笑起来。

"爷，前几天的事……"

"那只是开胃菜而已。大餐现在才刚开始上呀！"

"这么说，爷今儿个叫范胖子来……"

"就是为了断掉刘福瑞的银子，让他在关键时候连一文钱都取不出来！"

蔡福困惑，希望马怀德能再多说些，但马怀德转身走了。范胖子从马家出来，正好被上街办事的许多瞅见。

自从关外归来，马怀德再也不指望他那宝贝儿子能办成什么大事，虽不甘心，但也没什么法子。只要宝贝儿子不惹是非、不捅篓子，就烧高香了。可自那傅儒风悄然离开，苏莺整日唉声叹气，全然没了往日满脸的如意春风，魂儿丢了似的，或许那颗滚烫的心跟着风流倜傥的夫子去了。这几日，她总是坐在亭子里，痴痴望着那一滩湖水中嬉戏的鲤鱼。

马怀德回书房，又见夫人痴痴地坐在台榭，便顺着浮桥穿过亭子，来到夫人身边。苏莺用宽大的衣袖遮住了脸，随即又换上往日的神色，冷笑两声道："今儿真是太阳从西边出来，你个大忙人怎么得了清闲？"

马怀德满脸肥肉挤成一朵菊花，道："夫人此言差矣！听下人们讲，近些日子夫人身体不适，我特意来看看。天大的事情，也大不过夫人娇贵的身子呀！"

马夫人掩齿笑道："莫不是，你又想那株野桃花了吧！是不是想接她回府上小住些日子，还是想纳妾再给你生个儿子呀？"一旁伺候的丫鬟递上一杯清香淡雅的菊花茶，马夫人浅浅地喝了一口，又将茶碗放在了石桌上，望向湖水中央几朵鲜艳的荷花。

马怀德一片好心却被当成驴肝肺，窝了一肚子哑火，端起消火解热的菊花茶，一仰脖子，咕噜噜喝了个精光。

第55章/施奸计马爷心怀鬼胎
盼儿孙马家纳妾生事

马夫人摇摇头,叹口气,万般不耐烦地说:"有事吗?若是没什么事,我要回屋歇息一阵子。近来,愈发觉得困得很。"

这时,马聪慧与马强却走了过来。马聪慧嬉皮笑脸,道:"孩儿给爹娘请安!"双手抱拳,深鞠了一个躬。这破天荒的举动,让马家老两口吃了一惊,莫非马聪慧真是性情转好?马聪慧接着说出来的话,让马夫人燃起的一点希望,彻彻底底破灭了。

"爹、娘,你说我这成婚多年,也没生个儿子出来,莫不是那夫人有什么问题?我看,这马家香火事大,不能耽搁。前天,我在街上见了一女子,生得花容月貌,甚是令人爱怜。恳请爹娘为孩儿做主,纳那姑娘给我做妾吧,也好给咱马家添个一男半女呀!"

马怀德倒是心里暗喜,上次让夫人私下里问问儿媳到底是怎么回事,可这些日子过去,夫人也没个什么说法,只是一日一日坐在这水榭里发愣,闹得马怀德也不敢问。眼下听儿子这么说,怕是智通大师上年纪诊断有误,连忙笑道:"儿子,这些年来,你总算是说了句人话,想做件人事了!马家的香火可是天大的事情呀,你说,你看上哪家的姑娘了?爹这就去给你买回来做妾。"

马夫人却是一脸茫然,这不是又要将个好端端的姑娘往火坑里推?女人家的心思她自然能体会。这一刻,她脑海闪现着儿媳那满是伤痕的白花花的肉身子,一时头昏眼花,忙说:"儿呀,我看还是算了吧!纳什么妾,花那冤枉钱做什么呀?"

马聪慧显然有些不满,一时弄不清这一向对自个儿言听计从的娘,今儿怎么一反常态,与自个儿唱起反调?于是嘟着嘴:"娘,您难道真的想让这马家香火断了吗?"

马怀德也是一脸惊诧,一向将马聪慧当手心肉的夫人,今儿怎么却说出了这番话,莫非夫人真想让他马家绝后?不会这么狠心吧,马怀德虽说做下些风流韵事,但那是年轻不懂事,这些年他也是对得起她苏莺的。况且,天下男子哪个不曾风流,哪个没过什么花花草草的事儿!

马聪慧见形势不妙,凑近马怀德,哀求道:"爹,我的亲爹呀,你赶紧帮我说呀,让娘同意给我纳妾!不然马家真要绝后!"

　　这句话说到马怀德心窝窝里。他最怕马家绝后,怕这辛辛苦苦、费尽心机守着的马家家业落入旁人之手!听儿子这么一说,心火如浇了油般噌噌直往上冒;再想想贤婿福瑞将生意打理得井井有条,都能跟他一比高低,气不打一处来,忙说:"这纳妾又有什么不妥呀?只要儿子能生出个儿子来,别说是纳一个妾,就是纳十个八个,我马怀德也是同意的。不就是花些银子嘛,我马家银子多得是。"

　　马夫人瞅瞅一脸怒色的马怀德,没好气地说:"你冲着我嚷嚷什么,那牛眼睛瞪什么瞪呀,小心那眼珠子掉了下来!你是不是想将我赶出去,再寻个什么桃花呀、荷花呀,来快活不成?还是想自个儿再纳妾,生出一个儿子来,与我家聪儿分家产不成?"

　　马聪慧满脸哀求地望着母亲,柔声柔气地说:"娘,儿子好不容易相中一个姑娘,您就答应了吧?"

　　"儿呀,你就别祸害人家姑娘了。你看你那媳妇,多么温顺,多么孝顺,你怎么就不知道珍惜呢?"马夫人显然没将实情说出来。

　　马聪慧又要狡辩,马夫人瞪着他,吼道:"难道你还嫌自个儿造的孽不够多吗?是不是想遭天谴呀?"

　　马怀德蒙在鼓里,琢磨不透夫人的心思,更不明白这什么造孽、什么天谴的,他长舒一口气,叹道:"这儿子纳妾也是造孽?怎么就会遭天谴?"

　　马夫人生来吃尽女人没嫁给自个儿中意郎君的苦头,更能从儿媳身上品出做马家儿媳的苦涩。这马家儿媳,在外人看来虽衣食无忧,可实际生不如死;再加上心有儒雅先生,对马怀德全然没感情,讽刺道:"算了吧,纳妾?纳妾就能给你生出个孙子来吗?怕是忙活了半天,到头来空欢喜一场呀!"

　　"夫人呀,这倒是怎么回事吗?儿子都说了,那是儿媳的问题,你怎么就到头来空欢喜一场呀!"

第55章 / 施奸计马爷心怀鬼胎
盼儿孙马家纳妾生事

马聪慧的无赖劲头上来，哭哭闹闹，附在娘耳边低语道："娘呀，你若是不成全了儿子，儿子便将娘做下的风流事儿讲给爹听。"

马夫人顿时觉得一股凉气顺着脊梁骨直往上冒，唉，不知这冤家对头拿此事要挟自己，何时是个头？如今要不依了他，恐怕自己的一世英名要毁于一旦，一时会成这青城的笑话，遭人唾骂，成为不守妇道的淫妇。就算马怀德不追究，可这唾沫星子也会将自个儿淹死！人呀，总是要为自个儿做下的事承担后果！没想到，自个儿贪念一时之欢，却受尽这畜生的要挟！

马夫人本想给老马家积点德，怕是不行，叹口气，道："随你吧！让你爹给你张罗吧。"

马怀德摆摆手，起身道："罢了，罢了！生意那边忙得我焦头烂额，儿子的纳妾的事就仰仗夫人费心！"

马夫人咬咬嘴唇，狠狠地剜了一眼马怀德，越来越觉得这个相处甚久的男人粗俗不堪、不解风情，气哼哼道："你就知道生意，看哪天儿子没了，老婆没了，你就空守着一堆银子过吧！"

马怀德懒得理睬，头也不回地走了。

入夜，刘家宅院书房里散着淡淡的烛光。刘福瑞冷落娇妻马桃花，在孤灯下细读史书，如痴如醉。管家许多低声道："福瑞，今儿下午，我见那钱庄的范老板从马家出来了。"

刘福瑞望了眼许多，淡淡地说道："这范老板与马老爷同为商人，在商言商，他们见个面人之常情，没什么大惊小怪吧？"

"福瑞啊！你怎么能如此想呢？这马怀德是什么样的人，别人不清楚，您还不清楚吗？上次要不是你慧眼如炬地识破他，恐怕这刘家全家都得被赶出青城去啃泥巴啦！他叫范胖子去，八成又对咱不利，而且……我看范胖子出来时，怀里死死抱着一袋东西。估计八九不离十是马家送的银子。"

"不可能！"刘福瑞不假思索。

"福瑞，这有啥不可能？范胖子视财如命，为了银子连老母都不要了，你说说，能让他死命抱在怀里的东西，除了银子还能是什么？"

"当然是金子！这马老爷要送也肯定送的是金子！"刘福瑞听闻马家的吵闹声，不由得问："这夜深人静，马家怎么又吵闹了起来呢？"

许多淡笑道："我猜想，又是那不成器的马聪慧在耍酒疯。听这动静，怕是又不知谁家的姑娘要遭殃了。"

刘福瑞来到院子里，深吸一口气，叹道："许管家，您也早点歇息吧！"

许多道："这都什么时候了，你还能让我歇息？快想想办法吧！"

"想办法？想什么办法？知己知彼，百战不殆。现在马老爷要做什么，我们一点儿都不清楚，怎么能想出对策来呢？"

"那咱们就干坐着等他出招阴，来害我们不成？"

刘福瑞长叹道："这等明月尚无人来赏，何等可惜！"

"福瑞……"许多见福瑞岔开话头，一时语塞，自知福瑞念及马怀德是他岳父，才犹豫不决。其实，他哪有心情赏月！

"你不用太担心。虽不清楚他想做什么，但今天叫范老板去，莫不是想断了咱的本钱，让咱资金周转不开。许大哥！"

"您吩咐！"许多猜到刘福瑞胸有成竹。

"你快去把咱家在其他钱庄里存放的银子都取出来。还有，到当铺去把一些没用的东西先当了。一定要在明天尽量多筹出一些银子来。要不然，拖一天，恐怕咱想当都当不了了。"

"是！这就去办。福瑞你放心。"说完，许多转身离去。

望着许多的背影，刘福瑞哀叹："这泰山又要唱哪出戏？福瑞摇摇头，回书房继续读书。

马桃花端着一碗热气腾腾的鸡汤走了过来，轻轻将衣服披在刘福瑞身上，挑了挑灯芯，橘黄色火焰扯得老高，顿时书房里亮堂许多。不知刘福瑞那心里的灰暗何时才能敞亮起来？

苏莺果然是个厉害人物，将儿子相中的红梅硬是栽进马家宅院里。那红梅父母虽不愿意，却经不住马家利诱威逼。红梅娘整日以泪洗面，苦不堪言。马聪慧自是欢喜得很，唱着小调，提着鸟笼，在后花园逗红梅，好似恩爱。

第55章 / 施奸计马爷心怀鬼胎
盼儿孙马家纳妾生事

苏莺暗自庆幸，虽用了见不得人的手段，却也值了，起码这畜生不来要挟她，可她每每见红梅神色一日一日憔悴下去，心如刀割，怕是这又将加重马家的罪孽。

马怀德自然欣喜，见儿子也不出去厮混，心也亮堂许多，这样看来，不出这个年关，孙子就能呱呱坠地。于是，他便一心琢磨怎么打压一下女婿福瑞的势头。不然，怕是孙子生出来，马家也被女婿给压下去，等孙子长大，岂不是喝西北风？为了马家，他要对福瑞再次下黑手。

第56章

红梅苦命祸起萧墙
蔡福偷情香火有继

刘家、马家生意如同往常。这些天马怀德操办儿子纳妾的喜事，又约见了几个钱庄老板。不过，当他听说刘福瑞已把钱取走，就直接将钱庄老板送走了。

"看来我这贤婿动作倒是蛮快的，这也算是这些年历练的结果呀。"马怀德一边逗鸟，一边冲身旁的蔡福说。

"老爷，您为什么不在昨天把青城所有的钱庄老板都见了呢？这样的话，他刘福瑞就算动作再快，也怕是等明白了老爷您的企图，黄花菜也凉了！"

"哈哈哈哈！"马怀德笑笑继续说，"这就是为什么你只能当个下人，而我却是老爷。"

蔡福一脸茫然，约见钱庄老板，不就是为了拖着刘福瑞的银钱嘛，难道还有更深的企图？忙问："老爷，小的没懂您的意思。"

"实际上，为的就是要他在今天把所有银子都弄到手里。"

"爷……您这……"

"慢慢你就明白了。"马怀德冲蔡福摆摆手。蔡福急忙上前，低下倾听。马怀德附耳细语："你马上去……"蔡福听得一会儿笑意连连，一会儿神色

第56章／红梅苦命祸起萧墙
蔡福偷情香火有继

凝重。只见院里阴风四起。

起初,马聪慧因红梅的几分姿色倒有新鲜感,行为收敛些许,整日围着娇妻转悠,嘴巴跟抹了蜜似的,言听计从。然而,他生来是个风流鬼,新鲜劲过了,也就对红梅没了兴趣。时日不久,他心里跟长了草似的坐卧不宁,于是瞒着马老爷和马夫人,又偷偷溜了出去寻花问柳。娇妻红梅有苦难言。马夫人每每见状,心头一阵阵发凉,发颤。马家少爷娶了两房,却没一房有动静。惹得马怀德着急上火,对儿媳也没什么好脸色。

蔡福倒是个怜香惜玉的人,自打红梅进马家,便看出少奶奶的心思,暗地吩咐下人好生伺候,自个儿也时不时拿些干果什么的送过去,说些宽心的话。蔡福跟着马怀德也是捞了不少油水,在安乐镇置办了宅院。可是他跟马怀德坏事干尽,或许是上天有意惩罚,娶了几房妻子。可这些女人终究是福薄,没过上几天好日子,也没留下一男半女,便都撒手人寰。偌大的宅院留下他孤苦伶仃一个人。每每夜空高悬明月,他的心就不由得滋生出许多寂寞和无奈。虽锦衣玉食、家产万贯,可冷冷清清的宅院,哪有点家的味道,处处流露出阴森森的晦气。夜深人静时,他总是将被褥紧紧裹着身体,久久不能入睡。白日里,望着红梅含泪欲哭的眼神,灭了多年的心火又有些许起色。听马聪慧拳打娇妻传来的哭叫声,他的胃总是一阵一阵反酸水。无奈,他只好夜夜在歌馆妓院混日子,也落个踏实。红梅对蔡福也生出一些情思。

一日夜里,马聪慧又不知去哪里鬼混。红梅独自在屋里苦苦地守候着。殊不知,马聪慧哪里还记得自个儿家有娇妻,早将红梅抛到九霄云外。在青城揽月楼里,蔡福一个劲儿拍着马聪慧的马屁,哄得马聪慧高兴不已,喝得不亦乐乎。蔡福可是花了血本,平日自己来快活,也舍不得花这么多银子,可今儿出手阔绰,将揽月楼的招牌姑娘香桃包了下来。

蔡福笑呵呵地冲着喝得面目通红的马聪慧,道:"少爷,那香桃早就在屋子里等着您了。您看……"

马聪慧自知这香桃,那血红的眼睛冒着淫光,笑眯眯地说:"蔡管家,这姑娘可是这儿最贵的!怕是我身上带的银子不够。"

蔡福忙说："少爷，您就尽兴地玩吧！这银子小的来付！"

马聪慧一向对这个三角眼的跟在爹屁股后面的奴才没什么好颜色，反而有些憎恨，只因爹有什么事不跟他这个儿子说，却偏偏与这个外人商量，每月给的月钱也不在少数，甚至比给他的零花钱还要多。眼下，他见蔡福这么说，便生出要将这蔡福的银子狠狠花花的念头，笑眯眯地说："这香桃是不错，可那香杏，少爷我也喜欢得很。"

"没事，只要少爷喜欢，小的这就去安排。"

一时间，马聪慧端起陈年佳酿，一仰脖子喝了个精光，又要些昂贵的无花果、核桃、樱桃、香蕉等干果水果，一边吃着，一边扔着，左搂右抱，与两个打扮妖艳的姑娘嬉笑着。蔡福悄悄退出房间，老鸨忙迎上来，说："蔡爷，今儿就这么走了？"

蔡福怀里掏出一锭银子，塞给老鸨，悄声说："妈妈呀，这少爷玩得正高兴，你可不要扰他的兴致！不然，怕是你我都要遭骂了。"

老鸨瞅着那锭银子，拿也不是，不拿也不是，伸出手，又缩回去，笑嘻嘻道："蔡爷，您这是做什么？是不是要我给你再寻个姑娘？"

蔡福将那锭银子塞在老鸨怀里，悄声说："算啦，算啦。我这店铺里还有些事情要忙。不过，这少爷你可要照顾好了，不然明儿少爷要是训我，怕是这银子你还要退给我！"

那老鸨虽是个见钱眼开的主儿，但也明白在这青城，蔡福的钱可不是随便拿的，怕是有什么事要她做，见蔡福这么说还是不踏实，拿着银子瞅瞅，嬉笑道："蔡老爷，这还用得着您破费吗？那少爷的花费，您给的银子绰绰有余。我们自然要将少爷伺候得舒舒坦坦的，要让那少爷快活得胜过那天上的神仙。这银子嘛，怕是万万不能要的。"说着她又将银子递给蔡福。

蔡福挥手，将对方伸过来的手推回去，上前一步，凑近的老鸨耳朵细声说："妈妈呀，这银子算是孝敬您。您就拿着！只是烦劳您将少爷今晚留在这儿。若他醒酒非要回去，烦劳你派人告诉我。"

老鸨踏实了，自然将那锭银子揣进怀里，嬉笑着说："哎呀，我还当什

第56章／红梅苦命祸起萧墙
蔡福偷情香火有继

么事呢！这芝麻大点的事，蔡爷您就把心放肚子里吧！我那两个姑娘厉害得很，怕是马少爷今晚连床都下不了，哪里还有力气回马言庄呢！"

"这自然是好，那就有劳妈妈费心。"说完，蔡福走出揽月楼，朝安乐镇自个儿的宅院子走去。

蔡福喝了些酒，胆子大起来，将白日里买好的胭脂水粉，还有一包迷药揣在怀里去了马家。他从后门悄悄溜进去，来到红梅屋前，轻轻敲门。

红梅怕是马聪慧回来，忙将门开了，一阵夜风袭来，四下看看，却不见人影。正要将门关上，蔡福嬉皮笑脸闯了进来。红梅一脸羞涩，怯怯道："蔡管家，这夜深了您有什么事明儿再说吧！"

"你这脸怎么青一块紫一块的？是不是那龟儿子又打你？"蔡福挤进来，岔开话，用颤颤巍巍的手去抚摸那发紫的脸。

红梅躲闪着说："没什么，是不小心碰的。蔡管家，您还是放尊重些，不然我喊了！"

蔡福将胭脂水粉拿出来，放在梳妆桌上，一屁股坐下来，拎起桌上的水壶倒了碗茶，端起来一仰脖子，咕噜噜喝个精光，又瞅瞅红梅，见红梅在门口四处张望，立刻将迷药倒进了另一碗茶水中，说："红梅，你也过来，喝点茶水吧！"

红梅左右为难，怕传出去，跳进黄河也洗不清！仍是一脸羞涩，怯怯道："蔡管家，您喝口茶就走吧！要是被那马家人看到了，怕是你我都活不了！"

蔡福绕到红梅身后，将她紧紧抱在怀里，喘着粗气，在红梅那柔嫩耳边细声说："梅儿，你就放心吧！你那丈夫正在那揽月楼里抱着姑娘快活呢。这几日，那马夫人又到京城寻她舅妈去了；马老爷放心不下店铺的生意，如今也在那安乐镇的店铺里住了下来。今夜，这偌大的马家就剩下了我们两个了，你还怕什么呀？"

红梅脸上升起一层淡淡的霞彩，羞得忙将门关上，扭身坐下来，不敢与蔡福火辣辣的眼神相对。男人的眼睛是熔炉，会将她整个身心都给融化。可她万万没想到，这个熔炉里却藏着无穷无尽的欲望。蔡福望着红梅那一副娇

297

羞神色，露在外面的粉颈如白瓷般细腻，直惹得一腔欲火熊熊燃烧，嘴里冒着火，眼里射出来的也是火，咽了一下口水，舌头一时有点发直："红……红梅，你真好看！你，你喝点水吧！"

这世上的女子，哪个不爱听人夸。明知那甜言蜜语是骗人的鬼话，却还是期盼着有人给自个儿说，哪怕那男子是不中意的，说了出来，听着也是很受用。这怕是从娘胎里带出来的。平日里，马聪慧百般折磨红梅，哪里夸过她，猛地听男子这么一说，便伸出纤纤玉手，将茶碗端起来，浅浅喝了一口，欲言又止，只是低着头，瞅着茶水，将茶碗在手里转来转去。片刻，她只觉头有点晕，眼有些花，慢慢地睡去了。

蔡福忙吹灭红烛，借着月光，将红梅抱上床，一件一件将红梅的衣裳退干净。那一身伤痕，在月光下显得有些狰狞，有些恐怖。白皙的肌肤上一道道伤痕，也不知是怎么留下的。蔡福欲火焚身，哪里顾得上这个，忙自个儿扒光，扑上去，在红梅伤痕累累的玉体上发泄着久藏的欲望。

夜风习习，热气腾腾。经过一番鱼水之欢，蔡福神清气爽，气喘吁吁，忙将衣服穿戴整齐，坐了起来。可那床上一滩如盛开梅花般扎眼的血迹，使他眼前一亮，心头一颤，难道红梅还是个黄花闺女？蔡福喜上眉梢，用手指沾了点血迹，放在鼻根闻了闻，心花怒放。此刻，红梅清醒过来，一行清泪顺眼角流下来，湿了一片褥子，她神色木讷，眼里也没灵气。蔡福忙赔不是："梅儿，我真的喜欢你呀！打你进马家门的那一天，我心里就有了你呀！从今往后，你就是我蔡福的女人了，谁再敢欺负你，我跟他没完。"

红梅只觉心里好凉好凉，身上好冷好冷，下意识扯扯被子，裹在身上，一副失魂落魄的样子，目光呆滞，脸上全然没了血色，泪水止不住地流。蔡福一时没了主意，盯着红梅说："你倒是说句话呀！你可不要吓我，我这是怕你，怕你抹不开面子，才……才使出这下三烂的手段的。你要是恨我，就打我吧；要是打我还不解恨的话，你就拿刀砍我吧！你倒是说话呀，你怎么我都行，我绝不还手。即使你现在让我去死，我也是愿意的呀！"

红梅痴痴地说："我……我……这也算……也算做了回女人了！"

第56章 / 红梅苦命祸起萧墙
蔡福偷情香火有继

蔡福不知所措，忙说："梅儿，你这是怎么了？"

红梅一字一句地说："你……走……吧！"

蔡福站在那里，又说："梅儿，我……我……我是真心的呀！"

"你……走……吧！"红梅语气淡了许多，仍是一脸痴呆。此时，天色微亮，蔡福怕马聪慧回来，从怀里掏出几锭银子，塞在红梅枕头下，起身走了。夜色退尽，朝阳将青城照亮。安乐镇箆子店铺又热闹起来。

马怀德瞅着女婿店铺，门口又来了很多贩卖箆子的小贩，进进出出，好不热闹；而自家门前却是一片冷清，除州府几家店铺掌柜来提货，没有小商小贩。虽然这些商贩他不放在眼里，可白花花的银子流进女婿账上，能不动心？收回眼神，他将账本拿出来翻看，琢磨儿子能快些将孙子生出来。

那马夫人去趟京城回来，容颜焕发，如夜莺般清脆的声音，又在马家院里响起来。可这清脆声音没响几日便沉寂了，只因马聪慧原配一命呜呼。那女人实在受不了马聪慧的折磨，眼睛一闭，一咬牙，跳进了马家后院一口井。等尸首打捞上来，已面目全非，身体发胀，生满蛆虫，直让人犯恶心。马夫人捂着樱桃小嘴，吐个不停，清脆声音再也发不出来。马怀德摇摇头，吩咐蔡福埋了。一时，马家儿媳去世的消息又传遍青城。

而红梅仍在忍受马聪慧的百般折磨、万般欺辱，过着生不如死的日子。只因肚里孕育着新生命，这种子在她的肚里发了芽，而且一天一天长大。她不能太自私，为了解脱而将这个小生命扼杀掉。那样的话，与那禽兽又有什么两样？况且，这些日子蔡福对她百依百顺，私下疼爱得很，自己也算有个依靠。

又是一个冷清的夜晚。夜色朦胧，绕城而流的运河在月光的照射下，如一条银带子般环绕着沉入在寂静中的青城。马聪慧又是喝得醉醺醺，走起路来东倒西歪。马强吃力地搀扶着回到家里。

红梅起身开门，小心伺候，帮他退去靴子，脱下长衫。谁能料到，当她端进一盆冒着热气的水，正准备给马聪慧洗脚，那神志不清的马聪慧一个耳光扇过来，直打得红梅眼冒金光，那委屈如开闸洪水般流出来，木盆掉在地上，水花乱溅，湿了衣裳。

马聪慧笑呵呵地望着泪眼婆娑的红梅，嚷道："臭不要脸的娘们，你还有脸哭呀？你整日里与蔡哈巴狗眉来眼去的，别以为你爷爷我不知道，这老大死了，你是不是想去陪她呀？"

红梅哪里说得出什么话，越发哭得厉害。哭声在寂静夜里穿透时空，飘向远方。马聪慧腾地坐起来，右手拽着红梅的一头黑发，左手劈头盖脸打了起来。一时间，打骂声、哭喊声夹杂在一起，将寂静的夜晚刺破。马家院里闹开了锅，鸡鸣犬吠。

马怀德、马夫人忙来到儿子卧房，见儿子脸红脖子粗，满嘴酒气，一边骂着，一边打着。红梅哭成泪人。马怀德拽住儿子的胳膊，道："你一天到晚没个正事，喝得醉醺醺的，回来撒什么野呀？"

马聪慧急眼了，骂道："你这荡妇，今儿我非扒了你的皮不可。"又是一顿拳打脚踢。

红梅止住哭声，死死护着肚子，仍由马聪慧殴打。倒是马怀德眼尖，一把拉住马聪慧，冲蔡福喊："将聪儿带下去，找个清净的地方让他醒醒酒。"

蔡福早已按耐不住，猛冲上去，将马聪慧死死地抱了出去。马夫人见马怀德一脸笑意，惊诧不已。只见马怀德蹲下来，将倒在地上的红梅搀扶起来，笑意连连："没事吧？"

红梅抹了抹眼角挂着的泪水，点点头，没说什么。马怀德盼咐下人小心伺候，忙拽夫人回自个儿屋。马夫人一脸不解，刚进屋便迫不及待地问："你这是唱的哪出呀？儿子撒野，你倒是欢喜得很，是不是又想办丧事？"

马怀德嘿嘿笑说："难道你没有见儿媳有什么异常？"

"什么异常，那挨打还哪来的什么异常呀？"

马怀德瞅着夫人，笑呵呵道："我马家香火有继了！"

"什么香火有继了？你是不是想孙子想疯了？见儿子打儿媳，也能想这事，你怕是这几十年白活了呀？"

马怀德仍是一脸笑意，捅捅夫人的杨柳细腰，说："你明儿去问问，看

第56章 / 红梅苦命祸起萧墙
蔡福偷情香火有继

是不是真的有了？"

马夫人道："问什么呀？你是不是得了什么怪病？你可不要吓我！"

"你看儿子打她，她死死护着肚子。那不明摆着有了吗？"

马夫人杏眼闪烁，倒是马怀德平日粗枝大叶，对这事细心，忙说："那我明儿去问问。"两口又是闲聊几句，草草睡了。

果然是红梅有了身孕，这个天大喜讯将马家连日来的阴气驱散得一干二净。尤其是马怀德笑开了花，更是有了算计女婿的心气。

可马聪慧却一脸茫然，很不乐意，不管怎么说，红梅是自个儿的，自个儿地里长出来的东西，自然是他马聪慧的。谁也说不出什么来。如今，红梅在这马家的地位与日俱增，就连一向蛮横的马聪慧也收敛许多。马家上下丫鬟、仆人都小心伺候着。马怀德更是给儿子下了死命令，红梅怀胎十月不许碰。这下蔡福安心许多，才去办主子前些日子交代的事。

第57章
重金诱私下暗买卖
贪钱财账房中奸计

青城最大的酒楼凤阳楼二楼天字号雅间内,蔡福正殷勤地为一名浑身肮脏、一脸奴才相的男子倒着酒。

"冯大哥,来,再喝一杯!"蔡福一脸媚笑。

"蔡爷……我真……真的是喝不下了!"

"冯哥,您这不是不给小的面子吗?要是这样,那可没什么意思了,我这就走了!"

冯哥起身拉住蔡福,心道:你这一走,这酒钱去找谁付啊?嘴上却说:"蔡爷,您误会啦!我确实是真的再也喝不下去了,你看我这肚子,都鼓起来了……蔡爷,您要是有什么吩咐,尽管说就是!"

蔡福嘴角微微向上翘了翘,暗想,看来这姓冯的蛮上道,忙说:"冯大哥!这发月钱的日子眼看就要到了吧?"

姓冯的点点头,"不错,后日就是我家主子发放月钱的日子。"

"冯大哥,小弟冒昧问一句,您这一个月能拿多少银子?"

"不过几两小钱而已,够一家人糊口,比不上财大气粗的马家,你蔡爷的银子怕是花也花不完吧!"

第57章 / 重金诱私下暗买卖 贪钱财账房中奸计

蔡福有些不信地说:"这刘家的银子不都是全由冯大哥掌管?这生意上出出进进全然是少不了冯大哥呀,为什么冯大哥的月钱却是如此少?"

"我不过是个下人而已,哪可能得到太多银子?况且,刘家生意是慢慢做起来的,可周转的银子也没多少。"

"嘿嘿……"蔡福笑了两声,从怀中掏出一张银票,递给姓冯的,说:"如今天已入秋,正是需要木材的时候。我家老爷从北方运来了一些木材。你看,你……"

姓冯的连忙摆手,说:"蔡爷,冯某谢谢您一片好意,但我却做不出对主子不忠的事!"

蔡福将那银票放在桌上,笑道:"冯大哥,您这是说的哪里话?我们这可是正经的生意!这批木材不仅价廉,而且质地更是良好。不信的话,待会儿,我就领你去看看。"

姓冯的瞅了眼桌上卷着的银票,拿起打开一看,只见上面写着"白银一千两"。这可是他做十年工才能赚到的数目啊!这世上哪个人不爱钱呀,鸟为食亡,人为财死!摆在眼前的银子若是不拿,岂不是坐失良机?这时对主子忠诚的想法被千两白银击得支离破碎,他心思也活了起来,一脸严肃,说:"这木材怎么卖的?"

"市价八成!"蔡福见有转机,喜上眉梢。

"这么便宜?这木材果真没问题?"这姓冯的倒是有生意人的精明。

"我说也不见得你能信。倒不如走一趟,眼见为实。"

两人吃了饭后,姓冯的跟蔡福去看那批木材。质地良好,确实不像有问题的样子。

"怎么样?小弟没骗您吧?"蔡福笑嘻嘻说,"这木材质地不错吧!"看姓冯的似乎不太相信,又急忙说:"实话跟您说了吧。这堆木材是我们老爷用六成价格吃进来的。我们本来打算自己做木筢子的,也好与你们店铺争个高低。不过,前些时候,我们老爷又接了笔做象牙筢子的生意,这木筢子生意赚头自然比不上那象牙筢子。可这象牙昂贵,正是需要用钱的时候。这时现银周转不开，我家老爷面子上抹不开，不愿向那女婿开口，才吩咐小的与您说这事。况且……你们主营木篦子生意，这些木材你们也是用得上的。"

姓冯的大名冯冰，虽贪吃好财，却不是个草包，要不然做不到刘家账房。这么好的条件就算平常跟福瑞讲，福瑞也会答应。为什么要用千两银子贿赂？于是，他试探性地问："蔡爷，这么多木材，我们一次吃下来倒没什么问题，只是……全吃的话，只怕现银周转会有些困难。可吃一部分吧，那还不如不吃！再说了，我家篦子作坊里也有不少木材，不急着用呀！"

"冯大哥的意思是？"

"如果是七成的话……"

"这……我做不了主。待我回去问下老爷，再给你回个话。"

见姓冯的点点头。蔡福忙回去请示马怀德。

"老爷，这小子想七成拿下。您看……"

"告诉他就八成，一文也不能少。若不行就算了。"

"老爷！这木材不是必须要卖给他们吗？这么算了，是不是……"

"行了，你就别废话了。照我说的去做就是。"

"老爷，您这么一说，万一他不吃了怎么办？"

"不会的！"

"小的明白！"

蔡福回到库房，冯冰依旧检查木头。显然，这小子做生意是相当认真的。见蔡福回来，他问："蔡爷，老爷是什么意思？"

蔡福摇头说："马老爷说了，要是七成的话，还不如自己卖的好。所以，冯大哥，买卖不成仁义在，将来咱们一定还有合作机会。"蔡福做了个送客手势。

"蔡爷，要不七成三，你看怎么样？"

蔡福依旧摇头："就八成。一分不让。冯大哥要是吃，我们按规矩给您三分利润。要是不吃，千两银子买个朋友也是值得的。"

"三分利？"冯冰一听到钱，满脸喜色。

第57章 重金诱私下暗买卖 贪钱财账房中奸计

"是啊！我们老爷之所以能把生意做得风生水起，就是因为我们从来不只顾着自己的利润。凡是能让我们赚到钱的，我们都会给他三分利钱，当成谢礼！"

冯冰哪里经受得起重金诱惑，残存的一点道义彻彻底底被击垮，点头道："如此说来，八成价格倒是也不高。"心里却打起小算盘，到时留下一分利，就说讲到七成八吃下来的。想必福瑞不会生气，还会夸他！

"说的就是嘛。如果您要七成吃下来。那我们再给您三分利之后，也就赚不到银子。况且，运送路上也要费银子。要不是我家急用银子去买象牙，怕是这个价格老爷也不会卖的。"

"那就按蔡爷的意思。八成！"

"冯大哥果然爽快。咱立个字据，一会您带银子来，我们将这些木材交给您。"

两人又讲了些细节。冯冰回店铺取银子，而蔡福去给马怀德回信。

"老爷，按您的吩咐都办妥了，只是……咱们这次亏得有点大了吧？"

"亏得大？这批木头咱们用八成价格吃下来，现在又用八成价格卖给刘福瑞，最多是不赚不赔，又怎么会亏钱？"

"老爷，不是还要给那个姓冯的让出三分利来吗？"

"利是给下次还有机会合作的人让。让他们心甘情愿继续拿主子的钱和物品同咱们做生意……你认为，咱们下次还会跟那个姓冯的合作吗？"

"爷……您真是高明！"

"哈哈哈！马屁还是等我那贤婿好戏开演时再拍吧！让你办的第二件事办得如何？"

"回老爷，小的也问到，刘福瑞他们是两天之后发月钱的。"

"蔡福呀，你做得非常好！"

"老爷，小的有个事想跟您说一下。"

"你是不是想说，那个姓冯的会不会把事情告诉刘福瑞？"

"老爷明鉴！"

"你尽管把心放在肚子里。你想想看,哪次你在外面悄悄吃了回利,不是先把货吃了下来才跟我讲的?"

蔡福吓得立即跪地叩头:"老爷明鉴,小六子以后再也不敢了!"

马怀德将蔡福扶起:"蔡福呀,你跟着我十几年了。虽然咱们的关系是主仆,但我却一直拿你当晚辈看待。只要生意做得对,能赚到银子,这利你该吃就吃,好处你该拿就拿。我绝对是不会管的,也绝对不会过问的!"

"多谢老爷!"

"不要谢我,这都是我应该做的。要是你们没办法从我这里取得好处,谁还能死心塌地跟着我?你说是不是?"

"我小六子对老爷的忠诚天可明鉴!"

"得了,得了,别说那些没用的话。只要你好好替爷办事,外面有银子。我这里也一样有银子。"

"您尽管放心,小六子就是肝脑涂地,也必须把您吩咐的事给办得妥妥当当!"

"噢,对了,这些日子你让人置办些燕窝、乌鸡什么的,给红梅好好滋补滋补!"

"老爷,您放心吧!只是生意这边接下来,咱们该怎么办?"

"呵呵呵……来,把耳朵靠过来。"主仆自然又是耳语一番。

下午,清点完银子后,蔡福将木材交给冯冰。

"蔡爷……还是您赚钱的手段厉害!略施手段,两成利润便入囊中。我真是佩服得五体投地!"冯冰一脸媚态。

蔡福明白他的意思,"想要钱?哼!"嘴上却说:"不过是给我们爷办事而已,这些银子也落不到我头上。"

"这个……蔡爷,将来有机会,一定要多多提携小弟。"

"等有机会再说。"蔡福不冷不热。

冯冰见蔡福根本没有主动吐利的意思,硬着头皮直说:"蔡爷,咱们事先不是说好买卖做成之后,我拿三分利吗?"

第57章 / 重金诱私下暗买卖
贪钱财账房中奸计

蔡福将文书取出来拿在手里，上下看了个遍："这上面清清楚楚、明明白白，没有这一条！"

"你……"见蔡福根本没吐利的意思，冯冰心里堵得慌，一时无计可施。毕竟，这种事上嘴唇碰下嘴唇，只能说不能写。蔡福说有就有，说没有那就没有。

反正八成吃下这批木材，我们也赚到了。而且，我还拿了一千两银子！不亏！冯冰这么一想，改口说："或许是我记错了。蔡爷，下次有生意，记得想着小弟。"

"一定一定。"蔡福一边敷衍，一边暗叹，"真是可悲啊，明知被我骗，却依旧要用一张热脸贴咱这冷屁股。这一切，不过都是为了钱而已！为了钱，有些人连自己的祖宗都可以卖，何况那些什么面子的！"

"这是怎么回事？"看到笸子作坊堆着木材，刘福瑞不禁诧异。

"老爷，小的遇到一伙商人，以八成的价格出售木材。小的觉得有利可图，于是便自个儿做主买了下来。"冯冰自然明白马家和刘福瑞的关系，双方暗地里争得面红耳赤，也就没说木材是从马家那里吃来的。

"用了多少银子？"刘福瑞问。

"回老爷，银子……账房的银子都用了。"

刘福瑞面带怒色道："可怜啊！你以为是占了便宜，实际上却是吃了大亏啊！你让我说你什么好呢？你自己被卖了还帮着人家数钱！你说，你这些年跟着我，怎么连这个把戏也没看穿？真是一时英明，一时糊涂呀！"说罢，刘福瑞气呼呼地转身走了，许多急忙跟上去，只留下冯冰在那里犯糊涂。刚跨进屋门，许多跟上来道："福瑞，冯冰以八成进价吃下这批木材，也没什么不妥！你为何生这么大气？"

"我是在气我自己啊！明知冯冰是个贪财忘义的人，却因他精明能干、计算分离不差，确实有些本事，做事认真，便冒着风险让他做了账房先生。想不到！果然出事了。唉……如果我当时告诉他不要动钱就好了。"

"福瑞，事情也不到这一步吧？毕竟咱们手上还有那堆木材。要是周转

307

不开,还可以把木头低价换成银子。"

"你说得倒是容易!你觉得马老爷费尽心机将一堆木材塞给我们,还会让我们轻而易举地把它再换成银子吗?那岂不是白费辛劳?况且,眼下这木篦子卖得不好,这么多木材怕是一年半载也用不完呀!"

"福瑞,你怎么知晓那批木材是马家塞给我们的?"

"唉,许掌事,您怎么也犯糊涂!在这青城县能有这么多木材的除了他马家,还能有谁呀?"

"福瑞……那现在怎么办?"许多这才意识到问题的严重性。

"眼下,也只能走一步算一步。问问易锐那边缺不缺货,要是他们那边能吃些,我们就辛苦些,让工匠们加班加点做出些篦子换些现银来。唉,也不知我这老泰山葫芦里卖的是什么药?"刘福瑞话题一转,"我们刘家店铺可曾欠过什么人钱财没有?"

许多沉思片刻,道:"没有!"

刘福瑞淡淡说道:"这就奇怪了,如今木材丰富得很,根本就不会出现银子紧张的局面。老泰山费了心思,这么做又是为了哪般?"

一旁的许多忽然惊叫一声,"福瑞!怕是……"

"怎么,你想到了什么?"

"两日后,就到给工匠和下人们发月钱的日子!到时恐怕是没有千八百两银子根本不够用呀!你说……这马怀德会不会是看到这点?"

"怎么可能?马怀德纵横商场十几年,绝不会下这种幼童才会用的圈套。"

"说的也是……到时只要许诺多一份银两出来,问题就可迎刃而解。毕竟范胖子再能拖,也没法拖上一个月。实在不行,咱也可以等两个月之后发。等江南那些篦子本钱收回来,再将这些木材做成篦子卖出去,到时银子自然也就有了。那他到底会做什么?"

刘福瑞叹了口气,目前只能如此,马怀德到底要做什么,犹如谜团笼罩在福瑞心头。

第57章/重金诱私下暗买卖
贪钱财账房中奸计

这时下人来报有故友来访，已在厅堂里等候。刘福瑞移步来到厅堂。这来访的是李邦彦。刘福瑞一时惊诧，怕是前些日子，苏县令闹得整个青城鸡犬不宁，迎接的京城大官就是眼前这位。当时，还怕来了个作威作福的，看来眼前这位是个沽名钓誉的，怕是比那作威作福的还要让人担忧。不过，这些年过去，怕是这官做大的李邦彦，早已将初出茅庐的篾子工匠忘个一干二净，怎会突然寻上门来？

刘福瑞挤出笑容，道："贵客来访，未能远迎，望见谅呀！"

李邦彦忙起身，迎上去笑道："多年未见，你果然厉害呀！昔日的篾子工匠，如今成了店铺老板，将这青城的半个街道都做成店铺，实在是厉害呀！"

刘福瑞行了个礼，笑道："承蒙您错爱，这些年来，也只是让这些篾子工匠能吃饱饭罢了。那半条街开的铺子，可不见得都是我的功劳呀！"

李邦彦见刘福瑞一脸冷笑，没半点讨好的意思，有些不悦。这天下的人见了自个儿都巴结讨好，为何偏偏这个篾子工匠竟对自个儿不冷不热？但他脸上仍挂着笑意，淡淡地说："这来青城一趟，不管怎么样，也要来看看这昔日故交！况且，这次是悄悄来的，也不知谁走漏风声，让那县官搞得乌七八糟，也将我好端端的心情给破坏了。"

刘福瑞道："我就说嘛，这苏县令怎么就那么殷勤，原来是去迎接您！可不知，您到我这寒舍有什么指教？"

"我是来问问你，这县令是个好县令吗？"李邦彦一脸严肃。

刘福瑞一时摸不准李邦彦的用意，怕说错话惹来麻烦。这个苏县令收敛了许多，倒也没怎么为难自己，推诿说："身在商场，哪里顾得上琢磨这些！"

李邦彦一脸怒意，说："罢了，罢了！我将你当个栋梁之才，想着给青城百姓做些善事，既然这么说，也就不为难了。"说完起身就走。

这一走，倒是让刘福瑞有些担忧，若这李邦彦要为难他，怕是这生意更难做。刘福瑞连忙追上去，笑说："李大人，既然您来了，就在这儿吃顿便饭，也算是答谢当年您出手搭救曹野兄弟。"

李邦彦听刘福瑞这么一说，喜上心头。说来也怪，他就是这么个人，越是硬骨头，越是要远离自个儿；越是不巴结讨好自个儿，越是想让那人巴结自个儿。这就像猎手，好的猎手自然喜欢去捕获狡猾如狐狸般的猎物。李邦彦自认为是个不错的猎手，自然喜欢制服像刘福瑞这种硬骨头的猎物。在他的世界里，没有什么人会不畏权势。这世上的人呀，都是怕做官的，也都是想讨个做官的当依靠！这顿饭吃得倒是高兴，只不过李邦彦一再叮嘱刘福瑞，不能将自个儿的身份说出去。

吃完饭，刘福瑞望着李邦彦的背影，心潮澎湃，一时弄不明白这个人的出现会给青城带来什么。

第58章
续香火主仆怀心思
设圈套泰山害女婿

蔡福将那木材交给了刘家账房先生，心里也是生出许多疑惑来。这些日子，马怀德的做法让他有些琢磨不透。马怀德连连约见钱庄老板，又是送银子，又是笑脸相迎的，这怕是他跟着马怀德这么多年来，大姑娘上轿——头一回呀！这还没完，又让他将那堆费尽心思刚刚买来准备做一批木笸子抢刘家生意的木材，私下里又卖给了刘家。这前前后后，出出进进，有悖常理，这也不是他马怀德的作为呀！这一切让蔡福摸不透、吃不准，只好小心地伺候着，按照着马怀德的意思，一步一步地做着。

这不，在又送走了一个卖木材的老板后，蔡福回到客厅，向马怀德询问着下一步的指示。

"老爷，小的接下来该怎么做？"

"接下来……接下来你抽时间去看看商铺。"马怀德头也没抬。

"是！我这就去打探刘福瑞他们的商铺。"蔡福刚抬脚欲走。

"不，我是让你去看看咱们的商铺。"

"看咱们的商铺？"蔡福听得一头雾水。

"是啊，你有一段时间没去照看生意了吧？"马怀德理所当然地说道。

311

"这段时间一直忙着您吩咐的事，确实有段时间没去看铺子了。不过，爷！咱们现在……"

马怀德摆摆手："对于商人来说，生意永远都是最重要的。毕竟我们是要靠商铺赚钱，其他都是无关紧要的……你去把铺子给我看好了，免得我还没死，就被那逆子给败光了！再说了，如今那儿媳怀着孙子，我可要好好守着马家呀！不然，我那孙子出世了，怕都会怪我的。你赶紧去吧！"

蔡福虽是一头雾水，可瞅着红梅肚子一天天地鼓了起来，心里也是美滋滋的。听马老爷这么一说，他更是美得很，只因这马老爷守着的家产，是给他的血脉守着的，也就是说这马家的万贯家产，在不知不觉中就成了他蔡福蔡家的。这辈子小心伺候着马怀德，受尽白眼，吃尽苦头，也算是值了。老天爷长着眼啊！蔡福梦里都能笑着醒来。

唉，马怀德怕是这天下最可怜的人，守着别人的血脉，却乐呵呵的。若是有朝一日窗户纸捅破，马怀德知道自个儿马家的种断了，却是帮别人作了嫁衣，费尽心机积攒的家业却成了他人的，怕是比那崔家老爷还要难受呀！杀了蔡福也不解恨，将那蔡福下油锅煎了，千刀万剐也不为过呀！

蔡福自然明白这伺候多年的主子那鼓鼓的胸脯里藏着一颗什么样的心，这不一天总是提心吊胆的，怕马聪慧将实情说了出来。

然而，那马怀德却没有丝毫怀疑那红梅肚子里的种不是他马家的，而是暗喜叹道：一切都已经准备妥当，就等着最后收口，将那女婿收拾一下，也好将马家子孙的障碍扫除呀！

主仆二人各怀心思，沉寂片刻，蔡福见马怀德闭上了那双一线眼，也就退下去，带着掌事去照看铺子。走前，他偷偷摸摸地给红梅留了些银子。

然而，马聪慧睁一只眼、闭一只眼，只因他不想让这天下人都晓得，他马聪慧是个没有种的男人。这可是要他的命。因此，为面子也就将"活乌龟"当得老老实实。

此时的刘福瑞也一样在巡视着商铺。他虽然知道马怀德做那么大的手笔，绝不会只是让自己发不出月钱来，但月钱发不出显然即将成为事实。所

第58章 续香火主仆怀心思 设圈套泰山害女婿

以，刘福瑞必须到商铺转转，看看伙计们。

这一日阳光明媚，马怀德与刘福瑞在安乐镇不期而遇。

刘福瑞自然不能失礼，远远地便向岳丈问好请安。

马怀德依然是和颜悦色，满面春风地与他说笑，丝毫看不出这两个人私下里正打得不可开交。

后来，将两个人暗地里的战斗摆到明处的人，正是李邦彦。

这怕是刘福瑞做梦也不曾想到的。

而李邦彦从刘福瑞那里出来后，心里虽有些不悦，可也没把自个儿寻开心的事忘了。他忙着四处体察民情，搜集知县的罪证。他要赢得青城百姓的爱戴和推崇。

连日来，他收获颇丰。苏县令庇护在外面祸害百姓、欺压百姓的马聪慧，人人恨不能将那浪荡子生吞活剥。然而却缺乏证据，多数是道听途说，李邦彦无奈，只好按兵不动，静观其变。待时机成熟，便将这个糊涂透顶的知县拿下。

昨日，李邦彦却起了另一番心思。苏县令如今年事已高，帮那老头儿断几天案，当几天班，看看能不能有些实质性的收获，也好让那老头儿歇息歇息。这不，李邦彦趁着夜色偷偷溜进衙门。

这当差的自然不能将他放进去，可他却笑嘻嘻地将那令牌拿了出来，这下子那当差的吓得魂飞魄散，跌跌撞撞地跑进去向那苏县令禀报。

这苏县令虽然是接了苏清澈的班，可在青城当差也已多年，更是明白李邦彦何许人物，自然不敢怠慢，慌忙将那官服穿戴整齐，唤来丫鬟、奴婢，出门相迎。

这一夜，县衙里热闹非凡，可这热闹却被那衙门高高的围墙挡在了院子里。这也是李邦彦的意思。这苏县令自然是唯命是从，哪敢声张，连夜拟了一分告示，吩咐差人张贴出去。

然而，在离县衙十里地的马言庄也是热闹得很。

马怀德刚刚从书房走出来，准备去卧房，蔡福来报："老爷，范胖子来

313

了，他说有要事相商。"

马怀德打了一个哈欠，伸了伸懒腰，缓慢地说道："来的倒真是早啊。看来，这范胖子是顶不住了！"

"老爷，那您看，要不要小的将他支走呢？"蔡福听那话音，还以为马怀德不想见范胖子，于是急忙问道。

"不要！这个范胖子可是咱们扳倒刘福瑞的关键呀！这步棋，也是我那贤婿做梦也想不到的。"说着，马怀德在蔡福的伺候下走向正厅堂，"我原以为那范胖子凭三寸不烂之舌、一身肥膘，能多顶些时日呢。可没想到，这么快就顶不住了。"

说话间，这主仆二人一前一后走进厅堂。

马怀德笑意连连，远远地说："呦！范老板，是什么风把您给吹来了？"

范胖子忙将端起来的茶杯放在原处，起身来到那马怀德面前躬身行礼："马老爷！我的好老爷啊！您老的生意谈妥没有呀？"

马怀德看了看范胖子，面带难色道："范老板……这才刚过去五六日啊。您就拖不住了？"

"老爷，您有所不知。这刘福瑞见我一直拖着不肯给钱，便与我闹到了公堂上。那个李老爷听后就判我三日内拿钱给刘福瑞。要是三日内交不出银子来，便要找衙役帮忙来拿了！"

"李老爷，李邦彦吗？"马怀德见范胖子点头，摆了摆手，蔡福立即迎了过去。

"你是怎么办事的？"

"回爷的话，不是小的办事不力，而是这李老爷油盐不进，我喂什么他都不吃啊。"

"呦？咱这里竟然还来了个清官。"马怀德嗤之以鼻。

"老爷，您快给想个办法吧。"

"哼，既然躲不过去，那你索性就把银子给了吧。"

"老爷……那寿包……"

第58章 续香火主仆怀心思
设圈套泰山害女婿

"放心，我马怀德送出去的东西，从来都不往回要。范老板，不是还有三天时间吗？你就把这三天都耗过去吧。我尽量快些与对方把生意谈妥。"

"多谢老爷，多谢老爷！"范胖子一边道谢，一边退了出去。

"蔡福！"

"老爷，您吩咐。"

"咱们还欠那个姓冯的三分利吧？"

"老爷，您不是说，有再合作的可能才给银子吗？"

"呵呵，那个姓冯的帮咱这么大的忙，咱们也不能亏待他啊。明天，你就带一箱银子给他，顺便再告诉他……"

蔡福遵照马怀德吩咐，便与几个家丁抬着银子去了姓冯的宅院。见到姓冯的，蔡福满脸堆笑道："冯老哥！小弟来给您送好东西了。"

姓冯的看了眼蔡福，指着箱子问道："这是……"

"这是我们欠您的三分利！本来早就应该给您送过来的，只是……最近我们商铺也缺点银子。所以，这才拖延了几天，直到今天才给您送来。真是抱歉呀！"

姓冯的看着蔡福一脸媚笑，顿时犯嘀咕：这蔡福变脸比翻书还快呀，这其中莫非有什么蹊跷……

"冯大哥，上次我那是因店铺资金短缺，无奈说了句玩笑话。过不多久，或许我们可能还要跟您再做生意呢。"蔡福倒是个有心思的人，忙打圆场。

姓冯的这才欣然将那些银子收下，笑着说："那小弟就不客气了。将来蔡爷要是还有什么生意，记得多多提点小弟啊！"

"一定，一定！"

两人又闲话了许久，虚情假意地客套了多时，蔡福才放心离开了。

第59章
受诬陷婿丈上公堂
叹无情桃花诉身世

蔡福倒是个勤快的下人,一到马家,立刻去向马怀德禀报:"老爷,姓冯的已经把银子收下了。"

"嗯,如今饵已下全,该是收网的时候了。"

"老爷,要怎么收网?请您吩咐,蔡福绝对给您办得妥妥当当的。"

"蔡福呀,这饵可以由咱们来下,但这网却一定要由别人来收。这样即使鱼死网破,也与咱们毫无瓜葛。"

"老爷,您的意思是……"

"你就等着跟老爷我去看好戏吧。"

这马家院子里,一阵阴风拂过。

再说那姓冯的,虽是个爱财贪小便宜的人,但对刘福瑞倒是忠诚得很。因自个儿害得刘福瑞发不出月钱来,久久感到心里有愧。这回拿了银子,便立即当作月钱,分发给下人们和箍子工匠们。

第二日,那衙门口的鸣冤鼓"咚咚"作响。

李老爷升堂,一阵"威武"声中,几名喊冤者走上堂来,却见上堂的不是普通百姓,而是一列兵士。

第59章／受诬陷婿丈上公堂
叹无情桃花诉身世

"你们状告何人？"李邦彦倒是一脸威严，那苏县令哆哆嗦嗦地站在一边。

"老爷，我们几个是负责押送官银的兵丁。前日里路过宝地时，只因几名弟兄贪杯，喝多了一些，结果被人盗走了官银。"

李邦彦皱了皱眉头，心里一惊，忙问："这事我会交由贼曹去负责审理追查的，尽快将银子给你们讨要回来就是。"

"老爷！我们已猜到那贼人是谁了，只是因为事关重大，我们不能贸然解决，这才击了鸣冤鼓，恳请青天老爷决断是非呀！"

"哦？那你们说说看，这犯人是谁？"

"这犯人即是贵县的刘福瑞！"

"大胆！"李邦彦听后一拍惊堂木，怒斥道，"你们何故冤枉好人？"这刘福瑞别人不知道，他李邦彦心里是明白的，见这帮人红口白牙地说出这话来，自然是一时愤怒。

"李大人，我们并非冤枉好人！您叫来刘福瑞前来对质一番便可清楚！"

李邦彦心里又开始打鼓了，这刘福瑞难道真是盗贼吗？不然，这帮人不敢冒死鸣冤，叫他来断案呀！这回他倒想看看，这刘福瑞到底是个什么样的人，于是说："好！来人，传刘福瑞上堂！"

几个衙役应身离开公堂，径直朝刘家走去。就在刘福瑞被带着前往公堂时，便立即有人前去禀告了蔡福。

"老爷！刘福瑞被衙役们给押到公堂上去了。"

"哈哈哈，蔡福，陪爷一起去看看热闹吧。"

"是！老爷，您先请！"

二人是坐着马车去的。因此，虽然他们后走，却跟刘福瑞同时到县衙。眼见刘福瑞被押进去，马怀德脸上阴晴不定，喜忧难辨！

"刘福瑞，这几名兵士状告你盗取官银。可有此事？"李邦彦眼神里透着威严与陌生，像与那刘福瑞形同陌路。

刘福瑞自然能从那神色中品出来什么意思，也就心领神会，忙说："大人,草民冤枉!还请大人做主!"

李邦彦看向那群兵士说道:"你们就说说看,为什么一口咬定是他盗取的官银?"

"李大人,我们兄弟几人失了官银之后,便立即四下寻找。偶见一女子手中持有官银,便上前询问。这才得知,那女子正是这刘福瑞家中的下人。于是我们急忙前往刘家查探,得知他们刘府的其他下人收到的月钱,竟然都是官银!"

"你们怎么就知道那是官银呢?"

"回大人,因为普通的银两大多掺铅。因此,官银要比普通银两轻一些。而且,每块银子的底面还都刻有官印。您只要召集刘府的下人,一核实便可知晓。"

"扑通!"兵士们的话刚刚说完,冯冰便瘫倒在地上。

随后,他立即凝起双目瞪向马怀德和蔡福。

"去,召几个刘府的下人来。"

不一会,便有刘府的下人被带到。

"你们得的月钱还带在身上吗?"

"回大老爷话,这银子不好花,所以我们都还带着。"说完,几名刘府的下人纷纷取出银子由衙役交到公堂上。

李邦彦掂了掂银子,又看了看底面,随即一拍惊堂木:"刘福瑞,你还有什么话可说!"李邦彦一把将银子扔到刘福瑞的面前。这铁证如山,也是激怒了李邦彦,全然没了以前那爱惜将才的心思。"你竟然敢盗取官银!简直目无王法!"

"大人!冤枉啊,大人!"冯冰猛地冲进公堂,跪到哭诉,"大人!跟我们家老爷无关,一切都是……"

"一切都是马家所为!"半晌沉默不语的刘福瑞,此刻忽然开口。

"刘福瑞,你不要血口喷人!说话总要讲些因果吧!"马怀德在外面高声斥道。

第59章 受诬陷婿丈上公堂
叹无情桃花诉身世

"哼，马怀德，是你故意让范胖子拖着我存在他那里的钱不给，让我以为你会在金钱上对我进行打压，好让我快些从其他商家那里将钱取出来。后来，又是你以近乎赔钱的价格卖给我一堆木材，将我取出来的钱全部用光。最后你命人送来一箱官银，让我给下人们发月俸，然后又花钱买通这群兵丁状告我，想以偷取官银的罪名治我死罪。你倒是说说看是也不是？"

马怀德闻言，嗤笑一声道："呵……照你这么说来，我当初为什么不让所有钱庄老板都拖着你的钱不给呢，而要给你从我这里低价买到木材的机会呢？"

刘福瑞笑了笑回道："很简单。因为你要制造一个完美的证词。事实是我因为有了钱，所以这才买下你的木材。但是在供词上，你却会说我为了买下那堆便宜的木材，所以从钱庄里取出钱。后来因为银子都用在收购木材上，造成没有资金给下人们发放月钱，致使下人们陆续离去。这时，正好有一队士兵押送官银路过。为了留住那些下人，我这才铤而走险，偷取官银当月钱发放给他们。人证物证俱在，又有了这份供词。相信无论谁看，都会认定偷取官银之人就是我刘福瑞！马老爷，你真是煞费苦心啊！"

"刘福瑞，一切不过都是你的一面之词。"马怀德笑着说道。毕竟，人证、物证俱全，而且理由也极其充分。无论怎么想，这偷取官银的罪名，他刘福瑞坐定了！

"谁说的，我有人证！"刘福瑞的笑容依旧没变，"马老爷啊，马老爷，您太不了解您的女婿。你以为我刘福瑞真那么容易中招吗？"

刘福瑞的话刚刚说完，蔡福便冲前跪倒在地："李大人，我愿为刘福瑞作证！一切都是马怀德干的！那银子也是马怀德指使小人交给冯大哥的！"

"蔡福，你！"

蔡福回过头看了眼马怀德说道："马老爷，小的对不住您，只是我良心不安啊！我没办法继续跟您陷害刘福瑞这样的好人了！"

马怀德笑着点点头，连说三个"好"字。但蔡福已经不再看他，并将前后的一切都如实地说了出来。"李大人！现在还有十几箱官银就放在马府，您一去便知。"

李邦彦立即带着衙役前往马府。

"蔡福，多余的话你也别跟爷讲了。实话说了吧，刘福瑞给了你多少好处？！"路上，落在后面的马怀德冷着脸问蔡福。

"回爷的话，不过是万两银子而已。"这蔡福吃了刘家的银子，自然是怕纸包不住火，万一败露，他也好有个退路呀！

"蔡福啊蔡福，难道老爷我就只值区区一万两？"

"老爷，等您走了之后，您的那些店铺我会帮您打理的。我伺候人已经伺候得够久了！"

"好！不愧是我带出来的人！不过，你怎么就知道老爷我今天必死无疑呢？"

"这李邦彦是难得的清官，我带那么多银子他都不肯收。可见，这人要的是为百姓申冤。要是让你继续在这里做大，过不多久必然会被你给赶走。到时，不知再过多久才会来一名清官。我也不知过多久，才能过上人上之人的日子！所以，我就趁这难得的机会，联合刘福瑞，先把您老送走。"

"马老爷……想不到吧，你最信任的人，竟然会出卖你！"同样走在后面的刘福瑞来到马怀德身边，若有所思地说道。

"贤婿呀，你也太不了解你的岳丈了。我马怀德活了这么久，从来都没信过任何人！"

众人来到马府后。刘福瑞和他的仆人与群众都被衙役们挡在马府门外。只有李邦彦、马怀德和蔡福三人进入马府。

很快，他们三人就找到了那十几箱官银。蔡福将箱子打开后，指着官银道："李大人，每当运送官银的时候，马怀德都会串通那群士兵，将银子运到马府，并私自在官银中融入铅块，将四两银变成五两以牟取暴利。"

李邦彦不理蔡福，看着那白灿灿的银子，上前摸了摸，随后将箱子盖上。

"马怀德，我能保你一次，可未必能保得了你第二次。你今后做事小心一些，可别再出同样的事情。这箱银子我就带回去了。"

第59章 / 受诬陷婿丈上公堂
叹无情桃花诉身世

"多谢李大人，"说完，马怀德转头看向呆愣的蔡福，"蔡福啊，知道为什么你去的时候，他不肯收你的银子吗？因为他先收了我的。"

李邦彦的到来，给青城添了不少光彩，也立即成为刘、马两家的新战场。

虽然刘福瑞败了一场，但他并不因此而沮丧，上次马怀德的管家蔡福所言之事令他感概万分。一个商人，一个买通官府的商人，家中堆有万贯钱财又如何，那钱上无不沾满百姓的眼泪与鲜血，其中还包括自己的。

刘福瑞一直在想，做一个商人究竟什么才是最重要的？是利益吗？似乎不谋利的商人，是无法生存的，但若要像马怀德父子俩那般牟取最大的利益，他刘福瑞还有何脸面去见九泉之下的列祖列宗，还有那些篦子匠村的老工匠？

刘福瑞只觉得心中烦躁不已，走入院中仰望着那一轮弯月。只见夜幕低沉，一轮孤月独悬，几颗暗淡的星辰拱卫着孤月，这轮孤月仿若当今的朝廷，那暗淡的星辰只怕是逝去的忠臣。

夜风习习，不觉一丝寒意袭身，刘福瑞打了一个冷战，一袭披风被人轻轻地放在肩上。

那是一双洁白的手，素指纤纤，指甲修长而整洁。手腕处那一对玉环，他是认得的，那是他娘王翠香送的。

"老爷，夜已深了，早点休息吧。"软软的声音在耳边回荡。

"桃花，你怎么还不睡？"

马桃花微微一笑，说道："老爷未睡，我哪能先睡呢？我还要伺候老爷。"

刘福瑞叹了一口气："你来我刘家也十余年了，我虽让你穿金戴银可……我还是愧对你啊。"

马桃花淡笑着，虽然芳华已逝，却自有一番风情，刘福瑞见状按捺不住，一把将马桃花拥在怀里。

"桃花，你若不是马家的小姐该多好。"

马桃花长叹了一声说道："老爷，我的确不是马家的小姐。"

刘福瑞一惊，推开了马桃花仔细看着她："你不是？那你是谁？"

马桃花抬起头看着银色的月亮,低声说道:"如果我的身上流着他的血,我必定会投河而死。老爷,今天我对您说了吧。我本是长在江南,爹爹是做脂粉生意的,店铺虽小,但是日子也算过得去。我的娘叫小桃,原本是青城县内一青楼的歌姬,被马怀德看中,带回了家中,怎奈那马家的大夫人不容我娘,一日趁马怀德离家,叫人将我娘装入麻袋中,沉入运河之内。也许我娘命大,一个家丁不忍,偷偷将系麻袋口的绳子松开,我娘才得以逃脱,又被来青城做生意的爹救下。她跟着爹去了江南,本以为这辈子都不会再见马怀德,哪知道马怀德有一年去江南,竟然在街道之上遇见了娘,非要霸占我娘。我娘不从,他便威逼利诱,勾结官府硬是将我爹打入大牢,逼我娘就范,可怜我娘当时已怀有身孕,不得不与他周旋。我爹在牢中自杀身亡后,马怀德更是肆无忌惮,娘躲避不及。娘与马怀德说我是他的孩子,至此娘做了马怀德的外室。我十六岁那年,娘死了,马怀德便将我带了回来。"

刘福瑞闻言长长地叹息:"原来桃花也有如此背景,马怀德一家的手上沾了多少人的血泪啊!为富不仁,贪婪无比!为何他却能在商场上屡战屡胜?"

马桃花笑道:"老爷与马家斗了这么多年还不知道吗?马怀德之所以可以这般胆大妄为,完全是因为勾结朝廷命官。有了那些贪官的庇护,他自然可以横行霸道、欺男霸女了。"

刘福瑞点着头说道:"的确如此,桃花所言极是啊。只是如今皇帝优柔,而大臣不忠不孝,贪官污吏横行,以致朝纲不振,大宋处境岌岌可危,我朝实力每况愈下……"

"老爷休要悲伤,所谓一切自有定数,天地间的事哪有说得清楚的呢?老爷可要保重身体,只要您还在一天,就可以与马家斗一日,让这帮奸商不能任意妄为,也算是老爷的善举啊。"

刘福瑞点着头道:"桃花此言甚合我意啊。我这番与马家争斗,就是要让他们看看,我大宋还是有好人的,还是有好商人的!我娶了你,真是我的福气啊!"

第59章 受诬陷婿丈上公堂 叹无情桃花诉身世

马桃花笑颜逐开,羞涩地低下了头,突然想起什么说道:"其实老爷你真应该相信命理的。"

"命理?我不信命,我相信,只要努力人定胜天,你们女人啊……唉……"

马桃花捂着嘴悄声说:"老爷是不知马家的事。马怀德的夫人,苏县令的大小姐,前几日卷了钱与一个夫子跑了。"

"什么?"

"老爷,这事虽然那马怀德遮掩着,但是马夫人与那傅儒风私通的事,整个青城县无人不知晓。那马怀德不说,只是怕面上无光,所以他也只能忍了!"

马怀德此时正焦虑地在室内踱着步。蔡福是他的心头大患。虽然暂时将蔡福软禁起来,但这蔡福一日不死,一日就如有钢针插在他心上。这些年也不曾亏待过蔡福,也不知他为何出卖自己。再加上马夫人竟然做出与人私奔的丑事来,真是令马怀德颜面无存。

可恼岳父苏清澈躲在京城竟然不闻不问,置身事外。可叹他今日还要仰仗他,这顶沉重的绿帽子,马怀德此生戴定了。他可以不要妻子,但是岳父他不能不要,不然即便他马怀德银子再多,也怕是打不通官场,更攀附不上京城的权贵。

马强急冲冲地进来,见马怀德沉思着,不敢打扰,垂手立在一旁。

马怀德见了他问道:"事都办好了吗?"

"回老爷,都办利索了,刘福瑞这次跳进黄河也洗不清了。"

马怀德阴冷地笑道:"很好!你这次立了大功,我要好好赏赐你,来人啊!带马强去账房支取黄金二十两。"

"这么多,老爷小的要不了这么多,为老爷办事是小的分内之事,老爷……"

"好好!若我府内都如你一般忠心不二,我马怀德何愁不成大事?去吧!"马怀德一挥手,让马强退下。

/ 篦子道 /

马强喜滋滋地跟着家丁去取银两，哪知给他的却是一柄夺命的匕首。

清晨，官差去篦子匠村抓刘福瑞来公堂时，篦子匠村的百姓将刘家围了个水泄不通，弄得官差无法入内。

还是刘福瑞劝大家莫要乱来，方才散开。然而，官差与他刚走，篦子匠村的男女老少便紧随其后。那条通往县衙的乡间小道霎时人满为患，那场面令人顿觉刘福瑞在众人心目中的地位。能如此受众人爱戴和维护，刘福瑞不愧为名闻天下的儒生之后，不愧为满腹经纶的商道儒生。

殊不知，前时李邦彦与夫子商议对策，便用了个缓兵之计，接受马怀德的贿赂，稳住了苏县令。将刘福瑞收监，他便神不知鬼不觉地与其详谈。刘福瑞以前念及马怀德为岳父，尚留有余地，如今闻知马桃花并非其闺女，他便知无不言，将马怀德与苏县令勾结、欺压百姓、欺行霸市的罪行说了个明白。一向心细的他，留着不少罪证。他也毫无保留地给了李邦彦。

李邦彦甚喜沽名钓誉，若是将此事回去禀告圣上，定能使得龙颜大悦，赢得宠爱。忽闻马家管家蔡福身亡，他便知此事定是马怀德所为，而马强竟然大难不死投案自首。他便将马家父子缉拿归案，在公堂审讯。

马怀德立于公堂之上，见李邦彦威风凛凛，顿觉天旋地转，原以为对方是贪官，不料却是清官。而他暗藏官银、贿赂朝廷命官，李邦彦一清二楚。马怀德不由得双腿瑟瑟发抖。

李邦彦拍案而起道："大胆刁民竟敢贿赂朝廷命官，草菅人命，知不知罪！"

马怀德闻声便瘫倒在公堂。

马聪慧神情慌张，立刻哀求道："大人明鉴！那都是我爹与马强暗地勾结苏知县所为，与我毫无关系呀！"

苏知县闻言禁不住打了个冷战，有些坐不住，站起来指着马聪慧吼道："你个混账小子，公堂之上竟敢口出狂言，胡言乱语，诬陷本官。来人，给我用刑！"

马聪慧自知失言，但说出去的话如泼出去的水，听闻要动刑，战战兢兢

第59章 / 受诬陷婿丈上公堂
叹无情桃花诉身世

道:"大人,小的所言属实。若有半句假话,天打雷劈。大人,您可要明察呀!"

李邦彦瞅了瞅气急败坏的苏县令道:"且慢。苏知县,你勾结恶霸残害百姓,霸占良民家产,罪证如山,你可知罪吗?"

苏县令仍是死不认账,狡辩道:"大人,切勿听其胡言乱语。他分明是栽赃陷害本官,还望大人明察。"

李邦彦心想:你小子看来是不见棺材不落泪的主,今天就让你死个明白。他道:"呈上证词。"

但见刘福瑞手捧着众百姓写下的罪词款款而来,苏县令心中无比坚固的防线瞬间崩溃。

苏县令扑通跪倒在地,哀叹道:"大人,小的知罪。"

随后李邦彦奉旨宣判道:"杀蔡福的主犯马怀德择日处死。马聪慧念其知错悔改,发配边疆充军。马强为真相大白于天下,立下汗马功劳,罪功相抵,其罪大于功劳,充军三载。苏匡身为知县,不为百姓做主,与恶霸勾结、贪赃枉法,罪该处死,念其尚知悔改,贬为庶民遣回原籍,永不得入朝为官。"

闻言,苏匡当堂昏厥过去。李邦彦派人没收了马怀德、马聪慧的万贯家产。笸子匠村的刘家旧宅,以低价归属了刘家。

刘福瑞见那红梅可怜,便将她接到家里。

第60章
淡名利奸臣当宋道
媚新主邦彦返青城

李邦彦此举赢得青城百姓一片叫好，人称青天大老爷。李邦彦自得其乐，固然高兴。青城洋溢着欢声笑语。在李邦彦离开青城时，刘福瑞跪地拜谢，想那年轻时曾对李大人有些误会，更是膜拜头顶。

李邦彦笑道："你我乃有缘之人，莫要多礼。况且能为地方除掉贪官污吏乃本官之职责。"

刘福瑞更是心生悔意，看来这天下仍有为民做主的官呀，又道："大恩不言谢。李大人的清正廉明自在人心。"

李邦彦笑道："你那笸子我细细看过，确实不错。前些年，你留在我府上做的那些笸子，如今有些已经遗失了。我这次来，不光是为民除害，也是为了再讨几把笸子回去。"

刘福瑞甚是高兴，立刻吩咐许多，将店铺里几把上等的笸子包好了呈给李邦彦，道："这是青城百姓的荣耀啊！这些笸子您先拿着，若是不够，再捎话来，我做好了，亲自送到京城去。"

李邦彦笑了笑说："不瞒你说，你这笸子不光我看好，就连那贵妃也是很稀罕的。我这次回朝，一定会禀明圣上，把你们刘家笸子定为贡品。但若

第60章 淡名利奸臣当宋道 媚新主邦彦返青城

是圣上问什么地方做出来的,我若是说筐子匠村生产出来的,怕是有失文雅。你们看,能不能起个儒雅的村名呀?那样的话,我也好回圣上的话。"

刘福瑞又道:"若是李大人能将筐子推荐给圣上定为贡品,那我们筐子匠村世世代代感激您的恩情,我们就以您的名字为村名。不知可否呢?"

李邦彦闻言,惊叹道:"那倒也好,省得我记错了。"

刘福瑞与筐子匠们叩谢。李邦彦来时的场面远远比不上离时的送行场面。来时百姓多数是苏清澈威逼而来,走时却是全城百姓自发而来。

李邦彦坐于轿中,掀起帘子望着如此浩荡的人群,心里竟然有些激动。看来做个为民请命的清官,感觉也很不错。

待他回到了京都,尚未向圣上推举刘家筐子,好在圣上面前表功,那完颜宗望便率领金国东路军围住京都,而完颜宗翰所率领的金国西路军正欲前往京都。在这十万火急之时,李邦彦全身心地投入到说服宋钦宗言和的战斗中,言辞尽述力战的千般不是和万般坏处。金銮殿上,唇枪舌战,争论不休。主战派说割地求和乃卖国之举,辱没大宋千秋基业;如此一来显得我大宋软弱可欺,岂不是长了荒蛮野族的志气?年复一年,日复一日,终将会如蚕食般吞掉大宋江山。宋钦宗顿觉有理,便犹豫不决。

李邦彦平日好奉承人,喜推荐贤士,朝中多数为官者念其好意,便支持他割地赔款求和的建议。宋钦宗更是愁眉不展:若是将相群臣齐心协力,那倒是少了烦恼;可偏偏是各持己见,公说公有理,婆说婆有理,难做决断。白时中不满宋钦宗摇摆不定,听信李邦彦党羽言和之言,一气之下挂印归隐。一时间,令众百姓称道。

此时,宋朝最精锐的部队征讨西夏的边防军在种师道的率领下紧急赶往京都。完颜宗翰所率领的金国西路军在太原被绊住。他见不能如期与完颜宗望的东路军会师,便向完颜宗望提出隔断大宋西军的部署。然而,完颜宗望自恃清高,断然拒绝此部署。种师道率领的十万西军顺利进入京都。完颜宗望见状,攻城定是吃亏,无奈之下在京都西北远郊安营扎寨。

种师道进谏宋钦宗连夜劫杀完颜宗望的营寨。李邦彦自然反对。在李纲、种师道的坚持下，宋钦宗同意夜袭金兵军营。李邦彦恐慌不安，便与主张言和的李棁商议对策。李邦彦诉其担忧，若是夜袭金兵军营，那他们与其言和定是泡汤。李棁神色凝重道："若要与其言和，除掉李纲、种师道方才可行。此二人手握兵权，圣上也卖他们三分薄面。"

李邦彦立刻道："所言极是。那如何使他们丢掉兵权呢？"

李棁脸上闪过一丝歹毒的笑意道："不知大人是否知道邓圭？"

李邦彦道："传言此人私通金兵，不过无凭无据而已。"

李棁诡秘笑道："若是能借此人之口将夜袭金兵军营之事泄密于完颜宗望，那么李纲、种师道出师定会兵败。圣上怪罪下来，定会夺其军权。"

李邦彦闻言暗喜，若能如此定是一石二鸟，一来除掉主战派的强将，二来讨好金兵有利于言和。他便与李棁邀请邓圭在府上吃酒。在酒过三巡后，便漏嘴说出夜袭金兵军营之事。邓圭出府便直奔金兵驻扎的营寨。完颜宗望闻其所言，甚是高兴，便立刻召集诸将，做好埋伏和歼敌的部署。

但说李纲、种师道领命后，便安排得力干将姚平仲率领精锐兵数千人趁着夜色前往完颜宗望的驻地。然而，待姚平仲深入敌营时，发现空无一人。他大叫不好，下令撤退。此时，四周火把齐亮，金兵将他们团团围住。随着完颜宗望一声令下，四面八方带着火苗的乱箭如雨般朝着姚平仲他们飞来。霎时，惨叫声不绝于耳。众将突围，浴血奋战，终因寡不敌众，深陷埋伏而全军覆没。

次日，劫寨失败的消息传到宋钦宗的耳朵，龙颜大怒，撤销李纲、种师道的军权。完颜宗望率领金兵东路军又复至京都城下。李邦彦见状，立刻进谏千万不要得罪金兵，不然京都将沦陷。

李邦彦急欲与金兵求和，完颜宗望却无意谈和。兵临城下，众将未得命与金兵死战，守在城中甚为气愤。其中有一霹雳火炮手，实在是难忍其愤，私自发炮，攻打城下金兵。李邦彦得知此讯，为告诫其他士兵不可侵犯金兵，竟然下令将那名火炮手枭首处死。

霎时，街头巷尾谩骂李邦彦为卖国贼，民愤四起。百姓恨不能将其生吞

第60章 淡名利奸臣当宋道 媚新主邦彦返青城

活剥。太学生陈东等数百人伏宣德门上书，指责李邦彦及白时中之徒为社稷之贼，要求罢免他们。

李邦彦退朝回府时，被街头巷尾的百姓指着痛骂，更有甚者冲上前去想要揍他。只因护卫阻拦，他溜得快才没挨打。宋钦宗闻讯，得民心者得天下，如今外敌入侵，若再起内患，那大宋江山定是不保。他无奈之下下旨降李邦彦的官职，以特进、观文殿大学士充太一宫使。

李邦彦甚是痛恨那帮迂腐的学子。此时，在外游走多年的李邦彦之父匆匆赶回家中。他是因天下众人怒骂李邦彦为祸国殃民的贼臣，自觉对不起大宋百姓，对不起大宋的诸位先帝，而回家中劝解逆子。他本想着李邦彦能听从。

然而，他引经据典、费尽口舌之后，李邦彦仍是不思悔改、无动于衷。

见此情景李邦彦之父以死相逼，哪知那李邦彦冷眼以对。如今在李邦彦的心中，只有自己的苟活与名利，哪还顾得上牺牲自己的将来，成全爹那可笑的尊严。

见逆子如此行径，一生传播儒家道义的李邦彦之父失望之至，高呼"生此逆子，我如何能苟存于世，我有何面目去见列位先祖"，说罢投井而亡。

可惜李邦彦之父的死并没有唤醒李邦彦的良知。权力、名利与个人得失早已蒙住了他的双眼和良心。眼看着大宋朝摇摇欲坠，他自恃有一身学问，伺候哪位主子，他都不过是个奴才，既然如此，换一个能给他更大利益的主子，又何乐而不为呢？

更令世人不解的是，昏庸的宋钦宗因李邦彦旧交吴敏的请求，十日不到，便出尔反尔，不顾民众反对，下诏复用李邦彦为太宰。

一时天下哗然，街谈巷议民愤难平。宋钦宗见状又不得不让李邦彦出知邓州，后又提举亳州明道宫。临走时李邦彦又推荐同是投降派的唐恪继任宰相，继续他那一套靠卑躬屈膝来乞求和平的政策。建炎初年，李邦彦因投降误国，而责建武军节度副使，浔州安置。

李邦彦明哲保身的卖国贼之举盛传到青城。刘福瑞闻讯，甚是愤慨，早些时候就觉得此人并非忠臣良将，枉费自己的一片心血。篦子匠村名虽改为李邦彦村，但实乃篦子匠们的耻辱。许多人商议废除此名，恢复昔日旧名。

刘福瑞却极力反对。他辩解道："此乃卖国奸贼，我们要用其名为村名，警戒子孙万代不可与其同流合污，不可忘却这段耻辱，就让我们留下他的恶名吧！"

众人多觉此话有理，便不再改村名。李邦彦虽然没能使得刘家篦子成为贡品，但他娘将刘家篦子送进皇宫之事，早在京都广为流传。名义上不是贡品，实际是皇宫贵妃宫女的必备梳具。

完颜宗望率领的金兵东路军与完颜宗翰率领的金兵西路军会和于京都城下，数日便攻克坚城，入侵京都。城池被破，宋钦宗被金兵俘虏。

完颜宗望带兵进入皇宫，坐在金銮殿上，望着投降跪地叩拜的满朝宋臣，仰天长笑。入了后宫，无不感叹中原地大物博，能工巧匠众多。这皇宫便是一座价值连城的巨大宝库。雕花刻凤的画梁，贴金刷银的窗棂，以及屋内的众多摆设，无不精美无比，价值不菲。

他便向降臣李邦彦询问有关刘家篦子之事。知者尽言。他闻知原来刘家篦子乃贡品，难怪在他金国不曾见过如此精巧的篦子。若能继续成为贡品，必能令妃妾喜爱。若是做一把更加精美的篦子献给太后，定能赢得芳心，拔得头筹。于是他下令，让李邦彦前去告知刘家，其所制作的篦子均列为金国宫殿用品，只限于皇室贵族用，不能卖于街头百姓，否则将他们满门抄斩。

李邦彦领命来到青城。一路之上他暗自寻思着，这可是新主吩咐的第一件大事，这件差事无论如何一定要办好，令新主对他刮目相看。

刘福瑞见李邦彦来访，甚是厌恶。金兵入侵，他乃投降派的首领，深得金贼的赏识。如今他位高权重，露出卖国求荣的真实面目，却还要身着宋朝旧官服以表其身份，实在令世人不齿。

刘福瑞推诿，以身体不适不愿相见。殊不知，那李邦彦自持官高权重，

第60章 / 淡名利奸臣当宋道
媚新主邦彦返青城

不顾主人家的意愿，堂而皇之地登堂入室，任意进入平民之家，如履平地。

李邦彦见刘福瑞面色红润、精神抖擞，便知其是装病，笑道："刘掌柜，我是来道喜的。以前刘掌柜费尽心机将刘家笸子流传天下，并欲把笸子列为贡品，却因前朝旧主昏庸无道，喜奢靡而弃节俭没能成功。如今我主圣明，甚是喜爱你家的笸子，让你做几把笸子为宫廷御用，但不能再向贫贱百姓售卖。否则，将以大不逆之罪将你们刘家满门抄斩。你可明白吗？"

刘福瑞虽是商人，但自小饱读诗书，深明大义。久历商战后他也明白，若是不给金人制作笸子，定会惹来杀身之祸。

他冷然道："我乃大宋子民，怎可对金人卑躬屈膝，这算何喜？"

李邦彦尴尬地笑道："只是如今换了一位明主，如此而已。在商言商，你把笸子按时做好便是，赏赐是少不了的。"

待李邦彦离去，刘福瑞盼咐几个管事与心腹之人带着妻儿去了江南，投奔易锐一家。一时间整个刘家大院内悲啼不已。

马桃花不忍离去，她知这次离去，将会是阴阳两隔，永生不得相见。

刘福瑞劝道："桃花，我儿尚小，还需你来抚养。想当年我娘曾一人带着我，她让我记住一句话，将来要做一个正人君子、一个好人。桃花，你要答应我，让我的儿子做一个好人、一个正人君子，让他记住我大宋的历史，让他明了自己是大宋的子民。"

马桃花顿时泪流满面，连连应道："老爷放心，只是我不忍独自让老爷一个人去，若在那边无人为老爷盖被补衣，我……"

"桃花……"刘福瑞轻轻揽着她，仰天长叹，"上天待我不薄，有妻如你，我复何求！"

待家人离去之后，刘福瑞望着用一生心血建立的刘家笸子店，满含热泪。

忽然，门外一阵骚动。金兵围住作坊。李邦彦进来道："后日是完颜宗望其母六十大寿，如今我们便在此等候，等你做出笸子来。"

刘福瑞笑道："我乃宋人，只为宋人做笸子。不像有些人，为了一身皮，就卖了祖宗，卖了做人的资格，甘愿为人鹰犬。"

李邦彦甚是愤怒，道："大胆的刘福瑞，你不过是一个从商的贱民，这世上的事，怎能由你？少啰唆！你若是违命不从，我定会将你刘家一族满门抄斩。在你没有做好篦子前，休想离开作坊一步。来人，把院子给我看起来。若是此人逃跑，你们个个人头落地。明白了吗？"

众人答道："得令！"

刘福瑞席地而坐，仰天长笑。李邦彦不知其意，又道："你若是缺什么材料，尽管说来，无论多么珍稀，本官自有办法给你弄来。"

刘福瑞狠狠地瞪了他一眼，吐了一口痰道："走狗！整个大宋都被你等鹰犬贱卖，还有何你不能卖的？如今国亡，我苟活于世，尚有何用呢？要杀要剐悉听尊便，休要废话！"

李邦彦虽恨不能将刘福瑞碎尸万段，可临来之时完颜宗望责令限期要贡品，若是到时拿不出篦子，拿他是问。他左右为难，只能好言相劝道："古谚'识时务者为俊杰，良禽择木而栖'，整个大宋已败，你何必跟自己过不去呢？"

刘福瑞双目紧闭，置之不理。李邦彦顿觉无趣，便吩咐金兵看守住此人，自去寻其他办法。

入夜，刘福瑞在院中对着一轮清月跪地磕头，默念道："爹娘，刘家的列祖列宗，福瑞来看你们了！福瑞没有给你们丢脸，福瑞自认没有忘记列祖列宗的教诲，福瑞对得起你们，对得起宋朝的百姓！"

叩拜完后，刘福瑞由怀中摸出写满配方的制作秘籍，一把火焚为灰烬，并自断其手，以明其不为金人做篦子的决心。

第二日，李邦彦见刘福瑞一手已残，顿时恼怒不已，知刘福瑞断然不会做篦子，勃然大怒，训斥道："'李邦彦村'中工匠众多，难道我还缺了你不成，不识抬举，你当我真不敢杀了你？"

刘福瑞大笑道："'李邦彦村'中多得是能工巧匠，我刘家篦子得以流传，正是他们的杰作，但我刘家篦子的精妙之处不在他们的手艺，而是我刘家历代先祖研制的烤制秘方，不然我刘家篦子何以立足？"

第60章 / 淡名利奸臣当宋道 媚新主邦彦返青城

李邦彦闻言不以为然地狞笑道:"我倒不信,没了你家的烤制秘方,就做不出篦子来!你既然不肯做篦子,那休怪我无情,下午我便将你在村口大路之上斩首示众,我不信其他人都如你一般不怕死!"

刘福瑞闻言冷笑不已:"大宋江山尽入你等狗贼之手,视人命为粪土,要杀要剐悉听尊便,休要拿话羞辱我。"

李邦彦见状气得无法言语,面容狰狞。他喝道:"来人,将刘福瑞押往村口,命令所有工匠及青城县内的百姓前来,看我如何取这反贼的狗命!"

天空中不知何时落下了细雨,纷飞的雨滴形成了一道灰色的雨幕,老天似乎也在呜咽着。

"李邦彦村"村口的路上被工匠及青城县的百姓们围得水泄不通,众人交头接耳,议论纷纷,年长者无不抹着眼泪。

刘福瑞跪在黄土地上,一只手抚摸着这片土地,颤巍巍地用另一只伤手抓起一把土,叹道:"我大宋的土地,我大宋的江山,我大宋的人民,这可是我大宋的天空、大宋的世界。可叹啊!我大宋的列祖列宗们,你们可曾看见如今的天下,到处是哀艳的战火,到处是流离失所的贫民,到处是金兵的铁骑!孔圣人,您在天有灵可曾想到,这一座'弦歌之都'也未能幸免于难,它不是毁于金兵之手,而是被熟读您教诲的人给玷污了啊……"

一时群情激愤,有人喊道:"不可杀刘掌柜,不可!"

"是啊!不能杀刘掌柜!"

"就是,刘掌柜并未作奸犯科,怎能说杀便杀?草菅人命!狗官,不可杀刘掌柜!"

李邦彦见民情激愤,怕时久生变,连忙命令刀斧手行刑。

刘福瑞突然站起身来喊道:"且慢!"

李邦彦以为他回心转意,不由暗笑着,心中暗想:人都是怕死的,什么铁骨丹心,什么忠义两全,在生死攸关之际,还不是要卑躬屈膝地乞求?

刘福瑞道:"李邦彦看在你我同为大宋子民,共读圣人书的份儿上,请你给我一把椅子。我刘福瑞并非是作奸犯科之人,不能跪着死!请给我搬一把椅子来。"

一旁的金兵很是不耐烦,说道:"椅子?你必须跪着。"

可早有人去搬了椅子来,刘福瑞坐上去,面对着村口,淡然道:"来吧。砍了我的头,去向你的主子邀功请赏吧。"

行刑的刀斧手见刘福瑞怒目圆瞪,一时下不了手,刘福瑞笑道:"来啊,总不能让我自己砍了自己的头吧!"

青城百姓顿时跪了一片,异口同声地哀求道:"大人,请不要杀了刘掌柜啊!"

"请饶了他一命吧!"

刘福瑞怒发冲冠大骂道:"你们都起来,怎能给金狗与卖国的鹰犬跪拜!倘若我如此苟活于世,又如何去见我刘家的祖宗!"

百姓们无不抽泣,拉扯着站了起来。

雨越下越大,雨点打得树叶沙沙作响,刘福瑞看着村口的大树,想起了童年时,在这树下玩耍;那时李爷爷还在,还有娘、张叔;那时这村叫"篦子匠村";那时,这里还是大宋的领地……

忽然寒光一闪,热血飞溅。雨下得更大了。

青城的百姓见刘福瑞被斩首,齐刷刷地跪下,对着刘福瑞的尸首叩拜。

三叩九拜之后,百姓站了起来,一人在人群中疾呼:"青城内有良知的百姓们,今日走狗李邦彦与金狗杀了我们的刘掌柜,我们的大好人、大儒生,我们怎能让他们任意杀戮,我们还有多少个'刘掌柜'任他们残杀!若还是大宋的子民,跟我来,杀了那狗官,杀了那金狗,为刘掌柜报仇,为孔圣人清洗门户!"

李邦彦闻言顿时惊惶失措,想唤兵士前来阻挡这帮百姓,可那金兵哪里顾得了他,逃的逃,死的死,李邦彦惊慌失措,趁一片混乱逃之夭夭。

大运河的波涛伴着雨水,愤怒地冲刷着两岸,激起了朵朵浪花,似在呜咽,似在哀悼。

第60章 / 淡名利奸臣当宋道
媚新主邦彦返青城

完颜宗望闻此变故，本想派兵镇压，清洗青城，可有随从进言，得江山易，守江山难，如今大金刚刚入主中原，首要是要收买宋人的人心，为了一个李邦彦犯了众怒不值得。

完颜宗望思索了一番，觉得有理，吩咐手下，去青城安抚民心，告知民众，杀刘福瑞是李邦彦个人所为，与金人无关，并命人厚葬刘福瑞，遍寻刘福瑞的亲人，安养其后人。

可完颜宗望的手下来到青城才发现，刘家篦子店早已毁于一场大火，连带着"李邦彦村"也化为灰烬。刘家后人更是不知所踪。

完颜宗望得知后，仰天长叹道："如若宋人皆为刘福瑞，我大金如何能入主中原？大宋如何能亡？可叹宋朝人才济济，忠臣良将，都不能为宋钦宗所用，不知是我大金的福气，还是大宋的悲哀！这一段历史一定要写入书中，让我大金的后代世世相传，永记在心。"

这一段悲壮的历史随着大运河的流淌而慢慢故去。但刘福瑞的事迹，却永远铭刻在每个青城人的心中。

不知过了多久，青城内平静如常，"弦歌书院"的一位老夫子正在课堂上讲着孔圣人的名言。

一位小学童正在课堂下，把玩着一把从母亲梳妆匣里偷出来的篦子，那篦子古朴中不失典雅，带有精美的篆刻花纹，刷了几遍的香油篦子在阳光下闪闪发光。

篦子背上，一面刻着一行小字，那是一段孔夫子的名言，另一面刻着一个小小的"刘"字与几朵绽放的桃花。

那小学童反复抚摸着篦子，将篦子放在鼻下嗅着，芬芳的气息令他一时忘记了这里是学堂。

夫子见状，拿了戒尺走过去，小学童见夫子来了，藏不及，只能将篦子双手奉上说道："夫子，我错了，但是请夫子不要将此篦子没收，据我娘说，这是我家的传家之宝。"

那夫子仔细看了看篦子，浑浊的眼见了那"刘"字，顿时放出光芒来，一时唏嘘不已，老泪纵横，说道："刘念恩，这真是你家的传家之宝吗？"

"嗯！我是偷偷拿出来的，请夫子不要没收好吗？"刘念恩羞红了脸，低下头哀求着。

夫子叹了口气，将篦子还给了他，说道："如此宝物，你应好好保存，不该拿出来玩耍。这篦子虽小，但是它身上涂满的不是香油，而是一位不肯卖国求荣的壮士的鲜血！这每一朵花、每一个字，都刻着我们的血泪！它象征我青城百姓的傲骨！"

"夫子，您能给我们讲讲这个篦子的由来吗？"学童们纷纷建议道。

夫子抚了抚花白的胡子说道："那还是宋朝年间，青城还是大宋的版图，县内有两家大户，一家姓刘，做的篦子可是天下第一……"

阳光洒满了"弦歌书院"，院内一株桃花正开得娇艳无比，几只鸟儿停在树上，啼叫着……